洪梅 著

梦/在海 那边

Dreams Beyond the Sea

Beyond
sea, beyond the sea,
My heart is gone,
Far, far from me,
Ever on its track with flee
Thoughts, my dreams,
beyond the sea.

Thomas L. Peacock

中国青年出版社

仅以此书献给我至亲至爱的家人

和我们曾经拥有过的青春

To my dear family who I love with all my heart

and to the days of youth we cherish

目录

1 引子
  / Prologue

6 人生的无尽可能（序）
  / Endless Possibilities
    in Life（Preface）
      李敬泽
      Li jingze

2 到俄克拉何马去
  / To the Land of Oklahoma

29 大苹果 格村儿 天使的号角
  / The Big Apple and Angel's Trumpet

51 风乍起 卡内基湖
  / A Gust of Wind upon Lake Carnegie

74 跨越烦恼河的桥
  / Bridge Over Troubled Water

99 没有赶上的航班
  / Late for the Flight

129 世界怪异而精彩
  / A Weird But Wonderful World

152 银杏的秘密
  / The Truth Behind the Ginkgo Tree

177 一夜疯狂大西洋城
/ A Wild Night in Atlantic City

200 祸不单行
/ Double Trouble

222 曼哈顿的世外桃源
/ A Sanctuary in Manhattan

245 覆水难收
/ No Second Chance Once the Water Is Spilled

269 千禧年的钟声
/ Carol of the Millenium Bells

294 浪漫的佛蒙特之夜
/ A Romantic Night in Vermont

319 火之心
/ Heart on Fire

371 尾声
/ Epilogue

344 心之归宿
/ Home for the Heart

376 后记
/ Author's Note

序 / 人生的无尽可能

很多年前是见过洪梅的,好像是,不久她就去了美国,上学,工作,定居,有了孩子,孩子渐渐长大。

现在,洪梅写了这部小说。让我感到意外的,是她居然还有这个兴致,写小说。她好像一直在一家制药公司工作,很忙。据她母亲说,白天忙着,晚上,写小说到凌晨。

与人家想象的相反,我从不鼓动人家写作。我倒是更愿意劝人家别写,生活中很多事是不得不做或是应该做的,写小说似乎不在其中;我倒宁愿一个人白天累了一天,晚上好好休息,我想那样的日子平常而安稳。

但是,如果一个人,别人劝不住她,她自己也劝不住自己,她一定要写,为此她宁可牺牲睡眠,宁可承受在我看来最好别受的写作的孤独和累,那么,我相信,她一定从中感受到了巨大的乐趣,同时,她也一定感到,她有来自生命内部的强大的理由,不得不写,一定要写。

我对这样的写作怀着敬意和好奇。我见过太多作品,从中你看不出有什么理由使作者一定要受这个罪,但是,如果一个人,在写作中被某种内部的强大理由

李敬泽

所驱迫所指引,那么,她或者他通常能够把我们带向某种新的、特别的,她认为重要而结果我们也认为重要的地方去。

洪梅这本小说就是如此。看完了,我知道,这样的书是值得写也值得读的。

就这本书而言,那个"重要的地方"倒主要不是指地理上的纽约,在文学上,一个地方是否重要不是按人口、面积和GDP衡量的,比如我认为马尔克斯的马孔多就比纽约重要,在这个问题上的争论永远不会有结果。文学上一个地方的重要性完全取决于它所包含和展现的人性内容:情感、思想、命运,人的战斗、挫折和人的强大、软弱。

这一切,在这本书里都有,它们发生在纽约。

这样的一本书大概会被归类为"留学生文学"。在中国大陆,从上世纪90年代开始,这形成了一个特定的文脉,比如我们都知道《北京人在纽约》,说的就是留学生的故事。世间事总是难免被归类,我们通过归类归纳事物之间的同,也通过归类比较出同类事物之间的异。比如这本书,它写的是留学生的生活,不过,它和这个文脉上以前的那些作品还是有重要的不同。

早期的留学生文学,大多是在讲中国人在海外的艰苦奋斗——我们怀着"美国梦"飞越太平洋,在那里插队、扎根、成功,酸甜苦辣不容易啊,我们要跟祖国人民好好说说。

这很好,祖国人民也是爱听的,虽然多少有点不理解,既然那么不容易干嘛不呆在家里。而到了洪梅这本书,重点不在于不容易,其实哪儿的生活都不容易;洪梅是上世纪90年代出去的。对于她那一代留学生而言,主要的问题已经不是洗盘子,他们比更早的那一代人更容易融入美国生活。他们也没有多少自怜自艾的情绪,他们更自信。他们身处更加宽阔、更加深入和内在的全球化背景下,他们可能离成功更近,成功得也不那么咬牙切齿,但由此,他们有了自己的问题,自己的生命体验、困惑和艰难。

这本书写的就是这个。在这个意义上,它使得几近衰微的留学生文学的文脉获得了新的生机。

80年代的人是怀着"美国梦"出去的,90年代的人当然也怀着"美国梦",不过,他们恰逢中国经济的巨大发展,他们发现,在身后,"中国梦"也在盛大展开。

所以，他们是生活在两个梦中间，生活在资本、知识、技术、信息正以惊人的速度和规模在大洋两岸激荡的时候。他们赶上了好时候，但好时候常常会带给我们更多的烦恼，因为好时候的标志之一是人生的无尽可能。面对这纷繁的可能，选择变得那么难，不仅是生活的选择，更有内心的、精神的选择。

让洪梅在大洋彼岸的深夜里把这本书写完的理由，就在于这些生命中歧路彷徨的选择，还有伴随着每一个选择的那些新的复杂经验。

所以，这本书是有价值的。要理解中国人在这个时代正在经历什么，仅仅在北京、在中国，我们可能看得很真切，但通过这样的书，我们却会看得更完整。也许，这个时代给我们的文学提供了一个前所未有的机会，那就是，在全球范围内展开中国人的故事，同时，也在全球背景下自我认识和自我发现。洪梅这本书就是这个过程的一枚果实。

是为序。

引 子 / *prologue*

初秋的下午,微风宛若一只大手,漫不经心地抚过款款流淌的哈得孙河。川流不息的车河、行色匆匆的人群……纽约一如既往的忙碌而喧嚣。

凌紫荷拉着丽萨的小手,沿着野花丛中的铁轨,漫步在金色的夕阳里。这里是闹市上空一片奇异的静土,锈迹斑斑的高架铁道,见证了曼哈顿半个多世纪的变迁,最终却被湮没在摩天大楼的闪烁霓虹之中。然而,这静默中蕴藏着多少被遗忘的故事,珍藏着多少不为人知的秘密啊!

"妈妈,你看我找到了什么?"小丽萨踮起脚,伸直手臂,将一片洁白而柔软的羽毛送到紫荷面前。

夕阳的余晖映照着小姑娘和那片被她高举的羽毛。紫荷不禁由衷地赞叹道:"啊,是小鸟的羽毛。真好看!"

"妈妈,可是我怎么看不见小鸟啊?"

"小鸟飞走了,它要去找它的家。"

"哦,我知道了,这是小鸟从家里寄来的信吧?爸爸现在的家是不是离小鸟的家很近呀?爸爸会不会让小鸟给咱们捎信来呀?"

"会的,好孩子。爸爸一定非常非常地想念咱们,他会想办法给咱们捎信的。"紫荷一把搂住了小丽萨,把自己的脸紧紧地贴在孩子的小脸上。四只眼睛充满期待地眺望着远方,仿佛在寻找天地间那只能够穿越时空的鸟。

到俄克拉何马去

1

To the Land of Oklahoma

沿着野花丛中的铁轨

下午六点,校广播站的喇叭准时响起。这大概是忙碌的大学生们一天中最放松的时刻了。学生们三三两两地端着饭盆来往于宿舍和食堂之间。有耍酷的男生趿拉着拖鞋,一手扶车把,一手拎着四五个暖水瓶,像演杂技一样地骑着自行车在人群里穿梭,一准儿是赶着上哪个女生宿舍充当骑士去吧。广播里正在播放卡朋特那首既甜蜜又忧郁的英文老歌《昨日重现》:

All my best memories(我所有的美好记忆)
Come back clearly to me(清晰地回现)
Some can even make me cry(有些仍使我热泪盈眶)
Just like before(一如从前)
It's yesterday once more(像昨日重现)

Every Sha-la-la-la
Every Wo-wo-wo
Still shines
Every shing-a-ling-a-ling
That they're starting to sing's
So fine
……

她富有磁性的嗓音在被火烧云染红的天空中回旋着、飘荡着,让一颗颗年轻的心莫名地为之感动着。

肖逸和杜宏杰两人骑着车在黄昏的校园里漫游。老杜显得有些心事重重,而洒脱的肖逸却一路轻松地跟着广播吹口哨儿。

经过南校门附近的杨树林时,杜宏杰不知不觉地放慢了车速。路边一排排高大的白杨笔直地站立着,繁茂的枝叶随风起舞,那沙啦啦的声响像是在为卡朋特伴唱。肖逸心领神会地也跟着减慢了车速,他扭头看了看若有所思的老杜,故意跟着广播大声唱道:"It's yesterday once more……"

三年前夏末的一天,这片进出南校门必经的杨树林,在杜宏杰的心目中突然被赋予了特殊的意义。

那天的天气燥热无比,连树上的知了都叫得无精打采的。这是新生入校报到的最后一天。大多数历经千辛万苦考上北大的新生,按捺不住心中的兴奋和喜悦,新生报到刚一开始就迫不及待地赶来了。各系高年级的同学在南门旁的杨树林里设立了新生接待站。杜宏杰、肖逸和另外几个暑假提前返校的同学负责化学系的新生登记,再把他们送到事先分配好的宿舍里。化学系的新生人数多,头两天他们忙活得脚不点地,大热天的连水都顾不上喝一口。

到了第三天的下午,还没来报到的新生已是寥寥无几。别的系已经有开始收摊儿的了。一连在宿舍楼和南校门之间奔波了好几天,这些平日里精力旺盛得无处发泄的大男孩也感到疲倦和无聊起来。

凌紫荷是最后一天的下午才来报到的。她的出现让几个正犯困的男生眼前一亮,精神也为之一振。虽然他们对每一位新同学都礼貌服务、热情接待,但是对女同学,尤其是稍微漂亮点儿的女同学,那热情的成分自然就会更多些。可是,当凌紫荷突然出现在他们面前的时候,几个人却一时手足无措,脑袋发蒙,连怎么热情都给忘了。

刚上大学那会儿,他们都喜欢在宿舍熄灯后打着手电缩在被窝儿里读小说儿。尤其是《红楼梦》,在这个年纪读来别有一番滋味。那里面描述的"天上掉下个林妹妹"的场景,不知为青春心事平添了多少遐想。他们怎么也想不到,在这个酷暑难当的下午,竟会真有个林妹妹似的女孩"从天而降"。

见几个男生直发愣,凌紫荷嫣然一笑,上前询问道:"请问化学系新生是在这儿报到吗?"

最先反应过来的肖逸赶忙迎上前来:"啊,对,对!欢迎,欢迎!请问你叫什么名字?"

"我叫凌紫荷,凌波的凌,紫色的紫,荷花的荷。"

"紫荷凌波,哇,好名字!让我来看看你分在哪个宿舍。"

"谢谢你！"

杜宏杰站在一旁听着他俩的一问一答，半天也没能插上一句话，却忍不住在心里一通感叹：紫荷凌波，真是名如其人哪！不过她更像是一朵泰戈尔诗句中静静开放的玉色睡莲。杜宏杰对自己这种油然而生的诗意联想暗暗感到惊讶。他一直认为自己左脑发达、右脑简单，只善于进行理性思维。

"你在35楼319房间。"肖逸在花名册上找到了凌紫荷的名字。

"我来帮你把箱子搬过去吧！"杜宏杰不失时机地说。

肖逸和杜宏杰打一入学就住同一宿舍，家又都在北京，两人很快就成了死党。可是爱调侃的肖逸连自己最好的朋友也不肯放过。他伸手把杜宏杰一挡，说："行了老杜，您还是坐这儿歇会儿吧。今天上午您不是已经搬了好几回了吗？这趟就交给哥们儿代劳吧！"肖逸的脸上带着一点儿鬼鬼的笑意，抢先拎起凌紫荷的箱子放到平板车上。

"谢谢了！再见。"凌紫荷离开之前，善解人意地对杜宏杰微笑着点了点头。

杜宏杰本来从不相信泛滥于电影和小说中的一见钟情，可是自打见到凌紫荷，他有些二乎了。也许喜欢一个人，真的不需要太多合乎逻辑的解释吧。

校广播站的晚间新闻刚刚结束，凌紫荷正打算去图书馆或是三教占个晚自习的好地方，却被风风火火地闯进宿舍的陈晓歌撞了个正着。"重大新闻！重大新闻！杜丘拿到全奖啦！美国斯坦福大学，可牛啦！"陈晓歌的男朋友也是化学系的研究生，和担任他们大三级主任的杜宏杰同住一个研究生宿舍，所以陈晓歌总能在第一时间掌握高年级男生那边的动向，这也让她成了三年级女生中颇受欢迎的人物。

大三是很特殊的一年，大一新生刚入校时的新鲜劲儿已经过去了；二年级时对专业课成绩锱铢必争的劲头也慢慢懈怠了一些；再加上暂时不用为毕业后的出路殚精竭虑，大三成了本科四年里的"黄金时代"。陈晓歌念念不忘她背 TOE-FL 单词时学的一个英文词"sober"（清醒的，有理智的）。"精辟的好词呀！"她对凌紫荷说，"我们大三生是最 sober 的一群，我们不但弄明白了上大学，特别是上名牌大学的真谛,而且在冲上毕业战场之前,我们还有足够的时间去看、去听、去琢磨……"

杜宏杰便是让为数不少的女生暗中琢磨的对象之一。老杜是北京人,据说父亲还是哪个国家部委的高干。他本人对此倒是十分低调,所以大家对老杜的水到底有多深也就不得而知。不过即使再低调,从小生长环境的潜移默化可是藏不住的。杜宏杰虽称不上是个相貌英俊的白马王子,可是他北方男孩高大魁梧的身材,不俗的言谈举止,再配上一个很有个性的板寸头,自然而然地受到女生的仰慕和男生的追随,连系里都锦上添花,将大三级主任的重任交给了他。也不知是谁率先冠以他那个挺酷的绰号"杜丘"。那个时候可供追捧的明星偶像没那么多,偶像们被人冷落遗忘的速度也没那么快。所以老牌儿影星高仓健仍然不乏崇拜者。不管这个绰号时髦与否,老杜的魅力却是由此可见一斑。

"紫荷,李京,小雯,咱们去43楼祝贺杜丘吧,顺便也取取经,看看人家是怎么读研才一年多就联系上名校了。"陈晓歌说着就往宿舍门外跑。"我看你呀,是急着去找你的伍状元吧!"李京对着陈晓歌的背影喊。

陈晓歌的男朋友伍国梁是湖北英山县那一年的高考状元。伍国梁家里的一个哥哥和两个姐姐没一个上大学的。整个县城里能考上北大清华的也是多少年就出了这么一个。县长咬牙凑出了两千块钱的奖金,敲锣打鼓地送上门来,说国梁上北大不但是伍家的骄傲,更是咱全县的光荣。这以后毕了业,定是国家的栋梁之才,说不定还能让家乡闭塞的小县城从此改天换地一番呢。县长的眼光确实放得挺远的。伍状元也不负众望,即使是在北大这种人才扎堆儿的地方仍然保持着傲人的成绩。线性代数、量子化学、高分子结构、现代金属有机……越是那些难得让人发憷的课程,越能显出伍国梁读书考试的过人之处。难怪陈晓歌慧眼识英雄,像投资一只极富潜力的绩优股一样,用她无微不至的体贴和照顾,牢牢地抓住了伍状元的心。

凌紫荷淡淡地一笑,拿起桌上的书包对李京她们说:"我还是去上我的晚自习吧。多背几个单词比取经有用。"

在去43楼的路上,陈晓歌问:"紫荷不来吗?"李京和小雯不以为然地耸耸肩说:"你还不知道紫荷吗？她怎么可能主动往男生楼跑呢？"

43楼是几个理科系的男研究生宿舍楼。走廊里杂七杂八地挂满了球衣球裤和洗得看不出本色的背心袜子什么的。那时候也不知为什么，运动衣不管男式还是女式，大多就两个色儿：海蓝和玫瑰红。于是在周末学生食堂里举办的舞会上，常看得见有男生穿着洗得发白的绿军裤，裤腿下面露出一线玫瑰红的秋裤，别看衣着土气却是把华尔兹跳得有模有样。宿舍楼里的空气混杂着汗味儿、臭球鞋味儿、纸烟味儿和不知谁偷偷用电炉煮方便面的味道，难怪这里被女生们戏称为"动物园的狮虎山"。

杜宏杰他们住在207室，晚饭后照例聚了不少人。不同以往的是，今天围棋、象棋、桥牌一律没开局，连肖逸的吉他声都没听见。围着杜宏杰说笑的一帮男生看见几个小女生走进门来，自觉地闪开一条道儿。陈晓歌也不客气，拉着小雯一屁股坐在伍状元靠窗边的下铺上。站在她们对面的肖逸举了举手中的一整瓶燕京啤酒招呼道："几位小姐光临实在是令咱们207陋室生辉！怎么样，每人来上一点也算是给老杜道喜了？"

"没问题，就是劳驾哪位骑士给咱们洗几个干净的杯子来，我们一定奉陪到底！"爽快的陈晓歌一伸手把那一整瓶啤酒接了过来，吓得李京和小雯吐了吐舌头。

杜宏杰原本是坐在窗边书桌上的，他的两条穿牛仔裤的长腿随意地晃荡着，看见女孩儿们进门才赶忙跳下来。他斜靠桌子站好，两臂交叉抱在胸前。毕竟他还是她们的级主任，总得讲点儿师道尊严吧。

小雯不无崇拜地对他说："杜老师，你怎么那么厉害呀，听伍状元说你的GRE第一次就考了2100，也教教我们怎么复习才能考那么高的分儿吧。"

杜宏杰摆摆手显得有点儿不好意思，这是他很有人缘儿的一个重要原因：他的确很优秀，可是又很谦虚，一种真诚的谦虚。"小雯你别这么说，这也没什么秘密可言，就是多做模拟题、多背单词呗。你们才三年级，还有的是时间准备。不过可别把专业课给落下了。"

陈晓歌轻轻一推身边的伍状元说："我们早，你可不早。我下礼拜就给你排队报 GRE 去！"

"国梁你可真有福气，我只听说红袖添香，可从没听说过有知己红颜连夜排队给报 GRE 的。"肖逸习惯性地调侃道。

"嘿，冇得用的，我考多高分儿也是白搭。我们家祖宗八代在英山出不了方圆一百里地，到哪里我得到侨属关系唦？"国梁一着急就把家乡口音给带出来了。

"我说国梁，你脑子得多开点儿窍。找不着侨属，不是还有台属呢吗？你在老家就找不出个当初跟着国民党跑到台湾去的？"说话的是国梁上铺的郝天山，他是从新疆考进北大的。国梁一听更急了："那叫个么是馊主意嘛，我老家可是中央给挂了牌牌的革命老区，出的可都是共产党啊。"大伙儿听了"哄"的一声笑了起来。

虽说伍状元对郝天山的建议不买账，可天山那率真的坦白，却在许多想出国留学的学子们心中激起了共鸣。其实 TOEFL 考过 600，GRE 上 2000 并不是留学路上最大的障碍。当时出国留学的大门仅对侨属和台属敞开，这条政策可是愁坏了多少成绩优异却非任何"属"的普通学生。

郝天山的父母都是"文革"前考入北农大畜牧专业的大学生。那个年代的年轻人，最大的理想就是响应毛主席的号召"到祖国最需要的地方去"。当年他们唱着那首"咱们新疆好地方啊，天山南北好牧场"的动听的歌曲，也不知坐了几天几夜的火车，终于来到了天山脚下的阿克苏。在那儿一扎根儿就是 30 年。连"文革"时期出生的两个儿子，都分别被取名为郝天山和郝天池。

郝天山的童年和少年时代基本上是在北京的姥姥家度过的。姥姥家的四合院儿门口有对石门墩儿，进门影壁墙前有棵黑枣树。在天山的心目中，这个小院儿比远在天山脚下的家来得更加亲切。弟弟天池一直跟着父母，自然受父母的宠爱也多些。不过天山不嫉妒弟弟，他甚至感谢当年父母毅然决然地把刚满一岁的他留在姥姥家。他喜欢北京，喜欢大都市的生活。上高中以后，父母把郝天山接回新疆，不是为别的，而是因为边远地区的考生参加高考有照顾。天山是个很执著的人，他中学时就认定了要上北大，这理想最终还真实现了。他又回到了北京。

天山喜欢自诩为北京人。这一点经常遭到同学们的质疑，因为他户口本儿上填写的籍贯分明是新疆。"你的名儿就把你给出卖了。北京人干吗叫郝天山啊？"大家逗他说。

"嗨，户口本儿上怎么填，只是个应付高考的战略战术问题。再说了，北京人就不兴叫郝天山啦？人家陈佩斯，还有他哥叫陈布达，加起来布达佩斯，要依你们的逻辑难道陈佩斯还改匈牙利人了不成？"不管算不算正宗的北京人，天山的一口京片子却着实地道。

实现了进北大的目标以后，天山又在北大很快找到了他下一步的理想。60年代出生的人，谁都能背出一些毛主席的话。他老人家教导青年们要"胸怀祖国，放眼世界"。父辈们用他们的实际行动响应了前边儿那一半儿。天山打趣说，这后一半儿的"放眼世界"可就正待我辈来实现喽。

郝天山的床在上铺。一张大大的世界地图从天花板直垂到床板的高度，占去了他床边大半的墙面。地图上的北美大陆板块被他用红笔圈圈点点，还有一条醒目的红线从中国，准确地说是从北京，笔直地伸向美国。天山的这张地图被同宿舍的同学们戏称为"赴美预备队作战指挥图"。因为站在地上看这张图需要抬头仰视，所以会让人不知不觉地生出点儿肃然起敬的感觉。在那些身心俱疲的夜晚，天山的"作战指挥图"起到了激励同学们多背几页单词、多做几道绕脖子GRE逻辑题的作用。可能是受到杜丘好消息的鼓舞，天山床边的"宣传栏"里不知什么时候又添了几条用毛笔写的标语：

"到得克萨斯去！"

"到内布拉斯加去！"

"到俄克拉何马去！"

其实他自己也不太知道这些地方到底什么样子，只觉得这些地名说起来都挺酷挺有号召力的。为此肖逸还揶揄他说："我们天山不愧是从祖国边疆来的，对沙漠荒原就是有感情，哪怕到美国也要找个相似的地方当拓荒者去。"天山对此倒不以为然，对他来讲，美国的任何一个角落都应该是个精彩纷呈的世界。

大家喝着啤酒一直说说笑笑到九点多，杜宏杰和伍状元才把几个女生送出来。本科宿舍楼十一点可是要锁门熄灯的。杜宏杰故意放慢脚步，和后面的李京走了个并排。他用很随意的语气问："李京，怎么没见你们宿舍另外那几个同学呢？"

"噢，她们呀。金媛媛去北师大找她老乡，下午一下课就走了。刘丽嘉的爸爸住院，她请假回家照顾她爸，都有两天没回学校了。还有凌紫荷，我们倒是想叫她一起来，不过她急着去上晚自习，匆匆忙忙地自个儿走了。""哦，是吗？"杜宏杰淡淡地应了一声，丝毫没有让李京察觉到他的失望。

说来也怪，凌紫荷的名字虽然常常被人跟系花联系在一起，可是从一年级到三年级，她的身边却从没出现过一个护花使者。这也印证了杜宏杰对她名如其人的第一印象。她像一朵只可远观的莲花，不经意间流露出的优雅和高贵，让好几个跃跃欲试的毛头小子还没出兵就自动打了退堂鼓。就连肖逸的吉他友——燕声剧社的男一号台柱子，人称罗密欧的"情场高手"岳川都败下阵来。为了安慰失意的岳川，肖逸还把他带到南门外的长征饭馆喝了个一醉方休。"哥们儿，我跟你说实话吧，你们化学系的那个凌紫荷，真不是个好揽的瓷器活儿。谁要是找个像她那样的女朋友，肯定累心！"肖逸看着平日里神气活现的岳川，觉得他此时的样子有些好笑。他故意问岳川："你说这凌紫荷，她到底是怎么把咱们的大情圣折腾成这样的？"

"怎么？关键就在于她怎么也没怎么，她什么也没说，什么也没做，哥们儿就知道不行了，就有挫折感了！"岳川垂头丧气地说。可望不可即！这是男生们对凌紫荷达成的共识。

上研究生后，杜宏杰被系里任命为三年级的级主任。肖逸作为老杜的铁哥们儿，再加上同宿舍伍状元的女朋友陈晓歌隔三差五地往他们宿舍跑，渐渐地肖逸和大三的学弟学妹们也接触多了起来。肖逸看得出凌紫荷在杜宏杰心中的分量，他也知道老杜在竭力克制和掩饰这份感情。作为级主任、学生干部、系里的红人，老杜的形象几乎是完美的，可是任何完美的背后都是有代价的。

新学年的热闹劲还没过去，秋意就渐渐地浓了。校园里的银杏树不知什么时候变成金灿灿的一片。小扇子形状的落叶纷纷扬扬地飘舞着、旋转着,覆盖了树下的小路。金黄色的背景里隔三差五地跳出几簇红艳艳的火炬树,不甘寂寞地争夺着人们的视线。

一个秋高气爽的周末,系学生会组织大家去香山秋游赏红叶。因为今年的秋天早早地就凉意袭人。漫山的红叶霜重色愈浓,苍松翠柏间一丛丛一片片的黄栌树、枫树和栾树,仿佛绚丽的云霞飘落在万顷碧波之上,用浓墨重彩将香山的秋色渲染得如火如荼。为了避开来看红叶的大批游人,同学们先途经西山樱桃沟,再绕道后山的小路去攀登香山的主峰——鬼见愁。这条路穿梭在奇石和密林之间,虽然有些险峻,可是人与景完全地融合在一起,那种人在画中游的感觉实在是妙不可言。

美丽的风景和周围欢快的人群,并没能真正地感染杜宏杰。老杜刚刚拿到了冬季入学签证。他知道,再过不到两个月,他就会在大洋彼岸的美国加州了。如果他再不把心里积藏了很久的感情倾吐出来,恐怕以后要找机会就更难了。肖逸背着他的红棉吉他和一只大大的军绿色登山包走在他身旁。他的登山包里塞满了水呀、饼干面包呀、急救药呀一类的野营必备物品。他是系学生会的后勤部长,自然要操心许多别人想不到的事。肖逸早就看出老杜满腹心事,心思缜密的他不用问也猜了个八九不离十。

为了活跃气氛,肖逸故意问一群跟在他和杜宏杰周围的女孩子:"哎,聪明的小姐们,看你们谁猜得出咱们刚才经过的那块大石头有什么典故?"

"噢,我知道,这儿不是离曹雪芹故居不远吗?一定是红楼梦里的什么典故对不对?"快人快语的金媛媛回答道。

"嗯,不错,不错。那到底是哪一段呢?"肖逸笑眯眯地接着问。

"那可要看你问的是哪一块石头了。像元宝的那块巨石肯定是书中通灵宝玉的原型;石缝中长着古柏的那一块呢,恐怕就是木石奇缘喽。"

"好!凌紫荷同学抢答正确,加一分。下一道题,你们可听好了啊……"

"幸好有肖逸,他总有办法让周围的人都感到愉快。"杜宏杰心里想着忍不住扭头去看凌紫荷。紫荷今天的心情似乎格外的好,和周围的女孩儿们一起咯咯地笑个不停。不知是因为爬山的缘故,还是被红叶映衬的,她平常略显苍白的脸颊上泛起了红晕,大大的眼睛里跳动着快乐的光芒。一件本白色的棒针高领毛衣随意地勾勒出她窈窕轻盈的体态,比起平时那个安静典雅的淑女还要显得动人。杜宏杰被一种莫名的焦虑弄得躁动不安起来,他头一回感到不自信了。

上山的路越来越难走,一不小心脚下就会打滑,最陡的地方一定要揪着路边的小树,手脚并用才上得去。同学们这时也越来越分散了,四周安静下来。凌紫荷似乎有些体力不支,渐渐地落在后面。肖逸意味深长地看了杜宏杰一眼,吹着口哨很快地爬到前面去了。

"紫荷,别着急,我来拉你。"杜宏杰微笑着向凌紫荷伸出一只手。"杜老师,真太谢谢你了!"凌紫荷气喘吁吁地说。她抬起脸回以杜宏杰温柔的一笑,不假思索地拉住那只向她伸过来的有力的大手。等他们爬到一个稍微平缓一点儿的地方,杜宏杰说:"来,在这儿歇一会儿吧,前面还有一段更难爬的坡呢。"

紫荷背靠一棵野海棠树向山下眺望。"这里的景色可真美!"她自言自语地说。

"紫荷,其实我早就想告诉你了,只是不知道该怎么说……"杜宏杰终于鼓足勇气开了个头儿。

"嗯?杜老师,你说。"凌紫荷转过脸来,两只明澈的眼睛丝毫没有顾忌地望着他,充满了纯真的信任,甚至带有一点点崇拜。杜宏杰一下子语塞,好像一个犯了错误的大人,面对纯真孩童的崇拜而变得无地自容。

"紫荷,我是想告诉你,我12月初就要走了。以后你能不叫我杜老师吗?这为人师表的事儿,让人觉得怪有压力的。"

"杜老师你也太谦虚了,虽然你比我们大不了多少,可是我们都觉得你特优秀,所以叫你老师那是当之无愧的。说真的,你这么快就要走了,同学们肯定都会舍不得的。"

"紫荷,那你呢?你会想念我吗?"杜宏杰热切地看着紫荷的眼睛。他压抑了很久的情感终于迸发出来。

凌紫荷心头一颤,连忙躲开杜宏杰的目光。她不知该怎样回答。她不是不明白杜宏杰急于要对她表白的心意。从十二三岁起,紫荷走在街上就常有顽皮的半大小子对着她吹口哨。她去游泳池游泳,好几次被人在水下拽住脚丫,吓得她大叫。后来上了高中,又上了大学,更多的男孩子直接地,或者不直接地对她表示爱慕之情。也许她与生俱来就有一种定力吧,能让她把所有这些纷扰隔绝在身外。她真诚而善良地对待周围的每个人,同时却又从容而坚决地和他们保持着一种距离,那种可望不可即的距离。这大概是一种下意识的自我保护。她躲在自己创造的玻璃罩里一心一意地好好学习,就像那个年代许许多多单纯的好学生、乖孩子一样。久而久之,不但外面的人只能望着玻璃罩里的风景无奈兴叹,连紫荷自己都发觉她已经走不出去了。一旦这种安全距离受到威胁,稳定的化学键就会在高能量的攻击下破裂,形成极不稳定的游离基,从而让她感到不安和害怕。可究竟怕什么呢?她也说不清楚。

"杜老师,我,我想,我会像大家一样……"

"哎,凌紫荷,杜老师,你们怎么才爬到这儿啊?我们还以为大家都到山顶了呢!"正在紫荷为难的时候,陈晓歌的亮嗓门儿响了起来。她和伍状元刚才一定是为了躲清静,找了条大家都不走的小路,七拐八绕地落在了大部队后面。他俩的出现倒是给凌紫荷解了围。

香炉峰是香山的最高峰,人称"鬼见愁"。对着眼前一览无余的蓝天和色彩瑰丽的群山,这一群青春骄子尽情地挥洒着他们澎湃的激情。四人还没爬到山顶的时候,就听到上面传来几乎是喊出来的歌声:"我曾经问个不休,你何时跟我走?可你却总是笑我,一无所有……"肖逸坐在一块大石头上,夸张地摆出一副重金属摇滚的架势,用pick(拨片)把怀里红棉吉他的钢弦扫得山响。聚在他周围的男生们跟着节奏摇晃着身体,扯开嗓子大吼:"噢噢,你何时跟我走……"女生们对他们的潜台词儿心知肚明,一个个笑得前仰后合。

香山之行给熄灯后宿舍里的"卧谈会"增加了不少谈资笑料。陈晓歌迫不及待地爆出关于杜丘杜宏杰的第二条新闻:杜丘有了意中人!至于这意中人是谁,还要暂时保密。

"啊?真的假的?咱们的高大全居然也被小资拉下水啦?"

"哎,也不知那女孩是哪个系哪个级的,真有福气!杜丘不但一表人才,成绩优秀,最重要的是他斯坦福的全奖都拿到手了!谁要是跟了他,还用得着为TOEFL、GRE劳神儿呀。我可快被GRE词汇给难死啦,连做梦都是满篇不认识的单词,烦死了!"关于杜宏杰意中人的话题显然让大家睡意全消,你一句我一句地议论起来。

"唉,我的希望像美丽的肥皂泡一样破灭了,我的心也支离破碎了!"金媛媛故意拿腔捏调地说。

"行了,媛媛,你那叫什么希望啊?你使尽浑身解数想让人家注意你,纯粹是无谓的自寻烦恼。"李京笑道,"不过说真的,陈晓歌,你再给透露点,那女孩儿到底是何许人也?我们几个明天请你喝酸奶吃炸薯片儿。"

"你们真要知道吗?"陈晓歌煞有介事地清了清嗓子,"此人远在天边近在眼前……"

"晓歌,你就别捕风捉影散布谣言了,多无聊啊。"半天没吭声的凌紫荷终于开了口。

"哎呀妈呀,我知道了!我这猪脑子怎么早没想到呢?杜丘的意中人就是咱们凌大小姐呀!郎才女貌,make sense, make sense(合情合理)!"还是小雯的反应最快。

"没有的事儿……"凌紫荷无力的争辩被大家视为此地无银三百两。

第二天下午下了最后一堂课,陈晓歌去找伍状元。伍状元正歪在床上看《侠客行》,他最近正中了魔怔似的迷金庸。陈晓歌气得大叫:"好你个伍国梁,我辛辛苦苦为你熬夜排队报GRE,还在勺园留学生楼里挨着门儿串。说是练口语,其实是为了跟老外套词儿给你换美元交报名费。我容易吗?你可倒好,躲在屋里看武侠小说,这试你还考不考啊?"

"国梁不考我考。陈小姐,发扬发扬风格,把你的美元换给我一点儿,黑市价,8.75,怎么样?"正躺在床上听《美国之音》的郝天山从上铺探出个脑袋来。

"臭美吧你,有本事自己换去。我这可是五元十元一点点攒的,谁舍得让你瓜分啊。"陈晓歌拽起伍状元就走。

"你再考虑考虑嘛！下次我回家给你捎吐鲁番葡萄干和库尔勒香梨！"郝天山不甘心地对着他们的背影喊。"我去跟老外套词儿也得有人答理呀。"见他们不理不睬，他委屈地嘟囔了一句。

杜宏杰和肖逸这时提溜着几个实验室里装试剂的大空纸箱走了进来。问清了原委，杜宏杰说："等我过去了，哥儿几个申请学校的报名费我都包了，别为这区区小事发愁。"

"够哥们儿，老杜！"郝天山立刻笑逐颜开。

"区区小事？"肖逸不以为然地说，"一所学校的报名费少说也得三四十美元，一个人最少也得照着十所撒网。咱207四人走了你一个还有仨，这话要是让平时一块拱猪的牌友听见了，追着当你铁哥们儿的还不知有多少呢。老杜，大话好说，到时候你要是后悔可就来不及了。"

杜宏杰一边往纸箱里码放他的书籍，一边憨厚地笑笑："嗨，谁让我是打前阵的呢？这事儿我义不容辞嘛。"他从书架上抽出一本小册子，随手翻了翻，然后"啪"地用书拍了一下郝天山的脑袋，"天山，这本书送给你了，没事儿多学习学习美国的人文地理，咱不能光听着哪儿地名儿好听就奔哪儿去呀。"郝天山一看，那是一本中英文对照的美国地理图册。

时间过得真快，杜宏杰已经在系里办好了退学手续。妈妈让他临走之前去南京看一趟舅舅，所以他剩下的在校时间只有两三天了。杜宏杰一一造访了他担任级主任的化学系大三的所有宿舍，向同学们当面告别。凌紫荷当时也在，她依旧是优雅大方，浑身散发着那种不卑不亢、从容淡定的独特气质，好像几个星期前在香山的那一幕完全没有发生过。金媛媛倒是极其的热情，她非要送杜宏杰一件礼物留作纪念。那是她从海淀街上特意买来的一盘罗大佑的《光阴的故事》。当着凌紫荷的面，杜宏杰觉得有些左右为难。

马上就要期中考试了，就连平常吊儿郎当的学生也得赶快抱抱佛脚。晚饭时间一过，宿舍楼里变得十分安静。肖逸正要出门去实验室，杜宏杰叫住了他："肖逸，身上还有烟吗？"

"只有春城，你只好将就点儿了。"肖逸掏出两根烟一人一根点上，"想聊聊？"

他明知故问。

　　杜宏杰猛吸一口烟,因为不习惯而被呛得咳嗽起来。透过淡青色缭绕上升的烟雾,他的目光投在郝天山的那幅"赴美预备队作战指挥图"上。"肖逸,你是咱们哥儿几个里头的明白人。你说我这步棋到底走得对不对?这两年一门心思光顾着拿全奖出国,别的什么都不想。可真等到要走的时候吧,心里又觉得有点儿空,说不清出去到底奔的是什么,在这边儿割舍下的又是些什么……"

　　"老杜,言重了。不过我能理解,你现在正处在人生的重大转折点上嘛,搁在谁身上都保不齐会有点儿心神不宁。你看看咱们这43楼,要说是出国留学预备队的营房一点儿也不为过。这么多人,总不会全都头脑发热,不知道自己要干什么吧?照我说啊,这出国的理由,一百人里至少会有五十样儿。思想境界高点儿的,可以说学成以后报效祖国;低调儿点儿的,可以说开阔眼界增长阅历;更实在点儿的,还可能是为了美金、汽车、洋房……总而言之,奔着更美好的未来而去。你想,70年代末一恢复高考,千军万马都冲向高考的独木桥。80年代国门一开,出国留学又成了风潮。其实这些都很自然,万变不离其宗的是那句人往高处走,水往低处流的古话。"

　　肖逸见杜宏杰仍旧一个劲儿地闷着头抽烟,便按了按他的肩膀接着往下说道:"好,现在咱们再来说说这个割舍的问题。如果你指的不是故土难离,那依我看来现在谈什么割舍还为时太早。一盘棋你才刚刚开始布局,离中盘还远着呢。只要你能保持先手,我想机会还多着呢。"肖逸说罢起身向门口走去,"记住,占先手者得大局。"已经出了门,他又回头喊了一句。

　　杜宏杰掐灭手中的烟站起身来。肖逸的话提醒了他,在剩下不多的时间里,行动才是最重要的。他解开已经捆好的纸箱,从里面找出那本他最喜爱的《泰戈尔诗选》。既然自己在凌紫荷面前总是拙于言表,那只好借泰斗的一"诗"之力来传递情感了。

　　　　世界上最远的距离
　　　　不是生与死的距离

而是我站在你面前

　　你不知道我爱你

　　世界上最远的距离

　　不是我站在你面前

　　你不知道我爱你

　　而是爱到痴迷

　　却不能说我爱你

　　世界上最远的距离

　　不是我不能说我爱你

　　而是想你痛彻心脾

　　却只能深埋心底

　　……

　　紫荷，我没有选择站在你面前为你朗诵这些诗句，那是因为我了解你是怎样的一个女孩。我知道你骄傲清高，不会轻易接受一份感情。可是你又温柔善良，不想让任何人因为你的拒绝而感到痛苦和难堪。我不奢求你能够很快地接受我，只希望你能给我一个表达的机会，这样，在我离你远去之前总算是能了却心中的一个遗憾。我向陈晓歌打听过，你总是早早地在图书馆占好上晚自习的位子。如果你同意给我这个机会，我会一连两天在俄文楼前等你下晚自习。如果你选择回避，那我也完全可以理解。我将带着这份遗憾，在大洋彼岸默默地期待我们的轨迹会再次交会在一起。

　　那个时候的学生宿舍楼里，每天寄来的邮件被胡乱堆放在进楼门靠楼梯处的一张方桌上。进进出出的同学经常驻足在大堆儿里细细翻检，如果看到自己的或是同宿舍同学的信件就顺便带回来。趁着下午第一堂课还没下的时候，杜宏杰把他写给凌紫荷的信亲手放到大堆信件顶上一个显眼的位置。离开35楼的时

世界上最远的距离
不是生与死的距离
而是我站在你面前
你不知道我爱你

候,他又回头充满希望地对那封信看了一眼。有谁会想到,就是这一眼,引起了一个人的注意。那封寄托着老杜全部期待的、充满了诗意的信,被这个刚巧从楼上下来的人悄悄地收了起来。

接下来的两天,杜宏杰经历了他这辈子最难熬的夜晚。北京初冬的夜,一阵阵的寒意水一般无声地浸透了他身上的军大衣,渗进肌肤,那种冰冷一直漫延到心里。四周太静了,偶尔有路过的人也是低着头行色匆匆。俄文楼前李大钊和塞万提斯的青铜像,冷静地注视着这个被焦虑和无奈折磨着的年轻人。

杜宏杰选择了一个大家都在上课的时候悄悄地离开北大。只有肖逸一个人去送他。两人一起把行李装上他爸爸派过来接他的蓝鸟轿车。临上车前,杜宏杰用力攥了一下肖逸的手:"咱们美利坚见。"他迟疑了一下又说,"能帮我关照她吗?"肖逸心照不宣地微微点了下头:"你尽管放心。"

人说工夫不负有心人,郝天山对出国那种义无反顾的执著一定是感动了上苍,机会就在他最意想不到的时间和地点降临了。那是春节前的一天,前夜刚下过北京今冬第一场雪。天山正在姥姥家过寒假。姥姥家在朝阳门南小街禄米仓胡同里,这个平日里显得破旧的四合院,在白雪的覆盖下一下子显得诗情画意起来。屋顶一片洁白,房檐儿的边缘被一圈雕花筒瓦含蓄地勾勒出来。影壁墙中间那块青砖镂空花窗,被嵌进空隙的积雪映衬得格外古朴风雅。最有意境的是那棵高大的黑枣树,银装素裹的枝丫间还缀着星星点点没有落完的果实,在薄冰的包裹下好像一颗颗晶莹的黑玛瑙,在雪后天晴的阳光下闪烁着。吃过了姥姥包的猪肉白菜饺子,天山骑上他的旧永久自行车去北海看雪景。车胎轧在刚刚开始融化的积雪上吱吱嘎嘎地响,像他心里没有哼出声的快乐小调。

凭学生证只要三毛钱就能买张门票尽情欣赏皇家园林的美景,这也是让天山爱北京的原因之一。打心底里他觉得自己是个地地道道的北京人。这一天不是周末,又刚下过雪,北海里的游人特别少。天山溜溜达达转到团城底下,看见一对老夫妇正在公园导游图上查找什么地方。天山赶忙迎上前去。小时候他可当过府学胡同小学的学雷锋标兵,全校级的,这种助人为乐的事儿从来落不下他。"先生,夫人,你们需要帮忙吗?"郝天山大大方方地用英语问,他对自己的口语还是挺自信的。

"小伙子,英文讲得不错嘛。"老先生从地图上抬起头来,和蔼地望着天山用中文答道。他看上去有六七十岁的年纪,却显得格外的挺拔矍铄,身上那件中黄色的羽绒服和黑色的羊绒围巾让他看上去不像是本地人。老夫人的一头银发烫成一个很有风度的发型,脸上化着淡妆,看得出年轻时的风韵。也难怪天山头一眼看见他们就下意识地冒出英文来。"小伙子,你可知道从这里怎么去一个叫濠濮涧的小园吗?"

"濠濮涧啊,那在东岸,是个清幽的好去处,不过一般人逛北海都走不到那儿。看来先生太太对这里还挺有研究的。"

"哪里有研究,我们是40多年后故地重游,早已物是人非、恍若隔世了。"老先生感慨地说道。

"这样吧,你们要是有时间,我来给你们当导游,把北海里最有典故的地方细细地品味一遍。40年后的故地重游,这太难得了。"天山热情地说。

老夫人一听十分高兴:"那当然好了!我们当年都在燕京大学读书,第一次相识就是在北海濠濮涧开诗会的时候。1948年战事紧张我们离开北平去了美国,这一走就再没有回来过,直到今天……"

"燕京大学?这真是太巧了!我是北京大学的研究生,原来我们还是校友啊!那我就更责无旁贷啦。"

整个下午他们过得非常愉快。临分手的时候,老先生问:"天山啊,既然你是北京大学的高才生,有没有想过进一步出国深造啊?美国大学的学术气氛浓,研究水准高,要是你愿意出来开阔一下眼界,我可以帮你。"

天山自然是喜出望外。天哪,看来这北海濠濮涧乃一灵地也。将来有一天,等我从美国回来故地重游,首先就要来濠濮涧参拜。天山心中暗想。

寒假很快就过完了。开学不久后的一个星期五,凌紫荷在杜宏杰走后第一次碰到了肖逸。那是在她从化学楼回宿舍的路上,随着身后的一阵自行车铃声,肖逸连人带车好像从地里冒出来似的突然横在她面前。肖逸没有下车,只是用两条长腿支住地,背上还背着他的红棉吉他。"凌紫荷,好久没见了。寒假过得好吗?"

"是你呀,肖老师,吓了我一跳。"

"你可千万别叫我老师。这称呼连老杜都觉得受之有愧,像我这样才疏学浅的等闲之人就更担待不起了。叫我肖逸吧,好吗?"见凌紫荷微笑着点了点头,肖逸又说,"对了,既然在这儿碰上你了,能不能请你帮个忙?"

"什么事啊?只要我能办到的一定尽力而为。"

"也不需要你费多大劲儿,只要你肯来就行。我们吉他社今晚七点在大礼堂有个比赛,别人都有拉拉队,我的到现在还没着落呢。"

"拉拉队?你该不会指望我们在台下又蹦又跳吧?"凌紫荷惊异地瞪大眼睛。

肖逸笑了起来:"别紧张,别紧张,没那么可怕。你只要坐在前排替我鼓鼓掌就行了。今儿是星期五,就当出来放松放松呗。"

"那好吧。不过你的拉拉队就我一个人也不够呀。"

"放心,只要你肯来,一个能顶仨!"肖逸会意莫测地对她眨了下眼睛,"七点钟,别忘了啊。我在礼堂门口等你。"肖逸不放心地又叮嘱了一句,蹬起车走了。

一边骑车,肖逸一边想着刚才的那一幕,他轻轻地笑着摇了摇头。这个被男生们传得神乎其神的小女生,其实还很天真,有时候单纯得带着点傻气。不过,要不是受杜宏杰之托,他肯定不会想办法来接近凌紫荷。想想看,若是一件本该属于宫廷的宝贝落在了平凡百姓家,那带来的多半儿不是福分而是麻烦。肖逸是个喜欢无拘无束、绕开麻烦走的人。

凌紫荷跟着肖逸肩并肩走进礼堂,在第一排坐下。她今天稍稍打扮了一下,上身穿了一件"一"字领的柔软轻薄的黑色兔毛衫,下面是一条银灰色的贡缎长裙,长长的黑发盘起来显出她颀长优美的脖颈。简单而雅致的淡妆在柔和的灯光下让她显得楚楚动人。

坐在第五排边上的岳川伸长脖子瞪大眼睛自言自语道:"你小子够可以的,什么时候的事儿啊?哥们儿怎么一点儿不知道啊……"他不顾身边新任女友的抱怨,拼命地挥手打响指,想让肖逸往他这边看,"肖逸,嘿,肖逸!"肖逸不知是真没听见还是装的,没理他。众人的目光让肖逸感到有些不自在。不过他不显山不露水,用一贯的轻松语气对凌紫荷小声说:"我看你这个样子,应该坐在维也纳金色大厅里等待新年音乐会的开始,而不是在咱这小礼堂听什么业余吉他比赛。"

"小礼堂怎么了?好的音乐哪怕是在空山旷野都能打动人。你就赶快集中精力进入状态吧,我可是早就准备好给你鼓掌了。"

那晚肖逸弹的是泰雷嘉的《阿尔罕布拉宫的回忆》。略带伤感的轮指颤音,如歌如诉地将人们的思绪带到了那座昔日富丽堂皇,如今早已被废弃的神秘宫殿。阿尔罕布拉宫矗立在夕阳的余晖中,静默无语地感悟着历史的沧桑和命运的沉浮。当最后的乐音在悠远和宁静中结束的时候,肖逸在一片热烈的掌声中寻找到台下那一双美丽的眼睛。那双眼睛因为激动而变得更加晶莹闪烁。最终,大奖还是被国政系的一个高手拿走了。他演奏的《大霍塔舞曲》将古典吉他的技巧炫耀到了极致。不过,第二名的成绩已经让肖逸和凌紫荷感到十分高兴。肖逸提议到学生自办的梦巢咖啡屋喝点东西以示庆祝,凌紫荷欣然同意了。

"梦巢"开在学七食堂的楼上。跳动的烛光、舒缓的情调钢琴曲,系着白围裙、青春洋溢的女大学生们的亲切服务,让这里成了颇受师生欢迎的周末休闲好去处。当然了,对经济基础很不雄厚的学生们来说,三块钱一杯的雀巢速溶咖啡还是挺贵的,平日里要少吃两个小炒才能省得出来。

肖逸要了一杯一块五的冰可乐,凌紫荷要了一杯柠檬冰红茶。她微笑着对肖逸举杯:"来,祝贺你!"烛光映照着她美丽的脸,让肖逸有些不好意思地将视线转移到别处。

"嗨,只是好玩而已。要感谢的还是你。今天花了你整整一个晚上,我都有点过意不去了。陈晓歌说你的时间总是抓得特别紧。"肖逸说。

"是啊,我平常几乎把时间都花在念书上了。这次跟你出来,我忽然觉得大学生活应该是更加丰富多彩的才对。要不然可能会留下很多遗憾。瞧我三年级都过一半了才明白过来。"

"哎,打住,打住,要是我把一个'好好学习,天天向上'的模范学生给带贪玩儿了,那罪过可就大了。你可别说你三年心无旁骛,被我一晚上就给改变了,那我肠子都得悔青了。"

凌紫荷咯咯地笑起来。以前想接近她的男孩子很少有这么跟她说话的。肖逸的玩世不恭,让她觉得他和她在一块儿没什么目的性,所以也就特别轻松愉快。

"哎,对了,我还没来得及告诉你,老杜从美国来信了。"肖逸一边说,一边暗中观察凌紫荷的表情。

"真的吗?他在那边还好吗?"让肖逸有点意外的是,听到杜宏杰的名字,凌紫荷的大眼睛眨都没多眨一下。那询问的语气中既没有多少惊喜,也没有多少期待,平常得就像是偶然提起一个两人共同认识的普通朋友。老杜这家伙走之前到底铺垫到什么程度了?怎么看着没多少戏呀?肖逸心中暗暗地替杜宏杰着急,可说出话来依旧不紧不慢:"还好,就是特忙。别人第一个学期总得熟悉熟悉环境吧,他不,一下子选了三门必修课,一门选修课,还到经管系旁听一门,再加上做助教、选导师……也不知道他什么时候吃饭睡觉。老杜啊,就像一辆性能优良的赛车,能零秒加速,全程以冲刺的速度接近目标,不服不行。"

"是啊,杜老师确实令人佩服!"凌紫荷也跟着赞叹道。

难道就只是佩服吗?肖逸差一点脱口而出,不过还是忍住了。像凌紫荷这样的女孩子,不宜强攻,一定要有耐心。可别一不小心坏了老杜的大计。

"对了,老杜还在信里问起你什么时候考托考G呢,要是报名、找资料什么的有困难,你尽管来找我帮忙。我虽然没有他那两下子,可毕竟是过来人。"肖逸故作轻松地说。

"报名倒不用了。我上的GRE补习班交15块钱手续费就给我们报上了。不过北大考点儿的名额早就满了,我得去北航考试。就是模拟题太少了,如果做得不熟练,逻辑部分和词汇阅读部分的时间总是不够用。"

"这好办。我把我那儿有的复习资料全都给你,如果还不够,我带你去五道口书店。这一类的书数那儿最全,在地下室里,好多都是进口原版的。"两人的共同话题似乎越聊越多,不知不觉地一直坐到咖啡屋关门打烊。

这次以后,肖逸隔三差五地来找过几次凌紫荷。有时他是来送从研究生那边儿搜罗来的最新模拟题,有时留下几所美国知名大学的介绍材料。每次来的时候他并不多逗留,说完事儿就走。最让凌紫荷意外的一次是她去北航考试的前一天。肖逸不知是怎么在"三教"那么多的教室里找到的她。为了不打搅别的同学,他轻轻地用手指了指门,示意她跟他出来。走到楼外,肖逸不容置疑地拍拍他的自行车后座,对凌紫荷说:"上来吧。明天就要考试了,我带你去你现在应该去的地方。"

燕园的春色真美,迎春、碧桃、紫丁香……一树树地开了。在那些散布在校园各处古色古香的四合院里,透过或洞开或半掩的朱漆院门,经常能看到一些令人惊艳的奇花异草:紫色的鸢尾、粉白的风信子、颜色多得数不过来的郁金香……想来是北大的教授们从世界各国带回来作为纪念的。肖逸一口气把车骑到未名湖畔幽静的湖心岛边,才对还在发蒙的凌紫荷说:"明天的 GRE 一考要五六个小时呢。这个时候休息放松、保持充沛的精力比什么都重要。"那天他们静静地坐在石舫上欣赏着未名湖的湖光塔影。过路的人一定以为他们是一对情侣,其实肖逸什么特别的话都没有说,只是在临送紫荷回去之前,像变魔术似的掏出两块义力牌维夫巧克力来递给她:"明天把这个带上,考试用脑子多容易低血糖。考场里是允许吃东西的。"

考试成绩出来的时候已是初夏。到底是平日里的工夫没有白花,凌紫荷的 TOEFL 过了 600,GRE 过了 1900,虽说算不上出类拔萃,但是联系一所不差的学校应该是足够了。她感到一种前所未有的轻松。这个时候肖逸又出现在她面前让她感到更加高兴。说真的,有一段时间没见到他,凌紫荷就开始猜测他还会不会来。每次见面他们只是像朋友般地说说笑笑,肖逸从来没有触及过任何跟感情沾边儿的话题,离开的时候也从来不说是不是还会、或者什么时候还会再来找她。既然他俩只能算说近不近、说远不远的朋友,凌紫荷想不明白,自己在肖逸面前为什么会变得像个没多少主见的、听话的乖乖女。

肖逸这次不知从哪儿借了一个旧海鸥照相机,他兴致勃勃地对凌紫荷说:"我刚才从西门路过,看见勺海的荷花开得特漂亮。想不想去看看?""好啊!"凌紫荷欣然同意。

勺海是北大西门旁勺园外的一个池塘,因大书法家溥杰的题字而得名。夏日里满池的荷花,配上池边雕梁画栋的亭阁回廊,颇有点微缩颐和园的韵味。肖逸先是对着荷花拍了一气,看见凌紫荷倚坐在池边的大青石上,身后有荷叶和荷花做背景,像张画儿一样,忙说:"哎,别动别动。你的名字叫紫荷,配上这些粉红色的荷花,正好是幅摄影作品。题目就叫姹紫嫣红。"肖逸拍这些照片,一方面是因为他有些艺术气质,对美有一种敏感;更重要的是,他念念不忘自己对杜宏杰的承诺。他想,杜宏杰如果看到照片上凌紫荷开心的样子,肯定会感到欣慰。

"快来看,这么多的小蝌蚪,多可爱呀!"凌紫荷欢快的声音把肖逸从心事中唤醒。他跟着她俯下身去察看,果然,离近了就看得见一群群大脑袋、细尾巴、黑黑的小蝌蚪在水里游来游去。

"你喜欢蝌蚪?"肖逸有些奇怪地问凌紫荷。

"是呀。你不觉得它们很有趣吗?小的时候跟它们的妈妈一点也不像,怎么长着长着就会变成青蛙的模样呢?"

"你等我一会儿,就一会儿啊。"肖逸话音没落,蹬起车就跑了。没过多会儿,他回来了,怀里抱着一个从化学南楼实验室里找来的特大号烧杯。他找了个好下脚的地方蹬着石头接近水面,用烧杯在水里舀了几次,然后把盛了水的烧杯捧给凌紫荷。水里几只大脑袋的小蝌蚪惊慌失措地游着。"喏,送给你,世界上独一无二的鱼缸养着独一无二的宠物——蝌蚪。你要是不满意中学生物老师的教学挂图,这回可以亲眼观察蝌蚪变青蛙的实际过程啦。就是要小心,在它们长腿能跳之前记着把它们放回来。要不然,万一青蛙跳到床上吓着了谁,你可别怪我。"

凌紫荷被肖逸送她的这个奇特礼物逗得开心不已。她顺手摘了一片小小的荷叶插在烧杯里。

他们慢慢往回走的时候,肖逸又给了她一个意外。肖逸说:"其实我这回来,是想跟你告别的……"肖逸的话还没说完,只见凌紫荷手中的烧杯轻微地颤动了一下,小蝌蚪差点儿随着水洒了出来。凌紫荷忽然觉得自己的眼睛里似乎有些湿润。她把烧杯递给肖逸,低头用手绢把洒在裙子上的一点儿水揾干净,然后解嘲

未名湖的湖光塔影

似的说:"你看我笨手笨脚的,你刚才是想说什么来着?"肖逸看在眼里,心里也突然涌起一种他从未有过的、说不清道不明的异样感觉。他本想趁自己出国之前帮朋友个忙,把杜宏杰的心思完完全全地告诉凌紫荷。毕竟是受人之托,而且这个人是他尊如兄长、情同手足的杜宏杰。一贯镇定自如的他,此时似乎也有些犹豫了。看着眼前这个纤柔的女孩儿,他忽然想起谭咏麟那首叫做《玻璃心》的歌。凌紫荷整个的人都好像是玻璃做的,打碎了就不会再愈合。他觉得,如果这时候再说出那些早已准备好的话,无疑是像犯罪一样。好在他很快调整了自己的情绪,对凌紫荷说:"我是想告诉你,我收到了纽约大学的录取通知书,8月19号以前必须报到。不过,我想你明年一毕业也会过去的,我们到时就会再见面了。你说是吗?"

这时候凌紫荷也基本调整好了自己,她从肖逸手中接过蝌蚪,轻轻地笑了一下说:"没错儿,咱们一年以后美国见。"

大苹果 格村儿 天使的号角

/
2

The Big Apple and Angel's Trumpet

肖逸坐在从曼哈顿开往布鲁克林的地铁上,已是晚上十点多了,地铁里的人不多。昏暗的灯光和轰轰隆隆的噪声让他昏昏欲睡。真像是做梦,昨天自己仿佛还骑着自行车穿行在绿柳成荫的北大校园里,今天却已经被夹在出入地铁的熙熙攘攘的人群里,成了行色匆匆的纽约客中的一员。出国前,肖逸不知多少次在旅游风光照片上和好莱坞的老电影里,看到过这座充满传奇色彩的城市。这只五光十色的"大苹果",对于许许多多躁动不安却又模糊不清的青春梦想来说都是一种象征、一种召唤。肖逸每天早晨下了地铁,喜欢步行穿过位于曼哈顿格林威治村中心的华盛顿广场,去纽约大学上课。一百多年以来,不知有多少知名的和不知名的作家、艺术家和思想家,曾活跃在格林威治村。透过树木枝叶间精灵般跳跃的晨曦,就像是他们的灵魂,无声地传递着那从未消亡过的自由主义精神。不过曾经容纳了那些穷困潦倒的精神巨人的格林威治村,现在早已成了时尚的高级住宅区,就凭那每月千把块钱的助教奖学金,想在曼哈顿找个容身之所几乎是不可能的。肖逸被系里先来的中国同学安排在位于哈得孙河对岸,布鲁克林区的一座被大家戏称为"临时收容所"的房子里。

有时候,美国式的平等在你并不想要它的时候反倒体现得淋漓尽致。新来的留学生就像是还没学会游泳,却被一把推下泳池任其自个儿扑腾,根本就没有什么过渡期可言。第一个学期,肖逸被排在两门本科实验课当助教。一大早的热力学实验和晚上七点的有机实验 I 偏巧全赶在了星期三。再加上他自己选的两门必修课和一门讨论课,也都在这一天扎了堆儿。连一向气定神闲的肖逸,都觉得这黑色星期三让他有点不堪重负了。从今天早上七点出门起,到现在已经快16小时了。要知道这十几小时可不比在国内,因为听力和口语上都还有点障碍,再加上人生地不熟,肖逸觉得自己那根儿本该是中音 G 的弦,愣是给绷成了高音 E,将断未断。

地铁快到站了,肖逸刚要站起身,放在腿上的双肩背包被人一把掠了过去。肖逸一激灵,等反应过来想去夺的时候已经来不及了,连那人的脸都没看清。他跳下车,循着那人跑远的方向追去。一边追一边想,幸亏听了有经验同学的话,现金和地铁乘车卡都没放在包里。不过要是包里的两本教科书丢了那也得破财,二

充满传奇色彩的城市

手的都要几十美金一本呢。跑了一段,他忽然看见自己的书包被扔在地上,里面的东西被掏出来扔了一地。得,今儿该着那个小偷儿倒霉,抢了个包儿,结果里边一样值钱的东西都没有。肖逸一边捡东西一边自嘲地笑了起来。看来我的运气不算坏,碰上个还算有点良知的小偷,没把我的包扔到站台底下或者哪个垃圾箱里。早知如此,我起码该在包里放个块儿八毛的,让他也不至于一无所获。肖逸早对纽约的犯罪率有所耳闻。唉,即使是光鲜亮丽的大苹果,离近了也显出虫眼,甚至烂斑来了。

出了地铁站,走过三个街区,再从一家 24 小时营业的 WaWa 方便店旁拐到一条僻静的小街上,"临时收容所"就到了。这是一栋不大的两门两户的联体住宅,混在整条街大同小异的房屋中毫不起眼。不过它在纽约的中国留学生圈子里却很出名,这是多少人初到纽约落脚的第一站。房主是一对年过七旬的中国老夫妇,被房客们称为李伯李妈。李伯和李妈退休前在中国城开过一家湖南菜馆。这开餐馆是个起早贪黑劳心费力的辛苦活儿,两人年轻时连孩子都没顾得上要一个。退休后,他们把两户中的一户分隔成楼上楼下加地下室,一共八个房间出租。地下室的隔间最便宜,二楼有独立卫生间的最贵。所以要想知道房客们在纽约的奋斗成功与否,什么都不用问,只要看他租哪一间房就能猜个大概其。肖逸的房间就在地下室。像那个年代大多数留学生一样,肖逸走出 JFK 机场的时候,他的全部家当只有两个满满当当塞满了四季衣服杂物的大箱子和贴身衬衣兜里的 75 美元。就连住"收容所"的第一个月房租还是赊的账。多年以后,当他终于在与曼哈顿一河之隔的地方有了一套自己的公寓,他常常回想起自己当年 75 美元闯天下的日子。年轻时真不知道什么叫怕。要知道,当时如果有任何环节出了一点问题,那 75 美元在纽约怕是连两天都抵挡不过去的呀。

肖逸好不容易躺到了他所谓的床上,其实那不过是一个旧床垫直接放在地板上。倦意像潮水一样袭来。迷迷糊糊中他能听到隔壁的老顾在往家里打电话:"季芳,你可看紧喽咱老二,摩托车那玩意儿危险,一定要考了本儿再开。给你们寄的钱存着点儿,别都给花了。我想明年就回去了,熬不住了……"地下室说是有三个房间,其实只不过是用高度还不到房顶的薄薄的纤维板隔出来的三个格子间而已。隔壁不管是磨牙打嗝儿还是放屁都听得一清二楚,更不要说打电话了。

第二天早上,在地下室唯一的盥洗室外排队的时候,老顾有点不好意思地对肖逸说:"昨晚上不好意思,那么晚打电话,吵你睡觉了吧?"

"没事儿,我要是睡着了救火车来了也吵不醒。您知道1976年唐山大地震吧?北京的震感特别强。我们家住五楼,酱油瓶子都给震到地上摔碎了。门框给晃歪了门打不开,我爸愣是用脚把门给踹开的。那么大动静,我在床上纹丝儿没动,身都没翻一个。后来是我爸拼命揪耳朵把我给疼醒的。"

老顾笑起来:"我就爱听你们北京人儿说话。男的呗特逗,女的一说都跟电视里的播音员儿似的,不像俺们东北银(人),土豆儿吃多了。"肖逸也被老顾的东北腔逗得乐起来:"土豆吃多了怎么了?我看你跟咱嫂夫人挺甜蜜挺小资的嘛!三天两头往家打电话。"

"你可别提这茬儿,一说起这事儿我就来气,晚上有时间过来唠唠嗑儿,我那儿有啤酒。""得,就这么定啦。"肖逸爽快地应着闪进狭小的盥洗室去了,一会儿还得赶地铁呢。

老顾大约算是肖逸在纽约交的第二个朋友。第一个是化学系的博士生大卫李,开车到机场接的他。"临时收容所"也是大卫李给安排的。大卫李本名李德伟,翻成英文David Li还正合适。老顾算是肖逸的"芳邻"了。别看他在纽约中国城的中餐馆里当二厨,一扎就是四年,人家出国前在国内可是有点儿来头的。说出来可能谁都不信,老顾曾经是某省级医学院的副校长,虽说是主管行政的吧,那权力可能比主管教学的校长还大。结果呢,人家跟着省教育厅出国考察西方高等教育体制的时候,一到纽约就突然玩儿了个失踪,擅自下基层"考察"起餐饮业来了。肖逸跟大卫李提起老顾这段历史的时候,大卫李一连"呸"了好几声:"丢人啊!"他痛心疾首地说。肖逸眯起眼睛若有所思:"其实我倒还有点喜欢他。"

"没发烧吧你?"大卫李惊诧地看着他。

肖逸说:"你想想,老顾原来好歹也算个有别于普通老百姓的芝麻官吧?他这么干,自己既冒险又受累,无非是想多赚点钱,让老婆孩子过上更好的生活。动机简单,不损人也不利己,还带着点自我牺牲的悲壮。比起那些借着职权贪污受贿,欺骗家庭在外边鸡鸣狗盗的贪官儿好多了。"

"可也是啊,照你这么一说他还成一劳动致富的典型啦。嗯,倒是比那些社会蛀虫强。哎,我发现你小子还挺擅长 out-of-boxthinking(逆向思维)的。"大卫李捶了肖逸一拳。

下午,肖逸下了物理化学课。这堂课是期中考试。教这门研究生必修课的斯坦恩教授五十来岁,秃顶,喜欢穿色彩鲜艳的带图案的毛衣和条绒裤,来上课时总要手捧一杯从多纳圈店买的新鲜咖啡。平常两小时的课,经常有半个多小时在听他插科打诨。肖逸一开始觉得这美国大学的教授们怎么一点师道尊严都不讲啊,有点儿过于平易近人了吧。结果和他同选这门课的美国学生纷纷告诫他,可不要被斯坦恩不拘小节的外表所迷惑。这位教授的测验和考试出手既刁且狠,极难对付。肖逸听明白了他们的意思,心领神会地用中文总结道:"啊,原来斯坦恩教授是个笑面虎。"美国同学好奇地问他说什么,肖逸教他们说:"笑—面—虎。Smiling tiger – Professor Stein is a 笑—面—虎。"大家都大笑起来。"笑面虎"后来成了继"你好"、"谢谢"和"再见"之后,系里的美国同学常津津乐道的中文流行语。有了北大研究生的底子,肖逸对这门课倒还算游刃有余。除了那些拗口的专业词汇以外,任凭把美国同学搞得焦头烂额的熵变、焓变、自由能、活化能……到了肖逸笔下,都论证得简洁明了。每次考试前,都能看见他用还不流利的英语,连写带比画地给大家讲解习题,推解公式,忙得不亦乐乎。这让他在同学中颇有人缘儿。用肖逸自己的话说,即使这门课的内容和在北大学的大同小异,他也并不省多少时间。他得把美国孩子用在做题上的时间,花在学专业英语和背单词上。要不然题都会做却因为拼错单词而扣分,岂不是太冤枉了。

"肖逸,你的电话,打到我实验室来了。"大卫李叫他。肖逸刚来没多久,导师还没选定,所以在系里也没有固定的实验室和办公桌。李伯李妈的临时收容所只限装五条电话线,多了怕有好事者举报他们太多户挤在一所房子里,有违消防安全法规。肖逸是新来的,又租的是最便宜的房间,自然也就没资格装一部独立的电话。平时靠电子邮件和书信联络,不得已的时候才把大卫李的实验室号码或是老顾的号码留给别人。肖逸心想，说不定是杜宏杰吧，除了他我没把这个电话号码给过谁啊？

"肖逸！你小子还活着哪？怎么一走就没信儿啦？把哥们儿都给忘了？"电话里传来一个熟悉的大嗓门。

"哎呀，是天山吧？你这是在哪儿给我打电话啊？你怎么找到我的？"

"嗨，还是人家老杜够意思，跟咱年级几乎所有出来的人都保持着联系，就跟一联络站似的。他给我的这个电话号码，告诉我你在纽约。"

"是啊，我们学校就在那个有名的格林威治村旁边。大家都自称村儿里的。从中国的大都市到村儿里插队落户来了。那你是在哪儿啊？是俄克拉荷马还是内布拉斯加呀？"

"行了，你就别拿哥们儿取笑了。我在新泽西，离你不远。我干爹干妈也在纽约。要不是他们，我的侨属证明恐怕是没戏。他们还给我出了经济担保，签证就顺利多了。等我赶紧打工攒钱买个二手车，好开着车上纽约看你们去！"听得出，郝天山还在为他的赴美留学美梦成真而兴奋不已。他还告诉肖逸，伍状元也很快要来了。他和陈晓歌已经结了婚。婚礼上陈晓歌当着大家的面说，伍国梁你要是不答应给我赶快办探亲签证，我就把你从飞机上给拽下来。"哎，肖逸，你怎么样啊？这么长时间和你那个'在水一方'可有进展？"

肖逸知道他问的是凌紫荷。自打那次凌紫荷陪他去了吉他比赛，许多人都以为他们的关系不一般。宿舍里的哥们儿给她起了个绰号叫"在水一方"。言下之意佳人虽好却无奈只能隔水远眺。

"天山我都跟你们说好多回了，那都是你们杜撰的。这回你还打算在美国接着散布流言飞语啊？我今儿个跟你明说吧，在水另一方翘首以盼的是老杜，明白了吧？你可别无中生有给我们俩之间制造矛盾啊。"

"噢，这回我明白了。我们几个还一直在猜你肖逸不温不火地等什么呢。不过作为老杜和你共同的哥们儿，我想劝你一句，不管他老杜老张老李谁在河这边翘首以盼都不要紧，要紧的是你得看凌紫荷喜欢哪一个。可别净钻牛角尖儿。"

郝天山的话不无道理。可道理是道理，人并不能总是依着道理行事，要是那样的话这世界岂不变得太简单了？自打离开北大，肖逸就没再跟凌紫荷联系过。不是不想，那个清水出芙蓉似的情影几乎天天都浮现在他的脑海里，挥之不去。可是他不能。

肖逸到美国的第二天就借电话找到了杜宏杰。老杜还是一如既往的真诚、坦荡、热情。后来肖逸选了几张他出国前为凌紫荷拍的照片寄给了他。老杜在回给肖逸的电子邮件里毫不设防地说："还是兄弟你理解我。有了这些照片，我的思念也好像找到了寄托。每天忙碌的日子也更有了动力。我给紫荷写过信，劝她申请斯坦福。我的导师很有名，研究资金充足，对我也很信任。要是紫荷能来，我会把一切给她安排得好好儿的。"自打那封他鼓足勇气写的有泰戈尔诗句的情书石沉大海后，杜宏杰转攻为守，对凌紫荷又恢复了从前那种学长似的关心。他的理念是，你若想招来凤凰做窝安家，自己先得长成一棵枝繁叶茂的梧桐树才行。杜宏杰是个在任何时候任何环境都能找准目标分清主次的人。在他忙碌的日程表上，儿女情长永远要排在事业之后。

周末终于来了，肖逸借老顾的电话和家里通了个话。国际长途真贵呀，一分钟两美元。老顾对这事儿搞得最清楚。他提醒肖逸说，你如果实际通话时间是10分01秒，电话公司可是要按11分钟来收费的，那你就相当于白扔了两块钱。所以最好是掐在9分59秒。肖逸说这好办。他把自己手腕上的带秒表功能的电子表摘下来，妈妈那边一说"喂"他立马按下秒表。男孩子这么大了，跟家里也无非是例行公事地报个平安，多半是听妈妈在那边唠叨。4分30秒的时候，不等妈妈让他天冷了注意加衣服的叮嘱说完，肖逸赶忙说了句："好了，妈，时间到了，我会给家里写信的。"就挂断了电话。他把十美元递给老顾说："4分57秒，到月底你查电话账单，错了找我。"接着他又好奇地问，"老顾，你每月给家里打多少长途啊？我知道你挣点儿钱不容易。"

"唉，一言难尽啊。"老顾长叹一声，递给肖逸一罐啤酒，"来，你要是愿意听我倒倒苦水，我请你喝酒。"

当年老顾擅自从考察团离队后，打公用电话找到了他住在纽约皇后区的一个远房亲戚。老顾出国前，他们就联系好了这次的行动计划。亲戚告诉他说自己在纽约的一家中文报社工作，老顾来了也可以加入他们的报社。谁承想，老顾后来发现，自己的这个亲戚根本就没有什么正经工作。他在纽约黑了几年以后，不知被谁撺掇的，申请了假政治避难。没过多久美国政府宣布大赦，这家伙居然拿到了绿卡。

老顾对着肖逸举了一下手中的易拉罐："你们都是高才生，是真正来这儿学本事的。不像我，一念之差挑错了路，这到哪儿算是一站呢？不过我敢说我老顾还是个讲良心的人。国家和单位没哪儿对不起我，我也不能干什么假政治避难那种缺德的事。好不容易在中国城找了个二厨的差事，老板嫌我没什么经验。最后还是沾俺们东北银（人）的光，人家看我人高马大心眼儿又实在，就说留下试试吧。结果这一试，转眼就快四年了。"

"四年！那一定挺难熬的吧？"肖逸感叹道。

"是啊，就是熬！像过去日子穷的时候用小火把肥肉熬成猪油似的熬。我在国内大小也算个干部，那时候不觉得该珍惜那个工作。等干了两天二厨的活，才知道'劳苦大众'过的是什么样的日子。那一筐碗30多斤，一天怎么也得从洗碗机搬上搬下十几筐。洋葱一天切50磅，洋白菜30磅。最怕的是切肉，一大坨二十几磅冻肉，用你们北京人吃涮羊肉切肉片的机器一片一片地切，没一会儿手指头就冻麻了。生怕不小心把自己的手指头片下一块。"

"老顾，你有没有想过，退一步海阔天空？就算你回不了原单位，咱北上俄罗斯经商，南下深圳珠海创业，再不济也能在东北老家开个饭馆，雇别人当二厨咱自个儿当老板嘛！"

"想过啊！其实天天都在想。我的护照没几个月就五年期满了。我不想去领事馆办延期，没面子啊！我想护照过期前就回国，可是你猜，谁最不想让我回去？说出来人家都不信，是俺那媳妇。"

"啊？你都出来快四年了，嫂夫人还能不想你？"

"她想不想我可不好说，可我知道她更想绿票子。你看我住的这破地方，一周

37

打六天工，餐馆管饭，平常真没什么开销。我那点儿钱全寄回去支持俺家的五年计划了。他们四室一厅的新房子住上了。老二崭新的铃木骑上了，对象也谈上了。我说这回我的历史使命完成了，可以回国也享受享受胜利果实了吧？你猜我媳妇怎么说？'老顾啊，革命尚未成功，同志仍须努力。咱老大从单位下岗了，想买辆车开出租，你就再坚持坚持吧！啊？'我说，赶明儿汽车买了，那老二又想开飞机可怎么整咧？"

"唉！"肖逸跟着老顾长叹一声，仰头喝干了易拉罐里剩下的啤酒，"老顾，你是个有情有义的人，哥们儿祝你终有一天峰回路转。"

纽约的秋天是多姿多彩的。橄榄球新一轮赛季开始了、百老汇有新剧目上演、曼哈顿小意大利每年一度的圣詹纳罗节吸引了成千上万的游客，来听音乐、看游行和品尝意大利美食。大卫李带着肖逸和其他几个中国留学生也去凑热闹。小意大利街道两旁的店铺张灯结彩，用长串长串色彩鲜艳的塑料辣椒、西红柿、柠檬什么的，装饰得红红绿绿十分喜兴。小吃摊儿一家挨一家，把人行道挤得满满的。在大卫李的指点下，肖逸他们头回品尝了正宗的意大利香肠，加洋葱圈和新鲜辣椒一块儿在热铁板上煎烤得吱吱作响，那叫一个香！

比小意大利更好玩的是格林威治村的万圣节化装游行。据说这是全美国最盛大的化装游行。想想看，既然"格村儿"几十年来都是前卫艺术家们的聚集地，所以最恐怖的、最滑稽的、最有创意的和最让人叹为观止的化装，在这里济济一堂也就不足为怪了。夜幕初降的时候，一英里多长、几万人的游行队伍顺着校园旁边的第六大道热热闹闹地前行。在灯光的照射下，一群巨大的骷髅偶或穿三点式泳装，或系鲜艳的彩条围巾，随着狂欢的音乐抖动着它们的每一处关节；七八十岁的老爷子披着红斗篷，穿着超人的蓝色紧身衣和内衣外穿型的红色三角裤，神气活现地走着；一只流泪的面具，戴在一个长有两只翼龙一样翅膀的氢气球上，在低空中飘浮，好像哭泣的天使注视着下面世界里疯狂的人类。这时，肖逸觉得周围的人群好像更加躁动起来，噢，原来是一群由同性恋组成的队伍正经过他们眼前。像肖逸这样新来的"洋插知青"，可是头回见识这种场面。明明是身材高大骨骼粗壮的棒小伙,偏偏戴着淡金色的假发,穿着粉红色的胸衣和迷你裙,那弯弯的眉和鲜红的唇分明是照着玛丽莲·梦露的照片描的。另外的那个乳峰高耸,杨柳细腰,可一双足有13码的硕大白色高跟鞋却让人怎么看怎么别扭。也真难为他们从哪儿寻来的这些行头。"她们"一边跳着、扭着,一边和身边的"男伴儿"们尽情地接吻拥抱,毫无顾忌。也难怪,纽约著名的同性恋酒吧、同性恋街区都离这里不远。纽约对一切标新立异都是包容的,甚至是鼓励的。同性恋队伍压轴的是一匹白色的高头骏马,马上骑着一个同样英俊的模特一般的帅小伙。只是这位帅哥浑身一丝不挂,用一种青铜颜色把满身满脸涂抹了个遍,活脱脱一个能动的古罗马凯旋勇士的青铜像。

突然一声兴奋的尖叫声传来,肖逸转过头去,竟发现离他不远处踮着脚站着一个中国女孩,而且是个挺奇怪,不,挺个性化的中国女孩。那女孩似乎觉得有人在看她,也转过头来报以肖逸一笑,还往他身边凑了凑,兴奋地说道:"太过瘾了!哎,你是大陆留学生吧?NYU(纽约大学)的?"

"嗯,我叫肖逸,化学系的,今年刚入学。"肖逸对女孩点了点头,心中却对她的装束感到诧异。女孩中等个,身材圆润匀称,眼睛细长,好像总眯缝着似的,额前的刘海剪得齐齐的。最有趣的是她把长长的头发在脑后梳成一个辫子。辫根和辫梢上都缠着一圈红头绳。她身上穿着一件紧身的红色织锦缎中式棉袄,即使是站在万圣节花花绿绿的人群中也很显眼。"我叫佟谣,在NYU(纽约大学)念MBA(工商管理)。"女孩大大方方地自我介绍。

"你这是谁的打扮啊?喜儿还是李铁梅?"肖逸用手指了指她的辫子开玩笑道。

"喊,你那是什么年代的事儿啊?太老土了吧!至少也猜个《红高粱里》的九儿什么的,也不至于显得这么跟不上趟儿。"

到底是念MBA的,果然伶牙俐齿。肖逸在心里想。这时从人群后面挤过来一个美国大男孩,对佟谣喊:"Hi, China doll(中国娃娃或是瓷娃娃),我到处找你,我们得走了。"佟谣对肖逸挤了一下眼睛挥了挥手:"肖逸,化学系的。I'll see you around(我们还会碰面的)。"然后跟在那美国男孩后面挤出人群。肖逸的目光越过佟谣远去的背影和四周狂欢的人群,停在那一轮明月上。他仿佛又看见思念中的轻颦浅笑,梨花带雨。不知道她现在好不好,在做些什么?也许郝天山说的是对的,如果凌紫荷真的喜欢自己,我这样做会不会伤了她的心?可是长痛不如短痛。这件事如果处理不好,最后弄到不可收拾,对她的打击一定会更大。

地球的另一边,太阳懒洋洋地照亮了这个深秋的早晨。不像其他那些贪玩的,或是正在热恋中的北京女孩,凌紫荷周末一般都是回家陪妈妈度过的。爸爸在她上高一那年办了J1签证出国去了,家里只剩下她和妈妈。她上大学以后,平常妈妈就只能一个人在家。谁都说她和妈妈一点儿都不像,不但长得不像,性格也相差甚远。可是母女俩感情很深,有点相依为命的味道。凌紫荷的妈妈最早是单位电话总机室的接线员,后来人工接线不需要了,她就转到了资料室做资料员。这些都是再普通不过的工作,她却总能做得有声有色。她快人快语,手脚麻利,无论到哪儿总是停不住地在忙。凌紫荷的爸爸是工艺美院的教授,温文儒雅,年过半百的时候依旧风度翩翩。用单位大院里儿时伙伴们的话说,那叫有范儿。也许是因为妈妈没有爸爸"有范儿"吧,记忆中家里的日常琐事总是妈妈一手操持的。就连小时候北京家家户户买冬储大白菜,那200来斤堆得像小山似的白菜,也是妈妈一次搬几棵,上上下下十几趟搬上五楼来的。因为妈妈对人善良热情,大院里跟她熟悉的人常和她开玩笑说你何苦呢?一个人吃苦受累就为在家培养出一大一小两个"贵族"?妈妈总是由衷自豪地望望身边出落得亭亭玉立的女儿,也半开玩笑地回应道:"你没听人说三代才出一个贵族吗?我们家用不了三代一下子就出了俩,我累点儿也值了。"

上了大四以后,凌紫荷觉得,一向开朗坚强的妈妈变得常常心神不定起来,特别是当每次爸爸打电话或是写信,说到紫荷毕业后出国的事儿。妈妈不知什么时候买了两个大号的箱子,已经悄悄地开始为她打点出国的行装了。有时她会冷不丁地冒出一句:"女孩子大了,要懂得保护自己,事事多留个心眼儿。"有时候做了紫荷爱吃的菜,她出神地看着她说:"多吃点,以后在国外想吃可就难了。"紫荷安慰她说:"哎呀,妈你操心操得太早了,离毕业还有大半年呢。再说,让爸爸把你一起办过去,咱们全家人不又在一块儿了吗?"

妈妈摇了摇头:"我又不会英语,去了美国不就成一个没用的人了?等我退休以后再考虑吧。再说,我留在这儿,北京就有你们的家,想什么时候回来就什么时候回来。"

紫荷撒娇地对她说:"家?家就是亲人在的地方,不管是中国还是美国。我看等我一走你就该想我们了,那时候你就会改变主意了。"

每当想起自己将要去的那个陌生的地方,凌紫荷就感到既兴奋又紧张。杜宏杰几次来信鼓励她申请斯坦福,连申请表都给她寄来了。可是斯坦福在西海岸的加州,爸爸却在东海岸的新泽西州。还有,肖逸也在东海岸。那个"浮云终日行,鸿雁久不至"的肖逸,明明跟自己有约定,为什么这一去就音信全无呢?也许这才是他吧,总有些出人意料,与众不同。凌紫荷看着摆在自己书桌上的大烧杯又一次忍俊不禁。那些蝌蚪后来真的长出了小腿儿,但还是拖着它们长长的尾巴,一副四不像的滑稽样子十分有趣。凌紫荷把它们放回荷塘里去了。那个大烧杯她却一直保留着。她在烧杯底铺了一层从北戴河海滩上捡回来的晶莹圆滑的小石子,在里面种了两株漳州水仙。妈妈看见了不解地说:"傻丫头,哪有用这种东西种水仙的?你爸爸书房里有一个清朝的粉彩水仙池,还是你爷爷当年留下的东西,用那个种多好?"

"哎呀,妈,我故意要隔着玻璃看,好有镜花水月的意境。你就别管这么多了,好吗?"

"意境?现在的孩子花花肠子就是多……"妈妈摇摇头走开了。凌紫荷看着水仙头里刚刚冒出的两个新绿的芽尖,心想,还要等多久这新芽才会吐青展翠,开出娉婷清丽、幽香缭绕的花朵来呢?

注册有机实验I的本科生们来自各个年级各个专业,水平参差不齐。尽管实验课教材把步骤解释得非常详尽,每次总还是有不少学生手忙脚乱不知道自己该干什么。所以带实验课的教授离不了助教,大一点的班至少同时要两个助教才照看得过来,这倒给需要经济资助的留学生们创造了很多绝好的机会。三小时的有机实验课过去了一大半,有些学生已经陆陆续续做完走掉了。剩下的一些在急急忙忙地收尾。

"Coach（教练）,can you come here（能过来一下吗）?" "Coach,What am I suppose to do now(我现在该干什么了)?"这个时候一般是助教最忙的时候。肖逸刚教一个重结晶晶体总析不出来的学生用冰水降温,同时用玻璃棒拼命摩擦锥形瓶壁,那边的一个女生又喊上了。她的产率最后算出来只有0.2%,怕通不过急得直叫。还有一位身高1.95米,体重260多磅的高大男生,怎么也做不好最后一步层析色谱分析。他已经折断了七八根毛细管,用了五六个层析板,可他的产物老是走出长长的一条粗线,根本就看不出什么分离开的圆点,急得他满头都是汗。肖逸十分有耐心地跟他解释道:"这点层析板和橄榄球的touchdown(触底得分)相反,只要轻轻一点就行了。点越小越集中,分离效果就越好。"

肖逸在实验室里忙前忙后的同时,一直在好奇地观察一个让他注意了很久的学生。这个学生不同于其他那些穿着带帽T恤,牛仔裤低低地吊在胯上的本科半大小子。他总是很有品位地把考究的休闲款衬衫和熨烫平整的咔叽裤搭配在一起;精心修剪过的发型和刮得干干净净的下巴让他显得很有教养,再配上高挑挺拔的身材和英俊的脸,让人不由得联想起纽约街头巨大广告牌上的男模。肖逸在实验报告上看到他的名字叫做莱瑞·罗兰迪尼,想来该是意大利血统。

每次实验课,莱瑞几乎总是第一个来,最后一个走。实验做得精细,实验报告也写得既详细又工整。这会儿,尽管剩下的几个学生都在慌慌张张地赶着交差,他却还在饶有兴致地研究着自己锥形瓶里刚刚开始析出的菱形结晶。肖逸走到他旁边也弯下腰去看他的产物,莱瑞抬起头来对肖逸笑了笑:"Pretty,isn't it(很漂亮,对不对)?我怎么才能让这些完美的晶体再长大一些呢?"肖逸耐心地给莱瑞解释了让晶体生长的最佳条件,然后建议他把封好的锥形瓶写上名字放在通风橱里,下一次再来干燥算产率。肖逸说:"别担心,实验报告都是我来改,我不会算你晚交的。像你这么认真的学生真不多。我还会建议教授给你的实验课成绩加分呢。"

莱瑞感激地对肖逸点点头说:"逸,真不好意思!我每次都是最后一个做完,一定耽误你不少时间。这么晚了,你住在哪里?让我开车送你回家吧?"

肖逸连忙摆手道:"莱瑞,你千万不要觉得抱歉。我们做 TA(Teaching Assistant,助教)学校已经给了很不错的报酬,能帮你们学到更多的知识让我感到非常的高兴。我坐地铁回家挺方便的。反正我刚来没多久,在纽约没有家人也没多少朋友,所以晚上也没什么事。"

"那这样吧,我就算是你在纽约的一个本地朋友。这个周末你带我去中国城吃 Dim sum(早茶),然后我开车带你逛纽约怎么样?我听好几个朋友说 Dim sum 很好吃,只是弄不明白吃的都是些什么东西。我说我可不会随便 try some unknown animal body parts(尝试一些不明动物的不明器官)。这回我终于找到能给我解释清楚的人啦。"莱瑞对自己的周末计划感到十分兴奋。肖逸也很高兴能够结识他这样一个美国朋友。

更让肖逸高兴的是他收到了杜宏杰的 E-mail,说圣诞节那一周的假期里他要从加州飞到东岸来看哥们儿。当然,用杜宏杰的话说,也顺便到向往已久的纽约感受一下白色圣诞节的气氛。加州虽然气候宜人,待久了却不免怀念北京的四季分明,纽约的天气和北京还是比较相近的。

星期六的纽约中国城堪比中国的赶大集、逛庙会。熙熙攘攘的人群,沸沸扬扬的店铺和街边小摊,耳边混合着粤语、客家话、上海话和普通话的乡音。空气里弥漫着烧腊味、油烟味和海鲜店排出污水的腥臭味儿。这一切混杂在一起,是那么猛烈地冲击着人们的感官,把这个奇异的城中之城的印象强加给每一个初访者。难怪莱瑞和肖逸的第一反应就是不约而同地说了一声:"Wow!"按照大卫李指点的路线,肖逸领着莱瑞很快找到了金丰大酒楼。从那一大早就挤得水泄不通的大厅,就知道大卫李说得没错,带老外饮茶就得来这儿,不光是为了吃,更重要的是一种体验,一种他们在柔和灯光和音乐声中举着装满葡萄酒的高脚杯,手握闪亮的刀叉,一边轻言细语,一边将牛排切成小块的时候绝对体验不到的饮食文化。食不厌精体现在西餐里大半是精在料上。上千斤重的一头牛,身上最精的 Filet mignon 不过几磅,烤得半生不熟夹带着血丝,在旁边点缀些蔬菜,就成了道大菜。不够级别的餐馆里还见不到。而中国菜的食不厌精则精在工上。甭管什么料,鸡爪鸭舌牛胃猪肠,经过精工细作都能摇身一变成了名菜。而且中国的美食文化不受时间、地域和等级的限制,可谓"美食面前人人平等"。你能在一家最不起眼的小店里大嚼龙虾,也能在金碧辉煌的大饭店里围着白色餐巾吃凤爪……

肖逸和莱瑞好不容易等到一张小桌。幸运的是小桌靠着侍者们进出厨房的必经之路,他们可以凭借着近水楼台随意挑选小推车上自己中意的点心。要不然,这么大的场子,每一辆装得满满的小推车,还没绕多远东西就卖光了。不出肖逸所料,莱瑞对摆在小蒸笼里的四只晶莹剔透的翡翠虾饺赞不绝口。牛肉丸和荷叶包的糯米鸡也一点都没对莱瑞产生"文化冲击"。肖逸笑着说:"怎么样,莱瑞,ready for more challenging stuff now(现在来点有挑战性的吧)?"莱瑞用两根筷子当鼓槌儿,幽默地在盘子上敲出一串急促的小军鼓的鼓点儿,"Go for it!(来吧!)"他说。

正当肖逸用自己有限的解剖学知识和不太丰富的英文词汇,费劲地描述着豉椒牛百叶的时候,他肩上被人重重地拍了一下。"嘿,化学系的肖逸!没想到在这儿碰上你。"肖逸回头一看,竟是上回万圣节游行碰上的那个"红高粱"。今天她倒是没打扮得那么夸张。紧身牛仔裤,宽松的长及膝盖的大毛衣,配上剪得齐齐的刘海和一双笑眯眯的细长的眼睛,让肖逸觉得佟谣其实还是个挺有魅力的女孩子。"你一个人吗?"肖逸问她。"我跟朋友来的,早知道我们应该约好了一起要一张大一点的桌子。"肖逸顺着她手指的方向看去,见大厅另一头的一张二人小桌旁,一个中国男孩正不时地往他们这儿张望。奇怪,怎么不是上回见到的那个美国大个呢?肖逸心中暗想。

"嗨,我叫佟谣,在NYU(纽约大学)读MBA。"没等肖逸介绍,佟谣就大大方方对莱瑞伸出了手。"噢,你好,我叫莱瑞·罗兰迪尼,是逸的朋友。"佟谣俯下身在肖逸耳边悄悄地说:"你什么时候冒出来个比李察·吉尔还有型的朋友?下次再跟他出来能不能叫上我?"然后她笑着对莱瑞说:"我是告诉逸,有三样东西他一定得让你尝尝:chicken feet(鸡爪),pig ear(猪耳朵),and thousand year egg(千年蛋,即皮蛋)。我拿着这三样东西和我们系里的美国男生打赌。我说你们谁敢尝一口我给一块钱,要是你们不敢呢,我吃一口你们给我一块钱。结果你猜怎么着?我赢

纽约大学

的钱够买好几加仑冰激凌的!好了,我得过去了,这盘榴莲酥算我请客。"她顺手从旁边路过的小车上端下一盘甜点放在桌上,让侍者在她的单子上划了账,对肖逸和莱瑞挥了挥手又一阵风似的走了。

"很有趣的女孩子。"莱瑞感叹道,"不过,逸,我想她讲的那三样东西我们这次还是不要尝了吧,那样会留给我更多的想象空间。"

忙完了期末考试,圣诞节就热热闹闹地临近了。

"库尔班大叔你哪里去?哎,我骑着毛驴上北京;郝天山同学你哪里去?哎,我开着铁骡子上纽约……"郝天山一边哼着经他篡改过的小曲,一边用手里的旧T恤把车里车外又擦了一遍,最后还在后视镜上挂了一个美式橄榄球香片儿,这才直起腰来满意地端详着他花350美元,从一个要转学的韩国学生手里买来的三菱 Mirage。小铁骡子受过伤,左前方的车身是蓝灰色,跟其他地方的沙滩色极不协调。估计是以前的车主为了省钱,从废车场买来一块同车型但不同颜色的挡板给对付上了。天山倒不在乎,这叫个性化,天底下独一份,连小偷都不爱光顾,太显眼。不过话说回来,再傻的小偷也不会费那么大劲儿偷他这350块钱的小破车。"小骡子你今儿可要争口气,千万别半道儿闹脾气炝蹶子!我还指着你上纽约在哥们儿面前显摆显摆呢。"天山拍拍车头,好像车真能听懂他说话似的。

每一个到美国才学开车的留学生,都会记得第一次上高速路的感觉。天山只是在考驾照前,由同学陪着在半夜12点以后没什么车的时候,在学校附近的高速路上兜过一小圈。没想到这么快就得动真格的了。从新泽西到纽约的州际高速公路永远车流如织。很多驾车人一定是习惯了纽约的快节奏,变得极没有耐心,如果嫌前面的车慢就紧紧地在后面盯着你,冷不丁地也不管是从左还是从右,猛地插到你的车前面。更有甚者,超你的时候还猛按喇叭或是竖起一个中指。天山才不管那一套,他把油门踩得轰轰地吼,在快车道一路超车。可能是他的车又小又破的缘故,一路惹恼了不少人。他从镜子里看到不止一个驾驶着庞然大物的卡车司机被他甩在后面时的愤怒眼光。"啊哈!过瘾!"天山太喜欢这种高速飞驰的感觉了,这正是他要找的美国的感觉。

一听见李伯在楼上喊"肖逸,有客人找",肖逸像弹簧一样跳起来往楼上跑,差一点绊倒在从地下室上来的狭窄楼梯上。真的是郝天山!这个和他在北大同一个宿舍里天天学习生活在一起的兄弟,如今绕了大半个地球又真真切切地站在他面前。两人亲热地在对方身上使劲儿地捶了几拳。"可以呀,哥儿们,才来这么几天就成有车族了。你这是以大跃进的速度实现美国梦啊!"肖逸望着窗外天山停在路边的"双色"汽车说道。

"肖逸你什么时候能学会不损人啊?咱住的地方跟你们纽约比那就是乡下,没见过地铁,公共汽车三小时才一班。我不开车你还真打算让我骑毛驴啊?"两人说笑着来到肖逸地下室的格子间。肖逸有些不好意思地说:"对不住了兄弟。我这地方惨了点。我跟李伯又借了一个床垫,等会儿跟这个拼起来。下午去机场接老杜,咱们仨今晚就得在这儿将就将就了。"

"嗨,这有什么呀?本科那会儿六人挤一个宿舍,比这儿也强不到哪儿去,咱们不也高高兴兴地过了好几年?再说了,咱哥们儿来美国都是空手套白狼,要不先卧薪尝胆一番心里反倒觉得不踏实了。"

从肯尼迪国际机场接上老杜的时候天色已晚,高速路两旁一片片的高楼里亮起了万家灯火。"哎,这感觉怎么好像是在北京啊?看,这片五六层高的楼多像团结湖,那边儿像亚运村……"杜宏杰兴致勃勃地欣赏着车窗外的夜景。

"老杜,我看你八成是想家想迷障了吧?愣能在纽约看见北京亚运村?"肖逸问他。

"嗨,你们有谁敢说不想家呢?不过咱们既然千辛万苦地来了,就得干出点样儿来再谈别的。你们说是不是?"

也算是杜宏杰有福气。他从西海岸飞到东海岸,说要感受一下浪漫的白色圣诞节,第二天还真就下起了小雪。从世贸中心107层的"世界之巅"观景台望出去,纷飞的雪花,把这座交织着美国300多年的历史见证与现代传奇的城市,打扮得像一个童话世界。雄伟的布鲁克林大桥和曼哈顿大桥横跨宽广的哈得孙河;自由女神高举金色的火炬,挺立在海天一色中;古教堂华丽的尖塔点缀着一片片错落有致的摩天大楼群……"纽约,我们要征服你!世界,我们要征服你!"郝天山按捺不住心中澎湃的激情,又喊出两句典型的天山式豪言壮语。三个年轻人尽情地在"世界之巅"巨大的环形玻璃幕墙前,俯瞰着这个他们大学时代最向往的地方。他们感觉到自己年轻的心,就像那片片飞舞直下的雪花,深深被下面的那个城市吸引着,踌躇满志,义无反顾地冲向那个充满了未知和挑战的梦想世界。

从世贸中心出来,肖逸建议乘地铁到洛克菲勒中心去,因为那里是纽约圣诞气氛最浓的地方。光是那棵30多米高,用几万盏彩灯装饰的巨型圣诞树,就足以让人叹为观止。洛克菲勒中心著名的溜冰场,就以这棵圣诞树和一个金色的雕塑为背景。冰场上孩子们的欢声笑语配合着扬声器里传来的圣诞颂歌,更是给节日平添了许多欢乐。肖逸俯在栏杆上兴致勃勃地看着滑冰的人群,不禁想起上大学时那些好笑的往事:"老杜,天山,你们还记得咱们冬天在未名湖上上滑冰课吗?(三)班的那个罗大个,在篮球场上是把好手,可是到了冰场上,他老是蹲着,说是那样重心低摔了不疼。我从他旁边滑过去,碰都没碰着他,他自个儿吓得先往旁边一倒,滑冰没学会倒是没少练摔跤。"

三人说笑着在四周边走边看。一家橱窗布置得十分精美的商店吸引他们走了进去。原来这是纽约有名的大都会艺术博物馆开在这里的纪念品店。天山一进门,立刻就对一套欧洲中世纪武士盔甲的迷你模型着了迷。不过他瞄了一眼价签,$149.99,吓得他赶快把东西放下了。杜宏杰很快为自己在斯坦福的导师挑好了一件礼物,那是一尊仿古埃及金字塔里出土的猫头女神像。导师和他的太太都爱猫,两人没要孩子却养了六只不同品种的猫。这个能保佑他们家猫咪的埃及女神一定会中他们的意。见肖逸在店的另一头专注地看什么东西,杜宏杰走了过去。那是一套以莫奈的印象派风景油画为风格设计的礼品,有丝巾、提包、笔记本等,十分典雅别致。杜宏杰也立刻被吸引住了。他撑开一把精巧的折叠伞,不由得眼前一亮,丰富的蓝调、绿调和紫调在印象派大师的画笔下互相浸润调和,将朦胧的波光树影和静谧的睡莲表现得犹如梦幻一般。伞的周围还沿有一圈和画上的睡莲同色的淡紫色镶边。两人对望一眼,不约而同地心想:"这简直就是绝配啊!"这时天山也溜达过来,他装作什么也不知道似的明知故问:"哎,这礼物送女

天使们的号角

孩儿不错啊,又高雅又能遮风挡雨,真有眼光!我说你们俩是谁有女朋友了?怎么也没跟兄弟们通报一声?"杜宏杰小心地把伞收进伞套里对着天山憨憨地一笑:"嗨,不是不通报,时候还未到。咱这不是正在努力争取嘛。"

　　天山扭脸看了肖逸一眼,话中有话地说:"你看人家老杜,凡事总努力争取,难怪处处走在咱们前面。"肖逸笑得有一丝勉强,他在心中想对凌紫荷说:"老杜是我们中间最优秀的,紫荷,你跟他应该不会错。"但是在他的脑海里,凌紫荷期待的眼神总是挥之不去。

　　雪越下越大了,节日的彩灯在慢慢暗下去的暮色中闪烁着璀璨的光芒。两排用白色的藤条和灯饰编制的巨大天使塑像,面对面地站立在广场上,对着天空高举起他们手中金色的号角。杜宏杰激动地说:"肖逸,天山,来,咱们一起在这里合个影。我觉着天使们的号角好像是为我们吹的,为我们来美国实现梦想而助威呢。让我们都记住今天这一刻吧!"闪光灯照亮了三张年轻俊朗、意气风发的笑脸。俱怀逸兴壮思飞,欲上青天揽明月,那伴随着青春岁月的万丈豪情,在这一有如神话般的时刻和地方被永远地记录了下来。

风乍起 卡内基湖

3

A Gust of Wind upon Lake Carnegie

临出国前的两个月，凌紫荷几次梦到父亲。可是在所有的梦中，父亲凌澜轩要么背对着她，要么站在一片黑暗之中，任凭她怎么努力却始终看不清父亲的脸。七年的时间，相隔万里的空间，渐渐地把那个真真切切的慈父抽象成了二维的照片，还有越洋电话里不太清楚的声音。所以，当凌紫荷在新泽西纽瓦克机场，头一眼看见前来接她的父亲时，不禁怔了一下。现在的凌澜轩，比起记忆中那个穿着米色长风衣，在首都机场海关的另一边对母女俩挥手告别的样子苍老了许多。

父亲给她一个紧紧的拥抱，打量她的眼神比以前更加慈爱温和。"看看，我的小莲蓬都成了大姑娘啦！唉，长得这么漂亮干什么嘛，太让人操心。"只有爸爸才会叫她小莲蓬。爸爸说那是因为她很小的时候跟着父母下五七干校，大人忙着在田里干活，没工夫照看她，就给她摘几个莲蓬，于是小姑娘乖乖地坐在田埂上，边吃边玩儿，一待就是大半天。

凌澜轩的家安在新泽西州的樱桃山，是一幢小小的上下两层的 townhouse（一排多户的联体式住宅）。正值夏末秋初，大门两侧的花圃里，金黄色的萱草花和淡紫色的星星菊在轻风中快活地摇曳着，像是在欢迎紫荷的到来。进屋以后紫荷更加惊喜了，她没有想到，远在异乡的父亲，一个人生活了这么多年竟能把家打理得如此明净温馨。房子不大但是处处透着艺术家独到的品位。"爸爸，你在工艺美院不是教油画的吗，怎么出了国改行室内设计了？"紫荷的房间里放了一张松软的铺着白底碎花床罩的床。她迫不及待地躺到自己的床上，闻着从被子和枕头里散发出来的薰衣草香。凌澜轩靠在门框上微笑地看着女儿说："这么多年没跟我的宝贝女儿在一起了，爸爸使尽浑身解数也要把这儿布置得让你一进门就觉得到了家，就像咱们从来没分开过一样。"

凌紫荷坐起来认真地说："是啊，要是妈妈也在这儿咱们的家就完美了！"凌澜轩并没有接女儿的话茬，只是指指楼梯口边上的那个门说："你坐了那么长时间的飞机肯定累了，卫生间在那儿，赶快去洗个热水澡吧。我来做晚饭。"

比起很多像肖逸一样兜里揣着几十美元来闯荡的大陆留学生要幸运得多，凌紫荷有个已经在美国工作了多年又非常疼爱她的父亲。虽然她只拿到普林斯顿大学的半奖，可是有父亲做担保她很顺利地拿到了签证。细心的凌澜轩早就为女儿在靠近校园的地方租好了一个独立一室的公寓，平时紫荷住在那里走路就可以去上课，周末或者假期再回爸爸家。有几个留学生一下飞机就能有这样的"奢侈"呢？想着这一切，紫荷不禁幸福地笑了起来。

　　凌紫荷到了美国以后并没有急着和同学们联系。全新的环境，全新的开始，她喜欢用自己一贯的单纯而专注的方式来面对。不过这让杜宏杰又一次失望了。当时紫荷没有听从他的建议去申请斯坦福，他可以理解，毕竟人家有亲人在东海岸。可不管怎么说，她到了以后电话总该打一个吧？难道自己在她的心中真的没多少分量？杜宏杰几次拿出他在纽约为紫荷买的那把精致的雨伞，莫奈笔下静静的睡莲美丽而神秘，正如紫荷始终保持的让他捉摸不透的距离感。好在杜宏杰不容自己被感情所困扰，时间太有限，而需要他去完成的事情又永远那么多。比起杜宏杰，肖逸的心情要复杂得多。从杜宏杰那儿他知道凌紫荷这个秋天要来普林斯顿。那里跟纽约只相距一两小时的车程。他渴望见到她。他好几次幻想着自己和从前在北大的时候一样，出其不意地突然出现在她的面前。表面上他会装作若无其事，那样就没人能察觉得到，当他看到紫荷眼睛里流露出惊喜的那一瞬间心里有多激动。可是另一方面，他又很怕接到紫荷的电话，因为他实在不知道，应该如何对她解释自己为什么一直不跟她联系。肖逸设想了许多种方案，可又觉得没有一个说得通。既然无法自圆其说，又怎么可能让紫荷信服呢？天山曾提醒过他应该快刀斩乱麻，可肖逸最不擅长的就是使"快刀"。对于想不清楚的事情他更愿意等待，总希望时间会自然而然地为他带来转机。

　　单纯的日子，好像倒映在普林斯顿校园内卡内基湖面上的树影，虽然时常轻起涟漪，却总能很快地恢复平静。就这样在不知不觉当中，夏日的绿荫悄然变成了绚烂的秋色。凉风乍起，美丽的秋叶缓慢地、轻盈地旋转着，静静地落到湖面上，犹如自恋的少年纳西赛斯，俯身去亲吻自己在水中的倒影。凌紫荷喜欢普林斯顿悠久的历史和优美的环境，也喜欢这样单纯的生活。她丽质天成的外表和纤尘不染的独特气质，让她很快赢得了许多的关注和友谊，特别是留学生中的学长师兄们，更是争着给予她关照。这使她留学生活的开始变得十分顺利。

感恩节是美国人特别重视的一个节日，通常也是全家团聚的日子。凌澜轩开车来接女儿回家过长周末。他今天显得特别高兴。"小荷啊，这是你到美国以后的第一个大节日，我们可要好好地庆祝庆祝。爸爸还请了一个客人来和我们一起过节，等会儿你见了她就叫她杨阿姨。她是爸爸在教会认识的朋友，烧得一手好菜。"

"那杨阿姨不跟她自己的家人过节吗？"紫荷好奇地问。

"她身边没有家人了。杨阿姨的身世说来话长，等会儿你不要随便问她，以后有机会我再慢慢地告诉你。"

一进小区，感恩节的气氛就随着弥漫在空气中的烘烤食物的香气扑面而来。街道两边停满了汽车，前来做客的人们个个衣着考究，喜气洋洋。爸爸家的门口放了两大盆盛开的菊花，旁边还摆着一个金红色的大南瓜。还没等父女俩按门铃，杨阿姨就已经从屋里迎了出来，她一定是隔着窗子看到他们的车了。杨阿姨虽然上了年纪可仍是个很有风韵的女子。她穿了一身质地和做工都很精良的深棕色休闲套装，上装里面露出橙色的贴身羊绒衫。这身装束和感恩节的气氛特别协调。可能是因为一直在厨房忙碌的缘故，她保养得很好的脸上透着红晕，显得特别有光泽。杨阿姨忙着解下身上那条印着火鸡和南瓜图案的围裙，不由分说地过来拥抱了紫荷。

"瞧瞧，多美的女孩子！就像你妈妈年轻的时候。"

"杨阿姨，你认识我妈妈？"紫荷听了这话心里一惊，她不是爸爸在美国认识的朋友吗？再说从来没有人说过自己长得像妈妈啊。

"噢，啊，没有，我是在你爸爸这儿见过你妈妈年轻时候的照片。"杨阿姨的神情似乎显得有点慌乱。

"好了，好了，咱们别都站在门口儿说话啊，赶快进去吧。"凌澜轩提起女儿的小行李箱，疾步先进了客厅。

杨阿姨准备的感恩节大餐中西合璧十分丰盛。饭前紫荷跟着他们一起低下头做祷告。杨阿姨感谢神赐予大家如此丰富的食物和美好的生活，凌澜轩感谢主又把女儿带到了他身边。凌紫荷悄悄地抬眼看了看父亲，他那虔诚的神情让她觉

普林斯顿校园

得有点陌生,但是她能理解他们。虽然她并不相信上帝,可是她觉得,冥冥中有一种超自然的力量一直在眷顾着她。称这种力量为上帝、神明还是命运,其实并不重要,重要的是人无论什么时候,都应该心存感激。

"小荷,还喜欢阿姨做的菜吗?你天天在学校凑合,肯定想吃中国饭了吧?不过这感恩节,火鸡是一定要有的。只是我把它给改良了一下,先用做叉烧的酱汁浸泡一晚上再放到烤箱里慢慢烤熟。你看这颜色,像不像北京烤鸭?"杨阿姨一边说一边又夹了几根碧绿的蟹粉炒芦笋放到紫荷的盘子里。

"嗯,杨阿姨您做得太好吃了。我看您要是开家餐馆生意肯定好。听您说话也是北京人吗?"

"北京人?就算是吧。"她和凌澜轩对视了一眼,有些无奈地苦笑了一下,"我离开北京快40年了,虽然早就入了美国籍,可也说不清自己应该算是美国人还是中国人。小荷,我倒很高兴你觉得我还像个北京人。来,咱们为北京人干一杯!"

盛在水晶玻璃杯中的葡萄美酒,渐渐地让凌澜轩感到些微醺的醉意。女儿的到来,把那些本已模糊的尘封记忆一下子又给拉近了。望着墙上自己画的那幅题名为《故城春荫》的油画,凌澜轩轻声吟道:"二月黄鹂飞上林,春城紫禁晓阴阴。长乐钟声花外尽,龙池柳色雨中深。"餐桌上蜡烛的火苗轻轻地跳动了一下。

杨阿姨站起身来走到客厅,从书柜里面小心地取出一本很大的影集递给紫荷:"看,这些都是你爸爸到美国以后画的。我把他的作品翻拍成照片存档。这里面有一大半画的都是北京印象。"凌紫荷一张张地翻看着。画面上有红色宫墙前的白玉兰、角楼下护城河边的垂柳,还有后海周围静寂的四合院、青灰的院墙挡不住越墙而出的紫藤花……爸爸所描绘的北京是古老而韵味悠长的,带着一种淡淡的怀旧的伤感。紫荷注意到,爸爸的很多幅风景画中都加了一个白衣女子在远远的背景中。她或是夹在人群里,或是独自一人孑然而立。虽然人物的细节看不太清,但是寥寥数笔却已勾勒出女子轻云出岫般灵动的风姿。那女子对爸爸来说一定是个很特殊的人吧?她会是谁呢?

夜深了,杨阿姨麻利地把餐厅和厨房收拾好,穿上大衣说:"时间不早了,我该回去了。你们父女俩早点休息吧。"凌澜轩连忙跟着她走到门边:"这么晚了,我送你。"

"不用,不用,我自己开车来的。再说你喝了不少酒,不要出门了。"杨阿姨说着又轻抱了一下紫荷,"看见你我真为你爸爸高兴。这个周末你好好地陪陪他吧。"她说罢转身出了门。

"爸爸,您跟杨阿姨是老朋友吧?"紫荷没有问得太直接。不能不承认这个杨阿姨各方面都挺讨人喜欢的,可她里里外外张罗的样子简直就像是这个家的女主人。这让紫荷觉得有些别扭。

"是啊,我们教会有几个从大陆来的朋友成立了一个游子团契,每星期五晚上在各家轮着一起聚餐和查经。你杨阿姨喜欢做菜,见我一个人,就经常过来帮我准备团契的活动。"

"那,爸爸,你是怎么变成基督徒的呢?"

"孩子,这信仰的事不是三两句能说得清的。它是一种心灵的体验。我一直在苦苦地寻找怎样才能获得精神上的解脱。在上帝那里我终于找到了慈爱和怜悯。是神让我懂得了爱就是要凡事包容、凡事相信、凡事盼望、凡事忍耐。小荷,爸爸这些年攒了好些话要跟你说。你要是真想知道,咱们以后还有的是时间呢。"凌澜轩的身体深深地陷在宽大的摇椅里。在他平和的语气和神情背后,凌紫荷察觉出父亲在极力掩饰他似乎积攒了很久的疲倦和孤独,这令她不忍心再继续深究下去。

自打一年前在金丰大酒楼遇到了肖逸的朋友莱瑞,佟谣就一发不可收拾地迷上了这个,用她的话说比李察·吉尔更年轻、更有魅力的白马王子。佟谣是个很有征服欲的女孩儿,虽然她的父母只是小城市里面普普通通的中学老师,但是她打小心气儿就高,再加上她人聪明,长得甜,又整天活力四射的,所以从来都是要风得风、要雨得雨。从北京的重点大学毕业后,佟谣又紧随着出国潮踏上了赴美留学的路。那时候留学生中男女比例严重失调,这种狼多肉少的局面,让本来就很会跟男孩子们周旋的佟谣更加的如鱼得水。排着队给她献殷勤的男生们像她手中的提线木偶,叫谁什么时候该动,什么时候宜静,全都在她的掌控之中。她娴熟的操纵让木偶们不至于撞车打架。不过这回,一向游刃有余的她,到了肖逸和莱瑞面前,却越来越感到不是那么收放自如了。

佟谣以前交过几个美国男朋友。她清楚自己在美国人眼里的魅力。尤其是那个老叫她China doll(中国娃娃)的大个子麦特,对她东方侍女图般的凤眼樱唇和珠圆玉润的细腻肌肤如痴如醉。她也乐得既享受中国男孩们的周到和体贴,又体验富有激情的美国情人们带给她的新鲜和刺激。谁说鱼与熊掌不可兼得?商品社会里一切皆有可能,前提是你要有足够的资本。佟谣的资本当然就是她自己。对于研究过经济学的准MBA佟谣来说,女孩子守身如玉,从某种意义上来说和守财奴葛朗台有一比。她所信奉的成功秘诀,在于抓住最佳时机,最大限度地利用现有资本去扩大财富。

不过佟谣的这种"感情经济学",在莱瑞这儿有点被动摇了。首先是莱瑞让她觉得自身的资本正在贬值。每当她费尽心机地终于和莱瑞见了面,这中间往往还夹了个肖逸当电灯泡,莱瑞的彬彬有礼,一种绅士对淑女恰到好处的殷勤,完全不同于她曾交往过的任何一个男友。那是一种举手投足间自然流露出来的素养。他越是谦恭有礼、温文尔雅,倒越是让她感到高不可攀,甚至常常让她联想起《漂亮女人》中贫贱的街头女郎。再有,佟谣摸不清到底什么东西才能打动莱瑞的心。有一次她狠心买了一条很淑女的名牌裙子,精心打扮了一番去见他。莱瑞倒是一下子就注意到了,而且面带亲切的微笑,大加赞美她的漂亮。可是还没高兴两分钟,敏感的佟谣就意识到,莱瑞的赞美更多是出于礼貌,并没什么感情色彩可言。不过佟谣可不是个轻言放弃的人,她想来想去觉得还得从肖逸那儿找辙。

这天,肖逸照旧在实验室待得很晚。他已经进了麦可斯维尔教授的计算化学研究组。他的博士研究课题是用计算机软件辅助设计药物分子模型,再用有机合成和生物活性测试的实验方法,来证明初始的设计理论。当初选题的时候肖逸就认准了麦可斯维尔教授的组。其实他从小最喜欢的学科是数学,只因为高考填志愿的时候听了老师和家长的话,觉得数学太虚无缥缈,怕毕业以后找不到好工作,才上了这个既看得见又摸得着,理论、实际相结合的化学系。肖逸的那点数学天才,后来全都体现在打桥牌时滴水不漏的坐庄,还有下围棋时精确到一目半的官子上了。当他跟麦可斯维尔教授谈过话后,发现这位年轻有为的教授原来也酷爱桥牌和国际象棋,并且精通博弈论,还别具匠心地把博弈论运用到软件设计和分子生物活性预测上。肖逸觉得跟这位导师简直是相见恨晚。不过因为在国内对微机和软件编程接触不多,所以肖逸一进组就拼命地恶补。

"Hi,肖逸,还在这儿玩命哪?"

肖逸扭头一看,见是佟谣不知什么时候找到他的实验室来了,就说:"怎么是你啊?大晚上黑灯瞎火的,你一个女孩子不在家待着,瞎窜什么呀?出点事儿怎么办?"

"承蒙肖大侠关心。我料到你这个时候还在学校,就给你送夜宵来了。"佟谣伸直双臂把一个蒙着铝箔的盘子递到肖逸面前。

"哟,这是个什么饼子呀?"肖逸敲着盘子故意调侃道。

"饼子?你也太老土了吧!人家花了快一下午给你做的德意志胡桃苹果派。因为用了费电的大烤箱,还被房东太太数落了几句。你怎么一点也不领情呀!"

"哪能啊!我不是不领情,是咱长这么大没被女孩儿关照过,受宠若惊了。不过无功不受禄,你说吧,我需要干点什么来回报你的德意志馅饼?"

这回轮到佟谣不好意思了,她搬个椅子挨着肖逸坐下,两手托住腮帮吞吞吐吐地说:"我是有事想求你帮忙……"

"你要是不好说就让我猜猜?猜对了你就点个头。是不是你跟莱瑞的事啊?"

佟谣拼命地点头,心想,别看这个肖逸平时总是一副玩世不恭的样子,其实还挺善解人意的。

肖逸一边吃着佟谣做的德意志胡桃苹果派,一边不慌不忙地娓娓道来:"说真的,佟谣,我也看出你对莱瑞有意。可我觉得和你交往的男孩那么多,也不缺一个莱瑞吧?别嫌我管得宽啊,你们是因为我才认识的,我总归得有点责任感才行。就说你吧,好端端一个中国女孩,周围那么多'饥寒交迫'的同胞兄弟,可你却非要舍近求远,我还能不劝劝?再说对莱瑞这样的国际友人我也得替他把把关。你今儿一个明儿一个地折腾,没有坚强的神经当不了你的男朋友。"

"哎呀肖逸,看你把我说的。我是有过几个男朋友,不过都不是认真的。这回不一样,我没有见过比他更有品位、更风度翩翩、更风趣、更温和、更宽容的男人,唉,反正我也说不清楚。肖逸你明白了吗?难道你从来没真的爱上过什么人吗?"

佟谣的话让肖逸怔了一下,但是他没有让佟谣看出他内心的波澜,反倒继续轻松地开着玩笑:"好吧好吧,我尽力而为吧。哎,你这德意志派挺不错的,不过下一次要是换成薄皮大馅儿的韭菜合子就更好了!"他笑着把手中的空盘子递给被他气得咬牙切齿的佟谣。

佟谣的话又一次触到了肖逸心中的痛处,也许这样默默地等待下去,只会是遗憾终生。真的爱一个人就应该有行动的勇气。他决定一定要想办法见到凌紫荷,哪怕是先不吐露心迹。

星期二的傍晚,在实验室忙了一整天的鲁江舟,抬头看了看窗外已经漆黑一片的天空,决定今天早一点收工,其实说早也已经七点多了。只是近来他常常感到有些疲倦。鲁江舟路过系图书期刊室的时候眼睛一亮,他看见系里今年新来的那个漂亮的中国女孩凌紫荷还没有走,正在自己的书包里焦急地翻找着什么。鲁江舟赶忙走过去热心地问:"紫荷,你有什么事要帮忙吗?"

凌紫荷认识鲁江舟,知道他是大名鼎鼎的科里波夫斯基教授的有机化学组里最出色的现任博士研究生。虽然接触不多,但凌紫荷对他真诚厚道的为人很有好感。"糟糕了,我怎么也找不到明天讨论课要用的 Paper(文章)和我做的笔记了,要是我再不发言,这门课想得 A 可就难了。"凌紫荷急得鼻尖上渗出了一层细密的汗珠。

"你先别急,想想你最后一次读那篇 Paper 是在哪儿。"鲁江舟安慰道。

"应该是在我爸爸家,星期天我花了整整一下午整理的笔记。我觉得我装进书包了呀,难道会落在家了?"

"走,去我实验室给你爸爸打个电话,要是真在家里我就开车送你回去取一趟。"

"那怎么好意思,都这么晚了,来回一趟怎么也得一两小时呢。"凌紫荷犹豫着。

"哎呀你就别管那么多了,咱们抓紧时间吧。再说,能为你效劳是我们争都争不来的荣幸。哎,你别这么看我,不光我一个人这么觉得。我可真的别无企图啊。"

电话铃响了很久没人接,看来爸爸不在家。鲁江舟说:"要不咱们就去看一趟吧,反正也没更好的办法。"凌紫荷点头同意了。

晚上不堵车,没用多久就到了樱桃山父亲的家。家里亮着灯,看来爸爸已经回来了。鲁江舟说:"你进去找吧,我就在车里等你。"凌紫荷过意不去地说:"要不你就别等了,一会儿我让爸爸送我回去。"

"这么晚了就别让你爸爸再跑一趟了。我住得离学校不远,反正带你回去也顺路。"

听到门铃响,前来开门的凌澜轩看见女儿顿时一脸的错愕:"小荷,你怎么突然跑回来了?"

"我给家里打了电话,那时候你还没回来。我有点东西可能落在家了,明天上课等着用呢。"凌紫荷说着直奔一楼的书房。不过她很快察觉到有些不对劲儿。楼上父亲房间的浴室里传来淋浴的声音。她扭过头,父亲还愣在门边,大门旁的鞋架上有一双显然不属于她的女式皮靴。客厅的沙发上随随便便地搭着一件羊绒女大衣和一条似曾相识的米黄色的羊绒围巾。两杯还没喝完的咖啡,情侣般成双成对地放在厨房的餐桌上。

"杨阿姨在咱们家?"凌紫荷问父亲。

凌澜轩缄默不语。

"你们一直在一起对不对?瞒着妈妈,瞒着我!"凌紫荷的视线模糊了,她的声音在颤抖。她不愿意看凌澜轩的脸。她的头嗡嗡作响,听不清父亲在低声地说着些什么。她只记得一把抓起写字台上的 Paper 什么也没说就冲出了家门。

"紫荷你怎么了?出什么事了?"鲁江舟见紫荷一脸悲愤,疑惑地问。

"快开车,快走!"凌紫荷催促着他。从后视镜里她看见穿着拖鞋追出门来的父亲对她招着手让他们停下。可是车没有停。黑暗中她的眼泪奔涌而出。

鲁江舟把车开得平稳得有如在水面滑行的一叶扁舟。从旁超过他们的汽车尾灯,划出一道道幽暗的红色弧线。他没再问什么,只是把车里的一盒面巾纸递到紫荷手上。

第二天的讨论课自然没有上好。凌紫荷昨晚哭肿的眼睛引来许多关心的询问，弄得她恨不得有件隐身衣披在身上。上讨论课的时候，她哪里还有勇气发言？她不想让大家的注意力都集中在她身上。好不容易上完了下午的课，她便匆匆忙忙离开学校回自己的公寓了。可是还没上到她住的四楼，凌紫荷就从楼梯的空隙中看到凌澜轩站在她的公寓门前，显然已经等了她很久。听见脚步声，凌澜轩迎了上来，紫荷这时候想躲已经来不及了。

两人默默地进了屋。虽然只隔了一晚，可是凌澜轩发现女儿就像霜打的花瓣一样，憔悴了许多。凌紫荷也觉得父亲越发显得苍老，头发竟然白了大半。还是凌澜轩首先打破了沉默："小荷，我知道我伤了你的心。爸爸这一辈子都是个有罪的人。"

"那你为什么还要这么做？你跟她在一起的时候想过我妈吗？想过我们的家吗？"

"对不起，小荷。有些事情我现在还没办法跟你解释清楚。我只想告诉你，无论怎样，你永远都是我最心爱的女儿。上帝是公正的，他会惩罚我这个罪人，但是愿他也怜悯我的寸草之心，不要把你从我身边再一次带走。"

"上帝？你和那个杨阿姨都号称是虔诚的基督徒，可是你们不觉得自己很虚伪吗？一边在教堂里面忏悔，口口声声说自己是罪人，一边却在欺骗这个世界上最善良的人，你自己的亲人！如果你的上帝怜悯你了，那谁又来怜悯我妈妈呢！从小到大，我周围所有的人都对我说你多幸运，有一个多好的父亲，学识渊博，儒雅脱俗，才华横溢。你在我和妈妈的眼中是那么的完美，完美得让我们又爱又敬。可原来这一切都是假象，你竟然是个无情无义的伪君子！你还是走吧，我没办法接受你，接受这样的现实。"

凌澜轩的脸痛苦地抽搐了一下。他没有再辩解什么，只是无声地叹了口气。他掏出一张信用卡和一把房门钥匙轻轻地放在桌上说："小荷，我知道，我没有资格奢求你们的原谅。如果不见我能让你的生活平静一些，那就暂时不见吧。你拿着这个钥匙，想什么时候回来就什么时候回来。记住你在美国有一个家，还有一个深爱你的爸爸。"凌澜轩伸出手想要拍拍紫荷的肩膀,可是犹豫了一下又把手缩回去了。他低着头走出了门。

紫荷还记得大学毕业的时候,班上的同学一起去过一次石景山游乐园。那回无论同学们怎么劝,她始终也不肯上那个最大的过山车。那种在完全没有控制的情况下一会高入云端,一会又自由落体般下坠的感觉让她很害怕。但是你可以选择不上游乐场的过山车,却逃不开命运过山车的大起大落。

这天上午,郝天山刚进实验室,同组的人就说,他有一个叫逸肖的朋友一大早就给他打电话来着,并且留言让他尽快回电话。肖逸不是个急脾气的人呀,会是什么事儿呢?天山琢磨着拨通了肖逸实验室的电话。

"哥们儿,没出什么事吧?没见你急赤白脸过啊。"

"急赤白脸倒还不至于。不过天山我是有件事想求你帮忙。"

"咱们谁跟谁呀,还什么求不求的。快说。"

"天山你在新泽西,认不认得普林斯顿化学系的人啊?就算不是化学系的,别的系的中国留学生也行。"

"肖逸啊肖逸,我早跟你说什么来着?你这回终于想通啦?想找凌紫荷了是不是?这就对了。得,你也别多说了,这事儿包在我身上。你都不知道新泽西有多少中国人,甭管想找谁,只要互相串着一打听,三人里得有俩能沾上点什么关系。实在不济我往那普林斯顿附近的亚洲超市或者中国餐馆前面一站,见中国人就说:请问你认识普林斯顿化学系一个叫凌紫荷的女孩吗?长得特漂亮,能演《在水一方》的女主角。哎,开玩笑啊。这事儿不难,你就安心等我的信儿吧。"天山还是一如既往的快人快语。

无意中发现了父亲和杨阿姨的关系之后,凌紫荷决定不再接受凌澜轩的经济资助。她要从现在的公寓里搬出来,找个更便宜的地方住,当然,那还意味着她必须挣出自己的全部生活费。她只把这个想法告诉了自己在普林斯顿的学长鲁江舟,现在,她身边最值得信赖的人似乎只剩他了。鲁江舟的第一反应就是那可不行,或者说那不可行。学生身份在校外只能打黑工,十有八九是在中餐馆打工,那种活儿哪是凌紫荷这样的纤弱淑女干得了的。

"紫荷你先别急,我跟系里的几位教授谈谈,先在学校里面想想办法。房子我们倒是可以先找着。"鲁江舟像一位兄长似的对眼前这位陷入困境的女孩充满了责任感。

然而事情并没有他想象的那么顺利。学年过了一半,经济资助早就按照年度预算分配出去了,这时候想加进来谈何容易。几位教授倒是都非常具有同情心,纷纷表示只要紫荷头一年能把 GPA 保持在 3.8 以上,第二年一定优先考虑她的助教奖学金。可是从眼下到新学年开始还有大半年没着落呢。

不过好消息也不是没有。这一天紫荷接到学生住宿办公室黛比的电话,让她赶快去一趟。黛比说紫荷你很幸运,才登记了不到两个星期就碰到一个特别适合你的机会。房东是住在普林斯顿附近的一个 70 多岁的老太太,想从研究生院的女生中找一个安静、可靠、最好没有男朋友的房客。如果愿意承担一些简单的家务和陪老人聊聊天,那房租可以降低到每月 150 美元。这简直是天赐良机!紫荷兴奋地跑去告诉鲁江舟。鲁江舟也很为她高兴,答应如果合适就尽快帮她搬家。

"要不我明天下午先陪你过去看看?你一个女孩子要处处小心,有的单身老人性格孤僻,很难缠的。"鲁江舟毕竟在美国的时间长一些,听过不少也见过不少。

"千万别!我自己去就行了。房东特意提出不希望女房客有男朋友,等会儿你一出现产生误会她不肯租给我怎么办?"

"我?会让人产生这种误会吗?那是好事啊!我都觉着受宠若惊了。"鲁江舟摸着自己的下巴歪着头对着窗玻璃照了照。他的憨态把凌紫荷逗笑了,这是她这些天来第一次开心地笑。

给老人打过电话后,凌紫荷就按照黛比给她的地址和地图找到了那栋房子。房子离校园在步行距离内,很适合不开车的她。只不过,那不是她想象中的典型的美国中产阶级的家居房,而是一个古老的 Mansion(大厦,豪华的大房子)。重重叠叠的屋顶结构和阁楼的尖顶,厚重的实木门和院子里遮天蔽日的大树,让她

一个古老的 Mansion

不由得想起《简·爱》里读到过的罗切斯特的庄园。

多瑞丝是个身材高挑瘦削的老人,虽然已是满头银发可仍然腰板挺直。特别与众不同的是她那双灰绿色的眼睛,目光犀利让人乍一看还有些望而生畏呢。她领着紫荷简单地看了一下一楼要出租的那个房间和旁边的浴室。主人的房间在二楼,互不干扰。紫荷恍惚觉得这儿的一切都跟电影里似的。老房子整个的基调有些阴暗,但是却处处透出一种毫不张扬的奢华,无论是宽大的客厅里铺在硬木地板上柔软的波斯地毯,餐厅里十二座长餐桌上方的水晶吊灯,还是四处可见的经典油画,都能看出房主的身份不一般。紫荷心想,听说美国的单身老人一般都住进老年公寓或是老人院,多瑞丝单身一人为什么要维持这么大的一个房子呢?正当她有点出神儿的时候,脚下被什么东西绊了一下,她吓了一跳。定睛一看,原来是一只体格硕大的黑猫不知从什么地方静悄悄地钻出来从她脚前跑过。"哎呀!猫咪,好可爱呀!"她天生就爱小动物,所以本能地蹲下身去爱抚那只猫。说来也怪,大黑猫竟一点也不认生,还用头顶去蹭紫荷的手。多瑞丝的脸上露出了微笑,凭她的直觉,眼前这个温婉的东方女孩应该有一颗纯真和善良的心。这正是她一直想要找的人。

住处有了着落,学校提供的半奖免掉了学费,那么只要再挣出一个月三四百元的生活费,紫荷就可以完全独立了。何况鲁江舟告诉她只要保持好成绩,下个学年很有希望拿到全奖。凌紫荷对将来充满了信心。她央求着鲁江舟开车带她去一家家的中国餐馆找工作。她要求不高,只要从餐馆能走到火车站就行。

"紫荷我看你还是算了吧。那餐馆的活真不是好干的。你娇生惯养的肯定受不了。再说你还得把成绩弄好,要是到时候全奖没拿着可就太得不偿失了。"

"你怎么知道我娇生惯养呢?放心吧,我算过啦,如果餐馆的生意还行那我只要一周打三天工就够了,剩下的时间我保证全力以赴好好念书。"

鲁江舟叹了一口气:"好吧,那你就试试吧。不行千万别硬撑着啊。你可以跟系里的中国同学们借,到时候有了奖学金再慢慢还,也就大半年的事儿。你记住至少在我这儿是绝不会有二话的。"

"江舟,你真是个大好人!我这些日子没少麻烦你,欠你的情我今后一定会还的。"凌紫荷感动地说。

"大家都是大陆来的留学生,出门在外不容易,互相帮衬是应该的。更何况你一个女孩子,现在有了难处,换了谁也不会袖手旁观的,快别说什么欠不欠的了。"鲁江舟诚恳地说。

两个多星期过去了。没接到郝天山的电话肖逸的心里没着没落的。他是个挺要面子的人,不想让哥们儿觉得他为了女孩的事沉不住气。不过这个天山会不会把托他的事儿给忘了?肖逸最终还是没忍住,又给天山打了电话。

"肖逸我知道你要问什么。我还没打听着呢。你说你也是啊,不急的时候一撑能撑一年没动静,这会儿又心急火燎的,这可不像肖逸你一贯的做派啊。"

"行了天山,哥们儿这回让你给逮着了。你别光顾着损我结果把正事儿给忘了。"

"哪能呢。你托我的事我怎么会给忘了呢?月底有个新州的中国留学生聚会,Party上人多好打听。要是凌紫荷真跟你心有灵犀知道你在找她,说不定她也会去呢。"

"嗨,看来我真应该考虑买辆车了,没车实在是太受限制了!要不我就自个开过去了。"肖逸有些沮丧地说。

刚放下电话,大卫李风风火火地冲了进来。见实验室里只有肖逸和另外一个中国学生在,大卫李登上一把椅子振臂一呼:"肖逸,王雷,来祝贺我吧!哥们儿我今天绿啦!"

肖逸对着他故意左看看右看看,一本正经地说:"李德伟你满面红光的,我没见着你哪儿绿呀?"

大卫李从椅子上跳下来,神神秘秘地从裤兜里掏出钱包,又从夹层里抽出一张卡片在两人鼻子底下得意地晃了晃:"瞧见了没有?绿卡!哥们儿终于盼来这一天啦。PhD加博士后,比八年抗战还多一年,多艰苦啊。"

肖逸和王雷羡慕地把大卫的绿卡仔细地看了又看。肖逸说:"噢,这回我悟出来这张小卡片为什么叫绿卡了。别看它不是绿色的,可是只有拿到它,你在美国的路才能红灯变绿灯,畅行无阻。"大卫李点了点头:"对喽,所以你们要早动手,发两篇 Paper 马上就找个律师申请杰出人才,争取博士帽子和卡子一齐拿到手。要不然你们也难免跟我似的博士后一做好几年,名声听上去还不错,可是说白了就是个做学问的廉价临时工而已,实在是不得已而为之。"肖逸和王雷听得连连点头说前辈所言极是。肖逸心中暗暗地有了个计划,大卫李的提醒让他觉得,自己不能再一味地把时间泡在实验室里两耳不闻窗外事了。他得想办法挣出买车的钱,还有办绿卡的律师费,要都指着从每月的奖学金里省恐怕是不够,也来不及。

鲁江舟的话没有错,这餐馆的活确实不是好干的。凌紫荷在蜀湘阁第一天上工就体会到了。

蜀湘阁是个挺上档次的中餐馆。老板和老板娘明明是香港人,却不经营粤菜馆,而是在菜单上列满了当下流行的湖南牛、四川鸡一类的美式中餐。老板娘品位不错,亲手把餐馆布置得清静又有情调,所以吸引来的老外比中国人要多得多。紫荷是新来的,自然得不到像周五晚上和周六这样客人多小费也多的黄金档。不过老板娘告诉她这样也好,因为客人多的时候连有经验的侍者都恨不能生出八只手才够用。她这样的新手是顶不下来的,还不如慢慢地来。

紫荷跟的师傅是北京来的丘太太。她原来是国内重点中学的英语老师,跟着先生出国后因为一心一意地相夫教子,也没抽出时间再去学个什么新的专业,所以孩子大了以后餐馆就成了丘太太的全职工作。

看丘太太招呼客人那简直就是一种享受。她笑容可掬,脚下生风,眼观六路耳听八方,客人一进门便迎上去,领座、倒茶、点菜、上菜环环相扣。干活的时候不忘跟熟悉的回头客聊上两句,常常看得见她和客人一同开心地大笑。要不是丘太太总围着女招待才穿的紫红色围裙,别人一定会觉得她是这个店的老板娘。紫荷要做的就是先帮丘太太上菜。上菜的托盘二尺多长,摆满了盘碗后得有个十来斤重。只见丘太太手腕一翻,大托盘就凭着一只手的力量稳稳当当地待在了她的肩头。紫荷也想跟着学,结果托盘出乎意料的重,她身子一晃差点把一大盘东西都给扣在地上。还好丘太太手疾眼快,扶了一把才没出娄子。

"别着急,干一行有一行的功夫,哪个也不是一天两天练得出来的。东西多的时候你就两只手端,以后不忙的时候你再拿着空盘空碗练。"

紫荷感激地点了点头,跟在丘太太身后出了厨房给那桌十几人的生日聚会上菜。丘太太谈笑风生地给他们介绍了每一道大菜,还亲热地向过生日的老太太道贺,弄得桌上的气氛暖融融的。可是转身回厨房的时候,她脸上的笑容刷地就消失了,翻了翻眼睛对紫荷小声嘀咕道:"又是这帮老毛子,没钱还要点一大桌子便宜的菜摆谱,什么木须肉、芥蓝鸡,到最后小费就给十块钱。打这种桌子算是亏大发了。"紫荷打心里佩服丘太太,哪怕心里有多少不愉快,在客人面前永远保持着真诚热情的笑容。太专业了!

晚上九点半以后客人们陆陆续续地走了。厨房在炒供员工吃的晚餐,或许应该叫夜宵。紫荷拖着一个沉重的大功率吸尘器沿着一排排的桌椅打扫店堂。虽然只上了一天工,她的肩背像快断了似的疼。忽然,黄老板对着她大叫起来:"哎,你别动,站着别动!"紫荷被吓得僵住了,不知自己做错了什么。黄老板跑过来弯着腰在地上来来回回仔细地看,最后盯住紫荷的脚。他转过身一边喊着"你可别动啊",一边跑进厨房拿来一大长条不知包裹什么用的塑料薄膜铺在地上,用命令的语气说:"踩着这个到厨房去。"紫荷小心翼翼地踩着塑料膜走进厨房,不知所措地看着老板。黄老板从工作台上拿起一块旧抹布扔在地上又命令道:"把你的鞋子在上面蹭蹭。"紫荷照办了,结果自己也下了一大跳,抹布上留下黑黑的印记。黄老板痛心疾首地叫道:"我的小姐呀,你这是什么鞋子呀?我今天一大早刚刚洗的地毯还没干透就被你弄得到处是黑印子呀!你到底是在哪里买的鞋子呀?"

紫荷窘得脸通红,她昨天刚刚在 Kmart(类似沃尔玛的一家廉价连锁店)专门为打工买了一双 6.99 美元的黑色平底鞋,没想到上工第一天就捅了娄子。她低着头从围裙口袋里掏出今天挣的小费小声说:"老板,要不我赔吧……"

"赔你个头啊。你知道我洗一次地毯要多少钱吗?你那点钱还是留着去买双像点样的鞋子吧。Kmart 的东西怎么能要啊,都是你们大陆来的水货!"

69

紫荷委屈得眼前一片模糊,她强忍着让眼泪不要流出来。在一旁看热闹的大厨二厨幸灾乐祸地一唱一和道:"北京小姐,买鞋的钱都没有吗?找个老公不就什么都有啦?要不要帮忙啊?"这时多亏丘太太替紫荷解了围。她不耐烦地对大厨二厨挥着手道:"去,去,去!轮不到你们在这儿起哄架秧子。"她又转头对紫荷说,"犯不着理他们,都是粗人。一天到晚窝在这厨房里就靠说些粗俗的笑话解闷儿。别跟他们一般见识。"紫荷很快平静下来,既然自己决定走出这一步就应该有足够的心理准备,以后比这更难的时候肯定还多着呢。

这时候老板娘在外面招呼大家过去吃饭。紫荷解下身上的围裙,仔细地把自己生平第一次靠劳动挣到的 58.5 美元收好,然后对黄老板说:"老板,今天的事对不起了,都怪我不够小心。要是你还允许我回来,我以后更勤快点儿,客人少的时候多帮厨房干干活算是补偿。你看行吗?"黄老板看了一眼紫荷依旧红着的眼圈,叹了口气道:"唉,谁让我心软,老是用你们这些学生仔呢?我知道你们大陆来的学生不容易,不像我的那个大女儿。她老爸老妈天天这么辛苦地开餐馆赚钱,她却一年拿着我好几万去学什么鬼政治学,还跑到纽约街头去静坐抗议,去争取什么民权。我对她说最需要你拯救的不是街头的流浪汉,是你那一年只能休假一天、连星期六星期天都在卖苦力的老爸!嗨,不说了,出去吃过晚饭再走吧。"

"不了,我怕晚了赶不上火车。"紫荷一边对大家挥手道晚安一边向大门外走。老板娘追上来把一袋打了包的晚餐塞在她手里:"晚上一个女孩子走路要特别小心,以后最好找个开车的人来接你一下。"紫荷心里一阵温暖。原来"资本家"身上也是可以闪耀人性光芒的,而虔诚的信仰却并不意味着一个人不会违背良心和道德的准则。人啊,实在是太复杂了,而我们总习惯于给人们安上各种各样的 label(标记),那是多么无聊和可笑啊。

凌紫荷刚刚出了蜀湘阁的大门,鲁江舟就推开车门迎了上来。"江舟,你怎么会在这儿?"紫荷惊喜地问。

"你今天第一天上班,我放心不下过来看看。再说从这儿走到火车站要十几分钟呢,大晚上的一个女孩子实在太冒险了。以后你还是自己坐火车来上班,我晚上开车接你下班。"

卡内基湖

坐进江舟的车，紫荷一眼就看见几大团沾了鲜血的面巾纸，不禁大惊："江舟，你这是怎么了？"

"噢，没什么，只是鼻子流血来着，可能冬天上火了。"鲁江舟淡淡地说。

凌紫荷还是很担心。她听系里别的同学说鲁江舟是个拼命三郎，在过去的两年里他已经为科里波夫斯基教授发了七八篇论文。"江舟，你有时候也该把节奏放慢一点，身体透支太厉害了可不好。"

鲁江舟笑了起来："怎么，你拿我劝你的话反过来劝我吗？你说说咱们俩到底是谁更让人担心？"见紫荷皱着眉头没说话，鲁江舟故意岔开话题，问起她第一天打工的情况。当他们说起晚上下工需要人接的事儿，鲁江舟鼓足勇气问道："哎，说真的，紫荷，有件事我不知道能不能问。我一直很好奇，像你这样的女孩不可能没有护花使者呀。我觉得你出国前肯定有个男朋友。他现在在哪儿呢？是不是离得太远了才让我有可乘之机啊？不过你放心，我有自知之明，在你的白马王子到来之前，我只是心甘情愿地充当一个临时护卫。"凌紫荷轻轻地摇了摇头："我……"她犹豫着不知该怎样回答，"江舟，你听过一首叫做《阿尔汉布拉宫的回忆》的吉他曲吗？有一种美好更适合停留在回忆里。"

三月下旬，一场大雪后春天就悄然而至了。卡内基湖的湖水因为那湛蓝的颜色而变得生动起来。湖对岸一片原本青灰色的树林，好似一夜之间被哪位丹青高手涂抹上一层若有若无的新绿和浅红。一丛丛白色紫色的小花，从湖边厚厚的落叶和没有化完的积雪下面性急地拱出来，享受着春天和煦温暖的阳光。

肖逸终于等来了关于凌紫荷的消息，不过是完全出乎他意料的消息。郝天山大晚上的从聚会的地方找了一个投币电话打给肖逸，他的声音听上去有些气急败坏："肖逸，你这回可真是大大地失算了！你就等着后悔吧你。"

"天山你到底什么意思呀？赶紧说啊！"

"我总算找到了一个普林斯顿的人，一问，人家还真知道凌紫荷，不过因为不是一个系的不熟。可你猜怎么着，即便是不熟，人家都知道凌紫荷前不久遇着麻烦了，好像还不小。你说你倒一直那么慎着算怎么回事儿？我早跟你说过……"

郝天山还在电话里唠叨个没完,可肖逸已经听不清他在说些什么了。他只是急急地问了一句:"你明天上午在实验室吗?我到了你们那儿的火车站给你打电话,你无论如何开车来接我一趟。哥们儿这次暂不言谢,日后一定报答。"

外面不知什么时候下起雨来,雨点敲打着窗户那么急、那么密。

跨越烦恼河的桥

4

Bridge Over Troubled Water

几个月前,当陈晓歌兴冲冲地拿着探亲签证踏上新大陆的时候,她对自己将要扮演的陪读角色完全没有心理准备。

虽然只是初春,加州正午的阳光却已经热得灼人了。陈晓歌背着一个沉重的双肩背书包,汗津津地徒步走在从超市回家的路上。她穿着短裤和白色运动鞋,马尾辫在脑后一甩一甩的,学生气十足。不过没有人想得到,她的双肩背包里塞的竟是土豆、胡萝卜、减价猪排和圆白菜。美国的街道多没有人行道,路并不好走。

晓歌一边走一边琢磨着上个周末的聚会。热心的杜宏杰开车过来带着她和国梁去参加了一个中国留学生的烧烤野餐会。除了老杜以外,她竟然还碰到另外一个熟人:既是她中学同窗又是大学校友的卓慧。卓慧在北大学的是计算机专业,和晓歌她们住在同一个宿舍楼。只不过卓慧一直是个高傲的女孩,再加上陈晓歌后来又有了男朋友,所以那个时候两人的来往并不多。这回陈晓歌才了解到,卓慧在原先录取她的亚利桑那凤凰城大学只读了一个学期,就转到加州的斯坦福来了,和老杜同校不同系,主修信息工程。卓慧若无其事地问起陈晓歌现在在哪所学校,是修硕士还是攻博士。本来无关痛痒的一句话,在陈晓歌听来却如同芒刺在身。想她陈晓歌也是从附小、附中、理科重点班一路过关斩将考进北大的,比谁差了?可是曾几何时,她却变成了一个站在成功男人背后默默奉献的女人呢?更何况,尽在这些人杰地灵、虎踞龙盘的地界转悠,像伍国梁这样寒窗无尽、前途未卜的洋插知青们,能不能算得上成功人士也很难说。

一想起这些,背着沉甸甸的萝卜白菜,顶着烈日步行回家的陈晓歌,心里就更不是滋味了。国梁是个两耳不闻窗外事的人,对她依赖惯了,所以还应该算是新娘子的她不得不身兼保姆、秘书、当差、杂役和心理辅导员等数职。好不容易回到了与人合租的公寓里,陈晓歌顾不得休息就赶紧到厨房忙活开了。她得把晚饭和明天国梁要带着上学的中午饭提前准备出来,因为晚上她还得赶到附近的社区大学去修会计课。改学会计也是周围的过来人给出的主意。国梁走的这条道儿,从博士、博士后到最终修成正果找个好工作,没有两个五年计划的工夫是下不来的。如果夫妻俩硬往同一条窄道儿上挤,可不符合靠多样性降低风险的优化原理。陈晓歌毕竟是学理科出身的,最终理性思维战胜了感性思维。她毅然决然地屈就于学费低廉课程实用的社区大学,为国梁今后的远大前程作出了她自己都觉着挺崇高的牺牲。

要知道,能作出她这种牺牲的女孩子并不多。就拿大学跟她同宿舍的几个女孩来说吧,还没听说有谁像她那么先人后己的。对了,时隔多日,老杜还是没忘记跟她打听凌紫荷的消息。上帝真不公平,凌紫荷可从来没像自己付出的那么多,却总被别人记挂着。陈晓歌如实告诉老杜凌紫荷好像搬了家,从那以后和她也断了联系。老杜显得有些失落,陈晓歌安慰他说,凭她跟凌紫荷的交情,一旦紫荷安顿好了一定会回头找她的,到时候她保证在第一时间通报老杜。杜宏杰笑着摇了摇头说:"晓歌,没那么严重。我现在也悟出来了,命中无时莫强求啊。要是紫荷没有问起我,你也不必多说什么。"这时候卓慧走过来,把一盘烤得吱吱作响的鸡腿和热狗肠放在他们面前的野餐桌上,笑眯眯地说:"来,快吃吧!这一拨儿烤得火候正好,可别把命里有的美味给错过了!"

陈晓歌听出卓慧似乎话中有话。从小到大,她见识过工于心计的卓慧多少次步步为营,最终占了上风。生性单纯恬淡的凌紫荷绝对不是她的对手。唉,但愿紫荷不要与厉害的卓慧交锋。陈晓歌心里这么想着。

聚餐的时候,一个同学带来几瓶自酿的葡萄酒。大家一边品酒,一边听他津津乐道"酒经"。他告诉大家,阳光、土质、水和葡萄的品种决定了每一种酒的最佳酿造期和窖藏期。比如醇厚芳香的 Merlot 红酒,年头越久品质则越高,而清冽甘美的法国 Aligotè 白葡萄酒却绝对不宜久藏。杜宏杰心想,感情不也是这样吗?并非历时越久越醇美。时间也许会加深两人之间的感情,也许会冲淡它。要是再添上个空间距离的新变量,就让变幻莫测的爱情函数变得更复杂了。杜宏杰虽然渴望那如酒的爱情,但当他扪心自问,又似乎没有足够的信心去接受这种时空的考验。更何况,他现在必须全力以赴,把精力放在事业上。于是一贯理智的他,只得带着些无奈,任由凌紫荷的影子被时间渐渐地冲淡。

也是在这个春天,大西洋彼岸,普林斯顿大学的校园里,郝天山把他的双色

"铁骡子"停在华盛顿街边的停车场上。他指了指前方一座浅褐色的建筑对肖逸说:"哥们儿,我只能送你送到这儿了。化学系的福利克实验楼就在前边儿,你快去吧。我回去等你的电话,到时候再过来接你。哪怕是等到大半夜咱也不见不散。"

肖逸看了看不远处的化学楼似乎又有些犹豫了。他有点求助似的对天山建议道:"要不还是咱俩一起进去吧?就说是路过,来看看北大的同学。"

"可别介!肖逸肖大侠,你可不能临阵脱逃!要知道,这件事儿只有你自己才是解铃人。拿出点儿你平时的定力和洒脱劲儿来,没什么大不了的。我觉得像凌紫荷那样的女孩儿,八成还喜欢来点儿浪漫的戏剧性呢。"天山一边滔滔不绝地说着一边发动了车子,不容分说地留下肖逸自己跑了。

进去吗?肖逸问自己。他想起自己那次在北大三教,楼上楼下挨着教室找紫荷的情景。他还记得紫荷抬头看见他时,那种既意外又欣喜的神情。可是这次太不一样了,紫荷一定恨死他了。如果自己就这么突然地出现,会不会让她猝不及防,在旁人面前感到难堪呢?

肖逸在化学楼附近漫无目的地走走停停。中午12点的钟声像春日的暖阳一样,随着流动的空气弥漫在整个校园。他不禁顺着钟声飘来的方向望去。路的前方,大教堂高耸的尖顶在湛蓝天空的映衬下,静静地凝视着来去匆匆的人们。等一等,看那陌生的人群里竟然刹那间浮现出一个熟悉的身影,难道钟声真的具有魔力,会让灰姑娘的童话上演在现实世界里吗?肖逸按捺不住激动,快步迎上前去。

凌紫荷和玛丽嬷嬷一起从图书馆出来。她最近在校图书馆又找了一份工,这样可以稍稍缓解一点经济上的压力。玛丽嬷嬷也是化学系的硕士生,乌干达的天主教会安排她来美国学习,毕业后好回国任教于教会学校。因为她常常得到紫荷在学习上的帮助,所以很快就成了她的好朋友。两人边走边聊,直到肖逸几乎走到她们对面的时候,凌紫荷才突然发现,那个她曾经暗暗等待,后来因为心累了已经不再等的人,竟从天而降般地站在她眼前。紫荷完全蒙住了。她来不及想这到底是怎么回事,眼泪就不争气地涌出眼眶,像两颗沉甸甸的珠子一样从脸上滑落下来。她把脸扭过去不看肖逸。"Oh, My sister! (我的姐妹)"玛丽嬷嬷怜惜地搂住她的肩膀,用一只黑黑的粗糙的手掌不停地抚摸着她的后背以示安抚。嬷嬷假装厉害地看着肖逸,用口音浓重的非洲英语慢慢地对肖逸说:"Brother(兄弟),你怎么能让我天使一样的 sister(姐妹)因为你而哭泣呢?你可要好好弥补你的过错!"可是她又悄悄地对着肖逸俏皮地眨了眨眼睛,仿佛在说,别看我是修女,我都懂。"愿圣母保佑你们。"玛丽嬷嬷在胸前画了个十字便快步走开了。

这是肖逸第二次见到凌紫荷的眼泪。他觉得自己简直是罪过至极,什么都还不曾给予她,却总是让她伤心落泪。他深深吸了一口气让自己定下神来。他必须把那些在心里反反复复对紫荷说了多少遍的话,当着她的面说出来,否则他郁闷得快要爆炸了。

"紫荷,我知道你一定在恨我,不想答理我。这一切都是我的错。我不想给自己找借口,只希望能有机会对你说出真相,好让我们有可能从这个死结里解脱出来。你能听我说吗?"

凌紫荷黯然地叹了一口气,并不抬眼看肖逸:"你这么远跑过来,就为了让我听你说这些话吗?要是那对你很重要的话,我可以成全你。"

肖逸跟在凌紫荷身后向旁边的大教堂走去。转过一道齐肩高的矮墙,眼前竟出现了一个别有洞天的隐秘小花园。蜿蜒的碎石小路穿过一道拱门,把他们引领到一个白色长条石凳前。石凳的靠背上刻着一句话:来吧,享受一会儿宁静和孤独。深绿色的常春藤爬满了周围的墙壁,像厚厚的大幕将这里与墙外热闹的世界悄然隔开了。真没想到唐诗里曲径通幽、禅房花木的意境竟在千年之后、万里之遥的一个教堂院落里被发挥到淋漓尽致。

"这是我特别喜欢的一个地方。每当我觉得心力交瘁的时候,总能在这里找回平静和信心。"凌紫荷在白色的石凳上坐下。她的确镇定了许多,甚至还对肖逸微笑了一下:"我听着呢,你说吧。"

紫荷的微笑让肖逸也觉得轻松了一些,但是她的话却像针一样刺痛了他的心。心力交瘁?他实在不愿听到这个词从一个如此柔美的女孩子嘴里说出来。"紫荷,到底发生什么事了?我听说你最近好像遇到了一些麻烦,你能告诉我吗?"

来吧
享受一会儿宁静和孤独

"我以为你来是让我听你解释的,那样好让你心里的负担得以解脱。我遇到了什么事跟你有很大关系吗?"凌紫荷平静的语气在肖逸听来像冰一样的冷。他知道自己一定把她伤得很深,因为最令人绝望的并不是怨恨,而是漠然。

"紫荷,你别这么说。我知道我来晚了,但我绝对不是为了给自己寻找什么解脱。有些事情,我希望能给你解释清楚,也希望以后你能给我一个弥补的机会。就像那个修女说的那样。"

肖逸不容置疑的语气让凌紫荷有些意外。他们两人之间一直有一层窗户纸未曾捅破,她倒想听听肖逸要对她说些什么,不过表面上她依旧显得不为所动。一只红松鼠嘴里叼着一枚坚果,蹦蹦跳跳地从他们面前跑过,还好奇地回过头来用闪亮的小黑眼睛看了他们一眼。

"我最开始接近你,其实是受了杜宏杰临行前的托付去关照你。他是我最好的朋友,我知道他非常的喜欢你。后来事情朝着我们从未预料到的方向发展,我发现自己的心越来越多地被你占据。我试着想否认、想忘却,想找出种种理由来说服自己那不是爱情。可是我最终还是骗不了自己。既然骗不了,我想,那就让我像小说里描写的那样,默默地带着一份无人知晓的爱情浪迹天涯吧,不要去打搅朋友和我所爱的人。有一度,我甚至觉得这样的感情是浪漫而高贵的。可是紫荷,我现在才明白我错了。我错在那么快就选择了逃避而不是面对,错在没有勇敢地去承担我应该承担的东西。紫荷,我知道我伤了你的心。我也觉得对不起老杜。他是那么的信任我,可是我却没有给他同等的信任,否则我就不会一直对他隐瞒真相。他是个心胸豁达的人,我相信如果我早一点跟他开诚布公,事情也不会是今天的样子。"

凌紫荷抬起头来,一双盈盈秋水般的明眸直视着肖逸的眼睛,仿佛一直要看到他的心底。

午后的春风和蔼地抚弄着花园里那株柳樱曼妙的枝条。粉白色的花瓣纷纷扬扬地在风中起舞,其中的两片轻轻地飘落在肖逸肩头。凌紫荷下意识地抬起手来,想替他拂去那花瓣,不想手腕被肖逸一把紧紧地攥住,顺势一拉,整个人便倒进他怀里。她试着挣扎了两下,可是肖逸把她抱得那么紧,让她动弹不得。她能听到他怦怦的心跳声,能隔着衣衫觉出他强壮的臂膀上隆起的肌肉。肖逸的脸轻轻摩挲着她的头发,在她耳边喃喃地说:"紫荷,让我来爱你,保护你吧。相信我,一切都会好起来的。"凌紫荷心中最后的一道防线被肖逸温存的专制彻底地击破了。终于有了一个宽厚坚实的肩膀让她疲倦的头得以依靠,积攒了许多日子的委屈、失望和焦虑,化作眼泪痛痛快快地流了出来。隐秘的小花园里,宁静依旧,孤独却已不再。

两周后一个春光明媚的傍晚,佟谣又跑到实验室来找肖逸。她带着几分在男生面前惯用的娇嗔问肖逸:"我说你最近神神秘秘的到底在忙些什么呀?怎么也不见你晚上在实验室用功啦?"

"哎,我说你有没有搞错啊?我的导师都没管我晚上在不在实验室,关你什么事啊?"肖逸故意操着一副广东腔调侃佟谣。

从普林斯顿回来以后,他给自己定下当务之急的目标是挣钱买车,不是买一辆,而是两辆。一辆给自己当腿,好能够随时在紫荷需要的时候出现在她身边。另一辆是给紫荷的。一个女孩子独自走来走去的实在不安全,何况她晚上还要打工。肖逸没有把这个想法告诉凌紫荷,他想给她一个惊喜。可是对留学生来说,一下子买两辆车谈何容易。就算是他把所有的积蓄都添上,想买辆可靠一点的车也还是不够。再说他还得攒出办绿卡用的几千块律师费来。肖逸想起在餐馆打工的老顾给他讲的切冻肉的事,就立马通过老顾在那家中餐馆找了个打杂儿的活儿。可能是在后厨听粤语听多了吧,他觉着自己现在时不时就会冒出广东腔来。肖逸选择在中餐馆打工,倒也不光是因为那活儿好找,更主要的原因,是他恨自己没能力马上把紫荷从这种繁重的体力劳动里解救出来,那么只有自己陪着她一起吃苦才能找到一点儿内心平衡。

"肖逸,我跟你说真的呢!你看这天气多好,咱们什么时候约上莱瑞去水边公园骑车吧?要不然野餐也行,我来准备吃的东西。"

"噢,你不提我还差点儿给忘了,我吃过你的什么苹果派,得帮你拉拢腐蚀莱瑞对吧?得嘞,谁让咱吃别人的嘴短呢。我这儿正要找他呢,到时候我替你问问他。我晚上还有事儿，先走了啊。"肖逸一边说着一边把双肩背包往背上一甩，侧身从佟谣身边挤出门去，留下她对着他的背影咬牙切齿。实验室里王雷和另外一个硕士生彼此交换了一个幸灾乐祸的坏笑。

  肖逸确实约了莱瑞在"格村儿"的一家爱尔兰小酒吧见面。那儿的生啤特地道，每星期四下午四点到六点之间有 Happy Hour(一种限时的促销)，酒水半价还附送一盘辣鸡翅。肖逸把自己和凌紫荷的事简单地告诉了莱瑞，并且请他帮忙出出主意，看看还有什么办法能挣到点儿钱。莱瑞用修长的手指敲打着桌子，若有所思地说："逸，你还有什么一技之长吗？美国人都很尊重别人的才能，尤其是在纽约这个地方。所以有那么多的艺术家和自由职业者都云集在这里。"

  "莱瑞，我倒是会弹吉他，可是那真能挣到钱吗？"肖逸将信将疑。

  "你去中央公园试试就知道了。别小看了那些街头艺术家，在纽约卖艺可称得上是一种职业呢。他们多半都有一个不错的公寓，衣食不成问题。有的即使能找到别的工作也不愿意去，因为他们舍不得这种自由自在的生活方式。"莱瑞和肖逸碰了一下手中的啤酒杯，"来，为又一个自由艺术家的诞生干杯！记住，那里一样有激烈的竞争，你要学会标新立异，尽量吸引别人的注意力才能挣到钱。"

  "我试试看吧。只是我自己的吉他没有带到美国来，我得到旧货店去碰碰运气。"

  "不用不用，周末你到我家里来。这是我的地址。我可以把我朋友留在我那儿的琴先借给你用。那可是一把不错的吉他。"

  "莱瑞，实在是太谢谢你了。教你一句北京话，这叫真够哥们儿！"

  凌紫荷的房东多瑞丝老人，喜欢在简单的晚餐后坐在带纱窗的门廊里，欣赏外面被夕阳染成金色的花园。那棵她刚刚搬进这房子时亲手种下的广玉兰，已经长成了一抱粗，巨伞状的树冠上正盛开着成百上千朵淡紫色的玉兰花。黑猫斯芬克斯温驯地趴在她摇椅旁边的小毯子上，梳理着自己的皮毛。凌紫荷轻手轻脚地从屋里走出来，把一条线毯搭在多瑞丝的膝上。"太阳下山以后气温低，您要注意别受凉。"斯芬克斯见到紫荷立即兴奋地凑过来蹭她的腿，紫荷也亲热地俯下身来用手去挠它的脑门和下颌。多瑞丝拍了拍身边空着的藤椅对紫荷说:"今天有空吗?要不要坐一会儿?"

紫荷笑着点点头说:"好啊,厨房的地我一会儿再擦,您的衣服和床单我已经放进洗衣机洗上了。"

多瑞丝摆摆手:"没关系,地板一天不擦又不会长出草来。美妙的时光错过了可能就再也找不回来了。紫荷,我看你每天都很忙很累。那些像你这个年纪的美国女孩可会享受生活了。你要是有什么难处尽管告诉我,也许我能帮助你。"多瑞丝老人从十几年前退休的时候起开始招留学生房客。每当有一个从新的国家来的留学生租她的房子,她就插一面小小的那个国家的国旗在厨房墙上的布告板上。在紫荷之前,老人还从来没有招过中国学生做房客。紫荷不无自豪地告诉过鲁江舟,她代表中国进驻了多瑞丝的"联合国"。普林斯顿的校刊上还登了一篇介绍此事的文章,并且配了一张五星红旗和其他九个国家的旗帜排列在布告板上的照片。

"多瑞丝,我能找到你这样的房东真的很幸运,一下子就把我的难处解决了一半。可是你为什么喜欢招外国留学生做房客呢?"紫荷好奇地问。

"你真的想知道吗?这事我很少对别人讲。不过,我看得出来,你是个善解人意的女孩,连斯芬克斯都那么喜欢你,小动物的直觉总是很准的。三十多年前,我和我的未婚夫比尔共同买下了这栋房子。他是个西点军校毕业的空军中校,喜欢冒险和猎奇。我们约定去牙买加度蜜月,然后,每年的结婚纪念日,都要去一个从没有去过的地方旅行。如果哪年没有成行,第二年也要补上。这样,等到我们金婚的时候也就差不多能周游世界了。"多瑞丝的目光投向远方已经渐渐暗下来的天际,晚霞的光彩映照在她的眼睛里,使她全然没有了平日的威严和矜持,而是变得少女般的柔和恬静。紫荷想起替她打扫楼上房间时看到的那张老照片,照片上年轻美丽的多瑞丝穿着一件淡蓝色的碎花连衣裙,幸福地依偎在一位英俊潇洒的青年军官身旁,脸上就是这样的表情。

"那后来呢?"

"后来比尔去远东执行任务,应该一年就回来的。我就在这栋房子里一边等他,一边为我们的婚礼作准备。可是我一直等到现在,他还没回来。要知道没有他我是不愿去周游世界的。所以我就想出了这么个办法,把世界的一部分请到家里来,让我好有机会去了解比尔曾经那么渴望了解的东西。"

"哦,多瑞丝,对不起!我让你提起这些伤心事。"紫荷探过身去轻轻地拥抱了一下老人。她现在才明白,老人为什么一直独守着这栋空空荡荡的大房子,为什么一直孑然一身。原来这后面竟隐藏着一个感人至深的爱情故事。

"不,紫荷,这些是我一辈子里最甜蜜的事。正因为有了这些记忆的陪伴,我才能一直活到今天。"

这天晚上,凌紫荷好想把多瑞丝的故事告诉肖逸。她看了看表,九点多了,再过一会儿肖逸应该会打电话过来。为了能在自己的格子间里装一部电话,肖逸使出浑身解数哄着房东李伯和李妈高兴,最后终于为他破了例。电话是装了,可是每分钟两毛五的跨州长途也真够贵的。他每天晚上都忍不住要打给紫荷,不为别的,就想听听她的声音,知道她这一天过得好不好。可是一到电话上,那时间就飞贼一般不知不觉地溜走了。每次都是紫荷催促他挂电话:"肖逸,再这样打下去你的电话账单都快赶上我一个月的房租了,明摆着的不合理开支!"她嗔怪的语气里带着一丝甜蜜。

"要不我转学吧?我也申请去普林斯顿,那样起码电话钱省了。"肖逸这些天来一直在盘算怎么才能跟紫荷天天在一起。

"你就别瞎琢磨了,好好的全奖拿着,课也都选完了,导师又对你不错,你没有理由现在离开。"

"谁说我没理由?一辈子的幸福还不是理由吗?哎,不过说真的,紫荷,要不你转学来纽约吧?"肖逸还是不死心。

"哎呀,你真臭美!谁跟你说一辈子的事儿了?再说我累死累活好不容易七门课拿了六个A一个A-,下学期的全奖也很有希望。如果一换学校,最多只能转三门课的学分,一切又得从头再来。我呀,可真折腾不动了!"其实凌紫荷又何尝不想跟肖逸在一起呢。可是父亲的事对她刺激很大,让她变得更加理智和坚强了。她觉得女孩子必须要独立,只有这样才能在打击突然降临的时候不至于彻底垮掉。

纽约格林威治村的四季总有着不一样的风情。春天一束束如雪的梨花和粉红的樱花映衬着幽静的住宅区小街。19世纪留下来的那些细致精美的红砖建筑，让人不由得产生一种恍若隔世的怀旧之情。肖逸按照莱瑞给他的地址，找到了离19世纪诗人兼作家爱伦·坡曾经居住过的西三街不远的一片高档公寓。经过爱伦·坡故居的时候肖逸不禁多看了两眼。坡生前在他的恐怖侦探小说里布满了连环迷局，死了一百多年以后他的传奇仍然在延续。每年到诗人生日的那一天，都有一个神秘的访客在他的墓地留下半瓶白兰地酒和一束玫瑰。几十年来，谁也没见过，也不知道这个神秘人的身份。肖逸对这种超越生死、游戏人间的奇闻十分着迷，就像他曾经着迷武侠小说一样。

跟莱瑞交往了这么长时间，肖逸还真不知道他竟是个豪门子弟呢。也是啊，这"格村儿"当年因为聚集了一批穷困潦倒的精神领袖而扬名，可是现在能在这儿安家置业的，多半不是名流就是巨富。莱瑞招呼肖逸在他虽然不大，但是布置得极其有品位的客厅里坐下，自己去卧室拿那把吉他。肖逸环顾四周不禁汗颜。看看，人家也是单身汉，怎么能把家保持得像室内设计师的样板间一般呢？相比之下，自己那地方简直像个狗窝，将来让紫荷看见了，保不齐会吓得晕倒。细心的肖逸还替佟谣留了个心眼儿，他专门看了看房间里是不是有莱瑞和什么漂亮妞儿的照片。像莱瑞这样有钱的帅哥还不是钻石王老五？女朋友应该不会少。不过出乎他意料的是，除了一些明显是莱瑞家人的照片，肖逸只在书架一个显眼的位置看见一张莱瑞和一个朋友在一起登山的照片。这时候，莱瑞拿着一个黑色的琴盒出来了，他小心翼翼地把琴盒放在客厅的地板上轻轻地打开。肖逸的眼睛顿时一亮。那是一把泰勒NS系列的音乐会用琴，肖逸曾经在曼哈顿的乐器店里试弹过。不过花四位数的美元买把吉他对他来说太奢侈了，只能是个遥不可及的梦想。可是谁能料到，他的梦幻吉他竟突然出现在他面前，并且等待着他去拨响呢。

肖逸如获至宝般地轻轻地把琴抱在怀里，弹了一曲《小罗曼司》。泰勒NS纯净优美的音色和宽阔的音域令他陶醉。莱瑞也深深地被他的音乐打动了。肖逸有些犹豫地说:"这真是把好琴,看得出你的朋友很在意它。莱瑞,你觉得就这么借给我合适吗?"

莱瑞笑了笑:"当然合适。你不了解我的朋友皮特,他呀,活着就是为了帮助别人的。现在你正有需要,别说借去用一下,要是皮特在,他说不定会想到要把琴送给你呢。"莱瑞一边说一边把目光转到书架上的那张照片上。原来,肖逸刚才就注意到的照片上的登山人正是皮特。

"你说他不在纽约,那他现在在哪呢?"

"在非洲,现在应该是在卢旺达。你听说过无国界医生组织吗?皮特本来在纽约是个收入丰厚的外科医生,可是他总想去帮助更多在绝望中得不到帮助的人们。无国界医生组织正好帮他实现了他的理想。"

听了莱瑞的话肖逸不由得肃然起敬,觉得手上这把特殊的琴沉甸甸的。

这天晚上,肖逸从餐馆打工回来还没顾得上打电话给紫荷,却意外地接到了杜宏杰的电话。其实说意外也并不意外,肖逸从普林斯顿一回来就给老杜写了一封长信,解释他和紫荷之间发生的一切。不管怎么说,他还是觉得难以面对老杜,所以选择了写信的方式。没有想到的是,老杜接到信竟然这么快就直截了当地把电话打了过来。

"老杜,你骂我吧,是我对不住哥们儿。"肖逸一听是杜宏杰,手心就不自觉地冒汗。

"说什么呢你?肖逸你还是没拿我当兄弟。有什么事你我不能敞开天窗说亮话呢?至于别别扭扭遮遮掩掩这么长时间吗?还害得凌紫荷也跟着受罪。好了,我可没有来兴师问罪的意思,我只想告诉你,其实这样的结局也许是最好的。我后来也慢慢想明白了,虽然我对紫荷一直有爱慕之情,可我并不适合她。我是个粗线条的人,倒是肖逸你琴心剑胆更有可能给她幸福。从今以后咱们还是最好的朋友。我衷心地祝福你们俩。"

杜宏杰确实不是等闲之辈,他的大气、果断和真诚让他无论什么时候都不乏追随者。更让肖逸感动的是,他坚持寄给肖逸一张三千美元的支票,用来帮助凌紫荷渡过难关,并且让肖逸发誓永远不对紫荷提起此事。

和老杜的性格不同,肖逸总的说来是个天性洒脱自若的人。他很少去刻意追求什么东西,也不喜欢出风头。他理想中的人生应如行云流水,带着那么点顺其自然的宿命味道。刚刚认识凌紫荷的时候,他就隐隐地感觉到,这个女孩的出现终将会扰乱他为自己设想的简单超然的生活,后来随着他对紫荷的爱与日俱增,这种感觉也越来越清晰了。可是他知道此时自己已无法自拔。难怪古往今来,无论是英雄侠士还是凡夫俗子,最难了的多是一个情字。

周末的中央公园人流如织。这一片在寸土寸金的大都市里奇迹般地保留下来的绿地,被纽约客们爱称为这个城市的"肺"以及所有纽约人共享的"后院"。在这样的地方"卖艺"让肖逸有点肝儿颤,不过为了紫荷他无论如何也豁出去了。

正当他在公园里寻找合适的地方的时候,一阵歌声把他吸引住了,他不禁走到近前仔细倾听。唱歌的是两个很嬉皮的年轻人,都穿着印有骷髅头的黑色T恤衫和脏得看不出本色的牛仔裤。可是两人的嗓音配合默契,再加上娴熟的吉他伴奏,创造出了一种极其美妙的和声效果。特别是那首歌的歌词深深地触动了肖逸的心。

When you're weary (当你感到疲倦)

Feeling small (和渺小)

When tears are in your eyes

I will dry them all (让我拭干你眼中的泪水)

I'm on your side (我伴你左右)

When times get rough (当时日难熬)

And friends just can't be found (朋友难觅)

Like a bridge over troubled water (像一座跨越烦恼河的桥)

I will lay me down (我用我躺下的身体)

Like a bridge over troubled water（架一座跨越烦恼河的桥）

I will lay me down

……

肖逸记起,自己在大学时代迷恋英文老歌的时候曾听过这首歌,那时候只觉得它旋律优美,并没有什么特别的感触。然而此时此刻,它却那么贴切地表达了肖逸的心声。更巧的是,创作和原唱这首歌的还是两个纽约人,是格林威治村众多的自由艺术家中的两个摇滚民歌手。肖逸心想,下次见到紫荷的时候一定要把这首歌唱给她听。

在中央公园第一天"练摊儿卖艺"还算是成功。因为听了莱瑞的忠告,肖逸标新立异地穿了一身在中国城便宜淘换来的白缎子功夫衫,怀里抱着接了电子扬声器的皮特的那把价值不菲的好琴,打坐一般地盘腿坐在草地上,一首接一首地弹奏起阳春白雪的古典吉他曲来。《阿拉伯风格绮想曲》、《致爱丽丝》、中国民歌改编的《平湖秋月》、《彝族舞曲》……来来去去的老外们哪里见过这种架势,不由得纷纷驻足。有的还小声议论这人是不是在修炼一种特殊的中国功夫。结果大半天下来,肖逸打开的琴盒里攒了好几十块的零钱,而且还以十块一盒的价钱卖出了好几盘他事先录好的磁带。一个中年女子热情地告诉他,应该挑些节奏平缓的曲子做一盘瑜伽背景音乐,那一定会好卖。

初战告捷让肖逸信心大增。他写了一篇介绍中国内家功的文章,把以静制动、以柔克刚的中国古代哲学借题发挥了一番。最后在结尾处点题,说他精选录制的古典吉他曲配合瑜伽或是太极,能够帮助人们在现代生活纷乱的节奏中平心敛气,开发出每个人身上都有的潜能来。肖逸拿着写好的文章请莱瑞帮忙润色成地道的英文,没想到莱瑞对肖逸信手拈来的中国古代思想家的智慧大加赞赏。莱瑞兴奋地说:"逸,我什么时候得让你见见我爸爸,他最喜欢跟人探讨哲学。他以前跟我提起过中国的道,很玄妙,可惜我一点都不懂,让他失望了。"

"莱瑞,我能问你爸爸是做什么的吗?我只是有点好奇,什么样的美国人会对老子和道那么感兴趣呢？"

"我爸爸他在华尔街。其实我一直没告诉你,我也在华尔街我爸爸的投资银行里工作。"

"真的?"从不大惊小怪的肖逸也忍不住叫了起来,"这太不可思议了!那莱瑞你为什么还要花那么多时间上化学课呢?我实在想不出化学实验与华尔街有什么联系。"

莱瑞笑了笑说:"瞧,这就是我不愿意对别人说起这些事的原因,引来太多问题了!"

"对不起,莱瑞,我不该问这么多。"肖逸有些不好意思。他知道,在美国不过问别人的隐私是一种起码的教养和礼貌。

"没关系,逸,我跟你开玩笑呢。你是我的好朋友,有些事我愿意告诉你。我其实是在学一个护理学位,我上的那些化学课都是护理学位的必修课。还记得那个远在非洲的皮特吗?他一生的理想就是在那些被贫穷、饥荒和战乱笼罩的地方做一个治病救人的医生。我也想加入他的行列。可是这时候才开始学医已经太晚了,但是拿个护理学位还是有可能的。"

"你是说拿到学位以后你就辞掉在华尔街的工作,离开你在格林威治村的豪华公寓和你银行家的父亲,到卢旺达去当一名战地护士?天啊,一个皮特的故事已经让我觉得难以置信,现在又加上你,莱瑞,实在是不可思议!高尚得令人不可思议!这要是在我的国家里,早就上报纸上电视被宣传成典型了。可是看看你,没事儿人似的坐在这小酒馆里跟我一块喝啤酒。"肖逸惊讶得连连摇头。

"报纸和电视?为什么要让那么多的人知道?这纯粹是我们的个人选择啊。还有一个原因我以后再告诉你,相信到那时你会说,莱瑞我明白了,原来一切都是这么的简单。"

托我们伟大的古代思想家的福,有了那篇处处闪耀智慧之光的宣传文章,肖逸在中央公园卖录音带的销售业绩大有起色。"实况"演出赚的小费也跟着见涨。更有甚者,不时有人请他签个名留个影什么的,肯定是不知底细地把他当成个什么世外高人了。在这儿"混"了几天,肖逸又结识了几个给人画肖像兼卖画的大陆画家。其中有一位北京画家的作品最吸引他的注意力。那熟悉的红色宫墙,青砖灰瓦的四合院,靠在胡同墙上的旧自行车,车把上还插着两串鲜红欲滴的冰糖葫芦……浓浓的思乡之情、淡淡的惆怅和寂寥的心绪,强烈地激起肖逸的共鸣。上去交谈以后才知道,那个画家的名字叫燕然。肖逸不禁联想起李白《长相思》里的"此曲有意无人传,愿随春风寄燕然"的诗句。从名字就看得出,这位画家肯定是个极富修养的人。

肖逸的朋友大卫李"绿了"以后,终于扬眉吐气地告别了他漫长的博士后生涯,在新泽西一家大制药公司如愿以偿地找到了一份薪水丰厚的工作。说话就要带着全家去新州安居乐业去了。临走前他把自己在学校时开的那辆半旧的本田雅阁便宜地卖给了肖逸。尽管上保险的钱恨不得又能买辆旧车了,肖逸仍然是如获至宝。他终于有了自己的第一辆车!于是肖逸天天抓着大卫李陪他练车。他们的速成班儿成果显著,不到两个星期肖逸居然就把驾照给考下来了。他知道紫荷今天会在餐馆上班,决定过去给她一个惊喜。

这一天恰好是母亲节的星期天,餐馆里的客人很多,大多是一家人带着妈妈或是祖母热热闹闹来吃饭的。七点多的时候,来了一位老太太。她一进门就引起了紫荷的注意。老人家不知有多大年纪了,背微驼,腿脚也不好,需要拄着手杖慢慢地走。老人今天显然是打扮了一番才出门的。她穿了一身虽然式样有些过时,但是质地挺考究的绣花套装,嘴上还抹了淡淡的口红。奇怪的是她却没有家人陪伴。紫荷连忙上前迎候老人,问:"请问您是一个人还是要等朋友?"

"今年只有我一个人来吃母亲节晚餐了。"老人让紫荷搀扶着走到靠窗的一张僻静的小桌子旁坐下,见有人愿意听她说话,便絮絮叨叨地告诉紫荷,她的丈夫去年早些时候去世了。孩子们如今都长大了不在身边。他们有自己的家庭和工作,不可能每年在这个时候赶回来陪她。可是她喜欢在母亲节这一天出来看那些快乐的家庭、可爱的孩子和自豪的母亲。因为这让她回想起从前和自己家人一起度过的那些其乐融融的幸福时光。

老太太让紫荷想起了自己远在北京的母亲。她也是独自一人在回忆中度日吧?自从跟父亲闹翻以后,她很少打电话给妈妈,只是每个月写一封报平安的家信。昂贵的国际长途话费并不是主要原因。最主要的是，她怕妈妈问起，为什么现在她从来不回父亲家，从来不和爸爸一起给她打电话。她怕不会撒谎的自己，一不小心把发生的这些事给漏了出来。要是那样，生性善良的妈妈肯定受不了这个打击。可是今天是母亲节，她说什么也得听听妈妈的声音，告诉她自己真的很想她。

结账的时候，老人的账单只有八块多一点，因为她只点了一个芥蓝鸡，还是吃一半打包一半。可是她从钱包里抽出一张崭新的十美元的票子递给紫荷，带着点对自己慷慨行为的自豪说："拿去，这是你的了！谢谢你今天无微不至的服务，让我度过了一个温暖的母亲节。"紫荷吃了一惊，她看得出老人的生活一定是十分节俭的，十块钱的小费对她来讲实在不是一个小数目。她刚要推托，正在给旁边桌上菜的丘太太小声地用中文对她说："紫荷，你就收下吧，不然可能会伤她的自尊心。美国的老人很独立，他们最不喜欢别人的怜悯和同情。"紫荷只好感激地收下了钱。她告诉老太太稍等一下，自己马上跑到后面厨房，跟老板买了半打餐馆自制的速冻豆沙包，又拿了一枝老板娘为今天来吃饭的妈妈们准备的粉红色康乃馨，一起送给了老人。

一直忙到了九点半，紫荷照例不在餐馆和大家一起吃晚饭，只打包了一点吃的便急匆匆地和大家告了别往外走。外面的月色皎洁，清风拂面。她刚刚出了门，停车场里两辆车的车门同时打开，两个年轻人不约而同地一齐迎上前来。三人不由得都愣了一下。紫荷醒过神来，惊讶地问："肖逸，你怎么会来这儿？"看着两个男生面面相觑，她才想起还没给他们互相介绍。

"江舟，这位是肖逸，我的北大同学。肖逸，这就是我跟你说起过的鲁江舟，这些日子他一直都在帮我。"

鲁江舟看了一眼肖逸手里的那束色彩亮丽的郁金香，心领神会地拍拍脑袋道："我说什么来着，凌紫荷不可能没有护花使者呀。行了，这回你总算出现了，我这临时替补队员也可以放心地交班儿了。"肖逸紧紧地握了握鲁江舟的手，说："江舟，紫荷跟我说了好多你的事儿。她最困难的时候如果没有你在旁边，她肯定扛不过来。大恩不言谢，希望咱们以后能成为最好的朋友！"

鲁江舟厚道地笑了笑："肖逸，快别这么说。我其实也没做什么。紫荷是个挺坚强的女孩。最近我发现她比前一阵子快活了许多，还正奇怪呢。这回我全明白了，也放心了。行了，我也别在这儿当电灯泡了。下次你过来的时候一定去我那儿好好聊聊啊。"江舟对他们挥了挥手开着车走了。

肖逸把鲜花递给紫荷，兴奋地拉着她坐进他新买的车里。"你什么时候买的？怎么没告诉我呀？"紫荷惊喜地四顾打量着车子。肖逸不无得意地说："怎么样，没想到吧？以后我就能想什么时候过来，就什么时候过来找你了。"

"你呀，从来都是这么神出鬼没的，总让人毫无心理准备。"

"我不要你准备！我要你完完全全不设防地让我来爱你。"还不等凌紫荷说话他就迫不及待地一把把她搂进怀里，用狂热的吻堵住了她微噏欲启的嘴唇。

在送紫荷回家的路上，肖逸拿出一盘录音带放进车子的收放机里对紫荷说："这是我第一次为你准备礼物，希望你喜欢。"紫荷像个小女孩一样灿烂地笑起来："肖逸你忘性可真大！这哪儿是第一次呀，第一次应该是那一大烧杯蝌蚪，它们最后还真的都长出腿来啦。在它们能蹦之前我赶快把它们放回小荷塘里了，要不然我们宿舍的女生非把我举报给楼长不可。"想起燕园那个温馨的夏天，肖逸也不禁笑了起来。

凌紫荷好奇地轻轻按下收放机的按键。在一串带有华丽装饰音的吉他前奏之后，歌声在车内回响起来，正是那首感人的英文老歌《跨越烦恼河的桥》。肖逸将原来的钢琴伴奏改编成吉他自弹自唱并且录了下来。

……

Sail on Silver Girl（扬帆起航吧纯银一样的姑娘）

Sail on by

Your time has come to shine（你闪光的时刻已经来到）

All your dreams are on their way（你的一切梦想也即将成真）

See how they shine（看那希望在闪烁）

If you need a friend（如果你需要一个朋友）

I'm sailing right behind（我就在你的身后保驾护航）

Like a bridge over troubled water（像一座跨越烦恼河的桥）

I will ease your mind（让我宽慰你的心）

Like a bridge over troubled water（像一座跨越烦恼河的桥）

I will ease your mind（让我宽慰你的心）

曲声未落紫荷的眼睛里已是杏雨梨云，泪光点点。

夜渐渐地深了，除了窗外似有似无的风声与虫鸣就再也听不到一点声响。多瑞丝看了看床头柜上的钟，已经快11点了，紫荷怎么还没回来呢？一般她去餐馆上班十点过一点儿就该到家了。这些日子以来，多瑞丝越来越喜欢上这个温婉可人的东方女孩。她外柔内刚的性格，让一生经历了不少坎坷，却仍然坚韧乐观的多瑞丝老人不由得感到惺惺相惜。多瑞丝起身披上晨袍，走下楼来打开厨房的灯。她看见黑猫斯芬克斯卧在大门口的暗影里，只有两只眼睛像绿莹莹的小灯泡般在黑暗中闪烁着。"你也在等紫荷对不对？"多瑞丝爱怜地把一碟新鲜的冷牛奶放在厨房的地上，招呼着斯芬克斯过来喝。她掀起客厅的窗帘往外张望，发现房前车道的尽头停着一辆银色的从没有见过的轿车。这让她本能地警觉起来。正在这时，多瑞丝看见车门开了，紫荷和一个陌生的身材修长的小伙子下了车，两人好像是在挥手道别。可是紫荷还没往大门的方向走出几步，小伙子又快步追上来，两人恋恋不舍地拥吻在一起。

多瑞丝轻轻地放下窗幔。谁都有过年轻的时候，那种如饥似渴焦灼等待的感觉和干柴烈火般的激情，在她的记忆中如同涨涨落落的潮水，从来都不曾真正地退去，每每在她不经意的时候会突然涌上心头。她打开门厅的灯，又拍了拍斯芬克斯的头，然后放心地转身上楼去了。

那个夏天对肖逸来说真是好事连连。不但他和凌紫荷之间的感情与日俱增，他在美国的第一篇学术论文也被权威的《美国化学会会志》接受了。导师麦可斯维尔教授对此十分满意。机灵的肖逸不失时机地请求老麦为他申请杰出人才绿卡写一封推荐信。老麦狐疑地问他会不会绿卡到手后又有什么别的想法。肖逸无比诚恳地说老板您别担心,我能有什么想法呢?您堪称计算化学界年轻有为的奇才,对学生平易近人且关怀备至,我相信这辈子再也找不到比您更好的博导了。一番话说得老麦心花怒放,对肖逸说今天中午你到我办公室来下上一盘棋,如果你赢了推荐信的事就包在我身上了。肖逸后来发现,有不少像老麦这样可爱的美国人,哪怕再学富五车,内心里还是很单纯的。

　　肖逸买第二辆车的钱也眼看着快攒够了,可是他在中央公园"练摊儿"的事最终没有瞒过凌紫荷。感动之余,紫荷说她特别想亲眼看看肖逸是怎么煞有介事地摆出一副超凡出世的高人模样的。"你饶了我吧!那可万万使不得。"肖逸一听连连摆手,"你知道连最专业的演员都怕笑场。你要是在那儿,我这二把刀演员肯定演不下去了。"

　　"那好吧,我就不难为你了。肖逸,你也别再去拼命挣钱了。只要熬过这个暑假就什么都好了。下学期我就要进江舟的组,他的导师研究经费特别多,已经同意给我全资助了!"紫荷微微地扬起下巴,美丽的眼睛因为憧憬而可爱地眯缝起来,像一只被太阳晒得暖暖的满足的猫咪。这令肖逸忍不住地又想去亲她,可是她忽然睁大了眼睛看着他说:"不过你得答应带我去中央公园看看你演出的地方!"

　　"这好办,找个周末你不用上班的时候我带你去。哎,你还可以去看看有名的中央公园给人画像的画家们。你这么漂亮,我一定得找个最好的给你画一张。对了,有一个画家还是北京人呢,他画的北京景致我特别喜欢。"

　　凌紫荷长长的睫毛震动了一下:"北京来的?你知道他叫什么名字吗?"

　　"他叫燕然,一个挺诗意的名字。"

　　"噢,燕然。"凌紫荷轻轻地舒了一口气。

　　7月4日独立日大概是每年除了圣诞节以外最热闹的节日了。大概是因为有着优美而又人烟稀少的自然环境的缘故吧,美国人酷爱户外活动。炎炎夏日穿着清凉的夏装,或是在绿草如茵的公园里随便铺个毯子听听露天音乐会,看看烟火,吃吃野外烧烤;或是到湖边、海边游泳垂钓、驾船冲浪,样样都让人心旷神怡。莱瑞的生日在7月7号,正好借着独立节的长周末,把在附近的朋友们叫来Party。莱瑞嘱咐肖逸一定要把紫荷带过来。

Party的地点在纽约长岛一栋临海的房子,出门只要走几分钟就是私人海滩。碧海黄沙配上雪白的墙、暗红色的屋顶,和篱笆前盛开的一丛丛玫瑰,简直就是个世外桃源。这栋房子只是莱瑞父母拥有的很多处别墅中的一处罢了。肖逸去新泽西接了紫荷再赶过来的时候,别的客人已经差不多都到齐了。紫荷悄悄地问肖逸,这让人眼花缭乱的人群中哪一个是莱瑞。肖逸说:"你看哪个是neat-freak(整洁癖),哪个就是莱瑞。"紫荷远远地指着deck(房前或屋后的露天阳台)上一个穿着雪白的Polo T恤,英俊得一塌糊涂的帅哥说:"应该是他吧?""没错!"肖逸点头说。

莱瑞抬头看见了他们,立即热情地迎了上来。"啊,紫荷,今天终于见到你了!我一直在想象,能让逸那么痴迷的女孩应该是什么样子。"他们正交谈着,肖逸的后背突然被人重重地拍了一下。扭头一看,原来是佟谣。

"我说佟谣你跟人打招呼非得从后边儿偷袭呀?"肖逸有一点儿恼怒,他不愿意让紫荷看到别的女孩跟他这么随便。佟谣满不在乎地嘻嘻一笑,眼睛却紧往凌紫荷身上扫。她很不习惯周围竟有个比自己还出众的女孩。紫荷友好地伸出手:"你好,佟谣是吧?我叫凌紫荷。"

佟谣敷衍地握了握紫荷的手转脸对肖逸道:"你的女朋友?怎么一直都没告诉我呀?"肖逸耸耸肩没接茬儿。佟谣一转身拉住莱瑞的胳膊一边拽一边甜甜地叫道:"快来呀,莱瑞,我们在等你一起打沙滩排球呢!"她边走边脱掉短袖小褂,露出只穿着一件吊带小背心的白皙丰满的身体。

"她是谁呀?"紫荷好奇地问道。

"一小屁孩儿,净爱咋呼。我们学校商学院的,铆足了劲儿想追莱瑞呢。"

他们加入另外一拨人在沙滩上扔了一会儿飞盘,就回到露台上边喝冰柠檬水边看远处的海景。这时沙滩那边传出一阵哄笑,原来拦网的时候佟谣摔了一跤,几乎完完全全倒在了旁边的莱瑞身上。

肖逸看见旁边有个人倚着露台栏杆,正静静地喝啤酒,看上去好像也是个中国人。他便给自己也开了一瓶,走过去和他交谈起来。紫荷则和几个美国女孩一起坐在厨房的餐桌旁,边吃水果边聊女孩儿们感兴趣的话题。

如果说肖逸无意之中跟张智勇的这次闲聊改变了他的人生,可能一点也不为过。肖逸对这位前辈有相见恨晚的感觉。他觉得不显山不露水的张智勇才是位真正的高人。张智勇是老三届中间儿的那一拨儿,被推荐参加高考之前曾经插过队、养过猪,当过知青队的食堂炊事员。人家当年点着油灯在柴棚里夜夜苦读,考上了清华物理系。后来又因为在清华表现出色,80年代初期,国家刚一打开出国留学的大门,他就幸运地成了早期被选拔公派出国留学的佼佼者中的一员。

张智勇现在是华尔街莱瑞父亲那家投资银行里的明星操盘手,每天甚至每小时都有成百上千万在他的指尖滚动。他对肖逸半开玩笑地说:"别看我们这帮traders(股市操盘手)语不惊人貌不压众,我们可是直接影响着美国乃至全世界的宏观经济啊。"

"那你为之奋斗了整个青春时代的理论物理怎么办?就那么放弃了?"

"是啊,放弃有时候比进取要难得多,尤其是对我们这一代从小就被洗了脑的人。为了一个崇高的理想奋斗一生,对我们来说曾经是多么天经地义的事。再加上家里都是知识分子,严守重学轻商,'学'以治天下的古训。我那年过八十的老父亲,直到今天都不支持我为自己选的这条路。每次回家探亲,一谈及我的工作,大家常常是不欢而散。他总爱质问我,你说你到底为社会创造了什么财富没有?整天买空卖空,跟投机倒把有什么两样?还不如当年留在北大荒种粮食。"

肖逸一听乐了:"要按你爸的逻辑,大学生为了报效党和人民,都应该去学工学农,这纯理科研究就算是干一辈子,产出也不见得能大于等于投入呀,纯属赔本儿赚吆喝的买卖!"

两人越聊越投机。临了张智勇对肖逸说:"我是个过来人,博士后也做过,大学里的助理教授也当过。我不是拜金主义者,但是我深知金钱的Power(力量)!为了竞争研究经费,学术界早就不是象牙塔了。别看我爹妈不支持我,但是当初

Party 的地点
在纽约长岛一栋临海的屋子

他们给我取了个寓意挺深远的名儿——希望我智勇双全。可你知道最能检验一个人是否有勇有谋的地儿在哪儿吗?我认为除了战场那就是这华尔街了。其实华尔街也是战场,是没有硝烟的战场。"

一个平静而愉快的暑假就快过完了。肖逸开始为紫荷看二手车,他想让她在新学期一定开上自己的车。紫荷呢,也满心欢喜地等待着新学年的到来,那时她就可以拿着全奖安心地做学问了。

这天下午肖逸正在计算机前修改他的分子模型,紫荷来电话了。他有点奇怪,一般两人总是把话攒到晚上没旁人的时候再说,紫荷很少往他的实验室打电话,今天是怎么了?

"肖逸,你能赶快来吗?"紫荷的声音在颤抖,听上去快要哭了。

"紫荷你怎么了?"肖逸顿时紧张起来。

"江舟,江舟他出事了!"

没有赶上的航班

/
5

Late for the Flight

新学年开始之前,鲁江舟的导师科里波夫斯基教授召集全组的硕士生、博士生和博士后们开了个"茶话会"。那一天本来应该是轻松愉快的,可是鲁江舟却恰恰在那天出了事。科里波夫斯基教授是有机化学界泰斗级的人物,想从他的组里拿到博士学位,不扒两层皮是没戏的。不过抛开学术不谈,"泰斗"还是挺有人情味的。这不,为了慰劳他的弟子们在上一学年创造的骄人成绩,"泰斗"竟然让师母亲自下厨烤制了各式各样的饼干和纸杯蛋糕一类的香甜美食,拿到学校来让大家分享。凌紫荷作为准组员也应邀出席"茶话会"。

一番总结过去展望将来之后,"泰斗"拿出一个精致的信封。他清了清嗓子一字一顿地说道:"现在,我来宣布一年一度的,在科里波夫斯基研究组里享有'诺贝尔奖'般殊荣的,Special achievement award(特别成绩奖)得主……"凌紫荷不由得想起电视上的中国领导人作报告,觉得挺好笑的,看来大人物说话都得这么慢条斯理。"江舟鲁,Keep up the great work(再接再厉)江舟!"

大家又是鼓掌又是喝彩。江舟在组里人缘极好,成绩也是有目共睹的,他得了奖大家由衷地为他高兴。

"快打开信封看看呀,江舟。"有人迫不及待地叫起来。"泰斗"每年都有别出心裁的奖项,大家都很好奇今年的是什么。

信封里是一张 AMC 影院 50 美元的赠卡。妈呀,50 美元买学生票够看十几场电影了。这倒不是什么经济价值的问题,关键是算算那花在十几场电影上的时间,对常常教导学生们一定要惜时如金的科里波夫斯基教授来说,得需要多大的决心呀。大陆来的几个留学生在被教授逼得太紧的时候,私下里把他比作《半夜鸡叫》里的周扒皮。可见鲁江舟的勤奋居然把"科扒皮"都给感动了。

鲁江舟故意把赠卡翻过来仔细地察看有没有过期时间,结果发现此卡 has no expiration date(永不过期)。他假装失望地叫道:"Boss(老板),你该不会是在暗示让我戴了博士帽以后再去看电影吧?"

话音未落,滴答,一滴鲜红的血溅在雪白的信封上。还没等所有的人反应过来,一滴滴的鲜血像不断线的水流一样,从鲁江舟的鼻子里涌出来,瞬时染红了他的衣襟和脚下的一小块地板。

"呀！江舟你怎么了？你没事吧？"同学们纷纷关心地询问。凌紫荷的心一沉，这是她又一次看到江舟流鼻血，流得那么多、那么猛。她连忙递上一叠纸巾。

鲁江舟接过纸巾按在鼻子上，对大家笑笑说："没事没事，只是鼻子出血。我去卫生间清洗一下就来。"

五分钟以后，鲁江舟还没有回来，连"泰斗"都有点担心了。两个男生说我们过去看看。谁知他们刚推开卫生间的门就回头大叫起来："Somebody！Call 911！（来人啊，快打急救电话）"

鲁江舟晕倒在卫生间的地上。洗手池里、白瓷砖地上，到处都是一摊摊殷红的血迹。

响着警报的急救车把鲁江舟送进了附近的医院。负责登记的护士问随车跟来的凌紫荷和另外一个同学，知不知道鲁江舟的医疗保险卡在哪里。两人都茫然地摇了摇头。虽然学校为学生们提供了价格优惠的最基本的医疗保险，但是在这个国家里，随便看一次病少则几十多则成百上千。大陆留学生们仗着年轻身体好，出国时又都把各种治常见病的药品带得足足的，很多人上学期间竟然一次病都没看过，根本不懂这程序是怎么回事儿。好在急诊室的护士只让他们填了一张表格就不再追问了。

鲁江舟的血已经止住了。躺在急诊室床上的他渐渐地清醒过来。当他知道自己是被救护车从学校送过来的时候，他纸一样苍白的脸上露出一丝笑容："那也太夸张了吧？我只是流鼻血而已呀。咱们现在可以走了吗？"说着他欠起身子想从床上坐起来。紫荷连忙按住他："江舟你别动，你都不知道你刚才流了多少血，像水龙头里的水一样，就那么不停地往外涌，吓死人了！我们在等医院的验血报告。你现在什么也不许想，就好好地静卧休息。"

三个多小时以后，护士进来叫一直守在急诊室里的紫荷去见医生。"你是病人的家属吗？"医生见紫荷有些犹豫就解释道，"除了他本人，我们只能跟病人的家属讨论他的病情，可是有些情况还是暂时不要告诉病人的好。"

"医生，你对我说吧，我是他的未婚妻。"紫荷想，顾不了那么多了，就让自己先替代一下吧。

"好吧,请你先在这张表格上签个字我们再来讨论。你可要做好心理准备。"

紫荷哭着给肖逸打电话,就是在听医生解释了江舟的病情之后。她虽然早就意识到江舟的健康出了问题,但是她万万想不到那么年轻,那么有才华,又那么好的一个人,会突然间站在了生死界的边缘。江舟的红血球和血小板的数量都已经低到了只有造血机能障碍的病人才会有的警戒值。医生说虽然他们还在做进一步的检查,可是凭着多年的经验,江舟很有可能得了血癌,而且病情已经发展到晚期了。如果不马上进行治疗,他随时会因为并发感染或大出血而危及生命。

接下来的一个星期像是一场噩梦,先是鲁江舟被确诊为白血病,而且来势凶猛。主治医生明白地告诉紫荷,白血病越是在小孩和年轻人身上,发展得越快,很难控制住。"医生,为什么会这样呢?他的身体一向很好呀。从大学到研究生,他一直在足球队里踢中锋的呀。"紫荷喃喃地说。她还是不能接受江舟的生命已快走到尽头这个事实。

"现代医学并不能完全解释清楚这种病的起因。有可能是病人自身的免疫系统出了问题,也可能跟环境因素有关,比如长期接触辐射啊、某些有毒的化学物质啊,也有可能是多种因素加在一起。"

"那还有什么办法能尽量延长他的生命呢?我们正在想办法让他的家人申请来美国的签证,不管怎样也得让他们见上一面啊。"紫荷从没有感到过如此的绝望和束手无策。

"目前最有效的办法只有骨髓移植。不过他的直系亲属都不在这里,想要通过骨髓库找到匹配的骨髓,在时间和费用上对这个病人来讲,似乎不是很可行的方案。何况即使做了手术,最终能通过异体排斥关的成功概率也并不太大。"

"医生,无论如何请你们一定尽最大的努力。费用的事情我们想办法,我们也会催江舟的姐姐尽快过来。也许她的血型会适合江舟。"

因为学生的基本医疗保险有种种限制,很多项费用,保险并不支付。肖逸、紫荷和其他几个同学没日没夜地奔走在学校、医院、各种慈善机构、教会和留学生组织之间,为鲁江舟筹措住院和医疗费。可是,他们无论怎么努力,却离医疗账单上每日剧增的一长串数字相差得越来越远。

这是一个美好的傍晚,金色的夕阳斜斜地照进病房的窗户,暖暖地洒在鲁江舟的身上,使他苍白瘦削的脸看上去健康了一些。紫荷静静地坐在他的床边为他削苹果。从背后射过来的阳光将她整个人勾勒出一圈发光的轮廓。江舟看着她半低着的脸和她拿着苹果的洁白修长的手指,情不自禁地轻声叫道:"紫荷……"

"嗯?"她抬起眼睛温柔地望着他。

"你真美!不只是美丽,而是美好!我这辈子体验过了这样的美好,也就没有太多遗憾了。"他自嘲地笑了一下,"你看,我都有资格说一辈子了,以前只有听长辈们这么说的份儿。"

凌紫荷眼圈一红,她强忍住眼泪,握住鲁江舟插着静脉注射针头的手说:"江舟你这是说什么呀?好好治病,你的一辈子还长着呢!我还等着你出院,请我和肖逸跟你一起去看电影呢。"

"紫荷,谢谢你们大家的良苦用心,其实我什么都明白。对于一个自然科学的博士生来说,弄清这点事儿根本不难。对不起,都怪我不该说这些,咱们聊点别的吧。这些天来躺在病床上闲得没事儿,我常常想起过去。哎,你上中学的时候有没有写过一篇《我最敬佩的人》的作文?"

"那当然啦,那可是标准命题。"

"你先别说啊,让我猜猜看。你写的最敬佩的人是不是居里夫人?"

紫荷被他逗笑了:"你怎么知道的,江舟?自然科学的博士生也研究中学生心理?"

"嗨,只能说咱们上中学那会儿,心灵都纯洁得跟白纸似的。由着那理想主义教育的印刷机,按照统一的模子往白纸上印。像你这种理科好的女生,大多崇拜的都是居里夫人,还没听说过谁敢拿戴安娜或者玛丽莲·梦露当偶像呢。我还记得我的那篇作文被老师当范文在班里念。我说我最敬佩的人是诺贝尔,在试验爆炸的火海和浓烟中,他高举着被炸伤的鲜血淋漓的双手大喊:'我成功啦!'我崇拜他那为科学献身的激情。嗨,没想到,这么快我自己也要为科学献身了。"

紫荷一听就急了,她一反平常的淑女做派,竟然用拳头在床上捶了两下,高声地说:"鲁江舟!咱们受过的理想主义教育也说生命不息战斗不止来着。我不许你放弃希望。肖逸已经安排人带你姐姐去验血了。你们是亲姐弟,也许能进行骨髓移植。"

江舟先是吃了一惊,继而在心里被紫荷深深地感动了:"好吧,紫荷,我答应你,我要坚持住。不过说真的,我真不想让我姐姐再一次为我受苦了。我们家穷,父亲去世得早。为了供我上学,姐姐连高中都没上完,其实她的成绩一直很好。后来我考上了大学,姐姐和跟她恋爱了好几年的民办老师分了手,嫁给县城里一个开餐馆和麻将馆的人,条件就是那人要供我读完大学。为了这个,她在婆家没少受气。"

"江舟,你姐姐如果失去了你,就等于失去了她生活的全部意义,过去的牺牲也就白白浪费了。只有你好起来,才有可能给她以后的生活带来希望。懂吗?"

"是,凌紫荷老师,我听你的。不过有件事也请你一定听我一句。这次生病我才想明白了,'泰斗'的组你不能进,就是给全奖也不要进。那种生活真的不适合你!我知道你是个要强的女孩子。居里夫人式的奋斗和奉献固然高尚,可是人生的选择应该还有很多。在英文里理想和梦想本来就是同一个词。紫荷,相信我,像你这样美好的女孩子,应该有一个更加丰富和美好的生活。"

这些日子肖逸的国际长途可真打爆了,反正账单还没来,他也就不去想了,爱多少钱就多少钱吧。自打看过了鲁江舟的医疗账单,搁平常还要算计算计的电话费,一下子显得那么的微不足道。肖逸靠着打越洋电话,遥控自己在北京的堂兄表妹和几个同学,安排鲁江舟的姐姐尽快从山东老家赶到北京。在他们的帮助下,一辈子连省城都没去过的鲁江华,真的到北京的大医院里做了血型化验,而且在秀水街的美国大使馆前排了半宿的队,申请来美签证。只可惜,穿着土气,一句英文不会,又显得心情特别急迫的鲁江华,被签证官毫不留情地盖了个"移民倾向"的戳儿。一走出使馆的大门,江华一下瘫坐在马路牙子上哭了起来。说什么也得救弟弟的命呀!她凭着这个信念克服了城里人无法想象的种种困难,不顾一切地来到北京,可是现在又该怎么办呢?

江舟姐姐被拒签的消息把大家都弄得心急火燎,同时还得瞒住江舟。正在这山穷水尽之时,凌紫荷无意中对多瑞丝说起了事情的经过。"紫荷,你怎么没早点告诉我呢？如果准备充分的话，本来应该是另一种结局的。不过现在还不算太晚，你赶快把江舟和他姐姐的名字写给我，明天一早我就给州议员打电话，让他们出面跟大使馆交涉。"老太太的冷静、果断和条理清晰的思维让紫荷不得不佩服。难怪她退休以前在赫赫有名的贝尔实验室一直做到高级主管呢。

肖逸来医院探望鲁江舟的时候，两人单独深谈了一次。打那儿以后他就完全站在了鲁江舟的一边，反对紫荷进"泰斗"的组。那时候正是 IT 革命性时代的开端，眼见着周围计算机系的同学，一个个课都没选完就拿了一大把 job offers（工作聘用合同），两人便一致敦促紫荷转修计算机课。肖逸悄悄地拿出杜宏杰寄来的 3000 块钱替紫荷交了下个学期的学费，只对她说这是他为她攒下买车的钱。紫荷着急地争辩道："现在花这笔钱实在不是时候，江舟治病还需要很多的钱。我要是能进'泰斗'的组，不但不用交学费，每月还能有 1000 多块钱奖学金，不是挺好的吗？"

肖逸说："小姑娘，这点钱对江舟的医药费来讲实在是杯水车薪，就算都填进去也解决不了实质问题，懂不懂？我也看出来了，美国的医院都是本着人道主义精神，先治病后算账。我看欠债欠到这份儿上，干脆也就甭着急了，咱们慢慢地再想办法。你呢，尽管专心地选课，这样也好让江舟放心，要不然他不肯好好治病怎么办？"

紫荷充满信任和感激地望着肖逸。这些天来他频繁地奔波于曼哈顿和普林斯顿之间，既要兼顾自己的研究项目，又要操心帮助江舟姐姐来美国的事，还要想着怎么筹措这些费用。肖逸明显地瘦了、黑了，眼睛里布满了疲倦的血丝，可是从来听不到他说半句抱怨或是犹豫的话。紫荷知道，他是竭尽全力在为自己撑起那一片快要塌下来的天空，为自己架起一座跨越烦恼河的桥。紫荷将纤纤玉臂环绕住肖逸的脖子，轻轻地将下巴颏抵住他的肩头，幽幽地说："过去我只为考试着过急，连做梦都想不到，生活竟会变得这么……艰难。"肖逸用手托起她的脸，看着她的眼睛说："有我在呢，相信我，一切都会好起来的！"她孩童般明净的眼睛里流露出的信赖，她柔若无骨的身体散发出的芬芳气息，把肖逸撩拨得无法自持。他不再说什么，只是尽情地爱抚着她。紫荷闭起眼睛，任由自己一点点地融化在他温存的激情里。

多瑞丝找众议员出面这一招儿还真灵,电话一打过去事情立刻就有了转机。肖逸说不知道咱国内的人大代表们,是不是也有这种效率和威信。可是还没等大家来得及高兴,他们最担心的事就毫不留情地来临了。江舟必须服用的治疗白血病的药物大量地杀死了白细胞,他的自身免疫力几乎全部丧失殆尽。听说将健康人新鲜血浆里的白细胞分离出来,注入病人的血液,是最有效的增加他自身免疫力的方法。很多熟悉他的,还有一些素不相识的同学都定期地来为江舟献血。因为最终能分离出来的白血球数量很少,这样的治疗方法需要的用血量极大。肖逸和郝天山两人献血的次数最多也最频繁。肖逸很担心凌紫荷柔弱的身体会吃不消,就对凌紫荷千叮咛万嘱咐,不允许她再一次为鲁江舟献血。他说你的那一份儿由我来补上。江舟从护士那里听说了这些事以后情绪失控,他一边痛苦地拔下胳膊上的针头一边喊道:"让我死吧,我鲁江舟不要做吸血鬼!我不能靠同学们的血活着!"

肖逸和郝天山费了好大的劲儿才稳住江舟。看到他渐渐平静下来,郝天山没忘跟他开个玩笑:"嘿,江舟,要不是因为你生病,我还想不起来去找点儿猪肝牛肝什么的来补补血。结果你猜怎么着?这美国店里还真有的买,而且比肉可便宜多了。我和肖逸哥儿俩天天不是熘肝尖就是卤猪肝,真是大饱口福啊。想当年北大学五食堂的小炒熘肝尖,卖两块五一份,哥儿们囊中羞涩只有眼馋的份儿,结果这回全给补回来了!等你病好出院了,一定要尝尝我的正宗天山记香肝宴。

可是病好出院似乎只是一个缥缈的幻想。鲁江舟这一次的肺部感染越来越严重了,身体的其他机能也像多米诺骨牌一样跟着开始全面衰竭。特护病房的医生无比同情地看着凌紫荷说:"Miss 凌,你的未婚夫情况很不好,你可要做好准备。"紫荷此时已是泪流满面:"医生,请你们无论如何想想办法,只要再有两天,两天!他姐姐就到了。我们把她从中国传真来的验血报告给主治医生看过了,他说基本符合骨髓移植的条件,很有希望的!求你们再给他两天的时间好吗?"

医生拍了拍紫荷的手背安慰道:"我们一定会尽力的。这种情况下还要看病人自己是不是有生存下去的意志力。"

那么年轻、那么善良、那么有才华的鲁江舟,此时在呼吸面罩和白被单的覆盖下显得了无生气。紫荷望着他,眼前浮现出的却是他憨厚的笑容,是他在系里的专业讲座上自信的侃侃而谈,是他多少个晚上在餐馆外等她下班,为她打开车门的那一瞬间。从小到大,她唯一亲眼所见的死亡是鱼缸里两条翻起白肚皮的金鱼,为此她还伤心了好几天。可是现在,死亡这个概念突然在她眼前变得清晰起来,清晰得那么残酷,让紫荷不寒而栗。

"江舟,你听得见我叫你吗?你答应过我要坚持下去的,你可不能失信啊!"她伏在他耳边小声地说。她就这样守着鲁江舟,轻轻地为他按摩,悄悄地对他说着话。鲁江舟渐渐地有了反应,可是他似乎还在神志不清的昏迷中。紫荷把耳朵贴近他的嘴唇才听得见他好像反复地在说"飞机要起飞了,我快误机了……"紫荷像安慰一个不懂事的孩子一样,顺着他说道:"江舟,别着急,咱们改签下一个航班了。咱们要等大姐来给江舟送行。"她不停地这样说着,直到鲁江舟慢慢地安静地睡去,直到他的嘴角露出一丝似有似无的微笑……

肖逸和凌紫荷离开医院的时候,夜色刚刚降临。西边的天空还剩下最后一抹血色的残阳,挣扎着不愿被无际的黑暗所吞没。鲁江舟仍然在生死一线间徘徊。医生告诉他们,所有能用的医学手段都已经用上了,现在只能等待,期待会有奇迹发生。今晚玛丽嬷嬷在普林斯顿大教堂为江舟召集了一个祷告会。她告诉紫荷,如果众人同心同声祷告,天主是一定会垂听的。

因为发生了父亲和杨阿姨的那件事,紫荷从来不曾迈进过任何一个教堂的大门一步。虽然她的好朋友玛丽嬷嬷常常对她讲,相信主能够如何如何让人卸下心灵的重担,如何如何获得喜乐和力量,她从来都没有相信过。可是现在,当她那么绝望地看着一个年轻鲜活的生命即将消逝,而现代医学却显得那么无能为力的时候,冥冥之中,那个超自然的力量突然对她产生了一种从未有过的触动。

穿过两进厚重的橡木大门,他们仿佛进入了另一个世界。白色大理石墙壁上方,一幅幅巨大的彩绘玻璃画烘托出教堂高耸的穹顶,吸引着人们的视线,不由得心怀敬畏地仰视上苍。上百排长椅间,一条铺着红地毯的走道笔直地通向前方肃穆的圣坛。圣坛上点燃了一大片蜡烛,烛光随着管风琴庄严的乐声跳动着。最让他们感动的是,偌大的教堂里竟有一半的长椅上已经坐满了人。那里面有紫荷熟悉的化学系的老师和同学,有玛丽嬷嬷带来的一群穿长袍戴白头巾的修女,有郝天山从他的学校里召集来的中国留学生,还有许许多多他们素昧平生的陌生人。在神父和玛丽嬷嬷虔诚的领祷声中,所有的人都低下头,手拉着手,齐心地为那个正在死亡线上挣扎的年轻生命祈祷。一种神圣的感觉,电流般地经过被身边的人紧握着的双手,传递过紫荷的全身,令她的心在震撼中颤动着……

鲁江华走出纽约肯尼迪机场的时候,全部的行李只有手中的那只灰色老式人造革旅行包,上面印着旧北京火车站的图案和北京两个大字。人流中她显得那么格格不入,一脸的疲惫和迷茫。当她看见在接机口举着牌子等她的肖逸,就像找到救命稻草一样,冲上前一把抓住肖逸的胳膊,手劲之大疼得肖逸直咧嘴。

"俺的那个娘哎,嫩(你)就是肖逸大兄弟?嫩可是俺们家恩银(人)啊!"

"不敢当,大姐。帮助江舟的人还有好多呢。咱们赶快走吧。"

"舟儿他哈(还)好吧?可急煞俺了,多咱能揍(做)那个手术?等一霎(下)见了那大夫,嫩就告诉他只要能治好舟儿的病,把俺的血都抽干了也木(没)关系。"

"大姐,你别急。现在已经很晚了,你又坐了这么远的飞机,我还是先送你去江舟在新泽西的公寓里休息一下。我到医院去看看他,明天一大早我再过来接你。"细心的肖逸担心旅途劳顿的鲁江华知道江舟的病情后会受不了,决定来个缓兵之计,自己先跟医生们商量好了再说。

接下来的分分秒秒都是在焦虑、等待、希望、失望……再重新燃起希望的痛苦循环中度过的。当天边又是一片晚霞灿烂的时候,鲁江舟终于从昏迷中醒了。他恍惚的意识里隐隐约约地飘来一个熟悉又陌生的乡音。他努力地去寻找那个声音传来的方向,可是四周怎么这么黑呀,他什么也看不到。江舟拼命地睁大眼睛,啊,眼前终于有了一丝模糊的光亮,光亮里的一团黑影渐渐地清晰起来,竟然是姐姐!"大姐,你真的来了?我要坐的那班飞机差点就要起飞了,我还怕你赶不上呢……"江舟用虚弱的声音说。一只脚已经跨过死亡线的他,一时想不起来自己到底身在何处,又到底发生了些什么事。他不知道幻觉中自己没有赶上的航班其实是通往天堂的。是朋友们真挚的情谊留住了他,是亲人的鲜血,一滴滴饱含

他们仿佛进入了另一个世界

着无尽的爱和期待,为他的身体注入了新的力量,创造了一个生命的奇迹。

江舟醒了,肖逸却睡着了。他睡得那么沉,像一只冬眠的动物全然忘记了外面世界的存在。超负荷运转的身体,把这些日子里积攒的紧张、压力和疲劳全都尽情地释放出来。他也不知道自己到底睡了有多久,当他神清气爽地醒来的时候,脑子里有一个想法变得清晰起来。肖逸没有对任何人提及他的这个想法,包括跟他最亲近的凌紫荷。别看他表面上是个随和的人,可是骨子里却有一种我行我素的独行侠的特质。他的这种气质深深地吸引了紫荷,可是后来却又在两人之间造成了裂痕,这是两人谁也没有预料到的。

新学期开始没多久,佟谣就惊喜地发现,前一段快成了"隐身人"的肖逸又在她的视线里重新出现了,而且这次离她更近。他常常逗留在商学院的期刊室里翻阅当天的《纽约时报》和《华尔街日报》。

"哎,肖逸,你什么时候又开始对金融投资产生兴趣了?我还以为您这理科高才生清高得视金钱如粪土哪。"佟谣也说不清自己为什么这么关注肖逸,只因为想通过他接触莱瑞吗?好像也不完全是。周围那么多拜倒在她裙下的男生,谁也没有这个对她爱答不理的肖逸令她费琢磨。还有他上次带到莱瑞 party 上来的那个女孩凌紫荷,佟谣不得不承认,就连没什么文学修养的自己,都不由得联想起什么月下荷花、二月杨柳一类的辞藻。她到底是打哪儿冒出来的?肖逸事先事后绝口只字未提,这更加勾起了佟谣的好奇心。

"我说佟谣,这回该我说你跟不上时代了吧?都什么年月了?谁要是再说自己视金钱如粪土,我看往重了说那叫非疯即傻,往轻了说至少也是个阿Q!其实看一个人的品质,不在于他有多少财富,而是要看他的财富是怎么积累起来的,又是用在什么地方的。你说对不对?"

佟谣被肖逸揶揄了一番非但不生气,反而更来了兴致:"我明白。你也想到股市上淘金吧?要不咱俩一块儿玩儿?我这 MBA 起码能给你提供点儿理论基础。"

肖逸眼睛都没从报纸上抬一下:"你饶了我吧。对你这种事事都要计算投入产出比的人,我还是敬而远之的好。对了,我能问问你在莱瑞那儿的回报率如何吗?"

佟谣一反风风火火的常态,像言情小说里的文艺女青年似的,长长地叹了口气道:"一言难尽啊。要真按投入产出比的话,我早就该止损平仓了。谁让我就是喜欢莱瑞呢?已经陷进去了,你说怎么办啊?你这个冷血的肖逸还见死不救!"

"冷血肖逸?哈,佟谣我还得谢谢你这么抬举我!华尔街要的就是在大起大落下还能心如止水、宠辱不惊的素质。这么说我应该有戏啊。哦,对不起,咱们刚才说莱瑞来着。感情的事儿吧,别人还真帮不上什么忙。我只能 wish you good luck(祝你好运)了。"

鲁江舟经过大量的输血和药物治疗,终于从那次差点致命的感染中挺了过来。幸运的是,姐姐鲁江华的血型和他的匹配得很好,所以骨髓移植手术进行得非常成功。如果他能顺利地度过骨髓移植后的排异危险期,再有些天就能出院了。"泰斗"还算够意思,那份研究助理奖学金的名额一直为江舟保留着。这次能捡了一条命回来,让鲁江舟对事业和生活的看法改变了好多。为了姐姐和家人,为了全力帮助他的好朋友们,当然更是为了他自己,他发誓今后一定得珍惜健康,好好地生活。事业是人生中非常重要的一部分,但是绝不能成为生命全部意义的所在。这个道理鲁江舟这回算是大彻大悟了。

鲁江华不愿意就这么回到那个闭塞的小县城,守着和她没有感情的开麻将馆的丈夫过日子。她跟江舟商量想留下来,一边照顾弟弟的身体一边做点力所能及的事儿。等立住脚了,再想法儿把儿子从县城接出来上学,以后好跟他二舅一样有学问有出息。于是热心的紫荷便把她介绍到蜀湘阁在后厨帮忙。老板和老板娘很快就发现淳朴勤劳的鲁江华实在是个宝。餐馆每天要择一大纸箱的四季豆,切一箱洋葱和一筐洋白菜,再加上包馄饨、饺子、小笼包、春卷,等等。靠二厨和洗碗打杂的老张哪里忙得过来。所以每天老板、老板娘和丘太太他们,都要花很多时间在潮湿闷热的厨房里干这些杂事。可是江华来了没两个星期,老板娘就发现自己不必一天到晚泡在店里了,可以安心去接还在上小学的儿子下学回家,直到晚餐忙起来的时候再回来。谁也不知道江华是怎么弄的,反正她一动手,那原本堆得跟小山似的菜,刷刷地不一会儿就搞定了。面对丘太太她们的赞叹,江华很不好意思地说:"俺们乡下媳妇手脚不麻利可不行昂。日头木(没)有上来那猪啊鸡啊就等着吃。俺每天剁的猪草嫩(你)木有见,堆得才高地!"丘太太她们听得简直乐岔了气儿,敢情鲁江华在乡下养猪喂鸡练就的好身手,在这大洋彼岸的餐饮业歪打正着地找到了用武之地。

江舟住的公寓楼后面是一片不小的原生态树林,里边还有一条小溪淙淙地流淌着。江华在四处考察一番后,摇着头啧啧叹道:"那好的地,哈(还)有现成的水渠,闲置着可惜煞咧。这美国银(人)怎木(么)这木浪费?"也亏得她会想办法,悄没声地在林子中间的一小片空地上,用捡来的木棍和铁丝网围出了一个小菜园,把里面的地翻得平平整整的,又托丘太太从亚洲食品杂货店买来各样菜种。因为农时不对,她只种了些白菜、雪里红、萝卜之类抗冻的菜,打算明年开了春再放手大干。江舟怕姐姐寂寞,对此也就不置可否,只嘱咐她最好不要让别人知道了。

鲁江舟终于可以出院了。虽然他的身体还很虚弱,可是那种久违了的、两脚踏踏实实地踩在大地上的感觉,让他兴奋不已。蓝天、绿树、枝头的小鸟和路上的行人……这曾经熟视无睹的一切,对江舟来说都变得那样的亲切、那样的宝贵。人啊,为什么只有到了快失去的时候才学得会珍惜呢?

这个星期六,紫荷、肖逸和郝天山约好了一起来看江舟。一进楼门,就看见公共布告栏上贴着一张醒目的告示。告示全部用巨大的黑体字打印成,再配上连排成串的惊叹号,令作者的愤怒之情呼之欲出。告示的内容翻译成中文大致就是在楼下的垃圾箱里发现了大量大雁的羽毛,怀疑有人故意伤害了野生动物。如有再犯,广大居民发誓一定严查凶手,并绳之以法云云。

他们上了楼。江舟的姐姐热情地开门把他们迎了进来。屋里充满了一股扑鼻的香气。郝天山不禁大叫:"好香啊!大姐你做什么好吃的招待我们啊?咦,江舟到哪儿去了?"

"江舟啊,他前晌就出去了,哈木(还没)回来。这孩子刚好一点就闲不住。嫩(你)们先坐拉呱着,等一块(会)儿他就回了。"紫荷听江舟说过,"泰斗"念及他的身体还没完全恢复,给他多安排了些"文案"工作,帮助组里其他的人整理实验结果和写 Paper(论文)。

吃晚饭前江舟回来了,他抱歉地说让大家久等了。同 Lab(实验室)的一个尼泊尔留学生,课题进展得一直不顺利,总挨导师骂,很担心这么耗下去这项博士帽怕是要戴不上。"都是第三世界的人民,咱不能袖手旁观不是?我好些日子都不在,今天他一见着我就非拉住我给他支招儿不可。"江舟依然带着他特有的憨厚的笑容淡淡地说道。

"鲁江舟你整个一个二博导呀!他们给你涨工资不?要是不涨就是剥削!"郝天山高门儿大嗓地嚷嚷道。

"吃饭喽!"大姐把菜端上简易折叠桌,大家像一家人一样热热闹闹地围坐在一起。郝天山夹起一块红烧鸡不客气地放进嘴里:"嗯,大姐你这鸡炖得地道,真香!"

鲁江华不禁眉开眼笑,她不无得意地说:"好吃吧?下次俺再去抓一只回来。这美国的野鸭子怎木(么)那木憨?一点不怕银(人)。俺就这木一捞,把脖子一拧就行咧。"

大家不由得都瞪大了眼睛,也弄明白楼下那张愤怒的告示是怎么回事儿了。紫荷一激灵,赶快把伸向红烧"鸡"的筷子缩了回来。江舟涨红着脸对姐姐嗔怪道:"哎呀,大姐,瞧你干的这叫啥事儿啊?你怎么也不跟我说一声啊?你以为那是你院子里跑的土鸡随便抓来吃啊?那叫加拿大雁,是野生动物,抓了是要犯法的呀!"

肖逸和郝天山忍不住哈哈大笑起来:"来来来,趁别人来查之前咱们赶快把它吃光销赃灭迹吧。不知者不为过,咱保证不再犯就成了。"

晚上送大家出来的时候,江华大姐抻抻肖逸的衣角悄悄嘀咕道:"大兄弟嫩(你)福气真好。俺那大妹妹长地(得)多好看,推到墙上那就是张画儿,心眼又好。往后嫩也帮俺们家江舟寻摸一个好地(的)中不中。"

他们把紫荷送回家后时间已经很晚了。郝天山建议肖逸留在新泽西他那里

113

过夜,正好哥俩也有好一阵没侃过大山了。两人喝着啤酒,一直神侃到半夜。最后肖逸熬不住了,打了个哈欠说睡觉吧。他铺床的时候,枕头下掉出个包装在小塑料袋里的"小雨衣"来。为了含蓄,他们把"安全套"戏称为"小雨衣"。这下子肖逸的睡意顿时消了一半儿。

"好啊你,郝天山,你该不是拿这东西当气球吹着玩吧?赶快从实招来!"

天山满不在乎地一把夺过那个"小雨衣"对肖逸抗议道:"有什么可大惊小怪的,啊?你那叫饱汉子不知饿汉子饥。咱背井离乡的再不寻求点心理慰藉,难道就只许整天借酒浇愁愁更愁啊?"

"谁说不让你寻找慰藉啦?有了女朋友那是好事儿啊,哥们儿为你高兴还来不及呢。你嘴那么严干吗?"

"哟,当初是谁先对哥几个守口如瓶来着?再说了,我这也就体验体验,离女朋友的关系还差得远着呢。都说美国是自由世界,别的先不说,我觉着这方面着实立竿见影。尤其是在大学里,简直就跟建国饭店楼顶那旋转餐厅里的西餐自助似的,各种异域风情的菜肴任君挑选。哎,你别较真儿啊,任君挑选那是有点吹牛了,不过对我一穷二白的郝天山来说,够开一阵子眼界了。"

肖逸抄起手中的枕头拽向他:"你小子就玩儿火吧。就怕你以后真喜欢上谁的时候可就有口难辩了。"

"嗨,这你就多虑了。对那些洋妞,你要真的守身如玉她们还觉得你有毛病呢。就是中国女孩到了这儿,诱惑一多也变得越来越大胆开放了。哎,说真的,你可得把你的那个'在水一方'给护牢靠喽,说不定她旁边正有八国联军虎视眈眈的呢。肖逸同志,要知道,你保护祖国珍贵资源不外流的责任可是任重道远啊!"天山笑嘻嘻地永远没个正形儿。

"去你的,你有那泡洋妞的工夫怎么不任重道远啊?"

"哈,你错了,我将来要是找个金发碧眼的洋媳妇,那对丰富咱中华民族的人力资源也算有贡献啊。"

"你得了吧!将来你们一家出门,一个金发碧眼的妈再抱两黑发碧眼的鼻涕娃,你在旁边整个儿一少数民族,还不知道是谁资源流失呢。"肖逸戏谑道。

"没事儿！不管是金发碧眼还是黑发碧眼，他们不是都得跟着我姓郝吗？一叫起来就是 The How's！"

转修计算机专业后，凌紫荷发现自己其实很喜欢这一行。多年的理科训练让她的思维逻辑清晰、条理分明。化学这门实验科学又使她养成了注重细节的习惯。这些素质帮助她很快就在新的专业里得心应手了。自从多瑞丝帮助了鲁江舟，紫荷对她充满了感激和敬意，两人的关系也越来越密切起来。不用去学校的晚上，紫荷会和多瑞丝一起准备晚餐，然后坐在厨房的餐桌旁边吃边聊。巧的是，多瑞丝恰好是计算机领域里最早的那批开拓者之一。她常给紫荷讲一些那时候的人和事，听得紫荷不无崇拜地睁大眼睛，一次次重新审视眼前这个谜一样的老妇人。

多瑞丝告诉紫荷，她在 60 年代曾经参与了 MIT(麻省理工学院)的一个保密项目。一开始她还不知道那些项目竟是肯尼迪总统登月计划的一部分，是直接提供给 NASA(美国国家航空航天局)安装到主控制舱和登月舱上的集成电路块和计算控制程序。后来当阿波罗 11 号成功地着陆月球，阿姆斯特朗代表人类迈出了那历史性的一大步的时候，举国上下一片欢腾，MIT 的项目负责人向所有参与项目的工作人员道贺。多瑞丝还记得自己当时就哭了起来。她是所有工作人员里屈指可数的几个女性之一。男同事们都以为她是太高兴太激动了。"其实我是突然觉得很后怕。"多瑞丝回忆起当年的情形，仿佛依旧历历在目。她那时的工作，是将主设计师用"高级程序语言"编写的程序，一行行一句句地翻译成机器能懂的汇编语言。小小的一段程序能变成几大盘打孔纸带。她在翻译和调试的过程中曾经发现过数不胜数的大小错误。如果哪一个错误不慎漏网就有可能会酿成大祸。例如登月舱的发动机会在下降高度不够的时候提前熄火，或是偏离既定轨道 0.25 度，那样会使登月舱与规定降落地点相差十万八千里。如果不小心落到超深的环形山里，可能就再也出不来了。多亏那些宇航员一个个三头六臂，人脑丝毫不逊计算机。在最坏的情况下，只要一按电钮就可以用人脑的判断 Override(强制取代)自动控制程序。

日子在充实的忙碌中流过。直到天空中一个个雁阵鸣叫着飞向南方,直到一丛丛半人高的各色菊花盛开在多瑞丝的花园里,紫荷才想起原来感恩节又快到了。去年的感恩节,她是在樱桃山父亲家中度过的。一年的时间里竟然发生了这么多的事,像是她从小就惧怕的过山车一样大起大落、悲喜交集。

大的节日在多瑞丝家是十分隆重的。她总是亲自动手把家里装饰得既高贵典雅又充满了节日的气氛。然后她还要花上两三天的工夫,精心烹煮出各种美味佳肴。一切就绪后,多瑞丝会邀请她的妹妹全家从宾州前来做客。比她小许多的妹妹珍妮是她唯一的亲人了。父母去世后,她就像妈妈呵护孩子一样地关照着身为单身母亲的珍妮和她的两个孩子。

今年的感恩节家宴,多瑞丝坚持让紫荷参加,她对紫荷的喜爱早已超越了房东和房客的关系。平日里孤独寂寞的老人这回像是认了一个干女儿似的。本来学校好不容易放假一星期,肖逸很想带紫荷去一个好玩儿的地方旅行,无奈实在是囊中羞涩只好作罢。紫荷告诉他,多瑞丝知道她没有稳定的经济收入又要交纳学费,早就不肯再向她收取本来就不高的房租了。既然这样,她觉得有义务尽量帮助老人家承担家务,尤其是要准备这么大的一个 Party,全靠多瑞丝一个人实在太辛苦了。

"紫荷,那你跟她说说,我也去她家义务帮忙好不好?花匠、木匠、泥瓦匠随她支配,只要我能跟你在一起就行。"

"瞧你这牛吹的,还花匠、木匠、泥瓦匠呢,你干过哪一样啊?老太太自己倒真的会木匠活。我亲眼看着她用院子里一棵倒下的松树做了一个玩具箱,说是要送给她妹妹的小外孙。她还在玩具箱上手绘了好多的动物图案,漂亮得买都买不来。你想在她面前蒙事儿绝对过不了关。"

"我没想蒙事儿。我就是想你,想得整天心神不宁坐立不安的。"

隔着电话紫荷都能想象得出,肖逸此时像个耍赖的大孩子似的顽皮神情。她甜蜜地微笑着,柔声说道:"你乖乖地先忙你的事儿。等多瑞丝的 Party 完了你再来接我好不好?"

多瑞丝有一只收藏多年的象牙白色双耳古董大花瓶。她总是根据季节设计出不同的插花造型,把它摆到房间里最显眼的地方。这个清秋怡人的早上,她让紫荷到花园里剪来明黄、暖橙和深红的各色菊花,折下火红的丹枫和金黄色带小圆果实的橡树枝,准备为明天的家宴插一盆温暖喜庆的花饰。两人一边忙碌着一边聊起明天要来的珍妮一家。

珍妮的性格和姐姐一点都不一样,她从小就是个温柔甜美但是有些软弱的女孩。因为早早地和大学校队里的一个篮球明星怀了孕,她生下大女儿以后就没有继续完成学业。几年以后儿子又出生了,可是篮球明星,也就是两个孩子的父亲,在运动生涯结束后越来越消沉,染上了酗酒的毛病。这场婚姻勉强维持了几年以后还是破灭了。珍妮又要工作,又要照看孩子,还想重新返回校园读完自己的学位。那些艰难的日子如果没有姐姐多瑞丝的全力支持,真不知会是什么样子。如今孩子们终于长大了,女儿辛迪已经成家,有了一个可爱的小男孩。儿子布莱恩也即将从著名的宾州大学毕业。说起珍妮的儿子,自己的外甥,多瑞丝的眼睛格外明亮起来。"紫荷,你明天就会见到布莱恩了,他可是我们全家的骄傲。他上宾州大学之前还是个 Green Beret(绿色贝雷帽)呢。"

"Green Beret?"紫荷奇怪地问道。

"噢,你可能不知道,Green Beret 就是美国军队特种兵的代名词。当年还是因为肯尼迪总统的特许,绿色贝雷帽才正式成为这支非同凡响的精锐部队的标志。"

"啊,我明白了。我在中国的时候,看过史泰龙演的电影《第一滴血》,里面的兰博就是个特种兵吧?"

"是啊!兰博正是个受过特种兵训练的越战老兵。其实,真正的绿色贝雷帽们身上发生的故事,远比好莱坞刻意制造的传奇更引人入胜。布莱恩一共在特种部队里服役七年,退役后他选择了到宾州大学读新闻专业。这个孩子喜欢猎奇。我想他的好奇心加上正义感,应该是个好记者的人选,我们的社会需要这样的人,不是吗?"多瑞丝边说边将手中卷成螺旋状的香茅叶喷上金粉,再画龙点睛般地将金色的干花点缀在那一大蓬插好的鲜花里。

紫荷一边帮她收拾着桌子,一边忍不住想象起这个绿色贝雷帽布莱恩的样子来。结果发现浮现在眼前的，总是肌肉发达的史泰龙端着机枪，在丛林里孤军奋战的硬汉形象。紫荷还没从前几天多瑞丝讲的关于登月计划的故事里醒过神儿来，这一下子又冒出个特种兵，再加上那个让多瑞丝无怨无悔地等了一辈子的空军中校比尔……自己走进的究竟是怎样的一个美国家庭呀！

感恩节那天，多瑞丝和紫荷一大早就起床了。两人一起把昨晚解好冻的一只二十几磅重的大火鸡塞好填料，表面再薄薄地涂上一层黄油放进烤箱里烘烤。这么大的火鸡一直要烤到晚饭前才会好。火鸡进了炉以后，两人回到各自的房间换上过节的衣服。多瑞丝穿了一件暗红色的连衣裙，外面罩了一件亚麻色的开身毛衣。毛衣上绣满了一片片秋天色的小叶子，十分别致。紫荷到美国以后还没有买过一件像样的衣服。她在自己从国内带来的行李箱里翻了半天，才找出一件崭新的向日葵颜色的圆领小毛衣，和一条巧克力色的薄呢短裙。她刚刚洗过的乌黑长发柔顺地垂在肩头，衬托着洁白细腻的肌肤、明亮的大眼睛和饱满润泽的嘴唇，越发显得清新靓丽，楚楚动人。

紫荷正在给最后一盘南瓜形的小甜饼撒上金红色粗砂糖的时候，门铃欢快地响了。多瑞丝快步迎上前去开了门，结果呼啦啦一下子拥进一大拨儿人，又是拥抱又是寒暄，亲热得一塌糊涂。紫荷本想也迎过去，可是犹豫了一下又站住了。看着他们一家人亲亲热热的样子，她的内心忽然涌上一阵酸楚。

这时，一直被烤火鸡的香味儿引得在厨房里团团转的黑猫斯芬克斯，趁人不备猛地从敞开的大门窜了出去。"斯芬克斯，回来！"紫荷着急地追了过去，一不小心撞到正往屋里走的一个人身上。那个人身材高大，紫荷的头顶才到他的肩膀那么高，所以撞上去的时候她连他的脸都没看见。紫荷赶忙后退两步连声道歉。当她微微仰起头看清楚他的时候，不自觉地脸热心跳起来。这是一张棱角分明的面孔，虽然没有莱瑞那张男模般的脸完美，可是却有一种当过军人的男子所特有的稳健、自信和坚毅的神情。特别是那双藏在高高的眉骨下炯炯有神的深蓝色眼睛，虽然充满着盈盈笑意，可是从眼睛深处传递出的一种无形能量，将紫荷逼得急忙转移开视线。这一定就是 Green Beret(绿色贝雷帽)布莱恩了。她心想。

紫荷还没来得及说话，布莱恩就已经明察秋毫地替她说了出来："你别急，斯芬克斯不会跑远的,我这就去替你把那个淘气鬼捉回来。"

三分钟过后,像个小黑豹一样的斯芬克斯,一点儿没脾气地被布莱恩握住两条前腿,身体垂成直直的一长条给提溜回来了。当布莱恩把它放到厨房的地上,斯芬克斯非但不恼,反而讨好地在布莱恩的腿上蹭了两下。

布莱恩大方地对紫荷伸出手,微笑着说:"你好,紫荷,今天能认识你很高兴!"天哪,怎么会是中文?紫荷一时没能反应过来,慌乱中用英文回答道:"It's nice to meet you too.(认识你我也很高兴)"这时多瑞丝走了过来笑着说:"布莱恩的汉语说得怎样?我没有告诉你他在特种部队受训时,还被选进远东情报组接受了一年的中文训练。谁让他语言能力测试的考分太高呢,所以被派去学习最难学的外语。"

"你,真的会汉语?"紫荷将信将疑地用中文放慢语速问道。

"只是那么一点点。"布莱恩学着紫荷的口气,一边用中文慢慢地回答,一边滑稽地眯起一只眼睛,用右手的拇指和食指比画出一个小小的间隙。大家都笑了起来。

晚餐的气氛亲切而融洽。饭前祷告过后,大家尽情地品尝着美食美酒,谈天说地。三岁的小麦克用手指蘸着蛋糕上的巧克力糖霜把自己涂成一个小花脸儿,还拿专门给他准备的塑料刀叉敲着盘子唱起一首叫《小印第安人》的儿歌。想必是幼儿园的老师教他们关于感恩节起源的时候学的。小孩子到底没耐性,麦克填饱肚子以后就不肯在桌边好好地坐着了。

"Uncle Brian(布莱恩舅舅),咱们俩玩牛仔斗牛的游戏吧?"他从自己的椅子上出溜下来,绕到布莱恩的身后,揪着椅背往他背上爬。

"对不起,小牛仔需要大公牛出场了。"布莱恩放下餐巾站起身来,两手只轻轻一提,小外甥就坐到了他的肩膀上。他用手把住孩子的双腿,高大的身躯前后左右地摇晃着学斗牛场上拼命想把牛仔甩下来的大公牛的样子,围着客厅和厨房绕了一圈又一圈。小麦克手舞足蹈兴奋地笑着叫着。他的妈妈辛迪摇摇头侧身对紫荷说:"这孩子从小就最喜欢他舅舅,只要布莱恩在家他总是缠着他。"

紫荷看着布莱恩和小孩儿疯玩的样子,那么温和、那么轻松,一点都不像紫荷想象中的 Green Beret——那些美国军队里最精粹最极致的兵。

夜色如水。深秋的夜空明净而幽远。无数的繁星，或明或暗地闪烁在一片无边无际的神秘的蓝色里。多瑞丝和客人们都已上楼休息去了，一楼静了下来。紫荷一点儿都没有睡意。她只留了自己卧室的灯和客厅里一盏光线柔和的台灯。半明半暗里，紫荷倚坐在客厅对着花园的宽大的窗台上，静静地看着窗外的夜色。她的手里拿着两封信，一封是妈妈的来信，一如既往地嘘寒问暖。另一封是从樱桃山寄来的，信封上没有写寄信人的名字，但是紫荷熟悉那刚劲潇洒的笔迹。这封信几个星期之前寄到普林斯顿化学系研究生院，转了好几道弯儿才交到她手里。好几天了，紫荷一直犹豫着是不是拆开这封信，如果拆了就意味着她有可能会原谅父亲。然后呢？和父亲还有那个杨阿姨一起装作什么事也没发生，继续欺骗在远方的不明真相的母亲吗？肖逸曾劝过她跟父亲好好地谈一谈，也许他有什么难言之隐。可是紫荷下不了决心，她觉得自己在这件事上还没有完全平静下来，她还没有准备好再次和父亲见面。

一阵轻微的脚步声从楼梯那儿传下来。紫荷扭头看去，原来是布莱恩。布莱恩也看见了她，有些抱歉地说："对不起，我没打扰你吧？我是来厨房倒些冰水。"他好像是刚刚洗过淋浴，光着脚，短短的平头还湿着，上身只穿了一件军绿色短袖 T 恤。T 恤穿在他身上似乎有点紧，令一身结实的肌肉在薄薄的衣衫下凸显得清清楚楚。紫荷又一次不得不把目光躲开。谁知布莱恩径直走到她身边，坐在窗台的另一头。

"紫荷,你是有点 homesick(想家)吧？"他轻声问道。

紫荷把手中的两封信藏到身后，强作笑容学着布莱恩的语气用中文说道："只是那么一点点。"

"嗯，如果真的只是那么一点点，我倒有个办法。你跟我讲中文吧，告诉我你出生的城市，还有你的家人，你喜欢去什么地方，最喜欢吃什么东西……咱们聊聊这些，你就会觉得家其实离得没有那么远，因为它一直都在你的心里。"

月光透过高大的玻璃窗倾泻在他们身上。

斯芬克斯不会跑远的

感恩节长假的第二天,是所谓的黑色星期五。早上五点半,窗外还漆黑一片,肖逸就被刺耳的闹钟给吵醒了。他推了推睡得正香的郝天山:"哎,天山,起不起来?咱还去不去啊?"天山哼了一声翻了个身根本就没醒。肖逸按下闹钟也重新躺下,可是他却怎么也睡不着了。

按照美国的传统,黑色星期五是商家一年中打折打得最大的一天。不过真要想捡便宜,非得起个大早才行。每年都有许多有瘾的人,从半夜起就披星戴月地在商店门口排队。有的裹着毯子,有的自带折叠椅,还有的捧着一保温壶的咖啡又吃又喝的,堪称一景。

昨天紫荷出不来,肖逸觉得无聊,就跑到天山这儿来,和几个单身的中国留学生一起,有酒有菜地撮了一顿,也算是过节了。几人热热闹闹地拱猪,一直拱到半夜才散去。临走时,还有人意犹未尽地招呼着大家,明天一早儿结伴儿去见识见识那什么黑色星期五。肖逸说:"天山,你这儿可真不错,我怎么觉得还跟咱住43楼的时候似的呢。"天山把他前不久刚从学校附近的居民区捡来的沙发床给肖逸铺好,不以为然地说:"我看你怕是有点儿喝高了。你说你也是啊,好好的,非跟我们这帮没人疼、没人爱的哥儿几个混个什么劲呀!你跟我们这些光棍儿无产者不一样。"

"瞧你说的,我什么时候重色轻友过了?唉,我要是有一大豪宅就好了,一到节假日把你们都叫过去,高朋满座的该有多热闹啊。到时候就该让紫荷找别人给她当帮手了,也不至于让她像现在这样寄人篱下,大过节的还得干活儿脱不了身。你说咱们上大学那会儿多幼稚啊,总觉着逃课一学期还能考个80几分儿就挺牛的,琴棋牌麻舞场球场样样不落才算酷。现在出了国,感觉大不一样了,让人想不现实都不行!"肖逸借着酒劲大发感慨。

"得嘞您哪,别那么忧心冲冲的。"郝天山劝他道,"我看凌紫荷绝对不是势利眼,说不定啊,她喜欢你们俩在一块儿艰苦奋斗呢。这叫先共苦,再同甘,难得的境界!"

"这我懂。只是她越好我的压力就越大。这压力不是别人给的,是我自己的问题。"肖逸话音未落发现天山已经睡着了。

好不容易天才放亮了，窗外的天空还有些灰蒙蒙的。肖逸轻手轻脚地起身去浴室洗漱完毕。他和紫荷约好了今天一起出去的，才一大早他就已经有些等不及了。

肖逸把车停在多瑞丝家的马路对过儿。时间还有些早，他不想冒昧地去按门铃，于是就坐在车里等着。紫荷就在咫尺之外，他这么想着心里也就踏实了。当他漫无目的地东张西望的时候，一辆深绿色的 Land Rover 越野吉普车让肖逸眼睛一亮。别看留学生们没几个买得起好车，可是他们当中懂车爱车的车迷可是大有人在。这一款英国产的高性能越野车是许多爱冒险的年轻人的梦想。它既能翻山过河，又能穿越沙漠泥沼。"二战"后连英国首相丘吉尔开的都是 Land Rover 呢。那车就威风凛凛地停在多瑞丝家的车道边。肖逸既羡慕又对车主的身份充满了好奇。

紫荷可能是隔着窗户看见了肖逸的车，她穿着单薄的衣衫，打开大门兴高采烈地对肖逸挥了挥手又扭头跑进去了。没过多会儿，她穿戴整齐地又一次出现在大门口。透过敞开的大门，肖逸看见门厅里一个大高个儿美国人与紫荷握了握手，好像是在说再见。然后凌紫荷就像一只快乐的小鸟一样，向肖逸停车的地方飞过来。肖逸微笑着打开车门迎候着她，两人一见面就紧紧地拥抱在一起。"俗话说一日不见如隔三秋，你让我一等就是七八个秋，也不怕我变成一白胡子老头让你认都认不出来？"肖逸就有这本事，连说绵绵情话都能把凌紫荷给逗笑了，所以她觉得跟他在一起的时候总是特别开心。

去纽约的路上，肖逸边开车边学着电影《罗马假日》里的人物说："公主殿下，欢迎你来罗马，噢，不对，请原谅我的一时糊涂。公主已经结束了对罗马的访问，欢迎你来到纽约。公主想去哪里请尽管吩咐。"上大学的时候只要学校大礼堂放《罗马假日》必定是场场爆满。清纯美丽、高贵又带着些顽皮的奥黛丽·赫本成了不知道多少人心目中的偶像。

"不必多礼。你带我上哪儿我就跟着你上哪儿。只要不跟人大打出手就行。"凌紫荷也喜欢那部电影，她想起小赫本演的公主，举起吉他砸向秘密警察的场景，不禁咯咯地笑起来。

纽约有不少新奇有趣却名不见经传,连地道的纽约客都不太知道的地方,就像那些藏着典故的不起眼的北京胡同一样。偏巧肖逸喜欢猎奇,平常最爱收集这种信息。他带凌紫荷来到离格林威治村不远的SOHO。许多年以前被迫从格村儿"撤退"的穷艺术家们聚集到这里,愣是把SOHO从一个破落潦倒的贫民区造就成时尚的坡普艺术中心,成了大苹果身上的又一个闪光点儿。

"紫荷,你不是喜欢艺术吗?今天咱们来见识见识真正的西方现代艺术。我带你去看一个叫'纽约热土'的室内雕塑。"

"纽约热土"倒是个挺煽情的名字。要是郝天山早点听说了,肯定就不往宿舍墙上写什么"到俄克拉荷马去"了。意外的是一下电梯,那扇通往展厅的不带窗户的金属大门给人的感觉冷冰冰的,一点儿也不煽情。这时候来参观的只有他们两人,更让那一色儿惨白、四壁空空的300多平方米的展厅显得清冷空旷,连照明用的都是毫无气氛可言的裸露的日光灯管。土倒是真的不少,齐膝深,平平整整地填满整个展厅,而且有人每天定时洒水耙平,黑黝黝的这么一大片让人觉得不往上种点什么实在可惜。

肖逸和凌紫荷先是惊诧,等他们醒过味儿来就憋不住地想笑,但又怕对着这片"庄严"的"热土"大笑不合适,于是手拉手转身飞快地顺着防火楼梯跑下来。等出了大楼他们才站在马路边相视笑出声来。"你信吗?这可是挺有名的雕塑家的作品啊!"肖逸感叹道,"我看他要是现在还敢住在纽约,哪天非被哪个悲愤的房地产商给谋杀了不可。"凌紫荷也笑着说:"哪是什么纽约热土啊,我看应该叫纽约贵土!不过啊,从这儿倒可以看出这个城市对艺术和艺术家的态度,让我觉得纽约真的怪可爱的。"

两人又悠闲地逛了一会儿街,一个卖爆米花的推车小贩吸引了凌紫荷。"肖逸,你快看呀,纽约还有琥珀花生卖呢,那可是我小时候最喜欢的零嘴儿!"她快乐地叫道。小贩的推车里果然有裹了糖烤得又酥又脆的花生米,跟小时候食品店盛在搪瓷盘里、一两一两称着卖的琥珀花生特像,而且还热乎着。"你知道吗?我小时候家里没什么钱,为了省一点儿,过年的时候我妈总是自己熬糖给我做琥珀花生吃。有好几次她手上都被溅出来的糖稀烫出了大泡。"凌紫荷说着眼圈有点发红。肖逸连忙买了一包花生递到她手上。她迫不及待地吃了几颗又笑逐颜开了。往前走了几步又遇到一个卖热狗的推车。紫荷说:"肖逸,咱俩也 AA 制吧,你请我吃烤花生,我来给你买热狗,就当是中午饭了。"清冷的天气里,他们捧着街头小吃边说笑边往前走。呼出的热气凝结成一团团白雾,可是手却不觉得冷了,心里就更加暖融融的。

因为黑色星期五的缘故,很多商店都打出招牌打折促销。肖逸很想给紫荷买一条带苹果形水晶坠的项链,减价后只要 25 美元,结果被紫荷坚决地拦住了。"等咱们以后有了钱再说吧。"说者无心,听者有意,她随随便便的一句话却深深地印在肖逸的心里。

在新泽西多瑞丝的家里,珍妮一家正在依依不舍地和多瑞丝告别,因为他们还要赶路去辛迪的公婆家。布莱恩弯下腰来任姨妈像自己小时候那样在左右脸颊一边各吻了一下。"姨妈,我正在申请到纽约《大都会时报》做见习记者,这阵子可能会常常往这边跑。我会多来看你的。"

"那太好了,布莱恩!我还记得你和辛迪小的时候,每个暑假都住在我这里,多热闹啊。现在你们大了,有自己的生活了,想经常见到你们可不那么容易了。"

"姨妈你放心吧,辛迪家里的事情多走不开,可是我可以常来呀。学校的课程我已经快修完了,以后的时间就会多了。再说,我总是馋姨妈做的甜点心,那美味天下难找……"他做出一副无限陶醉的样子。多瑞丝给小麦克和布莱恩手里一人塞了一袋装好的甜点,笑着说:"剩的不多了,只够给一大一小两个孩子的。"

冬天的天色暗得早,才四点多街道两边就已经是灯火阑珊了。肖逸跟张智勇约好了晚上去他在康涅狄格州的家里做客。康州和纽约毗邻,有不少喜欢幽静的郊区生活的纽约白领,都选择在那里安家置业。张智勇就是其中的一个。

肖逸登上了几级宽阔的、呈半圆形展开的台阶,在大门前犹犹豫豫地按响了门铃。四周一片漆黑寂静,连路灯都没有一盏,让人有种不那么真实的感觉。见到来开门的张智勇肖逸才松了口气。"张智勇你够牛的呀,这果真是你们家?"

"来,来,赶快进来,我不跟你说了吗,我们家特好找,你瞅着这一块儿哪个房子最大,哪个就是。"张智勇热情地招呼着肖逸和凌紫荷进门。

"你们家还好找？我把你的门牌号给忘了,就记得你说你们家是这条路上最大的房子。结果可好,我们顺着这条路开了三个来回也没找着想象中的大房子,就愣是没想到这座城堡式的'古建筑'会是你们家,还以为是你们镇上的教堂呢！"

"肖逸,我就喜欢你这北京哥们儿的贫劲儿,听着倍儿亲切。不过你说我们家跟教堂似的,那可不大合适,再怎么,咱也不敢造次跟上帝的宅邸攀比呀。"

肖逸摸摸脑袋嘿嘿一笑:"我是开玩笑啊,张大腕儿你别介意。"

张智勇爽朗地答道:"没事儿没事儿,我也是开个玩笑。我这城堡可有来历,一会儿再讲给你们听。"说着他用手按住墙上的一个按键大声说道:"欢欢,乐乐,你们两个下楼吃饭了。"看见肖逸他们奇怪的目光,他解释道:"这房子太大,所以安了对讲机。这样在一间屋里喊话,每间屋里的喇叭都响,就跟我当年下乡生产队的小广播似的,尤其是召集全家吃饭或者出门儿的时候特管用。"果不其然,广播后没两分钟,楼梯上就叽里咕噜的一阵响,旋风般地冲下两个半大小子来。他们是张智勇的双胞胎儿子,小名儿起得跟国宝大熊猫似的——欢欢和乐乐。

张智勇有个幸福的家庭。他的太太薇薇安是个娇小玲珑的香港女子,从小在英国长大。她跟张智勇在一艘去百慕大度假的豪华游轮上一见钟情。薇薇安一直想说服张智勇跟她去欧洲安家。学历史的她回英国后频频鸿雁传书,图文并茂地为张智勇灌输丰厚的西欧人文地理。薇薇安在一张印有绝美的、峭壁上孑然耸立的爱尔兰古堡的明信片上如是写道:"那些散布于英伦三岛青山绿水间的古城堡遗址,如同一本本尘封的、再也无人能读懂的书卷,那种高贵而神秘的魅力令我陶醉,无法自拔……"

别看张智勇每天跟枯燥的数字打交道,真该浪漫的时候照样有勇有谋,计不惊人誓不休。他委托房产经纪人在康州找到这个带有十亩林地的城堡式老宅。原来的主人是一对终身未嫁、相依为命的老姐妹。她们卖这块地的时候提出了近乎苛刻的条件:未来的50年内,树林里的树一棵也不许砍掉,老房子的主要结构也不许拆除。这么一来,房地产开发商们全都没兴趣了,结果倒让张智勇捡了个大

没想到
这座城堡式的「古建筑」
会是你们家

便宜,125万一举买下。他不动声色地贷款将房子内外整修一新,然后邀请薇薇安在一个春光明媚的日子里,从阴雨绵绵的英国飞过来做客。自家的后院里小桥流水,春花烂漫。他当时就在那个白色的凉亭里对薇薇安求婚,他说:"青山绿水这里有,爱尔兰式的城堡这里也有。新大陆虽然没有那么悠久的历史,可是这里有更多的活力和更灿烂的阳光,留下来吧,薇薇安。"

"张智勇你太有才了,当年怎么没考北电导演系?要不然现在也被封个第四代第五代的啦。"肖逸嘴上啧啧称奇,心里却想,有什么样的经济基础才会有什么样的上层建筑,要是没有华尔街的高收入垫底,哪来如此大手笔?

"薇薇安,这是我听到过的最浪漫的求婚了,像童话里一样!"像所有喜欢浪漫的女孩子一样,凌紫荷对这个现实中的童话非常着迷。

薇薇安温柔地拍了拍紫荷的肩膀说道:"可是童话虽然美丽,终有讲完的时候,对吗?而且并不总是 happily ever after(从此幸福永远)。"她用厨房里那台 fancy(高级的)的咖啡机为每人做了一杯香浓的 cappuccino(卡布奇诺咖啡)。"你们问问智勇看,他真实的生活是什么样子的?"薇薇安是个非常有教养的女子,她用香港普通话将抱怨也表达得柔情万种。"他每天清早六点钟要出门,赶火车去华尔街上班。晚上最早也要八点钟才能到家。为了第二天能保持清醒的头脑,九点钟一定要上床睡觉。最后留给我和孩子们的时间实在少得可怜。"

那天晚上等肖逸回到自己的住处已经是深夜了。一板之隔的邻居老顾鼾声如雷睡得正香。可是肖逸却在床上辗转反侧,令旧床垫在他身下吱嘎作响。肖逸瞪着黑暗中的天花板默默地想:"紫荷,给我三年的时间,我要让你告别灰姑娘的生活,过得像一个真正的公主!"

世界怪异而精彩

6

A Weird But Wonderful World

这一年冬天,第一场雪就下得铺天盖地的。可惜了好好的一个星期天,蜀湘阁的生意全被天气给搅了,除一些外卖的单子,几乎就没有堂吃的客人。黄老板骂骂咧咧地顶风冒雪、几进几出亲自送外卖,因为他不放心送外卖老张的破车在这大雪天能开得动。精明的黄老板算得过这笔账,这种时候但凡出点儿岔子,得罪了客人不说,要是既没身份又没医疗保险的老张受点伤,那他这个当老板的麻烦可就大了。凌紫荷跟着丘太太将干洗店送回来的巨大的一包餐巾,一个个折成花形。她跟丘太太有一搭没一搭地聊着天,心里却一直在担心着肖逸。真希望他今天不要像往常那样过来接她下班。可是刚才借店里的电话给他打,他却不在家里。

八点的时候黄老板宣布今天提前打烊,让厨房给员工们开饭。正在这个时候,大门那里铃声一响,从飞舞的风雪中闪进一个高大的身影。"这种鬼天气还真有来捧场的哦!"老板娘赶快站起身亲自去迎接这位勇敢的客人。紫荷的心里一动,该不会是肖逸赶到了吧。果然,老板娘在前面喊:"紫荷,是找你的。"

"怎么会是你?"紫荷到前厅一看,不禁大吃一惊。笑吟吟地站在她面前的不是肖逸,而是只见过一次面的布莱恩。他头发和肩膀上还落着雪花。

"紫荷,你好吗?又见到你我真的很高兴。"他努力地用四声分不太清的中文说。布莱恩的三脚猫中文让紫荷觉得挺可爱的。她对他报以莞尔一笑。

"布莱恩,你不是住在费城吗?这种坏天气你怎么会到这儿来?不是为了来吃饭的吧?"

"噢,我明天早上在纽约有一个 Interview(面试),所以今天借住在姨妈家。这里离纽约近,明天保证不会迟到。刚才我一到,姨妈就告诉我你今天在这里上班。雪下得这么大,她不放心,让我过来接你回去。"

"我真不知道该怎么感谢你们。"凌紫荷感动地说,"你等等,我去跟老板讲一声我们就走。"

"没关系,紫荷,Take your time(你慢慢来)。我还叫了外卖,Hot and sour soup(酸辣汤)和 orange beef(陈皮牛肉)。我喜欢吃中国饭。"

紫荷回后厨取布莱恩的外卖的时候,大家纷纷围过来打听:"哟,北京小姐,来接你的那个老美是谁呀？以前怎么没见过呀？是你的新男朋友？"

"哎呀，我说你们就别瞎猜了。他是我房东的亲戚，因为下雪，好心过来接我一次。行了吧？这回你们的好奇心该满足了吧？"

"嗯，也许没那么简单。年轻的中国女孩，尤其是像你这么漂亮的中国女孩在美国可是奇货可居。要我是那么个帅小伙，我也不会傻乎乎地光学雷锋做好事啊。"丘太太麻利地把外卖包好递给紫荷，"语重心长"地又叮嘱了一句，"丫头，丘太太我是个过来人，别把什么都想得那么简单，凡事多留个心眼儿啊。"

因为雪一直没停，马路上很滑，能见度也很差。路上为数不多的车子都小心翼翼地慢慢"爬"着。布莱恩从容自信地驾着他四轮驱动的越野吉普，平稳轻巧地在快车道超过一辆又一辆的车子，不一会儿工夫就到了家。

还没进房间，紫荷就听见里面的电话铃一直在响。她知道一定是肖逸，就赶快冲进房间拿起电话："肖逸，你回家了就好，我都快急死了，生怕你在路上出点儿什么事。"

"对不起，紫荷，我今天没能来接你。路况实在太糟糕了。我从布鲁克林出来还没到 Verrazano(维拉扎诺)大桥就足足蹭了两个多小时，再怎么也赶不上你下班的点儿了，我只好又掉头回来了。你的火车晚点了吗？没把你冻坏吧？"听得出肖逸声音里的焦急和关切。

"我没事儿。布莱恩今天恰好来了，多瑞丝让他开车去餐馆接的我。"

"布莱恩？就是你说过的那个当过特种兵，开 Land Rover 的布莱恩吗？"

"嗯，是他。他因为明天一早要去纽约面试，所以今天住在多瑞丝家。"

"哦，这么巧，这下我就放心了。"肖逸没再问什么。可是郝天山关于"八国联军虎视眈眈"的谬论不知为什么突然在他脑子里跳了出来。男人绝对不能小心眼儿，他这样告诫着自己把思绪转开了。

放下电话，紫荷也来到厨房里，多瑞丝正坐在厨房的餐桌边，看着布莱恩津津有味地吃着从蜀湘阁带回来的外卖。可能是被酸辣汤给辣得浑身发热，布莱恩依旧只穿着一件深军绿色的短袖 T 恤。

"紫荷，外面很冷吧？来，我做了热巧克力，坐下来喝点暖和暖和。"多瑞丝慈

131

爱地为她拉出身边的一把椅子,示意她坐下。

"多瑞丝,布莱恩,今天的事我可要好好谢谢你们。"紫荷真诚地说。

"嗨,这算不了什么。"多瑞丝毫不介意地摆了摆手。

"等一等,紫荷你当真要谢我吗?"布莱恩抬起头来很认真地看着她。

"那当然了!你说吧,让我怎么谢?你喜欢吃中国饭,要不你下次来的时候,我给你做 pan fried dumplings(锅贴)？"

"嗯,那当然好。不过我可以有个更大一点的请求吗？"

"你说吧,只要我能办到一定尽力。平常总是你们在帮助我。中国的古训说滴水之恩当涌泉相报。就是说哪怕你给我的帮助只有一滴水那么多,我对你的感激和回报应该像源源不断的泉水。现在你们给我的是泉水,我能报答你们的却非常的有限。"

布莱恩放下手中的筷子坐直了身子，又扭头看了看在一旁含笑点头的多瑞丝。他郑重其事地说道:"紫荷,我希望你收下我这个学生跟你学汉语行吗？"

"啊？你当真吗？你很快就要找到工作上班了,哪有时间花在学中文上啊。要是你想随便学着玩,我每次教你一点日常用语好了,能让你在中国餐馆和唐人街 show off(显摆)一下不就行了？做你的老师我可是不敢当。"紫荷没有想到布莱恩会提出这么个请求。在多瑞丝的描述和自己的想象里, 布莱恩是个无所不能的"superman(超人)",他怎么可能当自己的学生呢？因为不好意思,紫荷的脸上泛起两片淡淡的红晕。

"紫荷,我是很认真的！"布莱恩用他字正腔不圆的中文急切地表达着诚意,"我一直希望当一名驻外记者。亚洲很神秘,美国人又了解得很少,我希望你,能帮我这个忙。"

"我看这是个好事。"多瑞丝也在一旁帮腔,"布莱恩过去学过一些汉语,如果荒废了实在太可惜了。再说这份工作也适合你,紫荷,总比在餐馆上班要好多了。"

"是啊,没想到在姨妈家碰到你这个中文老师。这应该叫……天——此——两——极对不对？我在军队里的汉语教官在北京生活过许多年。他说看一个人汉语说得好不好,就数他一句话里有多少四个字四个字的表达,越多就越好。"

紫荷稍稍愣了一下,很快就反应过来:"布莱恩,应该说天——赐——良——机。没想到你还会用成语呢!看来你的起点不低,我还真得好好准备才行。"

"太好了!"布莱恩兴奋地直搓手,"那我们下个星期就开始吧,每周上两小时的课,一小时我付你50美金你觉得少不少?"

"不少不少,我还觉得太多了。其实我很愿意教你,不需要你付钱的。"

"就这样吧,紫荷。布莱恩很快就要毕业工作了,而你还在上学。这跟请个辅导高中生的家教价钱差不多,你就别再推辞了。"多瑞丝过去在公司里当惯了决策者,这种讲话掷地有声的习惯,在退休多年以后还是没有改变。

紫荷拿到第一张写着她名字的,足足400美元的支票,高兴得不敢相信自己的眼睛。在餐馆打工的时候,总得一张张数那些一块五块的零票儿,甚至是硬币。她还从来没有拿到过这样正式的酬劳,也没有体验过这种成就感,虽然只是小小的。

"肖逸,告诉你我这个月发财啦!"她迫不及待地在电话里告诉肖逸。

"嘀!我们家小猫行啊,什么时候变成招财猫啦?"凌紫荷曾经对肖逸说过,她认为女人当如猫。猫儿是一种不容易让人猜透的动物。它们聪明乖巧、温驯可爱,但是又拥有自己的独立意志,不会被人勉强。必要的时候它们还会亮出利爪和尖牙变成勇敢无畏的斗士。这种温柔和强悍的并存、不动声色的特立独行,让它们常常能够左右主人的意志。"行,那咱们可说定了,星期六我来接你出去好好庆祝一下。不过啊,这次我会把埋单的光荣留给你啊。"肖逸故意逗她道。

"那可不行,这笔钱我每一分都得攒着。我呀,要用自己挣的钱买辆二手车,到时候好把照片给我妈寄去,也让她为自个的闺女骄傲骄傲。"

"哎,打住打住,这买旧车的活儿哪儿轮得到你操心啊!我一直在给你看着呢,只是总想买辆好的可靠点儿的,价钱就比预算高出一大截。不过你放心,我会尽快想办法,你是早该有辆车开了。"

"肖逸,我不要你给我买车。你已经在学费的事情上帮了我那么多,这回你得给我个机会真正地自食其力一次。车你可以帮我看,但是我一定要用自己的钱来买。"凌紫荷的语气十分坚决。肖逸知道,她一旦对什么事较了真儿,就很难再改变主意,于是半真半假地敷衍她说:"行行行,算我服了你了。明明金枝玉叶的,还老觉得自己不怕风吹和雨打。那打工的艰苦你体验体验也就得了,怎么还定上硬性指标了?聪明的女人要懂得怎么充分调动男人的使命感和积极性,不要哭着喊着揽过半边儿天来,再咬着牙死扛。"

"谁哭着喊着啦?你看你这人,人家好不容易找到点自豪感,让你油嘴滑舌地一贫,全变味儿了。"

1997年的星象据说很不一般,天宫图出现了代表着对立、巨变和突破的大十字。现在回过头想想,还真的不无道理。从香港回归、克林顿宣誓就职、亚洲金融风暴,到第一个克隆生命——小羊多利引发的宗教与科学之争。一连串的转折和突变让1997年充满了跌宕和起伏。对于美国来说,这是正向突破的一年。从东海岸到西海岸,遍地是机遇,连从大西洋吹来的海风里都夹带着欲望、躁动和一种莫名的欣喜若狂。新年伊始,纽约华尔街的股指就一路飙升,代表科技股的纳斯达克指数更是势如破竹,在一两年的工夫里竟然翻了个番。大洋彼岸的加州硅谷也是捷报频传,一个个白手起家的神话让人瞠目结舌。一大批新诞生的百万富翁们领略了"忽如一夜春风来,美梦成真财源开"的人生佳境。

"哎,肖逸,你说这股市怎么就跟打了鸡血似的照直往上蹿啊?都几个月了,不带涨停的,还真有点邪行。"最近郝天山的心思从找金发碧眼的女友转移到股市上来了。他一腾出工夫就抓住肖逸通过电话或是 E-mail 交流"观"股心得。

"怎么着,天山,是不是捺不住了想跟进呀?我还是那句话,咱们现在家底儿太薄,输不起,必须得慎之又慎才行。咱可以看,可以琢磨,实在不过瘾的话,你还可以学我建个虚拟账户来个纸上谈兵,先练练手再说。不瞒你说,我的那个虚设基金,六个月的回报率340%,倍儿给气!"这大半年来,肖逸拿出他当初刚进组时恶补计算机的狠劲儿来,学习金融知识、琢磨股市行情。他也乐得能有个信得过的朋友,一块儿侃侃这个话题。

"妈呀!六个月340%。肖逸你小子就忍心在纸上谈兵阶段止步不前了?还给气呢,我听着直运气。早知道把我账上的仨瓜俩枣都给你拿去练手啊!"天山假装痛心疾首地大呼小叫道,"就我们系里养实验动物的那黑哥们儿,高中肄业,人家就认准了 Fed Ex(联邦快递)的股票,还真炒发了。那天我一看,哎哟,够得瑟啊,开上小 B 马啦,牛皮烘烘的。想想咱哥们儿,谦虚点儿不说是人尖子吧,好歹也算名校出身的准 PhD 呀。为了每个月区区 1000 美金的助研奖学金,起早贪黑没日没夜地都快给熬成干儿了。荷包里票子增长的速度远不及脑门上掉毛儿的速度,忒冤得慌。不成,肖逸,咱俩得好好合计合计怎么提前奔小康。我看这回的大牛市就是个机会,堪比当年的 Gold Rush(淘金热)。咱们说什么也得给抓住喽。"

其实不安分的又何止肖逸和郝天山呢。天时自不必说了,加州硅谷又占足了地利,成了高科技的"梦工厂"。每天都有新诞生的百万富翁,像刚出炉的面包似的,新鲜、诱人,一个接一个地闪亮登场。"创业"这个词,分英文版、中文版、印地语版、俄文版等,成了"谷"民们的时尚流行语。无论是大小聚会,还是在加油站或快餐店里,甚至在公司上个洗手间的工夫,荡气回肠的创业故事也能不绝于耳。就连那些平日最超脱、最安于现状的人,也不由得热血沸腾起来。

杜宏杰身边聚了一帮怀才不遇的化学精英。他们感叹自己当年入错了行,不能像那些学计算机或电子通信的同学那样,奋不顾身地投入到信息技术的大革命中去。有些急性子的,干脆就 jump ship(跳槽)改行学起计算机了。老杜到底不是等闲之辈,他冷静地分析一番之后,不慌不忙地给大伙儿指出方向:"大凡成功的人,都得有坚定的信念,万万不可妄自菲薄。咱们应该相信天生我材必有用。见风使舵、急功近利是成就不了大事的。"老杜拿出一本被他翻得毛了边儿的埃尔文·托夫勒的《第三次浪潮》,信手翻开,"你们还记得这本书吧。20 年前托夫勒关于信息时代的预言已经成了现实,不要忘了他还有一个关于服务性经济的理论呢。咱们虽然不是学信息科学的,但我们的专业可以为信息业服务啊。照着这个路子想下去兴许有戏。"

"老杜言之有理!国内有句话怎么说来着?好像叫什么把握时代潮流。用在这还挺放之四海皆准的。"一个高分子专业的博士生随声响应道。

其实谁也不曾料到，朋友圈中最先得益于这个黄金时代的不是别人，竟是当初抱着唯有牺牲多壮志的精神，毅然改行学了会计的陈晓歌。当中国留学生创办的高科技 startup（创始公司）雨后春笋般地出现在硅谷的出租公寓、地下室、车库之类物美价廉的地界时，陈晓歌刚好完成学业考下了会计执照。因为她提供的会计服务同样地以物美价廉著称，渐渐地，她开始在艰苦创业的同胞圈子里有了口碑。客户群也以一传十，稳步地增长。阳光明媚的周末，陈晓歌和伍国梁常常开着刚买的二手马自达 626，在棕榈树夹道的街上兜风，到渔人码头悠闲地挑选些当天刚刚捕获的海鲜。这样的日子让陈晓歌心中充满了暖暖的幸福感。她盘算，再过两三年，等国梁拿到博士学位，再找个高收入的稳定工作就齐活儿了。当年她边打工边在社区大学读会计的时候，美国梦对于他们来说是那么的遥不可及。没想到，当时为了给国梁做后盾，自己无心插下的柳竟快长成绿荫一片了。

纽约的交通永远拥挤，几乎分不出什么时候是 rush hour（高峰）。肖逸的车被夹在望不到头尾的塞车长龙中间慢慢地蹭着。连接曼哈顿和布鲁克林的布鲁克林大桥，此时与他仅一里之隔，但却可望不可即。这座常被人当做纽约标志之一的大桥，历经了一个多世纪的风雨，依然作为桥梁建筑史上的一个奇迹，骄傲地矗立着。肖逸曾经听莱瑞讲过一百多年以前造这座桥的故事。当时负责设计大桥的父子两人一死一瘫，为了创造这个奇迹付出了最沉重的代价。所以每次经过这里，他都有一种震撼的感觉。车里的电台照例被他定在布伦伯格。今早开盘还不到两小时，纳斯达克居然又涨了 8%。几天前，肖逸刚刚在练手的虚拟账户上把几个涨疯了的 Telecom（电子通信）股票平了仓，看来出手还是早了点儿。从早上起，他的头一直一跳一跳地胀痛，不过倒不是因为股票，而是因为昨晚他和莱瑞之间的一番谈话。

昨天，莱瑞请肖逸去他位于格林威治村的公寓。进门的时候，肖逸险些被门口的纸箱绊了个跟头。除了那些散放的大小纸箱外，莱瑞的公寓几乎被搬空了。

"莱瑞，你要搬家？怎么没听你说起过？"肖逸惊诧地问。

莱瑞笑了笑："是呀，这次搬得有点远，带不了那么多东西，所以就当叫朋友们来个 moving sale(搬家甩卖)。"他递给肖逸一个盒子,"逸,我知道你喜欢音乐。这里面的 CD 你随便挑。"

肖逸接过纸盒坐在地板上,一张张地翻看着那些 CD。"莱瑞,这远点的地方到底是哪儿啊?你真的要离开纽约吗?"他问。

"你来看。"莱瑞把靠在墙边的一个 poster(海报)镜框拿过来。照片上是一片焦黄的旷野,一棵大树顶着硕果仅存的几簇稀疏的绿叶,顶天立地占据着画面的中央,远景里有两只狮子在荒草丛中若隐若现。整个画面在苍凉中透出一种力量。

"这是皮特去年在肯尼亚照的。他还告诉我,那只雄狮后来发现他了,突然对着他的敞篷吉普冲过来。要不是他反应快开车就跑,早就成了狮子一家的美味晚餐了。逸,这幅摄影作品你拿去做个纪念吧。说不定有一天,你也会像我一样想彻底换一种方式生活。看见它,你会想起你还有个疯子朋友,正在地球的某一个角落等着迎接你呢。"

肖逸记起莱瑞曾经说过他学护理学的原因。可是他没想到,这个银行家的儿子,这个外形古典、气质高贵、让许多女人为之着迷的"哈姆雷特",竟然真的会一诺千金,抛家舍业地加入无国界医生组织奔赴非洲。"莱瑞,你想好了?"肖逸问。

"逸,你放心吧,这个决定我早就做好了,现在只是一步步按计划实现目标而已。你知道吗,我现在感到前所未有的轻松。"莱瑞隽秀的脸上笑容灿烂。即使是在搬家,他身上的衣着依旧清清爽爽,像个将要去出演《走出非洲》的演员。肖逸怎么看怎么觉得,这整个事件好像是由哪个好莱坞金牌编剧创造出来的,很感人,但是不真实。

两人闲聊了一会儿。莱瑞说:"逸,今天请你来还有一个原因。我想请你帮我一个忙。可能会有些棘手,不知你是不是介意。"

肖逸忙说:"怎么会呢?我不是告诉过你,用北京话说咱们是哥们儿吗?哥们儿之间有什么事儿只管说。你托我办事那是看得起我,我一定会尽力的。其实,莱瑞,我心里也有一件事压了很久,如果不是看到你马上要走了,也许我还是张不开口。"

"瞧,你不是刚跟我说咱们是哥们儿吗？这样吧,先说说你的事,如果是我能办到的,我还能借此跟你 barging(讨价还价)一番！你别介意,我不过是开个玩笑。"莱瑞说着,从空荡荡的冰箱里取出一罐松姜水递给肖逸,"对不起,啤酒没有了。"

肖逸仰头喝了一大口饮料,鼓足了勇气说:"莱瑞,我,我考虑了很久,想进华尔街发展。可我是学理科的,没有 MBA 学位。不知道你有没有可能帮我引荐一下,只要给我一个机会,我很快就能把金融知识方面的不足补上。数学、统计学、计算机模型设计,这些都是我的强项……你觉得我,会有希望吗？"

莱瑞略略沉吟了片刻说:"逸,这次该轮到我来问你:这件事你想好了？"

肖逸下意识地一使劲儿,"咔吧"一下把手中喝空了的易拉罐给捏扁了。

"我还记得我上大学一年级的时候,跟几个同学一起去登一座叫华山的高山。为了避开拥挤的人群,我们几个商量连夜上山。那天没有月亮,我们借着微弱的手电筒光,抓着峭壁上的一根铁索,在黑暗中爬了好几小时,终于在日出之前爬上了峰顶。当我们往下看的时候可不得了,一个个后怕得心跳腿软。上山的那条路在云雾里若隐若现险峻无比,石阶又窄又陡,稍有闪失就可能掉下万丈深渊。可是,正因为夜里我们看不清楚,所以也就无所顾忌,一步一个台阶地爬到了山顶。我是想说,智者千虑,却有可能坐失良机。有的时候,行动本身就是最好的答案。莱瑞,你怎么看呢？"

"逸,你说的很有道理。我们美国人也常说不要 over analyze the problem（算计过度）。我记得你给我讲过东方哲学里因与果、得与失之间的关系。我这个人,对'得'倒不是太介意,我喜欢上帝赐予我们的 surprises(惊喜)。可是对于'失'我却一定要考虑清楚:我可能会失去些什么？一旦真的失去了,我又将如何面对？如果想明白了、准备好了,那也就没什么好担心的了。这样吧,你接着考虑,我直接跟我爸爸提一下。我们银行里有一个暑期培训计划,专门在知名大学里物色合适的人选。不过我不得不提醒你,那可是个魔鬼训练营,最后只有 20%的人能留下来,而留下的人里又会有一大半在三个月内自动消失。"

肖逸对华尔街残酷的淘汰率早有耳闻,他心想,自己毕竟有过那段揣着 75

美元在新大陆闯天下的经历,Survival(生存)的能力应该不算差。这时,他忽然想起莱瑞请他帮忙的事,连忙不好意思地说:"对不起,怎么净说我了?莱瑞你刚才说需要我办什么事来着?"

莱瑞不慌不忙地微微一笑,从那一箱 CD 里捡出一盘递给肖逸,说:"逸,你喜欢 Elton John(埃尔顿·约翰)吗?"CD 封面上的 Elton John,戴着他标志性的巨大有色眼镜,在一架白钢琴前夸张地摆着 pose(姿势)。

"那当然了!他的歌太与众不同了。我觉得用他《Bennie And The Jets》(《本尼和喷气机》)那首歌里的一句歌词来描述他倒挺合适的:Oh but they're weird and they're wonderful – Oh he is weird and he is wonderful...(他怪异又精彩)"肖逸一边看着 CD 封底上列出的曲目,一边用口哨吹起《Good Bye Yellow Brick Road》(《告别黄砖路》)的旋律。

他自我陶醉的口哨声还没落,莱瑞突然随随便便地甩下一句话:"如果告诉你,Elton John(埃尔顿·约翰)是个同性恋者,你仍然喜欢他吗?"

肖逸愣了一下,虽然他亲眼所见了曼哈顿的同性恋大游行,可要跟人开诚布公地谈论这个话题,他还是感觉有点儿别扭。"哦,是吗?我还真不知道。不过嘛,艺术家,好像都有点 weird(古怪),要不怎么会那么 creative(富有创造力)呢?"

可是莱瑞并没有放过他。他看着肖逸的眼睛说:"那如果不是艺术家,只是一个普通的同性恋者呢?你还会喜欢他,跟他做朋友吗?"

"你什么意思?"肖逸疑惑地看着莱瑞。

"逸,我心里的这个秘密藏了快十年了。我曾经怀疑过、痛苦过,也试着想否认,甚至想改变过。直到我后来遇到皮特,我才知道,原来上帝就是这么安排的。如果我们希望这个世界能张开双臂接纳我们,我们必须先在内心里真正地接受自己。坦然和融洽应该是由内而外的。"

从莱瑞公寓出来的路上,肖逸满脑子净想的是莱瑞的事,这一切发生得太突然了。莱瑞对他坦白,这些年来他无可奈何地伤了不少女人的心,只因为她们不明真相,所以无法接受只作为他的普通朋友。莱瑞拜托肖逸在他走后替他对佟谣作个交代。黑暗里肖逸独自摇头苦笑:"这叫什么事儿呀?只可惜了这么个极品男。连我都不得不替佟谣那丫头扼腕痛惜！"肖逸决定把这件事先压一压再说，一来要确保莱瑞离开纽约前不会有什么节外生枝，二来他还得仔细琢磨琢磨，这个信使该怎么个当法儿。佟谣有时候挺邪乎的，不知她对此会作何反应。

　　整整一个周末，凌紫荷都泡在学校的机房里为毕业项目调程序。肖逸最近也很忙，两人除了每天通电话，见面的时间越来越少了。傍晚回家的时候，远远地紫荷看见车道上停了两辆车，一辆是布莱恩的越野吉普，她已经很熟悉了。后面的那辆小巧玲珑、憨态可掬，是极少见的 Beetle Convertible（敞篷式甲壳虫汽车）。尤其是 Beetle（甲壳虫汽车）别致的颜色让她不禁眼睛一亮。那是一种既明快又柔和的黄色，像夏天初开的葵花，也像清新的葡萄柚的色泽。车顶深灰色的可折叠顶棚，恰如其分地平衡了略带孩子气的黄调子，给整体效果增添了一些稳重和高贵。紫荷忍不住伸手摸了摸崭新的、闪闪发亮的车身，心想不知多瑞丝家又来了什么客人。

　　布莱恩果真在这里，他正在车库门口修理多瑞丝的剪草机。春天就快来了，沉睡了一冬的小草已经隐隐地泛出了一层青绿。这么多年以来，多瑞丝一直坚持驾着她的小拖拉机，亲自修剪那好几英亩大的草坪。她还栽种了许多配合着不同季节的花草树木。这在外人看来似乎不可思议，可对曾在职业生涯中叱咤风云的多瑞丝来说，这却是一种能量释放和自我证明。每当有不知情的人向她索要她家花匠的姓名电话时，老太太总是得意而狡黠地问："先说说看你肯出什么价？"等别人开出一个不错的价码后，她哈哈大笑着说："价钱还不坏，只可惜那个花匠上了点年纪，已经退休了。"

　　布莱恩看见紫荷，立即放下手中的工具迎了过来："紫荷，你回来得正好，来帮我试试这辆车。"他说着伸手拉开 Beetle 的车门，做了个请的手势。

　　"这是谁的车？好可爱呀！"她纤细的身体坐进小巧别致的车身里，合适得就像车是为她量身定做的。布莱恩将一把银色的钥匙递给她说："来，在门前这条路上开开看。"

　　紫荷连连摆手："不行不行，我连驾照都没有，只有 Learning Permit（准学证）。这到底是谁的车？我可不敢乱开。"肖逸陪着紫荷在夜深人静的时候到停车场练过几次车,可要让她真的开上路还是有点儿胆战心惊。

多瑞丝这时正好从屋里走出来,见紫荷正坐在车里就问:"怎么样紫荷,喜欢它吗?喜欢的话就跟布莱恩好好还还价。要是他不给你一个公道的好价钱,你只管来找我。"她微笑地看了两人一眼又转身进去了。

"布莱恩,这到底是怎么回事?"

"紫荷,多瑞丝看见你这阵子总在看星期天报纸上的旧车广告,她就对我说布莱恩你的生意来了。我以前没告诉过你,我和两个朋友在费城合伙拥有一个车行。除了一般修理和保养的活儿,我们常去拍卖会,用最便宜的价钱收些开不动的旧车回来翻新。这辆车是我专门为你选的。别看车型是20年前的,里里外外几乎都换过了。你放心,我装的发动机保证不会在半路上熄火抛锚。"

紫荷的心里一热,难得多瑞丝一家待她像自己的亲人一样。"谢谢你们这么关心我。可是这辆车卖给喜欢收藏的人更合适。我,怕是拿不出太多……"紫荷说。

"嗯,"布莱恩故作沉思状,"800块是个不小的数目,谁让你是我的中文老师呢,优惠一下就500吧。"

"500?你别开玩笑了!我对汽车再无知也知道那跟打劫差不多了。别忘了我研究过好几个月的旧车广告呢。"

"我知道你会这么说。看吧,我定价是有凭据的。这是车刚买回来时候的照片,只花了200块。这儿有一摞买新旧零件的收据,加起来差不多800。"

"那人工费呢?人工费应该是最贵的呀!"

"好吧,咱们就来个公平交易。我呢,翻新这辆车大概花了四十几个小时,你可以花同样的时间无偿教我中文怎么样?再说,翻新旧车对我来说就像成年人玩的乐高,是一种游戏。你真的不必太在意。"面对他坦诚的神情,紫荷觉得继续推辞下去倒成了对他一番好意的猜忌和曲解。

虽然肖逸时时提醒自己不要小心眼儿,美丽的女人容易被人关照是很自然的事儿,可是随着时间的推移,这个绿色贝雷帽却让他感到越来越不安起来。紫荷身后那辆光可鉴人、神气活现的Beetle(甲壳虫汽车)简直就像他派出的一个小妖,正双目圆睁、充满挑衅地看着他。"紫荷,你就这么接受了?你觉得合适吗?"

"可是肖逸,我确实是从布莱恩那儿买下来的呀,只不过他说是朋友,所以只肯收成本价……"

肖逸心里积攒了许久的不快一下子全涌了出来,语气也不自觉地尖刻起来:"朋友?他的朋友肯定多了去了,总不见得他给每个人都攒辆车开吧。再说了,你付的钱本来就是从他那儿来的。这么明显的居心叵测你真没看出来吗?这可不太像咱们凌紫荷同学的做派吧?你不是一向心明眼亮,最善于婉拒人于千里之外吗?我看这只能有一种解释……"

"行了肖逸,你别胡说八道了!"凌紫荷也怒了,"你这叫以小人之心度君子之腹,简直是过分,无聊!"

"哎,你怎么知道我是小人,他一定是君子?紫荷你为什么就不能再多给我一点儿时间?我说了要为你做的事就一定会做到,我需要的只是时间而已。"两人的争吵最终以紫荷的眼泪和肖逸心软投降而告终。可这是两人相识以来最激烈的一次吵架,无可避免地在他们心中留下了一抹阴影。

冬去春来,春归夏至。地球总是忠实地按照既定轨道,环绕着太阳周而复始、无止无休地旋转。相比之下,地球上芸芸众生的人生轨迹,却更像无序的布朗运动,无数次的随机碰撞不停地改变着他们前行的方向。

一大清早,肖逸夹在行色匆匆的人流里在世贸中心地铁站下了车。他偷偷地观察着身边这群衣冠楚楚的男女。他们一个个神情专注而漠然,仿佛自己才是宇宙的中心,其他的一切不过是背景噪声而已。这些就是所谓的华尔街精英吧?肖逸突然想起很久以前读过的卡夫卡的《变形记》。他自嘲地低头看了看身上的西装和领带,觉得自己是个正在朝着这个群体蜕变的异类,有点儿不尴不尬。

"肖逸,你怎么会在这儿?"一个久违了的声音唤醒了他。转脸一看,竟然是佟谣。莱瑞走了以后,肖逸还真的去找了佟谣。但是却发现她已经离开学校,连电话号码都换了。也不明白为什么,他和佟谣的见面常常是这样"邂逅"式的。几个月不见,佟谣像换了个人似的,以前浑不吝的疯丫头劲儿一点都看不出来了。一身看上去价值不菲的职业套装紧紧地裹住她玲珑的身材,脚下那双足有两寸高的

华尔街

钉跟鞋,自信地叩打着大理石地面,发出清脆的声响。

"嗬,是你啊佟谣,我差点没认出来。你说说你,毕业了连个招呼也没打就消失得无影无踪。我还以为哪天我一不小心把你得罪了,自个儿还蒙在鼓里呢。"

"不是不是,其实都是因为我自己。今年年初我打破了头才争到一个在华尔街实习的机会,谁知道开始的那几个月实在太黑暗了,我都快有点儿招架不住了。嗨,一言难尽。"她敏捷地打开身上的Coach(蔻奇)皮包,从若干夹层之一中抽出张名片塞进肖逸手里。她一边加快脚步往前走一边回头对肖逸说:"记住,周末一定要给我打电话啊。我得赶快先走了,去晚了老板不高兴。"她走出几步,又一次回过头打量了一下肖逸,突然小跑着回来在他耳边轻声说:"肖逸,别忘了你身上的这身衣服得换掉。国内带来的西装在系里讲讲seminar(研讨课)还行,但是在华尔街这种地方就不合适了。要想面试的时候给人留个好印象,就得下本儿投资。"说完她便急匆匆地消失在人流里。这丫头就是精灵古怪,她怎么知道我是来面试的? 肖逸心里暗想。佟谣的名片上印着TKI Investment Group Equity Capital Markets Associate(TKI投资集团证券资本市场助理)。

一个长得颇像美国甜心Meg Ryan(美国著名女影星梅格·莱恩)的女秘书带着职业性的微笑接待了肖逸。她示意肖逸跟她去进行面试的会议室。透过走廊一侧的玻璃幕墙,肖逸看见几个篮球场大小的敞开式办公区,另外有一间间独立的办公室散布在大办公区的周围。他从来没见过一个房间里能容纳这么多的电脑监视屏。桌面上挤满了,又用钢架向半空中纵向发展。所有的屏幕上各种颜色的数字、图表、曲线……频繁地跳动着、闪烁着、变化着,很像科幻片《星际航行》里的中央控制室。虽然玻璃墙隔音很好,但是从人们的表情和动作就能清楚地感到,这里有一种如同打了兴奋剂般的紧张激烈的氛围。

"Meg Ryan"把肖逸领进某个角落里的一间小会议室,客气地告诉他说,负责暑期培训计划的萨皮罗先生开完会就会过来,让他在此等候。她轻轻地带上门离开后,肖逸松了一口气,在椅子上坐下来。趁这会儿工夫正好可以定定神儿,把这段日子生吞活剥的那些金融业常用的数学模型和公式在脑子里过一遍。肖逸用他下盲棋的功夫在脑子里推导了一遍Black-Scholes(布莱克-索尔斯)方程,又自己给自己解释了一遍 Hull-White(豪尔-怀特)利率叉树。他抬头看看墙上的挂钟,已经十点多了,连个人影也没见着。从33层楼的窗子向下看,街道上的汽车像小甲虫一样忙忙碌碌地爬动着。屋子里静得出奇。

莱瑞临走前,帮肖逸递了一份暑假到他父亲的投资银行参加培训和实习的申请表。时隔两个多月,肖逸在昨天突然接到电话,通知他今天就过来面试。本想找张智勇当个内线参谋,好临阵磨磨枪,谁知那么不凑巧,张智勇全家到英国度假去了。

肖逸是个十分擅长用表面上的轻松来掩饰内心矛盾的人。但是每当他想起面对导师麦可斯维尔教授,试着为自己的选择作出解释的那一幕,他却无论如何轻松不起来了。那次谈话的难度,可以说远远超出了面试中回答各种技术问题的难度总和。老麦目光里流露出来的惊讶和失望,让肖逸不敢直视他的眼睛。当初为了办杰出人才绿卡,自己对导师曾经信誓旦旦过。虽然那时候他并没有去华尔街的想法,称不上是欺骗,可是他对自己的言行不一,仍然感到愧疚。老麦的学者风度一如既往,他心平气和地跟肖逸开玩笑说:"看来,我应该考虑把实验室搬到蒙大拿或者阿拉斯加去,远离这里的喧嚣和诱惑。我对每一个新进组的PhD(博士)学生都说过,自然科学之美就像隐藏在密林深处的精灵,想要发现她的人必须耐得住寂寞,还要有孩童一样纯粹的心灵和好奇的眼睛。可是在现代社会里,能保持这种心态的人越来越稀少了。"

"教授,对不起,我让你失望了。我现在如同处在一个棋局里,下一步有两种不同的走法。一种可以看清后面的好几步,另一种却并不清楚,风险大机会可能也大。我为自己选择了后一种。不过在棋成定局之前,我并不知道自己会怎样走下去,也许最终会殊途同归呢。"

老麦拿起棋盘上的皇后递给肖逸:"逸,你是我最喜欢也最器重的学生之一,我尊重你的个人选择。这枚棋子送你做个纪念吧。博弈论可以用在许多种模型设计上,但是你要记住,人生不是游戏,它不会慷慨地给你从头再来的机会,你不得不为自己所作的每一种选择承担后果。"

一直到了午饭时间,应该来面试他的萨皮罗先生也没有现身。肖逸出了会议室,沿着来时的走廊往外走,希望能找到那个秘书"Meg"(梅格)或是其他什么人打听一下。有几人步履匆匆地与他擦肩而过,谁也没有注意他。肖逸无果地逛了一圈,他不敢贸然闯入任何一扇门,只在自动售货机那儿买了一罐可乐和一包能量饼干,又回到了小会议室。难道他们把我给忘了?这也太不尊重人了吧?肖逸有些愤然。转念一想,也许萨皮罗真的是个大忙人,一直抽不开身呢?这种地方又会有几个人不忙呢?我今天还就跟你们较上劲儿,死等到底了。有什么呀,咱这代大陆留学生,打小就听过共产党员把牢底坐穿的故事。上大学的时候假期出去玩,为了省钱,二十几小时的火车买站票也过来了。更不要说裹着军大衣成宿地排队报考 TOEFL、GRE 了。咱有的是耐心!肖逸狠狠地咬了一口手中的能量饼干,从包里掏出一本关于证券期权风险控制的书,踏踏实实地读了起来。

下午五点多的时候终于有人敲门,只不过是拖着大垃圾桶来打扫卫生的黑人老大爷。

第二天上午,肖逸坚持让总机将电话直接转给萨皮罗,没想到他竟然真的接了。肖逸并没有质问昨天究竟是怎么一回事,只是尽量用平静的语气说他整整等了一天,想知道他是否能再改约一个时间进行面试。萨皮罗居然装作没事儿人似的,反问起肖逸来:"经过了昨天的事,你仍然决定给我打这个电话,还要另约时间面试,能告诉我是为什么吗?"

"萨皮罗先生,我连竞争的机会都还没得到,怎么会自动弃权呢?"肖逸的回答十分简短。

"好吧,"萨皮罗在电话另一端也十分干脆地说,"今天下午四点你来见我,告诉秘书直接把你带到我的办公室。"

初夏的夜晚,空气中弥漫着浓郁的金银花香。萤火虫的微光在草地上和树丛中星星点点地闪烁着。卡内基湖的岸边,肖逸和凌紫荷坐在船坞前的台阶上,看着一轮又大又圆的月亮越过地平线,慢慢地爬上湖对岸的树梢。"肖逸你看,今天的月亮怎么是红色的?我以前可从来没见过。"一丝不安掠过紫荷的心头,她不禁打了个冷战。"紫荷你冷吗?"肖逸轻轻地将她揽进怀里。那月亮的颜色的确蹊跷,是一种橘红和冷灰的调和色,虽然柔和但是显得黯淡。

"肖逸,我还是觉得你的决定太草率了。你为什么就不能先完成你的博士学位呢?那不是我们来美国的初衷吗?你看,因为江舟的事我已经转行学IT了,现在你又要半途而废,甚至连个好的理由都没有。"

"谁说我没有理由?你就是我的理由。"从肖逸的表情和语气里,紫荷很难猜得出他到底是认真的还是在调侃。有时候,他越是显得一本正经,其实是在开玩笑,而看似漫不经心冒出来的话,却可能是经过了一番深思熟虑的。

紫荷从他的臂弯里挣脱出来坐直了身子。她的俏脸即使阴云密布也依旧惹人怜惜。"我可不是你的理由,我也不想成为你的理由。你的决定作得这么快这么突然,你事先跟我商量了吗?你这个人呀,自命不凡、标新立异、我行我素,还倒打一耙拿我当借口。我可不给你这个机会!"

看着她气嘟嘟的样子,肖逸乐了:"声讨完了没有?没完的话我再帮你想两成语,什么一意孤行啊、急躁冒进啊……哎哟,我的中文水平正在逐年下降,一时想不起别的扣大帽子的词儿了。要不你兼职也当我的中文家教得了,我保证比那个Green Beret(绿色贝雷帽)学得还认真。"

紫荷忍不住又被他逗笑了。不过她很快收起笑容严肃地说:"肖逸,我跟你说正经的呢。如果华尔街真的有你所要追求的东西,我不会拦着你去实现你的梦想。可那绝对不是我所向往的生活,你明白吗?"

"OK,我知道了。"肖逸拉过紫荷在她脸颊上亲了一下,也不再多作解释。他对紫荷的爱从一开始就带着兄长式的包容和迁就。再说,为所爱的人去做一件事,本来就用不着高调发表什么宣言。对肖逸来说,紫荷知不知道他的用心,或者知道了是否能够理解都无所谓,男人在爱情中所享受的幸福更多源自给予。"紫荷,从下个星期开始我就得进'集中营'了,要一个月呢。我不在的时候你要照顾好自己。还有,别忘了想我啊。"

紫荷知道,那一个月的日子会很漫长。她把身体蜷缩成一团,紧紧地依偎在肖逸胸前,嘴上却说:"哼,那要看你是不是还顾得上想我了。我的心灵感应最强了,你想还是没想我都会知道!"

她的话音还没落,肖逸突然一把抱起她往停在不远处的汽车走,紫荷不由得惊叫起来:"肖逸你这是干吗呀?让别人看见了……"可是四周没有人,只有岸边草地上熟睡的野鸭从翅膀下伸出头来,嘎嘎地叫了两声。

面对肖逸突如其来的狂野,紫荷的身体一下子变得绵软无力。他沉重和急促的呼吸声让她觉得透不过气来。从他们相爱以来,肖逸一直克制着自己的欲望。他记得上大学的时候,有一次熄灯后郝天山给宿舍的哥们儿们讲了一件事儿,被他戏谑地称为最纯洁的带色笑话,大家为此津津乐道了好久。那时天山正和一个技术物理系的女孩儿约会。晚上女生楼熄灯锁门之前,两人在楼前的树下紧紧相拥,依依惜别。那女孩对郝天山说:"天山,把你裤兜里的那串钥匙拿走,硬硬的老是硌着我。"凌紫荷也是那个年代成长起来的乖女孩,除了时代和环境所造就的不可救药的天真外,她的身上又多了一种与生俱来的纯净,让与她相处的人不知不觉地有所收敛,变得温文尔雅起来。然而,就算肖逸时时提醒自己不可鲁莽,也难免会有情不自禁的时候。

"紫荷,我可信不过什么心灵感应,那玩意儿太玄,我得让你真真切切地知道我是怎么想你的。"说着,肖逸霸道地握住她的腰,轻轻向上一举,让她面对面骑坐在自己的腿上,又将两条有力的胳膊从她腋下穿过,紧紧地箍住她柔软的身子。他能清楚地感到有两团曼妙无比的东西挤压在自己的胸前。他双手捧住紫荷的头,对着她的嘴唇狠狠地吻下去。紫荷的身体战栗着,轻轻地扭动着,她的牙关咬得紧紧的。肖逸的舌尖固执地顶开她的两排银牙,狂热地去纠缠她的舌尖。渐渐地,他觉出紫荷的身体不再绷着劲儿。他松开她,拉起她的一只手在自己身上游走。当紫荷碰到那个毫不含蓄的部位的时候,她的手就像被烫着似的躲开了。"亲爱的,别怕。尽管用你的手、用你的身体来感应我对你的爱。我都快被它烧死了,你救救我吧。"肖逸在她耳边的喃喃私语唤醒了紫荷从未体验过的一种渴望。它不同于以前跟肖逸亲吻拥抱时那种甜蜜而温暖的感觉,而是一种交织着痛苦和幸福的期待感,并且强烈得让她自己都感到害怕。慌乱中,只听到"刺啦"一响,原来是紫荷的裙摆被不小心扯破了。她在黑暗中抽泣起来。肖逸这回慌了神儿,连忙搂住她,一边轻轻地替她擦眼泪一边万分内疚地说:"对不起,对不起紫荷。你是不是觉得我太粗鲁了,欺负你了?"紫荷依靠在他怀里连连摇头。她的睫毛低垂着不去看肖逸的眼睛,只是断断续续地说:"不是的……我,我也说不清。亲爱的,你还想吗?我觉得我可以了……"

肖逸将她扶起来,小心地替她整理好被弄乱了的衣裙,温柔而坚决地说:"我当然想,我无时无刻不在想!可是我总得先给我的小仙女一个家呀,然后咱们才能 happily ever after(幸福永远)。"

紫荷说:"薇薇安不是说过,即使童话的结尾也不总是 happily ever after 吗?"

肖逸轻轻吻着她的额头答道:"放心吧,会的!Because you deserve it.(因为你理当应得)"

和肖逸匆忙离开校园相比,鲁江舟的举动更加出人意料。获得有机化学博士学位后,他又选择了继续读医科。他要去的是美国有名的杰斐逊医学院,这个夏天他和姐姐鲁江华就要把家搬到费城去。江舟的朋友多,生病期间又得到过很多人的帮助,所以他把大家叫来烧烤聚餐,权当是告别。

肖逸没能来让江舟遗憾了半天。他告诉紫荷,他本来不知道肖逸的事儿,刚才见到天山才听说。江舟说肖逸的主意大、心思深,他这样做一定有他的道理,旁人用不着太为他操心。好在新泽西和费城比邻,以后还是能常常见面的。

吃饭的时候,天山举着一根水灵灵、脆生生、顶花带刺的中国黄瓜猛啃。"我说江华姐,你种的这中国黄瓜太地道了!我小时候住在北京我姥姥家,一到夏天什么拍黄瓜、炝黄瓜、黄瓜蘸酱……百吃不厌。打从到了美国就没再尝过这一口儿!今儿总算是解馋了。就冲这黄瓜,要不我也跟着你们搬到费城去得了。"

鲁江华乐得合不拢嘴:"哎哟,那倒敢情好咧!嫩(你)多咱想吃了就上俺家玩七(去)哈。俺就喜欢有银(人)和俺拉呱!"在美国待了这一阵子,江华大姐的气色看上去好了很多,本来就外向的她越发显得活跃了。

"哎,江华姐,你们家江舟怎么读书读上瘾了?念医学院时间又长又辛苦,他的身体受得了吗?"天山关心地问。

"俺也木(没)办法。舟儿说他的命是捡来的,寻思赶明儿奏(做)个大夫好帮助别人。俺不懂那奏(做)学问的事,啥博士啊大夫啊都好来!俺在这看着按时候吃月(药)、吃饭。啥时候舟儿娶了媳妇俺才回七(去)。"

149

这时候天山看见紫荷和江舟走过来,又扭头对着紫荷打趣道:"紫荷,你也快该毕业找工作了吧?看你和肖逸那架势,恨不得省略小康直接奔资本主义腐败阶段去了。江舟你看见紫荷开的车没有?你说肖逸啊,华尔街的门槛才探进一脚尖儿,就给紫荷买了一辆小敞篷。那以后还得了?肯定跟咱们不是一个阶级的。"

凌紫荷有些不好意思,她现在才意识到,肖逸当初为什么那么不情愿她从布莱恩手里买下这辆车,是有点太扎眼了。只怪自己不懂车,把事情想得过于简单了。其实车和衣着一样,在很大程度上影响着外界对一个人的判断,尽管有时正确有时歪曲。她只好含糊地把话题岔开:"嗨,其实那辆翻新的旧车并不贵。我们碰巧认识一个朋友帮了点儿忙。对了,天山,我前两天刚跟陈晓歌通过电话。她的小会计师事务所挺红火的,她和国梁生活得不错,还问你们好呢。"

"是啊,大家都挺日新月异的,这绝对是好事儿!等我肖哥回来,我得跟他好好叙叙,学学人家那魄力。"

紫荷笑道:"肖哥?什么时候变成肖哥了?我以前怎么没听你这么叫过他。"

"不懂了吧?那叫尊称,咱北京人就兴这么叫,尊敬里又透着股子亲热劲儿。"

凌紫荷从Party回到家里的时候,多瑞丝正在客厅里打电话,她的神色显得有点焦急。等她放下电话,紫荷关心地问:"多瑞丝,一切都还好吗?"看见紫荷,多瑞丝突然眼睛一亮,豁然开朗地说:"对呀,我刚才怎么没想起来呢?紫荷,要是你能代替辛迪去,那问题就全解决了。"

多瑞丝告诉紫荷,明天在纽约有个一年一度的铁人三项拉力赛。这可不只是个吸引了几千人参与的体育比赛,这个活动每年都为一个救助儿童白血病的基金会募集到不少资金呢。刚开始的时候,因为辛迪一个好朋友的丈夫参加比赛,她就跟着好朋友一起去做志愿者兼拉拉队。后来,辛迪几乎让全家都参与进来了。特种兵出身的布莱恩很快就成了非专业优秀选手组的主力。辛迪的丈夫参加了水上救生队,负责游泳比赛的安全。就连多瑞丝和珍妮两个老太太,也在沿途的水站给运动员送水。今年辛迪依旧早早报名为比赛当志愿者,她被分在游泳和自行车比赛之间的过渡区。为了保证比赛能有条不紊地顺利进行,那里的工作人员责任重大。可是偏偏那么不凑巧,小麦克这两天感染了肠胃型流感病毒,上吐下泻又哭又闹的,辛迪根本就走不开。想临时抓个能在早上五点就赶到现场替代她的人又谈何容易,所以她们正为这事儿犯愁。

紫荷一听到儿童白血病这几个字,立刻有种义不容辞的感觉。鲁江舟病危时候的情景仍然历历在目,有时甚至把她从噩梦中吓醒。她简直不敢去想,那些幼小的孩子,鲜活的生命才刚刚开始,就被病魔禁锢在医院苍白的被单下面,他们和死神的较量将会多么残酷啊。能为他们做点儿什么,哪怕再微不足道,对紫荷来说都是一种安慰。

"没问题,我一定去。我这就给辛迪打电话问问具体事项。"

多瑞丝亲了一下紫荷的脸高兴地说:"那太好了!我就说嘛,你现在就像这个家里的一员,这样的家庭活动我早应该邀请你参加了。对了,你别忘了收拾一下东西。我在曼哈顿订好了旅馆,晚上布莱恩会开车带我们过去。这样我们在明早四点以前还能睡上几小时。"

曼哈顿?紫荷的心跳加快了。肖逸去了被他称之为集中营的训练班已经快两个星期了。这期间他只匆匆忙忙来过一次电话。肖逸,你现在会在哪儿呢?是不是就在曼哈顿呢?

银杏的秘密

7

The Truth Behind the Ginkgo Tree

多少年没这么早出过门了。晨曦微露的时候,紫荷发现原来周围的一切竟显得这么安详,这么有魅力。抬头望去,宝石蓝的天空上缀着点点繁星和一弯新月,可是东方的地平线处却已经开始放亮。那个方向的天际每秒钟都在变幻着色彩:从淡淡的鱼肚白到浅紫、橙黄和玫红。在这种背景的映衬下,就连废弃工厂的厂房和烟囱都变成了画家笔下的风景。纽约在这个时候是极其可爱的。没有白天的忙乱喧嚣,也没有深夜的灯红酒绿。刚刚醒来的小鸟还没离巢,在夏日茂密的枝叶间唧唧喳喳地叫着。旅馆楼下的小面包房里,一阵阵新出炉面包的香气那么诱人。拂面的清风夹带着些许凉意和哈德逊河上薄雾的气息吹了过来。虽然还不到五点钟,紫荷所有的感官都清醒了,她尽情地感受着这个新鲜美好的早晨。

乘电梯下了楼,布莱恩已经叫好了一辆出租车,在旅馆的大门外等候她们。出租车司机是个快活的黑人小伙子,一看见紫荷和多瑞丝,便热情地为她们打开车门,并且特意对紫荷用发音不错的中文说了一句"早晨好!"紫荷看了一眼正在旁边整理东西的布莱恩,微笑着问道:"布莱恩,是不是你刚刚教给他的?这么快你就从学生变老师啦?"

"没有啊。紫荷你不了解,纽约的出租司机都很厉害。你可以对他们讲任何语言,他们总有办法弄明白。"说着他转过头去和司机交谈了几句让紫荷一点儿都听不懂的话,只见两人又击掌又握手地显得十分热烈。多瑞丝小声地告诉紫荷,他们在讲西班牙语,小伙子祝布莱恩今天的比赛好运。

出租车路过一家曼哈顿 Bagel(硬面圈)店的时候,布莱恩让司机开过不下车服务的窗口,买了三杯热气腾腾、香气四溢的咖啡和两份早餐。他将其中一杯咖啡递给开出租的黑人,剩下的两杯咖啡和两份早餐递给坐在后座的多瑞丝和凌紫荷。

"布莱恩,那你自己呢?一会儿的比赛那么艰苦,你不吃早饭怎么行?"紫荷关心地把手里的纸袋又递给布莱恩。

"我有秘密武器!"布莱恩从脚下的双肩背包里掏出几瓶运动饮料和一些高能量饼干给紫荷看,"虽然我平时离不开咖啡,可是比赛前不能喝。咖啡因会让身体容易脱水。紫荷你赶快吃吧,不然一会儿到了河边你会觉得冷的。"

清晨的哈德逊河畔果然清冷，风也硬了许多。一想起布莱恩他们这些参赛的运动员，一会儿就要跃身冰冷的河水中，紫荷自己先打了个寒战。她一边和别的志愿者一起查对参赛自行车的号码标记是否正确，车和架子上的数字是否一致，一边暗中竖起耳朵听着游泳比赛的发令枪声。紫荷很久以前就听说过铁人三项赛。她知道，寻常人根本无法承受那种对耐力极限的严酷挑战。可就算她有心理准备，昨天听布莱恩讲他们的比赛规则时，她还是大吃一惊。1.5公里游泳，40公里自行车，10公里马拉松，一项紧接着一项。难道这些人真是铁打钢铸的吗？布莱恩却说其实跟真正的铁人三项比起来，他们要完成的距离只是世界级超长赛的四分之一。紫荷看见标着652号的红色赛车，她知道那是布莱恩的号码。她用心地把车子前面放的头盔和运动鞋摆正。

随着人群的骚动，紫荷的心也怦怦地剧烈跳动起来。她跟着中转站的其他人跑到岸边向河里眺望，远远地能看见一些彩色的小点正往这边移动。布莱恩的组应该戴的是橙色泳帽。近了，又近了一点。不远处的亲友团拼命鼓掌，大喊着为他们的英雄助威。紫荷看见，有两个橙色泳帽混在一组领先的戴红色泳帽的职业运动员组中。她睁大了眼睛拼命看。从小到大，还没有哪一场体育比赛让她这么紧张过。

快接近游泳终点的时候，两顶橙色泳帽中的一个突然加速，把另一个越甩越远。他和两个戴红色泳帽的职业运动员几乎同时登上岸来。真的是布莱恩！人群沸腾了。紫荷兴奋地拼命鼓掌。当布莱恩光着脚往中转站这边跑过来的时候，紫荷将双手在嘴边拢成一个小喇叭状，用尽全身的力气对着他高喊："布莱恩，加油啊！"

布莱恩的紧身滑水衣还在往下滴水，他强健的胸膛因为高强度的运动剧烈地起伏着。显然，他在人声鼎沸中听到了紫荷用中文喊出的加油声。他一边喘气，一边开心地笑了，露出两排好看的白牙。跑过紫荷面前的时候，他还顾得上将右手举到齐眉的地方轻轻一挥，行了个帅气的致敬礼。站在紫荷周围的人不由得纷纷回头看她。一个年轻的美国女孩无比神往地问紫荷："他是你的男朋友吗？你真是太幸运啦！"紫荷觉得自己脸上在发烧，她没有回答，只是拼命地跟着大家一起鼓掌。

同样是在这个阳光明媚的早晨,在离比赛地点不算远的曼哈顿上城,太阳像个喜欢恶作剧的顽童,千方百计地钻过厚窗帘之间的缝隙,溜进佟谣的小公寓,不偏不倚正好照在她熟睡的脸上。佟谣被强烈的光线晃醒了,她不耐烦地嘟囔着翻了个身,抓起一个枕头盖在头上,想再睡一会儿。自从进了华尔街的 TKI 投资银行,本来就是 social butterfly(社交蝴蝶——形容善社交的女子)的她,好像一个正做着明星梦的默默无闻的女孩,突然间被带上一个布景华丽的舞台。聚光灯闪烁,大幕徐徐拉开,剩下的只看她怎么施展了。

昨晚跟公司里一帮年轻的 banker(银行家)狂欢到后半夜,到后来那一帮人里只剩下她一个女的。几个喝高了的 trader(交易员)轮流给她买鸡尾酒:什么蓝色夏威夷、好莱坞、黑俄罗斯……她已经记不清自己到底尝了多少种,只知道刚开始的时候,品尝那些色泽诱人、混合着各种果汁和香槟味道的液体还是一种享受,可是到后来,却成了机械式的应付,最后简直快成了折磨。不过佟谣觉得被一群男人,特别是一群挥金如土的青年"财"俊众星捧月,是一种享受。虽然当时醉得够呛,佟谣还是依稀记得一个叫维克多的乌克兰帅哥,要了一杯马提尼,渗透了伏特加的泡沫状白巧克力高高地堆成圆锥体,顶端恰到好处的地方有一粒鲜艳欲滴的红樱桃。佟谣刚要伸手去接,维克多暧昧地盯着她,缩回手来说:"嗯,这可是给我自己要的。想知道为什么吗?这种酒的名字叫 Angel's tit!(天使的乳头)"说着他故意伸出舌头,当着佟谣的面津津有味地去舔那颗樱桃,引来一阵哄笑。

半睡半醒之间,她舒适地回味着昨晚放纵所带来的快感。这时,隔壁公寓的小男孩又开始练吹号了。这里的小学三年级开免费的弦乐课,四年级开管乐课。既然不要钱,一个老师赶羊似的哄着一二十个学生,那效果可想而知。美国的老师和家长多为鼓励式教育。但凡小孩子能鼓捣出个调调来,赞扬之声肯定不绝于耳。这不,小男孩连《欢乐颂》主题的几个单音符都还没弄准,就雄赳赳地站在自家的阳台上"小喇叭开始广播啦"。

"小兔崽子！还 Ode to joy(欢乐颂)呢。把自己的欢乐建立在别人的痛苦之上。这家家长肯定是别有用心,自己受不了这聒噪,才把孩子哄到阳台上去折磨别人的神经。"佟谣骂骂咧咧地从床上爬起来冲进浴室。

佟谣不喜欢像这样慵懒的周末,除了能睡个好觉以外,日程表上寂寞的空白只会让她感到没着没落。自从莱瑞出现在她的生活里,她应酬归应酬,交际归交际,但是再没有过双宿双栖的男朋友。她从塞得满满的衣橱里拣出一件 Juicy Couture 的清凉背心裙套上。做学生的时候,每次逛第五大道,佟谣都在 Juicy Couture 旗舰店的橱窗前逗留半天。这个牌子的风格在毫不张扬的贵气中隐约可现都市的颓废,难怪吸引了不少明星客户。今非昔比的佟谣从 window shopping(橱窗购物)早已升级为 mood shopping(心情购物)。跟别人不同的是,她在曼哈顿的小公寓里越是堆满了原封未动的大包小包,越是她百无聊赖的时候。不过佟谣毕竟是学 MBA 出身的,她可不会白白浪费物力财力,过些日子再原封不动地退掉就是了。美国的商店都是好买好退,出出进进权当给佟谣这号顾客提供免费心理治疗了。

隔壁的小男孩今天不知搭错了哪根神经,就那么几首 silly(傻)的 baby songs(儿童歌曲)吹了一遍又一遍。过去常有人说她的名字特好听,看来童谣也未见得都美好。佟谣赌气似的把光碟放得山响,"Party band"(派对乐队)Loverboy(情人男孩)的激情摇滚能把每一天都变得像狂欢节一样。

最后一拨下水的参赛者终于顺利地完成游泳比赛,转入了自行车赛。紫荷他们的任务完成了,便急急忙忙地赶往中央公园的 10 公里赛跑终点。这里已是人头攒动,除了亲友团的,还有周末来中央公园的游人们,也纷纷聚集到这里观战。紫荷好不容易才找到珍妮和多瑞丝,两个老太太正在神情激动地交谈着什么。紫荷上前一问才知道,原来快到自行车比赛终点的时候,布莱恩出了点小意外。

从她俩的描述中,紫荷大致明白了事情的经过。自行车比赛的终点是一个不很宽的充气拱门。本来,40 公里的自行车比赛布莱恩一直领先。他像一只率领人字形雁阵的头雁,以最后冲刺的速度飞快地冲向终点线。这个时候,凭借着他本

中央公园

能的对周围环境的观察力,他瞟见挤在拱门左前方的人群里面,伸出一个黑糊糊的超长超大的照相机镜头。不知是哪个痴迷的摄影师为了抢到那瞬间的好镜头,不管不顾地把大镜头侵入了安全线。要是哪个靠左骑的选手浑然不知地以这么高的速度刮带过去,那后果一定不堪设想。说时迟那时快,布莱恩改变了原来对着的正前方的行驶方向,拼命加速向左前方插过去。他一边抬起左手对那个照相的人作出后退的手势,一边大喊:"Back off! Back off!"(后退)可是这一切都发生得实在太快了,还没等那摄影师完全反应过来,布莱恩的左前臂已经蹭上了镜头的硬塑料保护罩,顿时鲜血直流。于此同时,本来在他后面的几名选手嗖嗖地越过终点,抢在了他的前面。多瑞丝和珍妮她们的水站正好就在自行车和马拉松交接的地方,所以清清楚楚地看见了这一幕。现场的急救护士赶过来为布莱恩进行了简单的止血和包扎,她要布莱恩跟她去医疗救护帐篷那儿仔细地检查一下,看看是不是需要缝针。珍妮和多瑞丝也担心地劝他终止比赛。布莱恩只从珍妮手里接过一杯运动饮料仰头一饮而尽,又抄起一瓶冰水从自己的头顶浇下,就急匆匆地加入了10公里马拉松的队伍。不过他没有忘记回过头来,对着两个忧心忡忡的老人做了一个OK的手势。

紫荷听得直替布莱恩揪心。这样艰苦的比赛,哪怕是身体处在最佳状态的时候都是个严酷的考验,更不要说带着伤痛了。她焦急地向选手们跑过来的方向张望,希望能找到布莱恩的身影。

佟谣在第五大道的几家商店里退掉了她不想留的两条裙子和一只新款提包。她并不急着回家,见天气不错,她决定到不远处的中央公园去走走。到了那儿才发现中央公园真热闹。铁人三项拉力赛?佟谣庆幸自己今天踩对点儿了,要知道这可是力量型帅哥云集的场合,就等着一会儿大饱眼福吧。

时间过得真慢,越升越高的太阳开始变得热辣辣的,终于有几个专业运动员组的选手跑到了终点。看着他们跑最后百米时那痛苦的表情,紫荷想,这些人一定生来就与众不同。挑战、突破、再挑战、再突破……这种对自我极限的超越,简直就是一种折磨,也可能有折磨才会有超越之后的那种成就感吧。

又有一组选手跑近了,其中的一个左胳膊上有一圈白晃晃的东西在阳光下十分耀眼。"看啊,那是不是布莱恩?"紫荷连忙叫珍妮和多瑞丝看。"应该没错,他的胳膊上缠了绷带。"珍妮很肯定地说。

布莱恩看上去真的像 beaten up(快垮了),他大汗淋漓,费力地保持着呼吸和脚下的节奏。

"布莱恩,加油啊!坚持住,你就要到了!"也不管他是不是听得见,紫荷只顾大声对着他喊,好像这样真能助他一臂之力似的。离终点只剩100米的时候,布莱恩突然加速了,他越跑越快,甩下另外几个人,脚步踉跄地领先冲过了终点。一过终点,他好像再也迈不开腿了,两只手撑在膝盖上,高大的身躯向前弯着大口喘气。"不能这么快停下来!紫荷,你快过去扶他走走。"多瑞丝很有经验地吩咐道。

"Oh, shoot……"(骂人话)紫荷走近的时候,听见布莱恩正在小声诅咒,可能是难受到了极点吧。"来,布莱恩,咱们慢慢走走你可能会好受一点儿。你们这些人真了不起!"紫荷由衷的钦佩让布莱恩有些不好意思。他用手撸了一下短短的平头,憨笑着说:"其实我们这些人都是傻子。每年这个时候我都会发誓,就算是上帝也别想让我再干一回。可是每次发完誓,要不了一星期我又开始训练了。你说傻不傻?"

紫荷小心翼翼地托住他的右前臂,好替他一瘸一拐的腿分担一部分重量。他粗壮有力的胳膊和她纤细的双手形成了有趣的对比。布莱恩感激地看着她说:"紫荷,你知道吗?最后的那段路可真痛苦,我甚至有个念头干脆让自己摔一跤,那样就能躺在地上休息了。后来我听见你在不停地对我喊加油。从那一刻起,我就把自己想象成一部赛车,加满了油,不管不顾地一个劲往前冲。'加油',这中国话真的很形象、很奇妙。"

正说着话,一个扛着三脚架和专业相机的人挤到他们跟前。看着布莱恩左臂上渗血的纱布,他羞愧难当地对他们说:"我叫马克·凯西伍德。我就是那个疯子摄影记者,刚才碰伤了你,实在对不起。我一直在注意你,如果不是因为那个意外,你肯定会得冠军的。"紫荷本以为布莱恩看见这家伙会生气地教训他一番,没想到他竟哈哈地笑起来。他伸出手去和马克一边握手一边爽朗地说道："疯子摄影记者？糟糕，看来我没法儿责备你了，谁让我自己也是个'疯子'记者呢。"两人似乎一见如故，互相留下了联络电话。临分手时马克说："让我为你们全家合个影吧，也算将功补过一下。"镜头前身高肩阔的布莱恩两臂一伸，笑容灿烂地将珍妮、多瑞丝和紫荷的肩膀一齐搂住。他们不知道，对面的人群里有一双眼睛一直在悄悄地注视着这一幕。

一开始，引起佟谣注意的是高大帅气的布莱恩。接着，布莱恩身边又出现了一个似曾相识的东方女孩。佟谣一边盯着她看，一边在记忆里紧张地搜索着。哈，她不是肖逸一直守口如瓶的那个神秘女友吗？虽然上回只在莱瑞的生日聚会上见过一次，可是佟谣知道自己绝对没有认错，因为她还曾经为之耿耿于怀了好半天呢。她四处看看，没见肖逸的影子。这事儿可就有点儿怪了。

比赛全部结束后，跟着举行了发奖仪式和庆典，整个中央公园沉浸在节日一般的气氛里。布莱恩最终得了他那个组的第三名。不过他赢得了那天发奖仪式上最长、最热烈的掌声和欢呼。

因为惦记着小麦克的病，珍妮和麦克的爸爸急急忙忙地要赶回宾州。多瑞丝也跟着他们的车先回去了，临走前她嘱咐布莱恩一定要把紫荷安全送到家。

别看紫荷到美国快三年了，像这么热闹的场面她还很少见过。她在每个乐队前都要驻足一会儿，兴致勃勃地欣赏着那些风格迥异的音乐。最让她开心的是一个叫 Old Daddy（老爹）的乐队。那是几个胖老头，穿着英国皇家卫队式样的红色制服，用萨克斯、小号和手风琴这样的老式配器来演奏经典老歌。他们的白胡子跟着欢快旋律一齐跳动，极富感染力。

不知不觉地，他们走到了公园里画家聚集的一角。紫荷的心里一动。看见两个像是中国大陆来的画家，她上前问道："请问你们认识一个叫燕然的北京画家吗？"那个年纪稍大的点点头答道："是有个叫燕然的。我看过他画的故城系列，很不错的。不过他不太跟人讲话，最近有一段时间没来了。"

"故城系列？"紫荷心中的预感似乎被证实了。她急切地问道，"你说的那个燕然是不是五十多岁，瘦瘦高高的？"

"是啊,你认识他?"

年轻的画家在一旁说:"对了,我今天早上路过西百老汇街的艺莱·克兰画廊,这两天正好有个北京画家的个人画展,好像就是燕然的,但是我不太肯定。这位小姐,你要有兴趣的话可以来看看我画的江南水乡。我在国内可是得过奖的……"

"谢谢了!今天我有点儿急事先走了。下次有机会我一定来看。"紫荷说罢急急地转身离开了。布莱恩跟在她旁边好奇地问道:"紫荷?我不是都能听懂,可是你们好像在说一个人,一个画家对不对?是不是关于你的父亲?如果我不该问的话你可以不必回答我。"

紫荷看了布莱恩一眼,他一脸的诚恳和关切。既然什么都瞒不过他训练有素的眼睛,还不如听听他作为一个旁观者的看法。紫荷叹了一口气,简单地把事情给布莱恩讲述了一遍。

布莱恩认真地听完了,他说:"我们现在就去那家画廊好不好?"紫荷一听连连摇头。"紫荷,事情是不会因为你逃避而自行解决的。我知道你心里其实想去,可又怕真的见了你父亲不知说什么好。这样吧,一会儿到了那里我先替你进去,收集了情报出来告诉你,你再作决定好不好?"

"布莱恩,你是不是太怀念你当 Green Beret 的日子了?一有机会你就自告奋勇地跑去当侦察兵?"

"是吗?我有后遗症吗?"布莱恩又习惯性地撸了撸他的平头,显得有点不好意思,"你刚才说的自告奋勇是什么意思?"

今天是凌澜轩在美国首次个人画展的开幕式。画展的主题叫《银杏》。一进展厅,迎门最醒目的地方挂着那张用来为整个画展命名的油画:《银杏》。画面上是一株巨大的古银杏树,茂密的树冠在秋日的斜阳里将整幅画的基调染成一片金黄。树下一个扎着两个刷子辫的小姑娘,正蹲在地上去拾一片金蝴蝶般的银杏叶。背景是一段青灰色的古城墙,静静地沐浴在温暖的夕照里。

"刚才有位女士问我,是怎么选定用银杏来做画展主题的。我告诉她,其实给了我灵感的正是纽约曼哈顿。"面对参加开幕式的来宾,凌澜轩缓缓地说道,"三年前一个秋天的下午,我漫无目的地在曼哈顿下城的 Battery Park(纽约的一个水边公园)散步。风从哈德逊河上吹来,一片片银杏叶像轻盈的金丝雀一样,纷纷离开树枝在风中旋转起舞。我觉得它们是从我记忆深处飘出的,来自我遥远故乡的精灵。"他诗意的讲述让全场鸦雀无声。

"我生长的城市里有许多银杏树。老人们说,那些寺庙旁的古树已经生长了上千年。没有人知道它们到底是凭借着什么力量,经历了两亿多年的沧桑巨变一直生存到今天。有人将它们从原生地亚洲带到世界的其他地方,它们凭着顽强的生命力,在新的土地上又繁衍生息下来。有个日本朋友曾经告诉我,当年广岛原子弹爆炸以后,整个城市都成为一片焦土,可是银杏树却活了下来,它们是树木中唯一的幸存者。"凌澜轩看着面前那一双双专注的眼睛,他恍惚又见到一对清澈的明眸,双瞳如深邃的潭水,眼白带着淡淡的蓝色,有如婴儿般的纯净……他自己正站在一棵古银杏树下的石磨盘上,给五七干校的新学员们朗读中央文件。那双美丽的眼睛自始至终静静地注视着他。凌澜轩的脑子里忽然变得一片空白,他甚至不记得自己这是在哪儿,在说些什么。

就这样静默了几十秒钟,站在一旁的杨丽清带头鼓起掌来。人们于是也跟着她鼓掌,随后便散开欣赏画作去了。杨丽清担心地走到凌澜轩身旁问:"澜轩,你又不舒服了吗?"凌澜轩仍然有些迷惑,他费了很大劲儿才把自己的思绪拉回到现实中来。这样的情况已经发生过好几次。杨丽清扶住他说:"澜轩,我送你回家休息去吧,这里反正有画廊的人照应着。"

这时,凌紫荷正在一家小小的古董书店里,心不在焉地浏览着各种旧版书籍。她不时抬眼去看马路对面的艺莱·克兰画廊。终于,她看见布莱恩从里面出来,于是急忙出了书店迎上去。

"紫荷,太奇妙了!你一定得进去看看。你爸爸是个真正的艺术家,他的作品都像有生命的一样。"布莱恩的语气显得很兴奋。

"那你看见他了吗?"紫荷心想,他怎么把正事儿给忘了?不免有些着急。

"噢,没有,画廊的人说他已经离开了。咱们快进去吧。"

给了我灵感的
正是纽约曼哈顿

紫荷第一眼看到迎门的那幅油画《银杏》,她的眼睛就湿润了。外人也许不体会,但是她知道。在北京的家里有一张她儿时的黑白照片,扎着两个小刷子辫,圆乎乎的小手抓着一片小扇子样的银杏叶……布莱恩急切地拉着紫荷往里走,将她带到一幅巨大的肖像画前。画上的女人极美,身着一条简洁的白色连衣裙,静静地坐在一架摆放在窗前的钢琴旁边。透过窗子,可以看见外面银杏树的枝条,一簇簇扇形的叶片间结着小小的圆粒果实。

"紫荷,你不觉得你很像她吗?从样子到神情都像,只是年代不同而已。"布莱恩对她小声耳语道。

紫荷没有回答,她为画中人物那略带忧郁的美而感到震惊。她的视线从画中人那一双会倾诉的眼睛游移到她的衣裙,最后停留在她左襟别的一枚胸针上。那是一片金色的银杏叶,设计师以旋转的圆弧线打破对称,使整个造型显得更加灵动飘逸。她有一枚一模一样的胸针,是上大学那年妈妈拿出来给她的。妈妈只对她说这枚胸针是家里几代传下来的,十分宝贵,所以紫荷一般不舍得拿出来戴。

这时候,另外几个正在欣赏这幅画的人似乎也发现了什么,他们几次好奇地转过脸来看紫荷。

"紫荷你真的不知道画上的人是谁吗?"布莱恩还是不甘心,"她一定是对你父亲非常重要的人。你看,这里好几幅别的画里也有她的影子。"

紫荷轻轻地摇了摇头:"不,我真的不知道。"三年前在樱桃山父亲家里过感恩节的时候,她也对频频出现在父亲画中的白衣女子好奇过。只可惜还没来得及找到答案,她和父亲之间的关系就破裂了。

这张肖像画有个伤感的标题,叫《那些逝去的日子》。

回去的路上,紫荷的心里很乱。布莱恩关掉车里的音响,好让她静一静。"紫荷,愿意聊聊吗?"像大多数教养良好的美国人一样,他谈话的时候最喜欢用征询的语气。"你说吧,布莱恩,我听着呢。"布莱恩是个健谈的人,又对很多事情都充满了好奇心。他们的中文课经常是上着上着,就改成谈天说地了。

"这件事你可不许告诉别人,我在宾大选的第一门新闻报道课只得了个 C。"见紫荷惊讶的样子,布莱恩笑起来,"跟你开玩笑呢。我才不在乎你告诉谁,那是我上过的最好的一门课。"紫荷也笑起来:"看你又是翻新旧车,又是铁人三项的,那么不安分,考试偶然得个 C 也不奇怪。"

"其实呀,那恰恰是我最用功的一次。那篇作为期末考试的实习报道我写了快一个月,自己非常得意,可是教授只给了我一个 C。他对我说,干新闻这一行,你一定要清楚自己的角色。记者要做的是客观真实的报道,你不是评论员,如果你把太多主观的个人见解掺杂进来,那就影响了新闻的客观性和中立性。"紫荷听了若有所思地点点头。布莱恩接着说,"紫荷,这个道理看似简单,但是在生活里,我们常常急于充当评论员,却不愿对那些被我们评论的人或事先做一个详尽客观的报道,对吗?"

布莱恩轻轻松松说出的那些话,给了紫荷很大的震动。是啊,父母亲那一代经历了那么多,自己又了解多少呢?如果连真相都还没搞清楚,自己又有什么权利对父亲抱有如此深的怨恨呢。夜晚躺在床上,紫荷拿出那封寄自樱桃山的、自己一直没有拆开的信。她小心地展开信纸,那熟悉的笔迹像曾经父亲看她的眼神一般慈祥。

小荷:

真的不敢相信又是感恩节了,可是今年的感恩节和去年是多么的不同。我把你房间里的台灯开了一夜,这样灯光从门缝里透出来,让我觉得你就在里面,像去年的这个时候一样。"

紫荷的视线模糊了。她擦了擦眼泪继续读下去:

你这孩子真犟。你这一年到底是怎么过来的?公寓退掉了,我留给你的信用卡你动也没动。你这样苦自己其实是在惩罚我这个做父亲的。这也正是我所担心的。爸爸是个罪人,我理应受到惩罚。可是我一次又一次地发现,本该由我来承受的磨难,却被命运转嫁到我所亲爱的女人们身上,甚至包括你,我最珍爱的女儿。一想到这些,我就没有勇气来找你。我想也许远离你的生活是对你的一种保护,也是我现在唯一能为你做的了。

　　杨阿姨是个好人,你不要记恨她。凡事总有因果,原谅爸爸还不能给你一个合理的解释,因为我必须信守我的诺言。

　　小荷,你是个单纯善良的孩子。我希望你的生活永远像一张色彩明快的水彩画。我不会让自己这朵铅灰色的阴云去破坏你明净的蓝天。如果你读到信后还是不来找爸爸,我会尊重你的选择,远离你的生活。可是我心里永远都会存有一线希望:也许有一天你会想起老爸,想回来看看。我盼望着,有一天我走进家门,你房间里的灯真的亮着。

　　爸爸,你到底守着些什么折磨人的秘密呀?我这么长时间没跟你联系,你一定以为我想狠心把你从我的生活中抹掉。其实我又何曾真正忘记过你?只是女儿从小被你们保护得太好了,当生活变得越来越复杂的时候,我还没学会应该怎样去勇敢地面对。在疲倦和痛苦中,凌紫荷沉沉睡去,手里还捏着那一页薄薄的信纸。

　　皮特卢格斯是曼哈顿一家高档餐厅,一般的客人需要提前一个月预订座位。可是华尔街的 VIP 们不管什么时候来都是座上宾。今天算是"暑期集中营"的闭幕式。公司派几个老资格的 trader 在皮特卢格斯款待肖逸和另外五个硕果仅存的、被留用的幸运儿。一道道让人眼花缭乱的美食被端上来,有的碰都没碰就撤了下去。其实菜肴还不算什么,一只浇了黑松露汁的龙虾尾也不过一百多块。坐在肖逸旁边的一个 trader 点了一瓶 1983 年的 Margaux(马高科斯)葡萄酒。肖逸瞟见酒单上写的好像是 200 块,后来才知道自己少数了一个零。仅那一瓶酒的价钱够自己在学校生活好几个月了。这一顿饭的账单达到了五位数,肖逸这辈子还没见过这么拿钱不当钱的。几个 trader(交易员)迈着千元美酒换来的踉跄醉步,一边费劲地找下楼的台阶,一边不忘为新人指点江山:"Kids(小孩们),欢迎你们成为华尔街人!今晚的这些都不值一提。不出十年,你们挣的钱将会比你们的父母,还有你们的朋友一辈子挣的都多!"肖逸也喝了很多的酒,他现在最想要做的就是随便找一张床倒上去睡一觉。他希望一觉醒来以后,这一个月来的疯狂和混

我必须信守我的诺言

乱都会结束。可谁又知道即将开始的会是什么呢？

1997年8月31日本该是个普普通通的星期日。多瑞丝这个星期不在家,她和珍妮一家度假去了。紫荷正等着肖逸过来找她。她打开电视,本想看看本地新闻和高速路上的交通情况,却发现所有的电视频道都在报道着同一条令人震惊的消息：戴安娜王妃今日凌晨在巴黎遭遇车祸身亡。看着被镜头记录下来的戴安娜生前的那些时刻,紫荷在震惊之余心里难过极了。人的生命多么脆弱啊！即便是深受世人爱戴的戴安娜王妃,竟然在这么普通的一天,没有任何征兆地,只短短几分钟之内便阴阳两隔、香消玉殒了。肖逸进门的时候紫荷上前紧紧地抱住他,弄得他有些受宠若惊："紫荷,你今天怎么了？"

"肖逸,你今天看了新闻没有？戴安娜出了车祸,她一句话都没留下,就这么突然地走了。你说,怎么会是这样的呢？"

"是啊,我在路上也听了收音机里的新闻,是很不幸。这一次公众反应好像特别强烈,不知道对市场会有什么样的影响。不过我看报业股票说不定会见涨。"

凌紫荷像不认识似的打量着肖逸。她离开他走到一旁,生气地说："肖逸,这种时候你怎么会说出这样的话来？我看你真的变了。你说说你们这些人,还会关心点别的吗？"

肖逸也知道自己失言了。他刚进公司,还在三个月的考核试用期内。每天早上六点半,他要赶在老板和其他同事之前到达办公室。来得这么早,一是为了将路上自掏腰包为大伙儿买的热咖啡提前备好。这招儿小贿赂还是张智勇教他的。连孔夫子那会儿,弟子们都得提着腊肉上门拜师,更不用说凡事早已物质化的今天了。二来,在每天九点的小组例会开始之前,他需要眼观六路耳听八方：布伦伯格的金融新闻,技术分析部门的最新报告,互联网上的后市行情,销售部门发来的问询电邮……短短的时间里肖逸恨不得把所有的信息生吞活剥下去。目的呢,其实只是为了在30分钟的例会上能插几句显得不那么外行的话而已。他知道自己新来乍到,切忌夸夸其谈,半瓶子醋直晃悠。但是又万万不可给人以沉默寡言,刻板不开窍的印象。最终他总结的最佳战略是：积极参与但不要抢别人的风头。既然他破釜沉舟地迈出了这一步,说什么也得先生存下去,然后再一步步站稳脚跟。

可是弦儿绷得太紧了,难免会有点走火入魔。肖逸连忙道歉:"紫荷,你是不是觉得我最近经常没头没脑的?对不起啊,现在正是有关革命生死存亡的非常时期。我保证过了这一阵儿就好了,等我试用期一完,咱们就到泽西城找一套公寓。要那种临河的高层楼,晚上在阳台上就能看见曼哈顿的灯火。每天早上我坐火车进城,你在新泽西开车上班,那该有多好!噢对了,你下个星期不是有面试吗?准备得怎么样了?"

提起面试,紫荷才从对戴安娜悲剧的不胜欷歔中缓过神来。别人都说第一次面试往往不会成功,可这是一家在全球都极负盛名的制药公司,能进到它的IT部门工作实在太令紫荷神往了。肖逸这才想起他的朋友大卫李就在这家公司工作。虽然他不是干IT这行的,但仍然算是条内线儿。他后悔自己这些日子只顾忙自己的,对紫荷关心得太少,连这么重要的事都差点给忘了。

上班族们常常爱抱怨Monday Blue(星期一忧郁症),如果再碰上个灰蒙蒙阴沉沉的天气,那就更令人沮丧了。和两个星期以前比起来,肖逸的心情可以说是一落千丈。他刚刚熬过了试用期。公司似乎相当看好他,把他分在专门交易金融衍生产品的部门。据说这个部门里的人都是精英中的精英,尤其是他的新老板维尼,是个多年立于不败之地的神话级高手。当肖逸为自己第一年就有六位数的薪水喜不自禁的时候,别人告诉他,维尼一年挣的钱少说得往后面再添两个零。

可是才打了几天的交道,肖逸就感到这个维尼很让他费解。维尼寡言少语,说话的时候眼睛不看人,最要命的是他对任何事情都不愿多解释,弄得像打哑谜一样。那天他可能是做了笔漂亮的大交易,格外的高兴,对肖逸说:"走,咱们一起吃午饭去。"见识过公司同人在皮特卢格斯的那种奢侈场面,肖逸心想,新老板请客肯定又得让咱开眼了。谁知维尼领着他随随便便进了街头一家小咖啡馆,连服务生都没有,点餐要到前台排队。维尼排在肖逸前面,他要了一份金枪鱼三明治、一杯咖啡和一包薯片,看都没看肖逸一眼,径直走到靠墙的小桌子旁边自个坐下了。害得肖逸只得替两人一起埋单。他暗自嘀咕,凭您一年挣的钱,就算把餐馆开在家里为您提供私人服务也绰绰有余,跟咱这小学徒算计几块钱的小账,有意思吗？后来肖逸发现，赖小账已经成了维尼的习惯。他有时候支肖逸去干洗店替他取洗好的衣服，有时候一天几趟为他停在街边的法拉利跑车往计时表里添钱，可是哪一次他也想不起来自掏腰包。就像老电影《百万英镑》里的格里高利·派克，手持一张百万大钞，一下子衣食住行全成免费的了。可能对维尼来讲，这些小钱实属小数点后若干位，可以忽略不计。

如果只是这些小事，肖逸倒并不在乎。谁让他是老板呢！只要小人不计大人过就完了。可是哑谜打到工作上可就不好玩儿了。肖逸两手插在裤袋里，郁闷地低着头走进 Green Bull Cafe(绿牛餐厅)。牛自然不会是绿色的，不过这名字起得对华尔街人有着特殊含义。把绿牛两个字拆开，每个字都吉利！所以这儿的生意格外红火。更邪乎的是，这里的吧台上方有一圈环形显示屏，实况播报证券价格。红红绿绿的字母和数字不停地闪烁着，既富装饰性又具实用价值，让食客们做到工作吃饭两不误。据说这家餐厅是两个三十多岁就从华尔街光荣"退休"的前 Trader 开的。

上个星期，肖逸好不容易从维尼那儿争取到第一笔由他独立操作的空头期权。这笔还有四天就要到期的期权，对维尼不过是个食之无味的鸡肋。除非有奇迹发生，让这个股票从现在的 81 块在四天之内掉得低于 70 块，否则四天后这单买空期权就会变得一文不值。肖逸抱着死马当做活马医的态度，对这家公司做了一番研究。它是生产海底光纤电缆的，属于势头最猛的电子通信口，根本不可能往下掉。维尼当时进了这笔看落的期权，一定只是为了控制风险，跟别的看涨头寸对冲一下。肖逸想在今天以每股两毛的价钱出手，这样他就能有 4000 块轻轻松松地进账。虽然不算多，可毕竟是自己的第一笔交易，图吉利来个开门儿红。噢，不行，美国证券市场应该叫开门儿绿才对。他正为自己的计划激动不已，跃跃欲试的时候，却被傲慢的维尼当头泼下一瓢冷水。他连肖逸的话都没听完就打断他说："别急着交易，你该学的还多着呢。"别急？就剩四天了，今天我还能赚到 4000，明天可能就只有 1000，过了明天怕是倒贴都没人要了。肖逸不服气地想。维尼一点儿都不照顾他的情绪，"逸，你要是去吃午饭，帮我捎一份绿牛的炭烤鸡汉堡来。"他说罢转身就走，照例没有掏钱的意思。

肖逸胡乱地吃了点儿东西，叫了维尼要的炭烤鸡汉堡正要离开，佟谣和几个衣冠楚楚的人说笑着走了进来。看见肖逸，她立刻跟那几人说了句什么，便随他来到大门外。"太好了，肖逸，我早知道你一定会被录用的。对了，这回你总该有时间上我那儿坐坐了吧？我的公寓不远，就在曼哈顿。咱们可说定了，就今儿晚上，下了班你一定要给我打电话，咱们好一起走。"说完佟谣对他摆摆手，进门找她的同伴们去了。

快七点的时候，肖逸将核对好的当天盈余亏损明细发到维尼的电子邮箱里。终于可以下班了。电话的另一头，佟谣兴高采烈的声音一点儿也不像刚上完十几小时的班。肖逸心想，这丫头怎么总这么hyper（精力过剩）呀？两人在街角碰了头。肖逸说："要不咱们找家餐馆坐坐就得了。"谁知佟谣把头摇得像拨浪鼓："不好，不好。天天在外面吃，弄得我现在一进餐馆就反胃。去我那儿吧，咱们顺路在唐人街买点新鲜菜，我今天特有心情下厨房。"肖逸不想扫她的兴，只好奉陪。

能在曼哈顿拥有一套公寓，哪怕只是小小的一居室，都会让很多纽约客感到自豪。对于那些毫无根基的第一代移民来说就更是如此了。肖逸一共只造访过两处曼哈顿的公寓，一个是莱瑞的，位于格林威治村。那种样板间似的整洁和时尚曾经让肖逸大吃一惊。第二处就是佟谣的，在曼哈顿上城。进了门肖逸不禁又是一惊，只不过这回他是被屋里的凌乱程度吓了一跳。他暗自笑道，幸亏命运让这两人不可能走到一起，否则非闹出天大的笑话不可。佟谣似乎一点都没觉得有什么不妥。她随手把LV包包往大门口的地板上一扔，踢掉脚上的高跟鞋，又顺手抓起今早乱扔在沙发上的浴巾，指着沙发对肖逸说："坐呀。你随便点儿啊，咱们都是老熟人了。"她在厨房忙了不一会儿就端出两碗热气腾腾的青菜面来，上面还顶着煎鸡蛋和几片从中国城买回来的酱牛肉，清清爽爽得让人很有食欲。接着，她一阵风似的飘来飘去，给每人斟上一杯白葡萄酒，又将堆在餐桌上的一堆邮件报纸推到一边，就着那不大的一点空地儿，点起一支香味蜡烛来。肖逸不禁笑道："佟谣，你这种汤面加美酒、依乱点香烛的意境我还真没见过。"佟谣对他做了个鬼脸道："你又踩呼我是不是？我是没拿你当外人，让你有幸见识见识华尔街白领丽人的生活写真。"肖逸咽下口中的面条，他真觉得饿了。"我算是见识到了你的谦虚。冲你这碗面条的手艺,哪天也跟那俩开 Green Bull 的退休trader 似的,在华尔街旁边开家白领丽人面馆。我肯定第一个去捧场。"

佟谣开心地大笑起来:"哟,谢谢您给我指了条明道儿!不过咱别说那么远了,说说你现在吧,在'街上'混得怎么样?"

肖逸把玩着手中的高脚杯,然后仰头把里面剩的酒一饮而尽。其实下班的时候,他还在为那本来可以轻易到手的4000块的事不爽,不过在佟谣的面前,他照旧显得很轻松地耸耸肩道:"嗨,我刚来不久,来日方长嘛。"

"肖逸,要不要听我给你也指条明道儿啊?"佟谣为肖逸加满酒杯,继续说下去,"别光一门心思地琢磨你的数学模型。这种地方技术标兵吃不开,懂吗?最重要的是人脉,有人脉才能有信息。你知道他们说的 China Wall(中国墙)是什么意思吧?就是万里长城永不倒,墙里墙外隔开的就是消息。什么时候你能被人请到中国墙的另一边,或者是发展几个能穿墙的耳目,那你就找着金矿了。"

"嗯,有理,有理。"肖逸若有所思地连连点头。

佟谣点起一支烟,优雅地夹在手指间任一线青烟袅袅上升。她看着肖逸说:"我为你指点迷津,你拿什么做回报啊?这么长时间你从来没主动找过我,也不告诉我莱瑞到底跑到哪儿去了,害得我一直都找不到他。"

肖逸心想:棘手的话题终于来了,看来今天是躲不过去了。

"佟谣,其实我一直想告诉你来着,只是觉着吧,这事儿可能不会让你太高兴,所以就没太积极。莱瑞离开纽约了,他去了非洲。"

"非洲?这些豪门子弟就是会别出心裁。去非洲度假,多浪漫多刺激呀!那他什么时候回来?"

"这我可说不准,好像不会太快。佟谣,我看这事儿就这么算了吧,你们俩不合适。"

"算了?为什么?曲折的爱情才能刻骨铭心哪!肖逸,你帮人帮到底,告诉我莱瑞具体在什么地方。"

肖逸无可奈何地直摇头:"你说你这丫头怎么就不明戏呢?你那么一相情愿,莱瑞他接过茬儿没有?其实人家心里早有别人了。"

佟谣深深地吸了一口烟,眯起她本来就细长的眼睛。她的语气变得冰冷而坚定:"我佟谣自认为不傻,你以为我真没看出来吗?只是不战自退不是我的风格,哪怕最后输了也要输得明明白白、口服心服的才成。我倒要看看我的对手是个什么样的女人。"

算了,长痛不如短痛,肖逸心一横,终于亮出底牌:"可要是你的对手根本就不是女人呢?"

"你说什么?"佟谣愣了好几秒钟。她那张表情丰富的脸先是疑惑,继而转成惊讶,最终竟是一脸的愤怒。她突然抓住肖逸的两个肩膀,近乎歇斯底里拼命摇晃,"死肖逸,这种玩笑你也开得出来!你说,你骗我的是不是?你就是想让我死心是不是?"

一截长长的烟灰,从夹在她手指间的香烟上掉落到肖逸的衬衫前襟,将衣服烫出一个小洞。两人谁也没去理会。肖逸将佟谣的手从自己肩膀上拉下来,握在他两只温暖的大手里。他看着佟谣的眼睛说:"佟谣,我可不是开玩笑。没有几人知道这件事,莱瑞也是一直等到临走前才告诉我的。他说他自己也曾经惶惑和痛苦过,甚至竭力地试着改变自己。可是有些事情,存在就是理由,不管我们理解还是不理解。上帝给人类编的程序实在是太庞大、太复杂了,难免会有例外不是吗?"

佟谣一头扎在肖逸的胸前哭起来。鼻涕眼泪加上脸上被泪水弄得一团糟的妆,通通蹭在肖逸的浅色衬衫上。她一扫平日的飞扬跋扈,变得像个悲悲戚戚的小女人一般,抽抽搭搭地说:"为什么会是这样呢?他可是我第一个真正爱上的人啊。为什么要跟我开这样的玩笑呢?"

佟谣的痛苦打动了肖逸。本来他骨子里就有着怜香惜玉的柔情,再加上这件事本是因他而起,就让他更内疚了。肖逸想不出什么好的安慰的话来,只得任由佟谣倚靠在他胸前痛哭。手边正好有一盒面巾纸,他不停地一张一张抽出来递到佟谣手里,一边轻声劝道:"佟谣,莱瑞他也挺过意不去的,只是他以前不便明说,所以在临走前嘱咐我务必替他把这件事做个了结。相信我,这一切很快会过去的。你从来都不愁没有男孩子追求,一切都会好的,啊。"他觉出佟谣的脸更紧地贴在他身上。

　　第二天上班的时候,肖逸的心里还在惦记着佟谣,不知她今天一大早能不能爬得起来去上班。昨晚他打车回家的时候,为了盖住衣襟上那一团污渍,只好把公文包紧紧地抱在胸前。幸好没碰上打劫的,要不以为他包里藏着多少金银财宝呢。那天早晨的例会上,维尼的poker face(扑克牌脸——形容面无表情)显得格外阴沉。亚洲金融危机带来的恐慌已经像唐人街中餐馆里飘出来的油烟一样,无声无迹地弥漫在欧美大陆的空气里。一路高歌猛进的美国股市这时候似乎也嗅出了危险的气息。维尼说,昨晚中国香港、日本、伦敦和法兰克福的股指全面下跌。这将给暴涨了一年的美国股市以很强的心理暗示,短期内很可能会有大的调整。果不其然,这天早上道琼斯、纳斯达克和纽约上证指数全部低开,接着便像发动机熄了火的飞机似的往下掉,几乎连个挣扎一下的震荡都不见。显示屏上的一片红色直让人看得心惊肉跳。这时候,肖逸身后传来"哐"的一声响,伴随着一声咬牙切齿的怒骂。他回过头一看,原来是一个俄罗斯裔的trader重重地把手中的咖啡杯蹾在桌子上,咖啡溅出一大半。然而除了肖逸,似乎没人理会他的愤怒。要知道,这些数字的背后是真真切切的钱,成百上千万的钱,哪怕再坚强的神经也需要宣泄压力的渠道。坐在他左边的一个trader两眼盯着屏幕,手上却拿着一摞今早技术分析部门刚发来的分析报告,慢慢地一页一页地撕成小纸条。见肖逸看他,他抓起桌上的那一堆纸条一股脑扔进垃圾筒里:"这些人只会马后炮!全是垃圾!"他愤愤地骂道。那一天之内,肖逸听到了各种形式的诅咒、谩骂,比他在美国这几年听到的总和还要多。下午两点多的时候,道琼斯已经跌破了那一天的浮动控制线,交易被叫停了。之前疯人院一样的办公区,这时候渐渐安静下来。维尼独立办公室的门紧紧地关着。透过玻璃,肖逸看见他机械地把手中的一把飞镖,一个接一个地扔向挂在对面墙上的标靶。

　　这惊心动魄的一天,后来被永久地记入华尔街的历史。因为跌幅太猛太快,交易在一天之内被两次叫停,纽约股票交易所被迫在三点多提前收市。比起那些脸儿都绿了的公司同事,肖逸不得不拼命压抑着,不能叫别人看出他心中的窃喜。除了按老板的指令执行一些操作以外,这个时候归他独立管理的只有那家生

这惊心动魄的一天
被永久地记入华尔街的历史

产海底光缆公司的期权。可能是因为投资者担心亚洲经济会长期委靡不振,对跨洋通信的需求量也会大大降低,所以这个股票成了一匹"黑马"。只不过方向相反,是领头下跌的"黑马"。买落期权明天就要到期,偏偏在这最后一天里碰上了罕见的迷你崩盘。到了下午第一次交易被叫停的时候,它已经远远掉破每股70块的期权价,跌到了63块。这时候肖逸做好了准备,打算在收市前兑现这笔期权。如有神助,30分钟的暂停之后,交易刚一被恢复,"黑马"继续脱缰狂奔。最后让肖逸收在59.8美元的好价钱。两万股的期权他一笔就赚了20.4美元。比起两天前让他心里痒痒了半天的4000块整整多出了20万!当然这要感谢老板当时没有同意他出手。这些日子给维尼当差跑腿买午餐真值了。

收市以后,肖逸迫不及待地把这个好消息告诉维尼,顺便对他表示感谢。维尼抬起眼睛看了看肖逸,脸上居然出现了点罕见的笑容。他把两脚高高地跷在办公桌上,双手抱在胸前,对肖逸说:"运气还不错是吧?不过我希望你学到了比20万更值钱的东西。一个好的trader什么时候都要保持清醒的头脑,不要让愚蠢的感情用事占了上风。这笔期权的目的是为了对冲风险,而不是为了挣笔几千块的小钱。每一次操作前,你应该假想有一个考核委员会就坐在你对面,等着你为自己的决定作出滴水不漏的解释。"

几个月来还是头一次这么早下班。肖逸决定赶快出城去接上紫荷,好好庆祝一下。还有,明天午餐的时候,不用维尼吩咐,他打算多走两条街,去小东京买份地道的烤鳗鱼寿司来孝敬维尼。

一夜疯狂大西洋城

8

A Wild Night in Atlantic City

又到了周末。新泽西大大小小的亚洲食品杂货超市里都显得格外热闹。每周一次上"中国店"来采买,成了长居海外的华人给乡情"蓄电池"充电的固定程序。可别小看那一推车琐琐碎碎的青菜豆腐酱油醋、粉丝腊肉腌萝卜,其实随便哪样都称得上是一种被物化了的思乡之情。这两年,郝天山都是在"中国店"看见迎门货架上琳琅满目的月饼,才想起又快到中秋节了,该给家里人打个电话了。远在新疆的父母有弟弟天池在身边还好,最让他惦记的还是姥姥。听北京的二舅说,姥姥家的四合院被划进了拆迁片儿。二舅想接姥姥去他家的高层公寓楼住,可是老人家舍不得离开她住了大半辈子的小院,死活不肯离开。一想起他可能再也见不到那个有黑枣树的四合院,再也不能爬上院墙偷摘邻家的香椿芽儿,再也不能在夏日的夜晚跟姥姥摇着大蒲扇坐在院里乘凉,一向乐天的郝天山头回有了酸楚的感觉。

一对像是姐弟的小洋孩儿蹲在一个盛着许多活乌龟的大盆边,兴高采烈地用小树枝去逗盆里的乌龟。"小心点儿,它们可会咬人!"天山从旁边走过的时候对他们竖起一个手指晃了晃,又张大嘴巴夸张地做了个咬的动作。两个活泼可爱的孩子被逗得咯咯地笑个不停。天山心想,要是哪个过分诚实的人告诉孩子们,这些乌龟是等着被人买回去煲汤的,他们就不会这么开心了。可见适当地美化一下现实也无不可。一个真正精明的商人,就要在自己赚饱了的同时,还能让客人觉得捡了个大便宜。他一边给自己打气,一边从背包里掏出一张中文版的"吉屋转租"的广告,在超市大门口的布告栏里找了个显眼的位置钉了上去。贴完广告后天山便急急忙忙地转身往停车场走。他跟肖逸约好了要在下午碰面儿。

天山开始做二房东还是因为一个偶然的机会。这一时期他的国际恋爱稍稍偏离了金发碧眼的既定轨道,暂时定位到了南美洲。现任女友卡米埃拉是个有着一头深色鬈发的阿根廷姑娘。两人在学校除夕狂欢的 Party 上,因共跳一曲阿根廷探戈而一见钟情。天山把这次艳遇归功于当年北大食堂的周末舞会:虽然空气里充斥着大锅饭的味道,但是一点都没妨碍天山他们练就一番国标舞的不凡身手。没想到竟在这儿派上用场了。

没过多久,热情似火的卡米埃拉——"卡密"就请天山搬到她的住处同居了。

卡密是天山给他女友起的中文名儿，不管是听音儿还是看字儿都透着一股亲密无间的热乎劲儿。正是这次同居让天山搞明白了房屋转租里的生意经。原来，卡密有个婶婶是纽约的一个房地产经纪。她不但帮客户找房买房，这些年来在纽约、新州和康州适合出租的地段为自己也置下了好几处房产。新州的这一处在火车站旁边，进纽约方便，离卡米埃拉和天山上的大学也不远，所以非常容易出租。因为这层亲戚关系，卡米埃拉就自然而然地当上了二房东。

虽说是同居，天山的房租还是要掏的。只是卡密答应，如果他能帮她这个二房东免费干些小修小补的活儿，房租可以减半。这样一来，天山每个月的房租比住独立公寓足足便宜了400美金，还没有任何契约的束缚，何乐而不为。只是每月到了该算账写支票的时候，天山心里总有点别扭。明明昨晚两人在床上缠绵的时候，卡密还一通心肝宝贝地大呼小叫，怎么区区几小时以后，就能把房租水电长途电话……几块几毛几分的明细单大大方方地摆在他面前呢？嗨，其实天山也明白，在美国待久了，中国人也该适应这种情归情、钱归钱的行事原则。这样一清二楚简简单单的，也没什么不好。

郝天山这段如同南美骄阳般热辣辣的恋情，轰轰烈烈地开始，但是持续了不到一年又戛然而止了。卡米埃拉的前 N 任男朋友突然从拉斯维加斯打来电话，不无得意地说自己所在的演出公司正在筹备一台空前绝后的盛大演出，他在那边负点小责。如果学舞台经纪人专业的卡米埃拉去拉斯维加斯，他能帮她谋到个不错的差事。于是两人在电话里一拍即合。

"你的学不上啦？"天山被卡密急不可待的搬迁决定弄得一头雾水，连吃醋都没顾得上。

"哎呀我亲爱的博士，你不懂我们这行。没法打入圈子，结交一些重要的人物，比什么学位都管用。再说，学分攒着又不会过期变质，以后有时间再接着学就是了。"天山无话可说。到目前为止，他的国际恋情还没有一次能开花结果。不过，移民们常说了解和融入美国文化难，天山却被他的女友们搅合得想不融入都难。好在他远不是第一次经历这样没来由的分手，以至于他能在失恋即将来临之际仍旧保持清醒的头脑。

"卡密,这房子的事你打算怎么办?"天山试探道。

"我还没想那么多呢。要不你先暂时替我管理一下,等我让婶婶重新找个人来接手?"卡密不假思索地说。

这天晚上,天山十万火急地找肖逸讨主意。肖逸一听便说:"好事儿啊,天山!你还二乎什么,赶快接下来再说。"

"我二乎是因为整栋房子一个月的租金得两千多,万一要是一时找不到那么多房客我可就崴泥了。咱不是没钱周转嘛。"

"那好说,不是还有哥们儿我吗?需要的时候我帮你撑着。不过你可得把最好的房间留给我。李伯李妈的地下室我是再也住不下去了。我想在新泽西靠近纽约的地方买套公寓,这样我和紫荷都方便。住在你那儿正好可以先周转一下,还少了签合同的麻烦。"

"咱肖哥如今可算是财大气粗了,不错!让我也能跟着沾点儿光。行,我这就让卡密去告诉她的亲戚,下任二房东郝天山即日便走马上任啦。"

"瞧你,口气不小,人家信不信得过你还不知道呢。"

天山大大咧咧地挥挥手道:"到今天为止我还算是她侄女的现任男友,博士研究生,还有华尔街大腕儿做后盾,她上哪儿找比我更合适的人选给她管房子去?"

肖逸搬家实在简单得很。他用出国时带来的两只大箱子把杂物一装,外加两纸箱的书籍和几套在华尔街上班的行头就齐活儿了。这次,他从李伯李妈的地下室一下子升级搬到卡米埃拉原先住的那间主卧室,很有点苦尽甘来的感慨。况且这样一来离紫荷近了许多,肖逸的心里也觉着踏实了。

凌紫荷身上系着一条印花围裙,在房间里忙进忙出地替肖逸整理东西,俨然一个贤惠的小主妇。这可把天山给羡慕坏了,他在一旁酸溜溜地说:"哎,我怎么感觉你们俩就跟在布置新房似的?你瞧,往这墙上贴俩红喜字,再挂张郎才女貌的大相片儿,就可以正式开始过家家啦。剩下我孤家寡人的整个一大电灯泡,唯一的好处是不需要你们交电费。"

肖逸打断他:"行了天山,还布置新房呢! 就你这环境,房客换来换去跟走马灯似的,什么样的人都有……"

"噢,我听出您的话音儿来了。是嫌人多眼杂了吧?好好好,起码我这灯泡还够得上智能型。咱这就自动断电,先告辞了。紫荷,你在这儿随意啊,要不肖哥该怪罪我了。"他说着带上门出去了。

屋里只剩下紫荷和肖逸两人。肖逸一把抱住她说:"紫荷,你让我快想死了。其实天山说得没错,这回我们终于有个临时的小窝了!要不你今天晚上就别走了吧?"

"那怎么行?肖逸你忘了?你刚工作那会儿,整天紧张兮兮的,恨不得连电话都顾不上给我打。我才上了两个星期的班,你也不管我适应得怎么样!你说这算不算自私?"紫荷靠在肖逸的肩头,用手轻轻地揪着他的耳朵娇嗔道。尽管肖逸近来常常显得有些心不在焉,她并没有真生他的气。紫荷理解,肖逸在华尔街的这份工作需要极大的投入。再说,自己一毕业就如愿以偿地进了世界五百强之一的大公司,她已经感到非常的知足。

紫荷当时去美诺制药公司面试的时候,没什么信心,只是抱着去试试看的心理。自己毕竟是头一回面试,又什么工作经验都没有。幸好事先肖逸的朋友大卫李热心地鼓励了她一番,才让她心里有了点儿底。大卫李说:"紫荷你用不着紧张,其实公司越大越愿意招新人,它们不在乎从头培训起。不像小公司,一个萝卜一个坑儿,招进来马上就得能用,现实得很。大公司更看中一个人的总体素质,倒是有时候看起来与工作无关的小事,他们反而挺较真的。我给你讲个故事啊。"

大卫李的故事讲的也是一个中国留学生。那人从小聪明绝顶,14岁上的科大少年班,23岁取得美国东部一所名校的博士学位。在学校的时候,他师从身为诺贝尔奖得主的名师,学术研究作得相当的出类拔萃。照理说他应该算得上是个炙手可热的专业人才。那天他来美诺面试,按照惯例,大卫李和另外几个年轻的美国同事陪他去公司餐厅共进午餐。下午的面试日程表上给他安排了一个半小时的学术讲座时间,并且通知了部门的所有员工来听讲座。可是这位仁兄虽然学富五车,却实在缺乏社会经验。他哪里想得到,这顿看似简便的工作午餐其实是个鸿门宴。当他兴奋地挥着手中的刀叉,唾沫星子乱飞地大谈他那篇发表在顶级

《自然》杂志上的论文时,他根本不知道,坐在对面的这几个彬彬有礼的美国人,看似都在频频点头,对他的才华赞许有加,其实则是笑里藏刀,早已对他的"生杀大权"有了定夺。从餐厅回来,离下午的讲座开始只剩半小时的时候,他突然被告知今天的面试就此提前结束,如有消息另行通知。大卫李后来才听说,原来那几个美国同事一起跑到老板那里告状,说这个中国人的吃相令他们无法忍受,嘴里塞满了食物的时候还滔滔不绝。如果把他招进来天天一起共事,他们必定会被恶心到集体患上厌食症,那后果可不堪设想。大卫李为自己的同胞暗暗遗憾。要说这点儿毛病在中国本来无伤大雅,可惜了好好的一位学术尖子,却因为不懂得最基本的礼仪而被扫地出门,而且到最后也没能"死"个明白。

故事讲完了,看到紫荷惊讶地瞪大了眼睛,大卫李笑着说:"紫荷,我是想说你对自己应该有信心。我相信到时候你肯定会给每个人都留下好印象。如果大家都很愿意与你共事,用他们的话说就是一个好的 team player(有合作精神的团队成员),再加上专业对口,事情也就差不多了。不过啊,"他上下打量了一下紫荷,有点不好意思地说,"我们都是朋友,恕我直言,女孩子太漂亮了容易给人不太能干的印象。你可能需要尽量打扮得低调点儿、成熟点儿。"肖逸在一旁添油加醋道:"哥们儿所言极是。紫荷,听到没有,尽量低调!这样也好让我放心。"

大卫李的预言果然没有错。一个星期后,紫荷正在家里修改自己的简历打算再往外发一批,她接到一个电话:"我是美诺公司的克拉克·麦罗,谢谢你来应试我们部门的软件工程师职位……"

紫荷简直不敢相信自己的耳朵。她心跳加快,手心冒汗,比面试时还要紧张,一时不知自己应该说些什么。克拉克是她去面试的那个部门的大头儿,她没想到竟会接到他亲自打来的电话。

"……我代表美诺公司正式聘请你,年薪 51000 美元。你可以考虑一下再答复我,如果有什么问题或者要求,可以直接给我打电话。"

"噢,没有。我非常高兴接受你们的聘用!"紫荷觉得自己像在做梦,她生怕克拉克一挂电话她会梦醒一场空。

这回轮到克拉克感到有些意外了:"就这样吗?你真的不需要再考虑一

下吗？"

后来紫荷把这件事告诉了大卫李。大卫李说："坏了，都怪我只顾教你面试的窍门，忘了教你怎么接受聘请了。他那么问是在给你讨价还价的机会呢。你假装犹豫一下，往上加个一两千的本该不成问题。谁知道你那么实诚呢，一下子就欣然接受，接下去没戏可唱了。"

紫荷也觉得挺好笑，她说："哎呀，我当时都快乐晕了，哪会想到什么讨价还价呀。反正能进美诺这样的公司长见识、学本事是最重要的。工资嘛，高点低点差不多就行了。"

肖逸知道后故意逗紫荷："你呀，真是个生在新中国长在红旗下的好孩子，要不觉悟怎么那么高呢！可是咱们现在是在美国，人们的价值观跟你我小时候受的教育大不一样，懂吗？嗨，以后我再慢慢教你吧，省得以后让别人觉得，我的太太可爱是可爱，就是有点傻！"

别看肖逸在紫荷面前总摆出一副沉着老练的样了，其实在公司里他还被人称做 The New Guy(新来的)，几乎每天都会有些人和事儿让他觉得眼界大开。星期五的下午，他被维尼叫进办公室。维尼照例把脚高高地跷在桌子上。见肖逸进来，他拉开抽屉取出一个信封放在桌面上。肖逸的心里"咯噔"一下，维尼这家伙性情古怪，难以捉摸，莫非自己哪儿不小心得罪了他？该不是他要解聘我吧？他还在暗中犯嘀咕的时候，维尼用两个手指优雅地一弹，那个信封便在镜子般光滑的桌面上平稳地滑行到肖逸面前。"打开吧，这是给你的。"维尼饶有兴趣地观察着肖逸的表情。

肖逸故作镇定地拆开信封，啊，里面竟是现金，100美金一张的厚厚一叠！"逸，这是第三季度的红利，你的那份。你最近有几笔交易做得不错，好好干，以后会比这多得多。"肖逸谢过维尼回到自己的座位上，他拼命按捺着心中的狂喜。没想到上个季度的分红会有他这个"新来的"一份，更想不到是以这样的形式。这笔意外之财比自己读博士学位的时候一年拿的钱都多。难怪人说华尔街是个让人疯狂的地方。好不容易熬到快下班的时候，佟谣打来电话："肖逸，今晚干吗？跟我们一块儿上 AC(大西洋赌城的简称)去吧？Limo(豪华加长轿车)7点钟在希尔顿酒店门口等。你来吧!"

肖逸犹豫着:"我看这回还是算了吧,以后再说。"

"哎呀,肖逸,你年纪轻轻干吗跟个保守的老古董似的?我上回怎么跟你说的?在华尔街混最重要的是要有人脉。告诉你啊,今天一起去的可有好几个腕儿级的人物呢。他们联起手来可以呼风唤雨、控制市场。你要是跟他们混熟了,保你即使吃不着肉也能喝饱了汤。你可别犯傻坐失良机啊。"

"行行行,佟谣我服了你了!你简直天生就是做推销的料。好吧,咱们一会儿见。"

刚到希尔顿的前门,肖逸就注意到那辆闪闪发亮的黑色加长林肯。深色玻璃的窗户缓缓落下。佟谣从打开一半的车窗里向他挥手。佟谣不知什么时候换上了一身银白色旗袍式的晚礼服,十分漂亮性感。林肯里各种装备一应俱全。几人喝着香槟,看着大屏幕上的美式橄榄球比赛。音质极好的音响里播放着摇滚乐,他们还没到 AC 似乎就已经提前进入了状态。本来肖逸从下午起就兴奋异常,所以两杯香槟酒过后,他已经融入了狂欢的气氛中。车里回响的摇滚乐压过了他的手机铃声。肖逸完完全全地忘记了今天是星期五,他和凌紫荷有约。

许多上班族都钟爱星期五晚上,想着还有整整两天周末的时光可以挥霍,星期五便成了一周里最令人放松的时刻。纽约的夜生活像是现实中上演的百老汇音乐剧,千变万化的场景中总是充满了新奇和诱惑。夜幕降临后,曼哈顿的街道流光溢彩,光是那些盛装打扮的女孩子们,一个个不顾深秋的凉意,骄傲地亮出香肩玉臂和年轻饱满的肌肤,就已经构成了一道令人目不暇接的风景。

紫荷在百老汇站随着人流下了地铁,她有些不知所措。前两天她和肖逸就约好了这个星期五的晚上要一起过。以前总是肖逸大老远地来看她,这次紫荷想悄悄地给肖逸一个惊喜。她故意没有再提起此事,而是星期五一下班便急匆匆地往城里赶。她想象着灯火阑珊的曼哈顿街头,自己突然出现在肖逸的面前该有多浪漫。他又会是怎样一种表情呢?可是在路上她不停地给肖逸的办公室和手机打电话,却一直没能跟他联系上。这个肖逸,他会去哪儿了呢?难道他忘了今晚的约会吗?他会不会是赶回新泽西去了?这样想着紫荷给郝天山打了个电话。天山的国

华尔街是个让人疯狂地方

际恋爱最近正处于活火山爆发之间的休眠期,所以竟然在家里找到了他。天山也很惊讶,凡是跟紫荷有关的事情,肖逸从来没有过半点懈怠,怎么会出这种差错呢?

"没听他说起今晚有什么特殊的安排呀。他会不会是一下班直接去找你,手机忘了带了?"天山在电话里说。

看来这是唯一合理的解释了。紫荷扫兴地转身回到地铁站内,去等回新泽西的那班车。

从纽约到大西洋城,两小时的路程在不知不觉中一下就过去了。Limo 平稳地停在古罗马风格的凯撒宫大门外。不同于另外几家赌场华丽奢靡的装潢,凯撒宫以白色大理石为基调,仿照古罗马角斗场的巨型的石柱间点缀有精美的雕塑和喷泉。整体设计体现出一种既恢弘又典雅的贵族气息。一路上的香槟酒让肖逸感到微醉,乍一踏进凯撒宫更让他觉得有如在梦境一般。佟谣拉拉肖逸的衣袖,指给他看大堂里恺撒大帝的雕像。古罗马皇帝令人啼笑皆非地手持一面美国国旗。肖逸会心地笑了起来。这就是典型的美式爱国主义,不拘一格,无所不在。可能是赌场的经营者在含蓄地提醒大家,多为增加政府税收作贡献也是一种爱国的表现吧。

被佟谣称为大腕儿的那个 trader,在前台用他的 VIP 白金卡一口气开了四个房间。他随意地把其中三把钥匙抛给其他的人说:"你们放开了要 Room service(客房服务),酒菜尽管算在房费里我请客。可是找小妞儿例外,你们得自掏腰包!"

上学的时候,肖逸曾经跟一帮同学一起来过大西洋城。不过那会儿更多的是为了看热闹,另外每个人再花上十几块钱美美地蹭一顿丰盛至极的自助大餐。他还记得自己上次只舍得换了 15 块钱的硬币,结果没一会儿工夫就全喂进老虎机听响儿了。这回同伴们个个挥金如土,连佟谣都一张口就要 5000 块钱的筹码。肖逸悄悄地摸了摸兜里那厚厚一沓的绿票子,在心里安慰着自己,嗨,反正这笔钱也是意外之财。今儿个豁出去了,就当体验一回千金散尽还复来的豪情吧。他也硬着头皮要了 5000 块的筹码。

赌场太大了，光是一排排的老虎机就有几千台。如果哪个作家或是画家在这里待上一天，即使什么都不玩也绝不会觉得乏味。因为恐怕没有第二个地方能看到如此集中的众生百态了。同来的几人早就在人群里消失得踪影全无，只有佟谣一直紧紧地跟在肖逸身边。他们玩了几把轮盘赌，输掉了几百块钱。"这个没意思，咱们去玩儿 Black Jack（21点）。"佟谣把肖逸拉到一个摆着上百张牌桌的大厅里，挑了一张桌子在桌前坐下。发牌的庄家是个华人中年妇女，对他们俩友好地笑了笑。据说赌场的工作是不久前才在华人圈里兴起的热门儿。肖逸站在佟谣身后，双手撑在椅背上全神贯注地盯着牌桌。"你玩，我先看两盘儿。"他对佟谣说。上大学的时候肖逸曾是桥牌高手。他记牌的能力惊人，而且每次出手从不依靠侥幸，而是要在心里将各种概率计算一番，然后有的放矢地出牌。

每到要作最后抉择的那一刻，佟谣总是回头用询问的眼神看肖逸。肖逸或是对她微微点头示意她接着要牌，或是摇摇头告诉她罢手。佟谣这时候对他言听计从。几圈下来她旗开得胜，赢多输少。佟谣兴奋地叫道："我不知道你还有这一手！快来快来，这回你自己玩儿！"

肖逸完全沉进去了，时间对他来说似乎已经不复存在。面前堆得越来越高的筹码似乎也没有太大的意义，他的脑子里只剩下纸牌的图案和数字的排列组合，整个人似乎变成了一台计算机。佟谣不时体贴地递过各种鸡尾酒和饮料，还为肖逸点燃一支香烟。肖逸一一机械地接了过来，全副精神仍然停留在游戏上。他已经很久没抽过烟了，这支烟似乎格外特殊，头两口让他觉得神清气爽，一支吸完以后他整个人飘飘然如在云端。在酒精的麻醉下，此时他的灵魂好像游离了身体，从虚渺的高处一边注视着自己的躯壳，一边纵声大笑。懵懂之间他不记得自己什么时候被佟谣拉离了牌桌，像个木偶似的机械地跟着她进了旅馆的房间。

墙上的挂钟无休无止地滴答作响，吵得凌紫荷辗转难眠。回到家后，她失望地发现肖逸今晚根本就没来找过她。一晚上她都在赌气，不想再答理他。可是她又暗中盼望着电话铃会突然响起，希望愧疚万分的肖逸会意识到自己的失约，来恳求她的原谅。可是随着时间一小时又一小时地过去，紫荷由生气变成了担心。已经深夜两点多了，她抱着试试看的心理又一次拨了肖逸的手机号。

佟谣从卫生间洗了澡出来,听见肖逸西装上衣口袋里的手机在响。她看了看倒在床上酣睡的肖逸,走过去好奇地掏出肖逸的电话。屏幕上显示的名字是ZIHE。她犹豫了一下,接听了电话:"你好,请讲。"听到电话里的女声,紫荷一愣,抱歉地说:"对不起,我一定是打错了。请问你的号码是不是……"

佟谣的嘴角露出一丝恶作剧的微笑,她故作落落大方地答道:"号码没错。如果你想找肖逸的话,请明天早上再打过来。已经这么晚了,他睡着了。"说完她立即挂断了电话。

佟谣掀开毯子,像一条光滑的鱼一般钻了进去。黑暗中她枕在肖逸起伏的胸膛上,摸索着一粒粒解开他衬衣的纽扣。肖逸的身体结实而清秀,散发着佟谣久违了的年轻男人的气息。她如饥似渴地呼吸着那种气息,将自己的身体贴紧了他。这段时间,佟谣在失落和寂寞中渐渐理清了头绪。她承认当初自己曾经痴迷地爱过莱瑞,可是等事情过后她才意识到,其实那种感情源自少女对青春偶像的浪漫幻想,跟学生时代对克拉克·盖博和三浦友和的迷恋没什么本质的区别。可是肖逸不同。在佟谣眼里,肖逸待人接物貌似玩世不恭,却掩盖不住他的谦谦君子之风。他会在她需要的时候真正地关心她、安慰她,但是不会索求任何回报。这一点和她以前那些逢场作戏的男友们有着天壤之别。一向以为能在情场上呼风唤雨的佟谣,发现自己已经不可救药地陷进了一场初恋般的感情。

肖逸一时搞不明白自己这是身在何处。背景里《多瑙河之波》的悠扬旋律时远时近、时清晰时模糊地回响着。肖逸拼命地睁大眼睛想看清周围的一切,可是眼前却只有一片漆黑。他说:"别闹了紫荷,快把蒙在我眼睛上的东西拿下来。"奇怪的是,他既听不到自己发出的声音,又听不到紫荷的。音乐还在继续。他搂着紫荷柔软的腰肢。她纤细修长的手臂先是搭在他的肩上,再后来像一条青藤似的环绕住他的脖子。肖逸感到自己如在云端,身体变得很轻。他小心地拥住她,生怕自己一松手,紫荷就会被飘忽的音乐带走,像风中的一片羽毛消失在黑暗里。又过了一会儿,四周整个的空间都开始旋转起来,他仿佛置身在游乐场的"星际航行太空舱"中。旋转产生的离心力将两人的身体紧紧地挤压到一处,融为了一体。肖逸低低地呻吟起来,可是他仍然听不到自己发出的声音。

昏昏沉沉地不知过了多久，黑暗才渐渐地退去。肖逸费劲儿地回忆着过去的一段时间里到底发生了什么事。他掀开毯子刚要下床，却被映在对面墙上大镜子里赤身裸体的自己吓了一跳。浴室里有声音，咖啡壶里沸腾的水咕噜作响，房间里弥漫着新鲜咖啡的香气。他这下可清醒了。肖逸躲在毯子下匆忙地穿好衣服。这时候有人敲门。他打开门一看，原来是穿制服的饭店侍者送来丰盛的早餐。

佟谣的胃口似乎极好，一会儿就把她那份配有奶酪、火腿和鲜蘑菇的煎蛋饼吃了个精光。她喝了一大口橙汁，把盘子往肖逸跟前推了推催促道："快吃呀！你昨晚光喝酒，都没吃什么像样的东西。你不觉得饿呀？"

肖逸摇了摇头，将杯中的黑咖啡一饮而尽。佟谣见他手里一直攥着那个手机，知道他在想些什么。她没有跟他提起昨晚接了紫荷电话的事。

"行了，肖逸，你现在是不是特内疚，特有负罪感？我跟你说你别犯傻，根本就没那个必要……"她还要接着往下说，一直缄默不语的肖逸突然大吼一声："Shut up！（闭嘴）"随即抓起自己的东西摔门而去。

星期六一大早，郝天山给家里打完电话便开车到了大学的游泳馆。他在奥林匹克池里一口气游了15个来回。天山觉得自己既不高大又不威猛的，想要在异国美女眼里显得更有吸引力，只好多辛苦点儿。为了长块儿，他不但拼命锻炼，而且对饮食讲究到了挑剔的程度。他花200多块买了一个智能型榨汁搅拌机，每天把红红绿绿的蔬果榨出汁来，再混进什么蛋白粉纤维素之类的，做成一杯颜色有如画家洗笔水的"健康泥浆"。肖逸刚搬过来的时候，有一次看见天山正仰头灌下一大杯他的"健康泥浆"，差点没把嘴里的咖啡喷出来。问明来由以后，肖逸一本正经地建议道："天山，我看你还不如去找系里那个养实验动物的人，跟他要点豚鼠饲料回来。保证绝对科学的营养配方！"

今天游泳的时候郝天山很难集中精神，他老在琢磨早上的那个电话。弟弟郝天池大学快毕业了，突然一改初衷，也想来美国留学。天山和天池兄弟两个性格刚好相反，天山乐天、活泛；天池老实，还是个认死理的倔巴头。想当年为了天池高考填志愿的事，天山不知磨了多少嘴皮子，花了多少越洋长途电话费，就是想说服弟弟去看看外面精彩的世界。谁知天池最后还是悄不鸢地报考了西北农大。

所以这回弟弟主动提出想出国深造让天山感到有些意外。可是两人又为天池应该申请什么专业争了起来。天池想继续上他的林业工程学，天山却毫不客气地说他在冒傻气，一点都不为长远打算。美国不稀罕树林子，人家有的是！除了几个有名的国家公园，谁还会雇"护林员"呀。

回家以后，天山在肖逸紧闭的房门上敲了几下。这小子好像昨晚彻夜未归，肯定是到哪儿花天酒地去了，人家现在跟咱属于不同的阶级。谁知门还真的被他给敲开了。肖逸脸色发灰，显得很不对劲儿。

"怎么了？你一宿跑到哪儿去了？凌紫荷后来找着你没有？"肖逸没理会天山一连串的发问，只是一头栽倒在床上，用被子捂住脸说："天山，我这下麻烦大了。"

"什么事能难得住咱们肖大侠？要不我去整点酒咱俩边喝边聊？甭管多烦心的事儿，找个人倒出来就好了。"天山说着转身要走。

肖逸整个人仍然蒙在被子底下，只伸出一条腿来拦住天山，闷声闷气地说："酒就免了吧。天山你帮我拿个主意，你说人要是犯了个愚蠢的错误，是应该勇于承担后果、一了百了呢，还是应该大事化小、避重就轻呢？"

"那还用说，当然是尽量大事化小了！人家要是没发现目标，你干吗非自个儿往枪口上撞啊？你肖逸才不会那么傻呢，是吧？"

天山的话算是说到肖逸心坎儿里去了。其实他早已经把各种假设翻来覆去地想了个遍。理性告诉他，恋人间没有坦诚就没有信赖，哪怕是再难以启齿也必须要面对。可是依他的天性，对于棘手的事情他更倾向于选择回避和等待，期望矛盾能够被时间慢慢地化解掉。所以当好朋友替他作出了同样抉择的时候，肖逸感到如释重负。

肖逸没想到的是，紫荷见到他时显得非常平静。肖逸小心地解释了昨晚的事情，当然是删节版的。紫荷没有过多地追问下去，这让他早早预备好的答案全没了用武之地。两人相对坐在哥伦布广场的一家法式餐厅里。穿着雪白衬衫和黑色礼服的侍者正为他们送上桑塔芭芭拉牡蛎配鱼子酱。这是九道套餐里的第六道。紫荷端详着盘子里做点缀的一枝热带小苍兰，她对鲜花似乎比对食物更有兴致。

"紫荷……"肖逸小心翼翼地叫她，欲说还休。凌紫荷歪着头看了看肖逸，好像在等待他继续说下去。见肖逸无语，她用叉子轻轻地挑起一粒浑圆剔透的鱼子放进牡蛎壳中，对肖逸说："人们都觉得珍珠很美丽，可是你知道吗？那是一种残酷的美丽。当一粒小沙子不小心嵌进蚌的肉里，蚌不愿意马上把小沙粒吐出来，而是把它藏在心里用血泪日复一日、年复一年地浸呀、磨呀。最后小沙粒终于变成了珍珠。可是等到珍珠被发现的时候，蚌已经付出了生命的代价。我觉得我爸的心里就藏着这样一粒珍珠，只是我不敢去找。肖逸，你能答应我，别让我们也为这样的小沙粒付出最终的代价，好吗？"望着紫荷那清澈的目光，肖逸心里突然觉得有些后悔没把所有的实情说出。可一想到紫荷根本不可能接受那样的事实，他还是忍住了。幸亏这时紫荷正扭头出神地看着窗外，肖逸也顺着她的视线看过去。街边路灯下有一个推车的小贩正在招呼着过往行人。一对年轻的情侣每人买了一个热气腾腾的热狗，一边津津有味地吃着，一边亲密地依偎着向前走去。

"肖逸，你还记得咱们当学生时候的日子吗？那时候我们很穷，可是也特别容易满足。我想那是因为我们完全拥有对方的心吧。"

肖逸轻轻握住紫荷的一只手，将她的掌心翻过来向上。他把一个湖蓝色的小盒子放在她掌心里："紫荷你记住，不管那时、现在，还是将来，不管发生了什么样的事情，我的心都完完全全地交给你掌管了！"

"这是什么？"紫荷好奇地打开小盒，取出一条精美的 Tiffany 项链来。项坠是一把造型独特的钥匙，上头有一圈小钻石围成的心形，在灯光的映照下熠熠闪光。"好漂亮啊！"紫荷赞叹道。她把小钥匙举到面前，盯着肖逸的眼睛说："一把钥匙，既可以用来开门，也可以用来锁门。你送我的这把钥匙，是想让我揭开你内心深处的秘密呢，还是将它牢牢地锁起来？"

"紫荷，你今天怎么啦？老说些玄乎的话。在你面前我没有秘密。如果有什么事我没解释清楚，你尽管问好了。"肖逸硬着头皮做出一副无辜的表情。

紫荷优雅地坐直了身子，尽管她心乱如麻，表面却显得平静如水。肖逸丝毫不知昨夜里那个电话的事情，他更不知道那件事带给紫荷的震惊、愤怒和迷惑。肖逸是紫荷生命里第一个能真正走近她的男孩。他让她体验到和相爱的人在一起那种亲密无间的感觉是多么的美好。然而正是因为没有距离感,一旦被伤害才会格外的深、格外的痛。为了维护自己和肖逸的自尊,紫荷不愿意戳破这层窗户纸。她一次次地给肖逸机会,希望他能主动地给她一个合理的解释。可惜在他讲的故事里,涉及的人物全部是男性,地点也仅限于大庭广众之下的赌场。很显然,他在回避着什么。

"肖逸,你不觉得我问与不问其实关系不大吗?凡是你想告诉我的,又能告诉我的,你不是早已经都说了吗?"

平日里紫荷在肖逸面前像一只温婉的依人小鸟,今天却显出她冷傲的另一面。她绵里藏针、凛如霜雪的一连串暗示,让肖逸感到很不舒服。听上去她似乎还知道些什么,但那不太可能啊。看来女人是不能太聪明。如果碰上聪明女人,又懂得以不卑不亢的态度与男人交锋,那就更难应付了。他竭力克制着内心的不安,同样彬彬有礼地回应道:"是啊紫荷。事情就是这样,说简单也简单,说复杂也复杂。很多时候人的所作所为是迫于环境,身不由己的。但我不想给自己找任何借口,我的确应该为昨晚的错误付出应有的代价。"说着他拿起桌上的餐刀,面不改色地在左臂上狠劲地划了一道,血珠从伤口处一下子冒了出来。凌紫荷低低地惊叫了一声,引得旁边的人纷纷侧目。肖逸若无其事地将胳臂藏到桌子底下,并用餐巾悄悄地按住伤口。"肖逸,你这是干什么呀?!"凌紫荷的眼泪一下子涌了出来。她实在没有想到肖逸所说的代价竟会是弄伤自己。她的心立时软了:"你别这样啊!肖逸你吓死我了,我原谅你就是了。很疼吧?我现在就陪你上医院。"紫荷此时已是花容失色,语无伦次。肖逸拉过她的手,捧到嘴边轻轻地吻了一下。他微笑着说:"我不光是为了请求你的原谅。疼一下我自己能记得更牢。放心吧,没事儿的。"

紫荷轻轻地叹了口气说:"咱们走吧,去药店买些东西我给你包扎一下。"

昨夜的危机似乎就这样度过了。然而他们没想到,对于昨晚发生的一切,还有一个人跟他们一样的刻骨铭心。那个人就是佟谣。

在她的小公寓里,佟谣慵懒地躺在放满热水和香泡泡的浴缸中,用海绵轻轻地按摩着身体上每一处曾被肖逸爱抚过的地方。回想起昨夜的那场缠绵,她到现

她心乱如麻
表面却显得平静如水

在依然心旌摇荡。他那骤然爆发出的狂野和激情告诉她，其实肖逸还是喜欢自己的。虽然今早他的态度有些粗鲁，但是那更说明他是个愿意对自己行为负责的好男人。

佟谣在北京上大学的时候就挺喜欢北京男生。北京男生追起女孩儿来讲究的是不动声色，"欲擒故纵"。他们不屑于使些卿卿我我、甜言蜜语的小伎俩，而是把所要表达的意思全掺到京味儿的调侃和戏谑里面。赞美听着更像挤对，抱怨其实是请求，轻松诙谐、出神入化。女孩们在忍俊不禁的同时往往会不攻自破，纷纷中招儿。佟谣没想到，从北京到纽约，经历了这些年、这些事和这些形形色色的人，最终让她在感情上"中招儿"的，依然是个京哥儿。这一次佟谣决定要好好把握。要知道她的爱情词典里还没有过失恋这个词，即使有那也只能是她使别人失恋。当然莱瑞是个例外，不过也是因为情况太特殊了。佟谣心想，现在唯一的障碍只有肖逸的那个女朋友了。对昨晚佟谣的故意挑衅她没有做出任何回应。从这一点上看，那个女孩除去美貌以外并无什么过人之处。佟谣敢说自己比她更了解肖逸，也更能帮助他去实现男人都会渴望实现的梦想。何况，真正的撒手锏她还没亮出来呢。佟谣过去的一个学法律的美国男友告诉她，纽约很大很乱，意外的事情随时可能发生。为了在有纠纷的时候保护自己，每个纽约客都应该随身带一个立拍得相机，好就地取证。佟谣对自己取到的"证"很是得意。一张照片上，高大健硕的美国帅哥亲热地搂着肖逸的女朋友；另一张是她自拍的，她和肖逸赤身相拥，躺在一张大床上。

正如佟谣那个学法律的前男友所说，纽约是一座既让人爱又让人恨的城市。人们爱它和恨它的往往是同样的东西：热闹抑或是混乱，激情抑或是疯狂，独树一帜抑或是异想天开，并存的机遇和风险让人对未知的将来随时充满了幻想和不安。难怪有人用美国的"甲状腺"来比喻这座城市，而且是极度亢进的甲状腺。这样的环境不仅激发了无数艺术家的灵感，也成了雄心勃勃的新闻记者的天堂。马克·凯西伍德，那个在中央公园碰伤了布莱恩的"疯子"摄影记者，就是这样一个一心渴望有所建树的记者。

经过上次的意外，两人后来成了好朋友。听说布莱恩曾当过特种兵后，马克更是佩服得五体投地。像很多美国人一样，马克的英雄主义情结，大致可以归结到对印第安武士、西部牛仔和绿色贝雷帽的崇拜上。这三个群体跨越了美国历史上不同的时代，却充满了同样的传奇色彩和浪漫英雄主义的精神魅力。马克说，难怪第一次见到布莱恩就觉得他与众不同，尽管他头上戴的是自行车头盔而不是绿色贝雷帽。

星期三晚上是布莱恩和紫荷约定上中文课的时间。布莱恩结束了今天的采访正准备出城，他的传呼机BB地响起来。马克发来一条紧急信息："布莱恩，我家出事了，请你无论如何过来一下！——马克"

布莱恩去过几次马克在曼哈顿东村租住的公寓。他连忙拦下一辆出租车。正是下班高峰，所有的街道都被挤得水泄不通。好不容易蹭到第一大道和豪斯敦东街交口的地方，布莱恩跳下出租车。看来步行穿过剩下的几个街区要比乘车快得多。他一边不停地说着"对不起，请原谅"，一边敏捷地在人流里寻找缝隙插过去。军营的训练加上记者的职业，没有人比他更善于在闹市拥挤的街道上"急行军"了。

布莱恩赶到的时候，见马克的公寓门虚掩着，便直接推门进去了。房间里有一股浓烈的焦糊味。马克就坐在大门边的一箱啤酒上面。他两手抱头，显得无比沮丧。

看见布莱恩，马克一下子站起身来紧紧地抱住他。"谢谢！"他眼睛红红地说。布莱恩在马克背上轻轻地拍了几下算作安慰，然后径直进屋四处查看起来。

曼哈顿是个寸土寸金的地方，出租的公寓一般都很小，进门几步便可以一览无余。然而屋里的景象让最最训练有素的布莱恩也不由得心里一震。最先让他注意到的是一片狼藉的餐桌。桌子正中有一口煮意大利通心粉用的大锅，里面的水还是热的。可是锅里煮的并不是意大利面条，而是一条两尺多长的蜥蜴。蜥蜴的头和尾巴塞不进锅里，从锅盖下面露出来耷拉在外面。布莱恩认出那是马克养的宠物蜥蜴Rex。单身的马克一直把Rex当成自己的孩子。他用恐龙里最威风的霸王龙来为它命名。他很为这只全身蓝绿色的名贵蜥蜴感到自豪。今年春天，他还准许侄子把Rex带到学校里让同学们观察，结果引起了不小的轰动，让侄子着实自豪了一番。如今 Rex 一动不动地待在锅里,只有长长的尾巴尖上还保留着一些漂亮的蓝绿色。"Sick!(病态)Bustard!(王八蛋)"布莱恩低声骂道。他能体会到马克现在该是怎样一种心情,他为什么一直待在大门口不肯进来。餐桌上还有几瓶打开喝掉一半的红酒,其中的一瓶被碰翻了,酒浆像血一样泼洒在桌子和地毯上。烟和焦煳味是从烤箱里飘出来的。他拉开炉门一看,发现烤盘里是堆得满满的胶片,已经在高温下化成了一大坨黑色的黏稠物。很显然,这些底片是从那些被乱扔在地上的抽屉里翻出来的。

马克的公寓在一层,通过餐厅的玻璃拉门可以直接走到房后一个小小的露台上。从门上被打破的玻璃和露台上一地的雪茄烟头观察,来的应该不止一个人。那几个家伙好像在外面站了好一会儿才破门而入的。"Mafia(意大利黑手党)"这个词在布莱恩的脑海里闪过。这时已经镇定下来的马克走到他身边,递给他一张打印出来的字条。上面写着:"少管闲事!如果你不想变成那只愚蠢的蜥蜴,别把警察扯进来。"

"Mafia?"布莱恩问。

马克点头证实了布莱恩的猜测。他带着歉意对布莱恩说:"对不起,我真不应该把你牵连进来。"

"牵连?马克,你该早些告诉我!不过我现在申请加盟还不算晚吧?好了,你收拾点东西先去我那儿住。明天请人过来清理一下,然后准备搬家。"布莱恩沉着冷静的语气为马克平添了许多信心。

按照官方的说法,进入 90 年代以后,曾经称霸纽约的黑手党五大家族已被一网打尽。Mafia 这个词也渐渐地从纽约人的话题里淡出了。可是马克和其他一些有正义感的同行们知道,其实那并不是真相。黑手党庞大的组织像早已扩散的癌细胞,散布在城市的各个角落,哪怕再大的手术也不可能将它彻底清除干净。总想一鸣惊人的马克一直在暗中收集信息,想做一篇关于新的 Mafia 犯罪形式的调查报道。尽管在计划的一开始,马克就已经做好了最坏的打算,可是当威胁真的来临的时候,他还是有点慌了。慌乱中第一个让他想起的人就是布莱恩。

当年在空降兵特种部队受训的时候,布莱恩和他的队友们曾不止一次地被直升机空投到一个个陌生的地方，凭借他们随机应变的能力去完成那些让人匪夷所思的任务。严酷的训练将他们造就成一群特殊的士兵。他们有着卓越的体能、智能、技能和心理素质。无论何时何地，只要被召唤，哪怕再艰巨的使命他们也会毫不犹豫、不惜一切地去完成。这样的性格和精神已经融入了他们的血液，无论他们是不是名义上的军人。退役以后，布莱恩选择了新闻记者这一行作为职业，也正是因为它的多变性和挑战性。许多影响了人类历史的伟大记者都曾是"战士"，是敢于揭穿被权势、政治和金钱所包庇的谎言的勇士。马克的这个计划让他听到了使命的呼唤，让他又一次体验到出征前的那种期待和兴奋。而且，不同于任何以往他在军队里完成的任务，这一次可不是模拟演习。

布莱恩说："马克，从今天起你我就算一个特别行动组了。你有下一步更具体的目标吗？"

"有啊！"马克胸有成竹地回答，"我连报道的题目都想好了，就叫《Mafia 的进化论——黑手伸向华尔街》。"

每个星期三晚上，多瑞丝家里都像有一个小小的家庭聚会。她会在紫荷和布莱恩下班前开始准备晚餐。紫荷一般是六点过一点儿回来，接着会陪老人一起在厨房里忙碌。布莱恩要从纽约赶过来。也不知他是怎么做到的，反正他每次都像钟表一样准确，在七点半按响门铃，误差不超过五分钟。晚餐的气氛总是轻松而融洽，两个年轻人争着给她讲外面发生的新鲜事，特别是当记者的布莱恩，常有些奇闻趣事当话题。借着聊天的机会，紫荷会帮布莱恩温习一下以前学过的汉语字词，晚饭过后她再教他一些新的内容。两人说说笑笑，十分愉快。从布莱恩小的时候起，多瑞丝就最偏爱他，待他像自己的亲儿子一样。她几次暗暗地想，要是有一天紫荷能嫁给布莱恩，我们真的成为一家人该有多好啊。可是理智的她又告诫自己不要介入，年轻人有他们自己的想法，再说紫荷还有个男朋友，将来怎么发展只好看上帝的安排了。

七点一刻，紫荷把用迷迭香和柠檬汁腌制的烤鸡端到厨房里的小餐桌上。可是这回多瑞丝的电话代替门铃响了起来。

多瑞丝在客厅里拿起电话只说了几句，就到厨房来叫紫荷："是布莱恩，他今天不来了。紫荷,他要跟你说话。"

电话里布莱恩努力地用中文说:"紫荷,我很抱歉,今天不能来上课。我向你请假。"

紫荷一听笑出声来:"布莱恩,你不用向我请假,太正式啦!"

"紫荷你别笑,我是认真的。"

"那好吧,我准你的假。你还好吗?没出什么事吧?"

"没有。我的朋友马克,噢,你还记得我们去铁人三项赛时认识的那个马克吗?是他需要我帮忙。告诉多瑞丝姨妈别担心,我星期六会过来带她去选圣诞树。"

挂上电话,紫荷不知道自己心中为什么会有一丝失落感。

布莱恩没有食言,周末的时候他开着吉普车带多瑞丝和紫荷去宾州的一家农场,一下子买了三棵圣诞树。因为多瑞丝说她要摆一棵大的在客厅,一棵小点儿的在餐厅,还有一棵最小的放在她的卧室里做"老祖母的圣诞树"。美国有一种传统,"老祖母的圣诞树"上不挂普通饰物,而是用家里几代人传下来的最有纪念意义的东西来装饰。例如小外孙出生时戴的毛线小帽呀,妈妈四岁时第一次用黏土捏的小天使呀,几十年前家里养的宠物狗的照片呀什么的。

这家农场的主人汤姆是布莱恩中学时代的好朋友。汤姆高中毕业后从父亲那里继承了这个家庭农场,把它发展成社区会员制,经营得有声有色。汤姆告诉他们,农场里的圣诞树都是现卖现砍,没有浪费。而且砍一棵补种两棵,不会影响生态环境。看见农场里的果林和菜地,紫荷想起鲁江华大姐,就说:"我有个朋友的姐姐特别会种菜。要是她能有这么个农场就好了。巧了,她也住在费城附近,应该离这里不太远。"没想到汤姆却当了真,他不停地询问江华姐的情况:"我这里缺人手,她有兴趣来工作吗?你什么时候带她来看看好吗?"紫荷心想,江舟曾经帮过自己那么多,江华姐又是那么好的一个人,如果能帮江华姐找份适合她的工作,那当然再好不过了。于是她痛快地答应下来。

装圣诞树听上去挺简单的,其实是个既要力气又要技术的细致活。盛满水的底座有几十磅重,树插在底座里如果没固定好会容易倾斜。再加上家里有个小豹子一样的黑猫斯芬克斯,说不定什么时候就会蹿上去叼树上的挂件。布莱恩没用任何人插手,一会儿就把三棵树轻轻松松地全部搞定。"紫荷你过来,假装你是斯芬克斯,拉住树枝使劲拽,我保证树既不会倒也不会歪。"布莱恩笑眯眯地请紫荷帮着作质量检验。多瑞丝在一旁打趣道:"嗨,斯芬克斯可比紫荷要野蛮多了。"

多瑞丝花了整整两天时间把圣诞树装饰得漂漂亮亮。可是这天紫荷下班回来告诉她,今年的圣诞节她不能在这儿过了。她和肖逸要在假期里一起去加州,参加一个好朋友的婚礼。

祸不单行

9

Double Trouble

肖逸接到邀请的时候,离杜宏杰婚礼的日子只剩下两个多星期了。他不禁在电话里埋怨起老杜来:"这么大的事儿你也不早点儿言语一声。这不是给哥们儿个措手不及吗?"老杜在电话的另一头连连道歉:"是有点儿太仓促了。我早该想到节日期间临时订机票不容易。不瞒你说,我跟卓慧也是上星期才作的最后决定。圣诞节大概是大伙能凑到一起的时间了,趁着我俩办事儿,老朋友们也难得在一块聚聚。咱们可是有几年没见面了。"肖逸说:"大伙能聚聚当然好了,不过你可别弄得喧宾夺主啊。女孩子都特在乎婚礼,弄不好她会怪你一辈子。"老杜笑道:"你是在说你们家紫荷吧?卓慧可没那么讲究。是她自个儿拿的主意,说要一切从简。"

肖逸对卓慧没有任何印象,也不曾听老杜提过。老杜是个把事业看得比什么都重的人,这个他最了解。不知卓慧有什么"手段",要不然老杜怎么肯早早钻进婚姻这座"围城"里呢?肖逸好奇地向凌紫荷打听卓慧。紫荷想了半天,说:"对,在北大的时候,我们楼是有个叫卓慧的女孩。她和陈晓歌好像很熟,来我们宿舍找过她几次。我记得晓歌说她人很聪明,可是有时候有点儿厉害。"

24号那天,肖逸、天山跟紫荷结伴从纽瓦克机场起飞,前往旧金山去参加杜宏杰的婚礼。走的时候纽约地区冰天雪地,机场的喇叭里应景地放着《白色圣诞节》这首歌。可等出了旧金山机场,他们简直就像到了另一个世界。这里碧海蓝天,阳光灿烂。明信片般的自然风光映衬着红色的金门大桥,画龙点睛,美不胜收。

老同学们久别重逢分外亲热。来美国这些年,大家都学会了见面先来个大熊抱,如果还觉得感情表达得不够充分,按老习惯男生们相互再擂上几拳。陈晓歌和凌紫荷两个好朋友出国后还是第一次见面,她们手拉手将对方从头看到脚。杜宏杰和卓慧走过来。老杜紧紧地握了握紫荷的手,竭力抑制着内心的激动说:"欢迎你,紫荷!这些年你一点儿都没变。"卓慧在一旁插进来:"凌紫荷对吧?在北大的时候咱们都住35号楼。这个世界可真小,转着转着大家又碰到一块儿了。"紫荷说:"是啊,多难得啊。我可真为你们高兴。祝你们幸福!"

卓慧的确是个精明强干的女子,婚礼招待会全是她一手操持的。为了精简开支又不失热闹的气氛,她把中国式的婚庆主题和圣诞节的装饰糅合在一起。婚礼租用的场地是他们所住社区里的 Club House(会所),只需要几百块钱就够了。因为是圣诞节,Club House 本来就已经被装饰得很漂亮,而且尽是红色、绿色和金色的主题。卓慧在墙上贴了几个大大的洒金红双喜,在每一个窗台上点起红蜡烛,又在大厅中央的圣诞树上添了些可爱的玻璃小红心挂件,场地就算是大功告成了。食物是从附近餐馆叫来的,中西合璧。按老杜的交代,酒是一定要保质保量的,啤酒、葡萄酒、威士忌……不过最受欢迎的却是天山从新泽西带过来的北京二锅头。"天山,你小子从哪儿发掘出这宝贝?"老杜一见便喜出望外。"嘿,想不到吧?俺们新泽西那地界儿跟你们硅谷差不多,中国和印度来的'技术民工'倍儿多。有一老印哥们儿挺神的,他开的店跟联合国似的,哪国的酒都进。你们什么时候应该去会会他,一个老印能识咱北京二锅头的货,肯定玩儿出了点儿境界。"

夜渐渐地深了,其他的宾客们大多已经散去。肖逸和天山还在跟伍状元神侃。陈晓歌陪卓慧将一些东西送回公寓去,而凌紫荷则留下来帮助老杜收拾会场。老杜显然喝了不少酒,一向沉稳的他变得有些话多。两人一边干活儿一边闲聊着,从华尔街聊到紫荷的工作,又聊到老杜和硅谷这边的几个朋友正在创办的公司。突然,杜宏杰沉默了一下儿,等他再开口的时候语气有点儿不一样。他说:"紫荷,今天是我结婚的日子。我想,有件事应该在今天画上个句号。所以你能回答我一个问题吗?""当然啦。什么事啊这么严重?"紫荷问。其实她心里已有预感。老杜又说:"我事先声明啊,这个问题跟你和肖逸的事没有关系。肖逸是我兄弟,他好我就好。其实呢,事情也早就过去了,只是我这个人爱琢磨,凡事总想找出一个合乎逻辑的解释,直到有了答案才能真正地放下。"紫荷心里一直对杜宏杰有些愧疚。不论才干还是人品,他都非常的优秀,可是却一直没从自己这里得到他所希望的反馈。今天借着酒劲儿,杜宏杰终于把在心里憋了多年的话说了出来:"紫荷,你还记得我出国前是怎么离开北大的吗?"

"记得。你当时不辞而别。我们年级好多同学都挺遗憾的,你是我们的级主任,大家本来都想去送送你的。"

"可你为什么没去送我呢?走之前我在俄文楼前等了你两个晚上,可是你最终还是没有来。我一直以为，以你的善良，看了那封信你一定会来的。能告诉我你当时是怎么想的吗？"

紫荷一脸疑惑地看着杜宏杰："我根本不知道你在俄文楼前等我啊？什么信呀？"

"你没收到我给你的信？……"

正在这时，卓慧和陈晓歌回来了，杜宏杰没再说下去。肖逸他们也站起身来。肖逸伸了个懒腰说："我看见这边上有个假日酒店，时候不早了，我们几个先过去吧。"杜宏杰拦住他："你跟天山今晚哪儿也不能去，上我家打地铺去。好不容易见一次，咱还没聊透呢。再说，你们不了解硅谷，这几年人满为患，不提前两个月预订，你还想住酒店？门都没有啊！我看把北京那些洗澡堂旅店搬到硅谷来，生意肯定火。"天山一听乐了。不过他看见旁边的卓慧，连忙收起笑容捅了一下杜宏杰道："老杜，这合适吗？今天可是你的新婚之夜。"

杜宏杰一挥手，说："卓慧，你不在乎吧？他们只待两天，你就当是给我补一个bachelor party（婚礼前新郎的男性朋友们为他告别单身生活而举行的狂欢）。"他又扭头对紫荷说："紫荷，我可把肖逸借走啦。你要是有意见，等回了纽约让他替我赔不是。"

凌紫荷温柔地笑笑回答："人家卓慧都没说什么，你们就更不用管我啦。不过你们可别折腾得太厉害了，这不比当年在男生宿舍。"站在一旁的陈晓歌搂住紫荷的肩膀叫道："你以为就你们男生有的聊呀？紫荷你住我那儿，咱姐儿俩也要好好叙叙。"

伍国梁不甘心被人忘在一边，带着他永远改不掉的湖北腔嚷嚷道："打地铺算我一个要得不！反正老婆今晚也不要我了。"

透过陈晓歌卧室的窗户，可以看到天边的一轮明月和一排棕榈树的剪影。紫荷还从来没见过这样的热带风情，初到加州的新鲜感让她没有一丝困意。她端详着床头柜上陈晓歌和伍国梁的婚纱照，对陈晓歌说："晓歌，咱们宿舍你是第一个当新娘子的吧？瞧你，穿婚纱的样子真好看。"

陈晓歌自嘲地撇撇嘴说："嗨，那婚纱照最蒙人了。我和国梁出国前没钱，找了一家便宜的小影楼。他们一共也没几套衣服，根本就没合适我的号。照片上你看不出来，其实后背的拉锁根本就拉不上，咧着一寸多宽的大口子呢。你再看这妆化的，假得能卟死人。我一照镜子，直怕国梁反悔不娶我了。"紫荷被她逗得笑起来。

"对了，紫荷，你跟肖逸也差不多了吧？你这么个大美女，到时候找家最好的影楼拍，他们准得给你摆到橱窗里去。"

紫荷轻轻地叹了口气："我还没拿定主意呢。我总觉得肖逸跟从前有点儿不一样，让我越来越看不透他了。"

陈晓歌吃惊地从床上坐起来，瞪大眼睛盯着紫荷的脸，急切地问道："你跟肖逸出问题啦？到底怎么回事儿？你们俩可是我们大家最看好的一对儿啊。"

"我也说不太清楚。"紫荷轻轻拉了一下晓歌，让她重新躺下，"肖逸退学去了华尔街以后，他的生活圈子好像离我越来越远，很多事情他也不太愿意让我介入。倒不是说我特有控制欲，可是晓歌你设想一下，如果国梁在外面遇到事儿，不把你当成他第一个倾诉对象，你会是什么感觉？"

"哦，我好像是听明白了。"陈晓歌说，"不过，紫荷，你要知道越是有雄才大略的男人往往城府也越深。肖逸和老杜将来都会是有建树的人。我们国梁是个书呆子，跟他们没法比。"

"哎，晓歌，你说老杜这个婚怎么结得这么突然啊？肖逸是他最好的朋友，可从来没听他说起过卓慧。"

陈晓歌翻过身面向紫荷，神神秘秘地说："想知道为什么吗？告诉你吧，卓慧打从来了加州就一直在追老杜，可老杜就是不来电。硅谷这地方，凡是有点本事的人，或者就算没本事，但好歹有点想法的人都在做创业梦。你说老杜是何许人也，他会甘心坐观垂钓吗？你听过他正在忙活一个Start-up（初创企业）吧？没有启动资金，把老杜给愁坏了。今年下半年，卓慧工作的那家IT公司IPO上市（首次公开募股），她算是公司的几个元老之一，所以在股票上赚了一笔。你看人家卓慧多有魄力，三十几万眼都不带眨，全换成现金给了老杜，说是算她在老杜公司入的股。依我看卓慧可不傻。三十几万换一个杜宏杰那样的老公，值了。"

两人的悄悄话一直说到后半夜,等醒来的时候已经日上三竿了。国梁往家打来电话说:"老婆啊,老杜要带我们到他的公司参观一哈(会),你就在家包包饺子,一哈我们热闹热闹。"

横穿硅谷地区的 101 号高速公路两侧,鳞次栉比的大广告牌上全是新生电子商务公司的名字。肖逸感叹道:"不是总说我们身处什么.com 的革命性时代吗?我看这回算是到'革命根据地'了。"

汽车经过 Sand Hill Road(沙丘路)的时候,正在开车的杜宏杰情绪不无激动地说:"你们看看这条街上,风险投资公司的门脸儿比卢沟桥的狮子还要多,可居然就没一家肯对我们的 business plan(企业策划)正眼儿瞧一下,全盯着.com 去了。"

肖逸说:"老杜,把你们的 business plan(企业策划)给我两份,我回去给你咨询咨询。我就不信了,现在甭管什么玩意儿,只要跟网络沾点儿边一个个都牛皮哄哄的,难道正儿八经的高科技就没人识货了吗?就说那个管人看电影撒尿的网站吧,还真有不少人跟着起哄,明儿保不齐也 IPO 了。"

天山在旁边乐不可支地说:"肖逸我知道你说的那个网站,倍儿神!所有的电影,演到哪一段儿最不要紧,观众可以放心地出去上个厕所,那上边列得一清二楚。你别说,我上回跟女朋友上电影院还真用上了,弄得我的前女友觉得我倍儿体贴!"

几个人开心地放声大笑起来。

回到新泽西,新年伊始的一场大雪到现在还没有完全融化。肖逸下了班,踩着脚下咯吱作响的积雪往地铁站走,他的皮鞋和裤脚上一会儿就溅了许多泥点。北风很硬,吹在脸上像刀子扎一样。他竖起大衣的领子,把两手深深地插进口袋里。

"肖逸,等等我!"一个声音从背后传来。

还没等肖逸来得及回头,佟谣已经一阵风似的追了上来。"好冷啊。"她说着便自然而然地挽住肖逸的胳膊,整个人紧紧地靠在他身上随着他往前走。

"哎,你怎么回事?"肖逸停住脚步,想把被佟谣搂着的胳膊抽出来,"你能不能离我远点?"他冷淡地说。

佟谣并不介意他的冷淡,根本就没松手的意思。她穿着长筒靴的双脚在地上交替跺着。"太冷了!"她说,"要是夏天嘛,你还可以套上件北京文化衫,上边写着'烦着呢,别理我'。"

肖逸绷不住乐了,不过他很快地收回笑容又板起脸来。大马路上他不可能跟一个女孩子家推推搡搡,总得保持点绅士风度吧。他只好由着佟谣紧挨着他一起往前走。"没想到你还挺贫的。"肖逸说。

"嗨,跟你们北京人学的呗。"

"你这丫头脸皮儿可有点儿厚。"

"你没听说吗?脸皮厚,吃个够;脸皮薄,吃不着。"肖逸用的丫头两个字让佟谣听着那么亲热,她心中一阵暗喜。

"哎,我说你也不管我上哪儿,老这么跟着算哪档子事儿啊?"肖逸有点儿不耐烦了。

"对呀,你这是上哪儿啊?我可有正事儿要告诉你。要不咱们上我那儿?"

肖逸站住了,用那只还有自由的手指着佟谣说:"我跟你说佟谣,你别又憋着心眼儿想害我。别老咱们咱们的成不成?我惹不起你还躲不起吗?"

佟谣大笑起来:"你至于吗?别把自己说得可怜巴巴跟受害小媳妇似的。告诉你吧,我可有'Chinawall'(中国墙)另一边的第一手消息,关于公司并购的。你听我的肯定能稳操胜券。新年来个开门儿红,今年一年的运气都会好。"

"有那么邪乎吗?这不是封建迷信嘛,干脆到中国城请尊财神供起来得了。"肖逸嘴上嘟囔着,两脚却不由自主地跟着佟谣迈进了一家街边咖啡馆的门。

90年代末期,美国的高科技公司极其活跃。就像宇宙大爆炸后刚刚形成的银河系,大大小小的天体都没来得及形成固定轨道,而是缺乏章法地互相碰撞着、牵制着、影响着。在这个过程中新个体不时地产生,也有不少小星球被周围的庞然大物吞没了。一些创业理念新颖,却没有稳定收益的小公司,如果能被人兼并就跟中了彩票差不多。只要消息一公开,它们的股价往往会翻上数倍甚至数十

大雪到现在还没有完全融化

倍。正因为这样,佟谣向肖逸透露的信息含金量极高。只要肖逸能在消息被宣布前大量收购被买公司的股票或看涨期权,短短的几个星期内他就会有很可观的收益。

"你这消息到底靠谱不靠谱?"肖逸有些犹豫,"再说 insidertrading(内幕交易)不是违法乱纪的事儿吗?"

"我说肖逸,你是真傻呀还是装傻呀?"佟谣回头四下里看看,还好,都是听不懂中国话的老美。

"恐怕是真傻。"他表情严肃地接了句下茬儿,又大咬一口手里的三明治。跟佟谣在一起的时候,他更像大学时代那个天马行空、无拘无束的肖逸。可在凌紫荷面前,他却不知不觉地收敛许多,就像一件唯美的艺术珍品会让欣赏它的人屏气凝神一样。

佟谣又好气又好笑地说:"肖逸,你现在不再是新人了,还没琢磨出点儿门道来?华尔街认什么?钱啊!说得好听点儿那叫业绩。再简单不过了,没人会因为你是个遵纪守法的好公民给你发奖金。再说了,除非你傻到去自首,谁也不可能查到你头上去呀。你想啊,兼并的案例是我们公司在作,我们公司跟你们公司没任何关系,你跟我又非亲非故……"

"哎,你等等。"肖逸打断了她,"你这句话倒给我提了个醒。咱俩是非亲非故,那你干吗想帮我赚钱?你打算提成多少?"

"一分不要!省得有后患。"她爽快地回答。

"那你到底图什么呀?我肖逸可没有白蹭人家的习惯。"

佟谣心想,我当然有所图啦。不过这回让我也学学你们北京男生,来个欲擒故纵。她故意大大咧咧地说:"那好说,你先请我这顿饭。等事儿成了,你再给我补送一份新年礼物。我喜欢 Tiffany(蒂芙妮)的首饰,要带钻石的。"说着她从手袋里拿出一个用礼品纸包好的盒子递给肖逸,"新年快乐!其实我本来是打算当圣诞礼物给你的,结果找不到你的人。"

"我不能要你的礼物。"肖逸不肯接。

佟谣这次真的有点生气了。她刷刷两下撕开礼品纸,举起那件装在精美盒子里的阿玛尼衬衫对肖逸说:"既然你非要见外不可,那就别拿它当礼物好了。上次你去我那儿的时候,我毁了你一件衬衫,就当是我赔给你的总行了吧。"

肖逸这下无话可说。

从加州回来,紫荷也意外地收到一份多瑞丝一家送给她的圣诞礼物。贺卡是小麦克用蜡笔写的,上边还画着一个戴着圣诞老人帽子的雪人。紫荷小心翼翼地打开里三层外三层的包装纸,她不禁惊呆了。

这份礼物是一张油画,不太大的一张静物。画面上一只古色古香的青花瓷瓶,简洁大方地摆在画家信手用白帆布搭出的背景中。瓷瓶里随意地插着几枝银杏的枝条,金灿灿的,仿佛刚刚从门口的树上折下来一般的鲜活。角落里的签名是:燕然。

紫荷的眼睛顿时湿润了。她走到坐在沙发里的多瑞丝旁边,跪坐在地毯上,将头轻轻地靠在老人家的腿上:"多瑞丝,这是我一辈子得到过的最珍贵,也最出乎意料的礼物!我真不知该说什么好。让我怎么谢你们呢?"

多瑞丝慈爱地抚摩着紫荷的肩头说:"布莱恩都告诉我了。他带我去了纽约的那家画廊,找到了你父亲的经纪人。你知道,我一直喜欢收藏艺术品,一见到你父亲的作品我就非常的喜欢。看得出他是个在作品中倾注了许多真挚情感的画家,这样的艺术家在商品时代已经越来越少了。经纪人还说你父亲是个很有个性的人。上次的画展非常成功,有好几个收藏家出高价要买他的作品,特别是那张白衣女子的肖像。可是都让你父亲给一一回绝了。"

"您也看到那张肖像画了?"紫荷问。

"我只看到照片。布莱恩说得对,画上那个女子的神态真的很像你。紫荷,你就没想过回到你父亲身边吗?从他的画里,我能感觉出他是爱你的。"

"其实我想过很多次,可我又觉得,如果我就这么轻易地原谅他,对我妈妈太不公平了。她是那么好的一个人,为了我和我父亲作出了很多牺牲。"

"紫荷,我理解你的心情。可是人的情感不可能全用是非善恶的逻辑来解释。你父母之间的事情就让他们自己去定夺吧。不管以前发生过什么,亲人终归还是亲人。我的童年是在路易斯安那我父亲的烟草农场里度过的。我的父母都是爱尔兰人,他们整天辛苦地劳作,没什么时间留给孩子。那时候我们家的院子里有一口井,用水得从井里压出来。后来农场被卖掉了。走的那天,我和珍妮对大树上的秋千和农场里的动物恋恋不舍。而我母亲却从井里压上一桶又一桶的清水,一遍遍地去浇院子里的花。等我长大了,我渐渐地明白了,一家人之间的感情很像那口井里的水,当你不去压它的时候,井水并不会枯竭,只是平平静静地藏在很深的地下等待着。哪一天你按下那根杠杆,亲人的爱仍会像清泉一样汩汩涌出。"

"多瑞丝,我想你是对的。我对爸爸这种无声的报复根本帮不了我妈妈,还会让亲人在遥遥无期的等待里彼此折磨。谢谢你和布莱恩让我明白了这一点。"

多瑞丝笑笑说:"要谢你就谢布莱恩吧。自从他知道了你和你父亲的事,一直在暗暗地着急。他希望你能真正地快乐起来,所以悄悄地跟我商量了很久才想出这么个办法。"紫荷的脸感到一阵发烧。这时黑猫斯芬克斯恰好走进厨房,紫荷连忙说:"斯芬克斯好像是饿了,我去喂喂它。"便站起身离开了。

已经有几年没来过这里了。樱桃山的这幢两层小楼依然如故,只是在冬天里显得很冷清。紫荷是下了班以后过来的。天已经完全黑下来了,可是屋子里却没有灯光。紫荷抱着一线希望按响了门铃,没有回应。她昨晚几乎一夜没睡,思前想后了很久,才最终下决心来到这里。就这样回去让她有些不甘心。她想起那封自己读了许多遍的信,父亲在信中说:"……也许有一天你会想起老爸,想回来看看。我盼望着有一天当我走进家门,你房间里的灯真的亮着。"紫荷拉开书包夹层里面的一个小拉锁,取出那把她这些年一次也不曾用过,却一直带在身边的钥匙。

她打开楼上楼下所有房间的灯。房子里的摆设跟几年前没什么大的不同,依旧清清爽爽的,只是整洁得更像旅馆的房间而不像一个家。她的卧室跟她离开的时候一模一样,床上仍铺着那个白底碎花的床罩,枕头和被子依然散发着淡淡的薰衣草的清香。她倒在床上,任两行眼泪顺着脸颊流淌下来。等了一会儿,房子里出奇的安静让她越来越感到不安。她下楼来到厨房,想在冰箱里拿点儿饮料喝,可是一拉开冰箱门她几乎失声叫了出来,冰箱里空空如也。这房子里并没住人。

一种不祥之兆化作一股凉气从她的后背渗透到全身。紫荷本能地抓起电话,不管是肖逸、多瑞丝还是布莱恩,她只希望在这一片死寂中能听到一个自己熟悉的声音。可是电话根本就不通,听筒里一片沉默。慌乱中,紫荷逃出了樱桃山的家……

　　郝天山给自己制订的新年计划是:上半年考下房地产经纪人的执照,下半年寻机由二房东升级为兼职的房产经纪人。他这也是多少受了硅谷之行的启发。由于"人口爆炸",硅谷的房价火箭式上升。可是建新房的速度远远跟不上技术移民大迁徙的速度和暴发户的新生速度。于是乎,有人专门收购冷门地区那些最烂最便宜的房子,不管是贫民公寓、修车行还是杂货铺,只要是前边有门儿上边有瓦的,翻修翻修就变成公寓出租。生意火暴极了。更有那空手套白狼的主儿,豪迈地拍下几万的期房头款,等几个月后房子建成该付按揭的时候,转身找个买主以当时的市价卖出去,翻手就赚10%到20%。结果胃口越做越大,手上常常有六七处期房在倒腾着,银行贷不出款来就找亲朋好友集资。不出两年愣折腾成一房地产大亨。天山想咱不妨一颗红心两手准备:博士学位也拿着,房地产也先鼓捣着。就算将来做博士后路漫漫其修远兮,他也可以兼顾着在房地产行里上下求索。

　　自打一开了春儿,肖逸恨不得每个星期都拉着天山陪他去看房。开始的时候天山老大不乐意地抱怨道:"找房子你怎么不叫着你们家凌紫荷呀?那是给你们买房子。合着咱两大老爷们儿老同进同出地看新房,回头再叫人误会喽!"肖逸笑着说:"你这阵子不是没谈恋爱吗?爱谁误会谁误会去!我看你挺行家的,就算帮哥们儿个忙还不成?我不是想等看得差不多了再给紫荷一个惊喜嘛。再说了,未来的房地产大亨现在多攒点儿实战经验,也没什么不好,对吧?"天山一听觉得有理,也就热情高涨地当起他的见习经纪人来。

　　肖逸听佟谣话进的那笔期权真的收获了,而且是一笔极其丰厚的收获。连经验老到的维尼都不得不对他刮目相看。不过维尼似乎有一点点怀疑,他不动声色地想套肖逸的话:"逸,几个月前我好像也听到过谣传,说这两家公司有可能会兼并。我当时大意了,没有继续跟踪它们的消息,还好有你在留心。干得漂亮!这次应该给你重奖。"肖逸知道在这件事情上他必须谨慎又谨慎。他装出一副一无所知的样子说:"真的吗?老板,几个月前就有消息透露出来了?那听到消息的人肯定有不少都做成了。我这次全凭运气好!用中国的说法那叫瞎猫撞到死耗子。充其量也只能说我这只瞎猫让您训练得嗅觉比以前灵敏了一点儿,所以这回还真找对了大方向。"

看来还真不能小瞧佟谣这个丫头片子。快下班的时候,肖逸按捺不住内心的喜悦,拨通了佟谣的电话。在公司里两人讲话都很小心。肖逸说:"佟谣,下班见个面好吗?有'正事儿'。"佟谣心领神会地答道:"没问题。这次还是我挑餐厅,你请客。哥伦布广场的帕尔赛你知道吧?法式餐厅,咱们七点半在那儿见。"肖逸心里觉得有些别扭,帕尔赛正是他带紫荷去过的那家法式餐厅。他刚想让佟谣换一家,她已经挂断了电话。

刚刚走到离帕尔赛不远的马路上,肖逸就被跑过来的佟谣抱着脖子在脸上亲了一口。她的个子比较娇小,为了够着他的脸还得踮起脚尖。"怎么样?听我的没错吧?冲你的 fat bonus(肥厚的奖金),今天我非得好好敲你的竹杠不可!"

肖逸窘迫地掰开她的手,对她说:"哎哎,君子动口不动手,注意保持点儿距离啊。"佟谣哧哧地坏笑着说:"我动的是口啊。"

两人吃饭的时候,肖逸的手机响了,是凌紫荷打来的。肖逸对佟谣摆摆手示意她不要出声。电话刚接通,佟谣突然对走过旁边的侍者大声说:"请再上两杯香槟。"还好肖逸反应快,在她说出第一个字的时候就把电话掐断了。他愤怒地瞪了她一眼,起身去门厅那儿给紫荷回电话。佟谣隐约听见他说:"对不起,刚才手机的信号不好……"

"佟谣你什么意思?成心搞破坏是不是?"肖逸回来的时候仍然气冲冲的。

"就算是吧。"佟谣悠闲地品着杯中的香槟,眼睛并不看着肖逸。她又一次像变魔术似的,从包里掏出一样东西递给肖逸,这次是一个信封。"你自己看吧,你的完美情人不一定像你想象的那么冰清玉洁。"她说。

信封里是佟谣用立拍得在中央公园拍的那张照片。由于镜头只对准了凌紫荷和布莱恩,本来是一张合影,多瑞丝和珍妮她们却并不在其中。画面上只有布莱恩热情洋溢地搂着凌紫荷的肩膀,而凌紫荷则娇美地笑着。两人从照片上坦然地迎视着他的目光。肖逸像被强光晃了眼似的轻轻地眯了一下眼睛,但他很快就恢复了镇定。他把照片放进信封推回给佟谣，漫不经心地说："这能说明什么问题?我认识那个男的,他是凌紫荷房东的亲戚,很熟的朋友。"尽管嘴上这么说,他心里却不禁又想起布莱恩为紫荷攒车的事儿。必须让紫荷尽快从那家搬出来。他暗暗地告诉自己。

再一次见到杨阿姨的时候,紫荷发现自己积攒了几年的对这个女人的怨恨,突然之间消失了。

那天晚上,她带着一种不祥的预感匆忙地离开樱桃山,如同当年她发现父亲和杨阿姨生活在一起时仓皇逃离的情景再现。两次她同样是心乱如麻,很想找个能帮她理出头绪的人说一说。紫荷没有手机。肖逸曾经说要送她一部,她说没这个必要。她的生活基本上是从公司到家,简单的两点一线。如果不在线上,那她十有八九跟肖逸在一起。紫荷回到家,发现多瑞丝和布莱恩一起在等她。听说紫荷没见到父亲,他们都替她感到遗憾。

"你们说我爸爸是不是出什么事了?要不然怎么家里连电话都不通了呢?"紫荷说着眼圈都红了。

多瑞丝将她拉到厨房的餐桌边坐下,关心地问她是不是还没吃晚餐。紫荷摇摇头说："谢谢你多瑞丝,我一点儿都不饿。"

布莱恩拉了一把椅子坐在紫荷对面,他的两只大手相握放在桌面上,两个拇指轻轻地对碰着,似乎正在思考着什么。他用肯定的语气说："紫荷,你先别着急。这件事情你就交给我好了。我会尽快帮你找到你父亲的。"

晚些时候,紫荷把所发生的一切在电话里告诉了肖逸。她越说越伤感,最后竟然抽泣起来。这个时候她多希望肖逸会像从前一样,不顾一切地赶到她身边,将她揽在怀里,给她以那种切切实实的温暖和依靠。肖逸听出紫荷在哭,他的心里也不太好受。他在电话里安慰她说："紫荷,事情没搞清楚之前你先别那么伤心好不好?也许根本就不是你想的那样呢?你爸爸可能只是暂时出门旅行去了。他不是画家吗?艺术家不是经常要出去采风吗?今天时间太晚了,这样吧,明天晚上我陪你再去一趟,看看能不能从邻居那儿打听出点儿什么。"肖逸根本没有意识到,紫荷此时真正渴望从他那里得到的,并不是冷静的分析和有条不紊的计划。

他们之间的那种默契,曾经涨潮般地来了又如落潮般地渐渐退去。涨潮与落潮,并不是他俩的意愿所控制得了的。

凌澜轩的家在一排连体式住宅的头上,所以从严格意义上讲,他的芳邻只有左边跟他们共一面墙的那户人家。肖逸按了按门铃,马上站后一步把凌紫荷让到前面。"黑灯瞎火的,姑娘家会让人觉得比较安全。"肖逸的话音还没落,就听见门里一阵踢踢跶跶的脚步声,好像蹭着地走路。门厅里的灯亮了,门上的猫眼儿先是透出一点灯光,随后又变暗了,门里的人显然正从窥视镜里看他们。半天门也没开。紫荷提高声音说:"我们想找你们的邻居,请帮个忙好吗?"又过了好一会儿,门终于开了一条小缝,缝里露出老奶奶的半张脸,看上去还是亚洲人。紫荷喜出望外地问:"您是中国人吗?"可是不管她用英文还是中文问,老太太只会神色紧张地连连摆手。正当他们一筹莫展之时,门缝里又露出半张小脸儿,是个四五岁的小男孩儿,手里还攥着个玩具恐龙。肖逸灵机一动,两手在胸前比画成爪子的样子,故意压低嗓音说:"我是一只霸王龙!"小男孩顿时笑逐颜开。肖逸趁机比画地指着旁边的门问道:"帮我问问你奶奶,知不知道住在旁边的人到哪去了。"一老一小叽里咕噜了一阵子,听上去像是韩语。老太太似乎是明白了,指指隔壁,可仍然连连摇头。紫荷悄悄地拉拉肖逸的袖子,小声地说:"算了,咱们还是走吧。"

回去的路上肖逸感叹道:"就这么点儿事愣说不明白,你说这家人在美国怎么过日子?"

紫荷说:"他们好像是韩国移民。我听说很多韩国人都自己开小店。年轻人在店里起早贪黑的,家里只剩下老的小的,也怪不容易的。不过像他们这样的,不太可能去留心旁边住的邻居。"

肖逸一只手把着方向盘,腾出另一只手体贴地握住紫荷的手说:"没关系,咱们过一阵子再来,说不定那时候你爸爸就回来了。你这么长时间都没跟他联系了,再多等等会有消息。"紫荷一边听着,一边看着车窗外的夜色。肖逸的话就如那飞逝而过的车灯,从她的耳边消失。"爸爸您现在到底怎么样了?"这个问题执著地萦绕在她心里。

布莱恩没有让紫荷久等,这次他通过画廊的经纪人直接和杨丽清取得了联系。"紫荷,希望你不会介意,我和杨女士通了一次电话,她说她愿意和你见面。"和往常不太一样,布莱恩的语气显得有些犹豫。

"为什么是她?我爸爸呢?布莱恩你知道我爸爸他怎么了吗?"紫荷又一次有了那种不祥的预感。

"我不知道,紫荷。因为涉及个人隐私,经纪人不肯告诉我。不过听杨女士的口气,可能有什么不太好的消息。紫荷,既然我已经跟她讲过话,你愿意我陪你一起去见她吗?"

看着布莱恩真挚的目光,紫荷感激地点头答应了。

泽西城位于新泽西的东北端,隔着哈德逊河与曼哈顿遥遥相对。从这里去曼哈顿上班既可走水路又可乘地铁,十分便利,所以成了许多城市上班族所选择的安居。肖逸看中的那套公寓位于临河大厦的23层,从厅里的超大观景窗望去,河对岸的曼哈顿像是超大电视屏幕上播映的画面,随着时间和季节的交替,放映出一幕幕风格迥异的城市风景线。

"肖逸,我看就它吧?挺不错的!"天山撺掇肖逸下决心。

肖逸仍然有些犹豫:"房子是不错,就是原来住在这儿的年轻夫妇刚刚离婚了,为了分财产才卖这房子。要不知道这些也就罢了,可知道了心里总觉着有点儿不吉利。"

"哎呀,我的肖哥,你怎么越来越迷信了呢?这还不好办?改改屋里的风水不就结了?你看啊,这么好的大观景窗,原来的房主在前头摆上一个书桌,电脑屏幕一挡画面全给破坏了,气场也被搅了。你们呢,不妨在这儿放上一个小吧台,两个高脚凳。晚上下了班,两人往这儿一坐,手捧着葡萄美酒,眼前是曼哈顿闪烁的夜景,倍儿浪漫!"

肖逸被他给逗乐了:"真有你的天山,带人看房子还兼咨询风水的。我看你以后做房地产肯定发。行,明天我带紫荷来看看,要是她也喜欢这事儿就定了。"

肖逸买房子的想法凌紫荷是知道的。只是最近几个月没听他提起,紫荷以为他忙,暂时把这事儿给放下了,也就没太在意。如今真的站在这套眺望曼哈顿的舒适明亮的公寓里，她的心里十分感动。没想到肖逸为了给她一个惊喜，竟在暗地里费了那么多心思。肖逸从她身后伸出双臂轻轻地环抱住她，俯在她耳边说："紫荷，你看，要是你愿意，以后这儿就是咱们的家！我们就拥有一片真正属于自己的空间了！"像漂流了很远的种子，移民们第一次买房，便是种子落地生根的那一刻，总是令人百感交集。领他们看房子的经纪人善解人意地说："你们好好商量一下吧，我在外面等。"她刚一离开，紫荷突然转过身来两手捧住肖逸的脸，对准他的嘴唇深深地吻了下去。这回该轮到肖逸感到意外了。凌紫荷是个娴静矜持的女孩，在肖逸的印象里她很少这样主动过。他热烈地回应着她，激情在他的身体里如同骤然蹿升的火苗，让他感觉燥热得快要窒息。远处宽阔的哈德逊河面上，一艘蓝白相间的观光游艇满载着游客缓缓地行驶着，而一只小小的白色快艇开足马力，箭鱼一般飞快地掠过水面，跳动的浪花在船后留下一道长长的弧线。

从公寓楼一出来便是繁华的街道。两人亲密地手拉着手，漫无目的地沿着大街往前走，仿佛又回到了无忧无虑的学生时代。

"肖逸你看，街对面有家 Cold Stone 冰激凌店！我馋了，咱们过去吧。"紫荷快乐地叫道。

Cold Stone 在字面上就是冰凉的石头的意思。这家店最不同寻常的地方就是柜台里面放着一块块大理石板，客人按自己的喜好选两种以上不同口味的冰激凌，由服务生在大理石板上混合起来，混的时候还可以加入脆饼干粒、棉花糖、各种果仁、巧克力，等等。经过一番有创意的排列组合，可以说每个客人吃到的冰激凌都是独一无二的。紫荷最喜欢的是由开心果味和香草味调合出的冰激凌。肖逸要的是黑巧克力加奶油山胡桃味。两人美美地坐在高脚凳上尽情地享用着。紫荷将手中的冰激凌碗伸到肖逸面前："来，尝尝我的。开心果味的冰激凌可不是哪儿都有。其实我更喜欢看它的颜色，柔柔的绿中带一点点黄。哎，肖逸，你说咱们将来把客厅漆成这种颜色好不好？"

肖逸微笑地看着她点点头："你是说开心果色儿吗？好啊！只要你天天都能像今天这么开心，你让我把油漆店搬回家我都乐意。说吧，你那小脑袋瓜里还在想些什么？"

紫荷挥挥手中长把儿的冰激凌勺,眯着眼睛说:"我要养很多很多植物,要能开花的!"

肖逸又肯定地点点头说:"没问题,连北京市园林局都说要做到三季有花,四季常青,咱们家至少得保证四季有花吧?还有什么?"

"还有啊,这回你可能会有问题了……"

"不会的!只要你喜欢。说吧。"

"家里得有个宠物才更像一个家。我想去流浪动物收容所收养一条小狗,或是一只小猫行吗?"这次肖逸没吭气儿。紫荷有些紧张地望着他解释道:"我知道你觉得小动物挺麻烦的,可是你养了就会知道,它们……"

肖逸没绷住笑了出来:"哈,这回把你骗着了吧?行啊,只要你别光顾了小猫小狗,忽略了'从娃娃抓起'的'基本国策'就行。"

"肖逸你这张嘴太缺管教!看你都说到哪儿去了?"紫荷羞怯地把脸转向一边。

肖逸飞快地把她那碗冰激凌端过来,假装偷吃了一口又推回她面前,拍拍紫荷的后背说:"好了好了,我开玩笑呢。你看冰激凌都快化了,赶快吃吧。"

紫荷气嘟嘟地挖起一大勺,没想到一个小小的塑料袋被带了出来。紫荷惊讶地睁大了眼睛:"这是什么?怎么会在冰激凌里?"

肖逸手疾眼快地拣出那个小口袋,用餐巾纸把上边沾的冰激凌擦干净,从里面取出一枚晶莹璀璨的白金钻戒举到紫荷面前。

坐在他们旁边的一个美国小姑娘最先注意到这一幕。她夸张地倒吸一口气,马上跑到肖逸和紫荷的桌边。美国小女孩个个都是看着迪斯尼关于王子公主的动画片长大的,这回亲眼所见生活里也有这等浪漫,不禁激动不已。她稚声稚气地问肖逸道:"你是要对她求婚吗?应该这样……"说着她把两条小胳膊并拢伸出,做了一个单腿跪地的动作。孩子的话把店里所有人的目光都吸引过来,肖逸十分不好意思地真的单腿跪下,拉起紫荷的手说:"紫荷,嫁给我好吗?"

凌紫荷的内心深处隐隐地闪过一丝犹豫,不过看着肖逸炽热而期待的目光,还有周围人们友好的笑脸,她来不及多想,只是湿润着眼睛,含笑地点了点头。小

217

女孩的妈妈带头鼓起掌来。在众人热情的掌声、欢呼声和口哨声中,肖逸轻轻地将戒指套在紫荷的无名指上。

地上的积雪刚刚化完,空气就变得潮湿而温暖起来。后院里不时有成群的鸟儿结伴飞来,在初春的阳光下蹦蹦跳跳地啄食着多瑞丝为它们准备的鸟食。

多瑞丝从首饰箱的最底层摸出一把钥匙,来到走廊尽头的那个房间前面。家里人都知道,这间屋子是这幢大房子里的禁地,房门永远上着锁。只有每年3月的这一天,多瑞丝才会趁没人的时候独自走进这个房间。

她缓缓拉开每一幅厚重的天鹅绒窗帘,明亮的阳光霎时倾泻进来,将房间的每一个角落都照亮了。南窗外那株柳樱柔软的枝条在微风中轻曼地舞动着,像少女温柔的长发,发丝上缀满小小的粉红色花蕾。多瑞丝打开壁柜,将里面的东西一件一件小心地取出来放在床上。那一摞印制精美的婚礼请柬,烫金的花体字并不理会时间的流逝,依然闪闪发亮。比尔婚礼那天要穿的皮鞋锃亮如新,耐心地等待着它们行使使命的那一天。多瑞丝轻柔地触摸着新娘头饰上垂下的那长长的薄纱,像一个母亲爱抚自己的新生婴儿一般。她悉心地为比尔那套礼仪上才穿的中校军服掸去灰尘,熨平皱褶,又从壁橱深处取出套着缎子保护罩的新娘礼服。虽然已经过去几十年了,但是这件婚纱依旧会让任何一个看见它的新娘羡慕不已。它的裙身是用上好的纯丝面料缝制的,如同羽毛一般轻盈。胸前、袖口和裙摆处都镶有精致的英国古典式手织花边。花边上的每一簇花形间点缀着一粒粒小小的珍珠,与丝绸同样润泽的质感呼应。

多瑞丝将婚纱比在自己身上,站到那面落地梳妆镜前。40年前的这一天她就是穿着这件婚纱,站在同一面梳妆镜前,镜子里映出未婚夫比尔赞美的目光。因为出征的命令来得紧急,他们不得不中断正在筹备中的婚礼。本来按照习俗,婚礼前新郎是不应该看新娘穿礼服的,可是在比尔出发前的那天晚上,多瑞丝执意要为他穿上这件婚纱。她庆幸自己那天这么做了,否则她一定会后悔终生。后来比尔的飞机在执行任务中失踪,他被宣布为阵亡。

镜子里映出对面墙上比尔的照片,一如既往的年轻、英俊、潇洒。无情的时间再也对他奈何不得。多瑞丝从镜子里看着他的眼睛,像40年前的那个晚上一样。

她看见比尔的眼睛闪动了一下。多瑞丝的心里一惊,手里的婚纱滑落到地上。40年了,她天天都在祈祷上帝,让她再见比尔一面,哪怕是短暂的。她一直觉得他还在她的身边,以一种她并不理解但可以感受到的形式存在着。她最大的愿望就是证实这一点。照射进屋里的阳光变换了角度,渐渐地变得金黄。镜子里比尔的目光也越来越满含着热情与爱意。她甚至看见他刚毅的嘴角微微地露出笑容。多瑞丝的心狂跳起来。40年了,上帝真的垂听了她的祷告吗?

她匆匆收拾好房间里的东西,难以抑制的惊喜和无望思念所带来的痛苦交织在一起,强烈地刺激着她已经变得脆弱的神经。她锁好门,想下楼给自己倒杯茶平静一下。正抬腿走下楼梯的时候,一个黑影从她旁边一蹿而过,多瑞丝心中又是一惊,脚下踩空,从楼梯上滚了下来。

醒来的时候,多瑞丝发现自己躺在楼梯前的地上。家里没有人,静悄悄的,只有斯芬克斯蹲在她旁边,两只绿眼睛睁得圆圆地看着她。她又气又爱地拍了拍猫咪的脑袋:"你又淘气了,不知道我老了,反应慢,眼睛也不好。"她试着想坐起来,可是右腿一阵剧烈的疼痛让她又觉得胸口发闷,天旋地转。她伸手摸了摸右腿,裤腿湿了一片,冷冰冰、黏糊糊的都是血……

离美诺制药公司不远有一个历史悠久的小镇。这种所谓的美国小镇,大多只有一条"主街"。叫"主街"的街道其实一般倒比较狭窄。这是因为沿街的那些店铺和餐馆都是小镇历史的一部分,不能被拆掉扩建。美国人很在乎保护他们不太长的历史。这些小镇被大大小小的公司、千篇一律的连锁商店和新建的居民区包围着,带给人们一丝温暖的怀旧之情。忙里偷闲的时候,美诺的员工们常三五结伴地到镇上的小餐馆里共进午餐。

杨丽清坐在一家叫做"算盘"的中餐馆里等凌紫荷。上次布莱恩和凌紫荷约她见面的时候,她正好有急事要到外州去,两个星期以后才回来。知道紫荷着急,一回来她就马上约她在美诺附近找个地方见面,这样紫荷不必请假就可以在午休的时间出来。经过电话里短暂的交谈,紫荷心里有些后悔自己曾经把杨阿姨想得那么坏。现在想想,她还是挺善良的。紫荷一推开"算盘"的大门,坐在对着门角落里的一个女人立刻冲她招手。几年没见,杨丽清显得老了许多。

杨丽清不由分说地拉住紫荷的双手,对她左看右看,丝毫没有任何芥蒂。"杨阿姨。"紫荷低低地叫了一声。

杨丽清拉着她在包厢座的同一边坐下,按捺不住激动地对她说:"小荷,终于又见到你了。你离开学校以后我们一时找不到你,我想去查,你爸爸说,慢慢来吧,多给孩子点儿时间。我现在真后悔啊!我应该早点儿去找你,那样你爸爸才会多点儿时间。"

紫荷急切地说:"杨阿姨,你在电话里不肯细说,你快点儿告诉我,我爸爸他到底怎样了?他现在在哪儿?"

杨丽清用餐巾擦了擦眼角,低下头轻声说道:"你爸爸得了阿尔茨海默症。开始我还能照顾他,可是他的病情发展得很快,生活已经不能自理。最可怕的是,我一眼看不见他就消失了。幸好我给他手腕上拴了地址牌,去年年底的时候,有两次都是警察把他送回来的。我实在没办法,只好在年初给他联系了一家有专业护理人员的老人院。"

紫荷几乎不敢相信杨阿姨所说的这番话,她喃喃地问:"杨阿姨,你是说我爸爸他得了痴呆症,什么都记不起来了?"

杨阿姨叹了一口气:"是啊,可怜的人。他曾经那么有才华,谁想得到会是这样呢?"

"你是说我现在去看他,他不一定认识我了?"紫荷的眼泪夺眶而出,她急忙低头擦拭。

"孩子,你要有这种心理准备。不过有一点我可以肯定地告诉你,你爸爸他从来都没有停止过挂念你。去年,他的病时好时坏的时候,每次他脑子清楚的时候都会跟我说:'丽清,我只要你答应我一件事,在紫荷回来之前,樱桃山那个房子里的东西什么都不要动。那是小荷在美国的家,总有一天她会回家的。'"

命运啊,你为什么要这样捉弄人?上帝啊,如果你真的存在,你的惩罚一定多于赐福!

好不容易熬到下班,紫荷昏昏沉沉地回到多瑞丝家。一楼门厅和厨房的灯都开着,却不见多瑞丝,只有斯芬克斯一边喵喵地叫着一边围着她的腿打转。"斯芬克斯？多瑞丝到哪儿去了？"紫荷正说着,看见餐桌上有一张字条,上面是多瑞丝的笔迹:"紫荷,出了点小意外,我从楼梯上摔下来伤了腿。不用担心,我已经打电话叫了救护车。我也告诉布莱恩了,他一会儿就赶回来。你今晚可能要一个人在家了。替我照顾斯芬克斯。"

　　人们常说福无双至祸不单行,难道是真的?父亲的病已经给了紫荷一个很大的打击,让她内疚到无以复加的程度,偏偏多瑞丝又摔伤住院了。坏消息赶在同一天到来,难道是在考验她的忍耐力吗?

曼哈顿的世外桃源

10

A Sanctuary in Manhattan

多瑞丝躺在急诊监护室的病床上,面色苍白如纸。这一刻她感到自己真的是老了。人无论多要强,也不可能跟自然规律相抗衡。

看见她腿上惨不忍睹的伤口,急诊室的护士手捂胸口连呼上帝。其实,她只是在跌倒的时候被雕花铁栏杆刮了一下,本不该这么严重的。可是人老了,皮肤渐渐地失去了弹性,变得像干枯的树叶一样,很容易被撕裂。结果这道伤口被缝了整整 21 针。

像她这个岁数的老太太,很多都患有骨质疏松的毛病。厉害的时候骨头松脆得有如炸薯片。咳嗽得重点儿都可能骨折,就更不用说滚楼梯了。难得的是,老太太虽然身体不能动,精神头却还挺好。她竟然有劲儿与守在旁边的布莱恩开玩笑,说等一会儿 X 光的结果出来,她浑身上下的老骨头一定会裂纹纵横,能做拼图游戏了。

布莱恩替她挪了挪枕头,让她靠得更舒服点儿。他尽力用轻松的语气来掩盖内心的焦虑:"哪儿有那么恐怖?我敢跟您打赌,您肯定没什么大事。不过我真是佩服您。看您一个人应付意外那有条不紊的劲头儿,简直像在执行一个电脑程序。我看你们这些计算机专家,一心想着教电脑像人脑一样地思考,其实啊,你们自己的思维方式早就被电脑给影响了。"多瑞丝的受伤让布莱恩既担心又自责。正所谓侠骨柔肠——这个对各种危机都能应对自如的硬汉,内心深处却始终藏着柔软的一角,那是专门留给他所敬所爱的女人们的。

本来,父亲应该是男孩子成长过程中的第一个偶像。可是在布莱恩的记忆中,父亲却是一个酗酒、暴躁,毫无理智,毫无责任感的家伙。在他刚刚懂事不久后,父亲就彻底地从他的生活中消失了。他的妈妈珍妮不得不独自承担抚养两个孩子的重担。姨妈多瑞丝像孩子们的另一个母亲,倾其所有地帮助他们度过了那段最艰难的日子。

最让布莱恩念念不忘的,是他十岁生日的那个夏天。姨妈带他去纽约看了他平生第一场真正的棒球赛:费城的 Phillies(费城人队)对纽约的 Yankees(扬基队)。能容纳五万多人的扬基体育场里座无虚席,观众的疯狂使得场内的气氛像火一样地燃烧。Yankees 是主队,得到的支持远远超过了客队 Phillies。布莱恩他们的座位周围全是地道的纽约客。为了免得招来不必要的麻烦,多瑞丝不得不提醒布莱恩,不要大声替他所热爱的费城队喝彩。那场比赛扬基队旗开得胜,一路领先,费城队步步为营。可是当比赛进行到最后一局时,费城为攻,扬基为守,情况突然开始急转直下……尽管很多纽约球迷急得拼命叫骂,愤怒地抓起身边所有能扔的东西抛下场去,可是客队 Phillies 不为所动,最终在对他们不利的形势下险胜了主队 Yankees。对于一个生长在清贫环境里的十岁少年来说,那场棒球赛是多么的惊心动魄。然而让布莱恩更加难忘的,是多瑞丝在走出体育场时对他说的一番话。她说:"孩子,你要记住,生活也像是一场比赛,因为有着跌宕起伏才会更加精彩。以后每当你觉得困难的时候,就想想今天的棒球赛。竭尽全力,永不放弃,才是反败为胜的秘密。"

对妈妈和姨妈这种特殊的、由衷的敬意,潜移默化地影响了布莱恩对待身边所有女性的态度。从军队到大学校园,无论同伴们怎样纵欲狂欢,他却很难放任自己。对女人,他会自然而然地去尊敬、去保护。但是面对那些热辣辣的性感女郎充满诱惑的挑逗,他总是选择回避。直到凌紫荷出现在他面前,布莱恩内心深处那柔软的一角,突然间生出了一种从未有过的感觉。

凌紫荷急急忙忙地赶到病房的时候,恰好值班医生手里拿着几张 X 光片也走进来了。医生矮矮胖胖的,看上去十分和善。论形象,他真不像一个挽救病人于生死一线的急诊外科医生,倒更像是个意大利披萨饼店的老板。看见大家忐忑不安的目光,他笑着晃晃手里的 X 光片对多瑞丝说:"我和放射科医生反复把这些片子检查了好几遍,你的右腿胫骨上只有一处不太严重的裂痕。你很幸运。凭我的经验,本来有可能比这要糟糕得多呢。"

"太好了!刚才我简直吓坏了!"紫荷听了高兴地握紧多瑞丝的手,大大地松了一口气。多瑞丝也笑着对医生说:"谢谢你的好消息!春天就快到了,我正担心缺了我这个花匠,谁来打理园子里的活计呢。再说天天在阳光下侍弄花草树木,不但心情好,还能让我的骨头更加强壮。"

"等一等,我可没说你能回去做花匠!那至少是六个月以后才需要考虑的事情。"胖医生告诉他们,除了那一处骨裂,多瑞丝右腿的膝关节因为软组织损伤而严重错位,除了静养没有什么更好的办法。他交代说不管吃饭、睡觉,还是任何别的时间,多瑞丝必须把右腿伸直抬高,平行于地面,严格地保持一个姿势待着。那样才能保证既不错位也不受力。"我知道,你会说我是让你坐几个月的'监狱'。对不起,但是你必须照我说的做!因为我不想看到你因为一条腿残废而被判'无期徒刑'。"胖医生收起和蔼的笑容,很认真地对紫荷和布莱恩说,"病人能不能坚持下来,很大程度上要靠家人的理解和照顾。她可能会觉得恢复期既痛苦又漫长。这期间你们的作用可比医生还要大。"两个年轻人相互对望了一眼,不约而同地点点头。只是布莱恩看紫荷的目光里带有一丝询问。

几天前布莱恩知道了凌紫荷订婚的消息。虽然表面上他热情洋溢地祝贺了一番,但是内心里却感觉实在太突然了。他早就知道紫荷有个男朋友,但他丝毫没想到他们竟已经走到了订婚这一步。

从第一眼见到她,布莱恩就觉得,这个有着一头柔亮黑发的东方女孩是那么的与众不同:她的美丽带有一种圣洁感,她的纯净会让男人油然而生一种要去保护她的冲动。在遇到紫荷之前,布莱恩自己都说不清,到底什么样的女子才会打动他的心。他只知道,不是那些热烈地仰慕他、追求他、大胆奔放的女孩子。紫荷订婚这件事让布莱恩感到深深的失望。可他的坚强毕竟不同于寻常人,他不会让任何人看出他内心的失落。他愿意看到紫荷幸福。当然,他更希望她能留在他的生活里,不管是以一种什么样的角色。想到未来的几个月里,紫荷可能会留下来照顾多瑞丝,布莱恩心中又不禁高兴起来。

凌紫荷当然会选择留下来。她们之间早就不只是房东与房客的关系了。自从自己的家变得支离破碎以后,多瑞丝一家给了她亲人间才有的那种关怀和温暖,她正发愁无以为报呢。更何况,今天从杨阿姨那里知道了父亲的病情,她欲哭无泪。紫荷现在才慢慢体会到,自己年轻气盛时的倔犟带给父亲的痛苦该有多深重。这些年来,她始终没有给过他任何解释的机会。如今,带着强烈的内疚,她很想回过头去补救;她想搞清楚那些错综复杂的因与果;她想亲口告诉父亲:他终于得到了女儿的谅解。可是一切都已太晚了,父亲的失忆症剥夺了让紫荷弥补的机会。生活总喜欢出其不意地与人开些玩笑。只是其中有些玩笑是冷酷无情的。大概这就是所谓的报应吧!紫荷清楚多瑞丝现在需要她,她也拿定主意要好好地照顾她作为报答。她绝不能再一次让自己感到后悔了!

    紫荷到美诺制药公司上班已经有好几个月了。可是每天早上,当她驾车驶进公司大门的时候,仍然会有一种新鲜感。去年她第一次来面试的时候正是秋天,从大门到她要找的办公楼之间有一条长长的林荫大道。路两侧整齐地种着梨树,一球球茂密的树冠被秋色浸染得红一片、黄一片……层层叠叠的暖色映衬着碧蓝如洗的天空,让人顿生诗情画意。除了几组散布在草坪和树林间的楼区,整个美诺简直就像一个风景优美的公园:长满灌木的小山、带喷泉的池塘和东方情调的石桥……多雾的早晨,可以看见结伴的鹿从容地穿过车道,消失在路边的树林里。一对长颈长腿的白鹭常年生活在池塘边,远处来来往往的车辆丝毫不会惊扰它们。听大卫李说,公司配有现代化的净水装置,实验室里排出的污水经过处理,一部分排进了小池塘,剩下的才流进公共排水系统。池塘里的鱼儿和白鹭其实是为了帮助美诺树立一个注重环保的公司形象。不管怎么说,美诺确实有它世界五百强的大家风范。

    从进公司的第一天起,紫荷就非常喜欢自己的工作。不光因为美诺的声誉和优美的环境,也是因为在环球大公司里,他们所做的IT项目,范畴一个赛一个的大。紫荷的老板杰夫过去是学心理学出身的,特别能煽呼。紫荷刚进组的时候,他们的新系统正逐步在公司遍布五大洲、四十几个国家的庞大网络里被启用。杰夫有一页经典的微软 PPT(Power Point 文件),大会小会总喜欢用它来承上启下。那是一张简化的世界地图,上边凡是已有他们系统在运行的国家,用绿色圆点标记;计划中将要启用他们系统的国家,用红色圆点标记。那些色彩鲜艳的圆点密密麻麻地从发达的欧洲和北美,一直蔓延到尚属第三世界的亚非拉地区,一派"星火燎原"之势。每周的动态战报上,杰夫会标出哪些国家刚刚由红变绿。他还给每个人的微机上都装了一个"环球钟"软件——全世界任何一个国家所处的时区以及当地时间,随时可以精确地显示出来。老板营造的这种国际化氛围确实有心理暗示的作用。想想看,如果大家一边回复着昨夜马来西亚办事处发来的电子邮件,一边算计着时差;看看要等几小时南非的技术服务部才会上班,此时电话响起,是从哥伦比亚打来的……这样的工作,叫人想不"以天下大事为己任"都难。

杰夫手下的兵可以说是个国际军团,除了紫荷这个中国人,另外还有俄国人、越南人、孟加拉人……不过最多的还是印度人。IT行业一向是印度籍的"技术民工"占绝对压倒多数,再加上他们格外抱团儿,连土生土长的老美都不得不让他们三分。同事们一起出去吃午饭,三次里边儿得有两次选印度自助餐。杰夫和另外一个美国小主管,每次吃印度饭都显出津津有味的样子,兴致高的时候干脆扔下刀叉,下手招呼。也不知道他们是真的被熏陶出来了,还是要作出友好的姿态,以便需要"老印大拿"们加班的时候更容易张口。

这段时间项目进行得非常紧张,频繁的加班让紫荷很为难。虽然白天他们请了专业护士上门照顾多瑞丝,但是人家可没义务加班一说,每天按点儿来,到点儿走,雷打不动。

布莱恩的妈妈珍妮赶过来陪姐姐住了一个星期。她在自己家附近的社区图书馆有份工作,不能长期请假,周末一过只好又回去了。布莱恩的姐姐辛迪既要上班又要带孩子,也抽不出身。这么一来,护士下班以后,照料多瑞丝的任务就自然而然地落在了紫荷和布莱恩的身上。

员工们无偿加班,本该是当老板的过意不去。谁知组里的老印工作狂们把风气给"带坏了"。水涨船高,谁要是不愿意跟着玩儿命干,保不齐在老板眼里会有不求上进的嫌疑。紫荷是新人,本该卧薪尝胆才是。不过为了多瑞丝,她还是鼓足勇气对老板提出请求:"杰夫,这几个月里,我希望能把加班都集中到周末。周一到周五我有事儿,需要按时下班。你看行吗?"杰夫不愧是学心理学出身的。他算得很清楚,这种时候,如果做老板的显出对下属的理解和支持,其长远效果一定会是个以羊易牛,划得来的买卖。

杰夫关心地问紫荷:"你的时间由你自己来安排,我没意见。你一切还好吗?有什么我能帮上忙的吗?"听完了她的解释,杰夫感叹道:"紫荷,你很善良,也很无私！我敢打赌，你为房东所做的这一切，我的两个儿子肯定不会为我去做！我那大儿子去年刚上大学。感恩节学校放假，他一共回家待了五天。有四天都是深更半夜我们睡下以后他才回来。第二天他一觉睡到中午，起来后又出门去了。结果我这个做父亲的，只有在去机场接送他的路上才能跟他说上几句话。我们美国人从小教育孩子说：每个人都是一个独立的个体。你必须对自己负责，因为父母或是别人并没有义务对你尽责。结果他们长大以后，也不会认为子女对父母有什么义务可言。"

征得了杰夫的许可，紫荷还有一关要过，那就是她的"师傅"，老印拉姆。和这里大多数的老印IT民工一样，拉姆来美走了个捷径。他以美国短缺专业人才的身份，直接拿到工作签证踏上美利坚国土。和那些半路出家改行干IT的中国人不同，这些老印大多科班出身，在本国也都有些工作经验。凭着过硬的技术，他们往往能在项目组里弄个小头当当。

拉姆来自印度南部一个并不富裕的大家庭，特别能吃苦耐劳。刚来的时候，他和另外六个背景大同小异的印度同胞挤在一套两室一厅的公寓里，进进出出搭一辆破车。正因为他一直尚未丢掉"艰苦朴素"的本色，长时间的加班对拉姆来说算不上什么苦差。至少办公室里宽敞明亮又安静，还有免费的咖啡和老板特意为他们加班叫的披萨。高兴的话在公司健身房洗完淋浴再回家，还省了公寓的水电费呢。经过了两年这种"以厂为家"的日子，拉姆终于成长为杰夫部门里的技术"大拿"。他掌管着整套系统的"心血管中枢"。如果把他们这个系统比喻成人的身体，那么遍布世界各地的几十个数据库就是一个个的器官；而美国总部的中央数据库就像是心脏。美诺新药研发的所有临床实验数据、药物安全数据、病人资料，随时需要通过连接心脏和各个器官之间的血管双向传输。除了拉姆以外，没有第二个人能对所有错综复杂的细枝末节了如指掌。也不知道"心理学家"杰夫动的哪门子心思，部门里三十几人，他却偏偏选中紫荷这个新手跟拉姆"拜师学艺"。

"老板，没问题！我会好好教她的。"在杰夫面前，拉姆笑得满面春风，连连点头称是。只不过他点头不是上下方向，而是脑袋跟着肩膀左右摇晃，让紫荷想起小时候玩过的七品官泥娃娃，脖子上有根细细的弹簧。只要用手轻轻一碰，那一左一右两个乌纱帽翅就会随着晃动的头颤悠半天。

哪知道杰夫刚一转身,拉姆脖子上的弹簧瞬间消失。一整天,他都正襟危坐,摆出一副日理万机的架势,丝毫不答理紫荷。紫荷知道,拉姆确实常有紧急情况需要处理,也就不便去擅自打搅。后来实在忍不住了,她跑过去问了几次。拉姆先说"Wait a minute"(等一分钟),又说"wait a second"(等一秒钟)。秒钟过了,分钟过了,小时都过了……仍旧没有下文儿。

这样又过了两三天,紫荷也明白了拉姆的用意。他的阳奉阴违激起了紫荷的倔犟。她心想:既然你先"不仁",怪不着我"不义"。你不教可以,可总不能拦着我学,不许我问吧?

这天早上拉姆一上班,咖啡还没来得及冲,紫荷就不请自来。她拉把椅子,大大方方地坐在他旁边,膝上放着摊开的笔记本。杰夫正好从旁边走过,探进头来跟他们打招呼。紫荷趁机说:"杰夫,我想 shadow(当影子,这里指跟班实习)拉姆几天,能学得快些。"

杰夫赞许地点头答道:"好啊,拉姆,紫荷,这是个好主意!你们继续吧。"

一天下来,紫荷狂写笔记到手指发麻。她把在拉姆计算机屏幕上看到的、电话对话里听到的,还有拉姆为了应付她的提问,给出的云山雾罩的回答尽量写下。虽然大部分内容她只是似懂非懂,但至少写下谜面有助于揭开谜底。渐渐地她知道该从哪儿入手来梳理这团乱麻了。

这样当了几天拉姆的影子,竟还有了一个意想不到的额外收获:拉姆那一口像掺了咖喱辣椒面般浓重的印度南部口音,她居然渐渐地听习惯了!原来,紫荷觉得这种滴里嘟噜的印度式英语特别不好懂。况且一说起工作,拉姆的语速立即提升一倍,直听得紫荷懵里懵懂脑袋发涨。偶有听清楚了的,还净是些几个字母组成的缩写,听清了却不明白是什么意思。好在这几天下来,紫荷慢慢地觉得拉姆的话越来越像英语了。

正当她好不容易上了道儿,打算小试锋芒的时候,不巧出了多瑞丝的事。紫荷只好硬着头皮,告诉拉姆她暂时不能接手限期短的紧急工作。拉姆双手交叉抱在胸前,居高临下地说:"培训的时候你那么有紧迫感,现在怎么又不能紧急了?

杰夫应该知道的,我这里会有不紧急的工作吗?各个数据库之间的数据传送中断一天,公司都将蒙受巨大损失。如果药物安全数据不能及时报给FDA(美国食品药物管理局)和各国的监管部门,公司是要负法律责任的。你懂吗?行了,既然杰夫非把你分到我这儿,我看你就整理整理文件吧。我们的系统常常会受到监管部门的审查,你要保证文件齐全,跟系统升级保持同步,还要提醒负责人及时签字。"说着他带紫荷来到一个锁着的房间前。打开门,紫荷看见里面顶天立地放着一排排的灰色铁柜,铁柜里密密麻麻地插放着一式的白色塑料文件夹。天哪,这么多!哪些是该我负责的呀?她刚要问,却发现拉姆什么都没交代就转身走了。

多瑞丝是个开朗豁达的老人。一辈子数不尽的艰难坎坷没有压倒她,但是有一件事却让她受不了:那就是闲待着,什么也不干。和善的胖医生没说错,多瑞丝果真如同"蹲监狱",甚至比蹲监狱还要难受。因为右腿被夹板捆得像棍子一样的僵直,怎么都不会舒服。才过了几天,她便浑身酸痛,难以入眠。更糟糕的是,她的情绪变得越来越坏,虽然她竭力克制着不在紫荷和布莱恩面前抱怨,可他们还是察觉到她的郁郁寡欢。

多瑞丝的轮椅上不了楼,紫荷就把自己在一楼的卧室腾出来给她。为了夜里照顾她方便,紫荷坚决不肯去楼上的卧室睡,而是在多瑞丝床边的地毯上,铺一个布莱恩带来的睡袋当床铺。早晨上班前,她再忙也会记得把睡袋收起来。她知道老人家最在乎家里的整洁,如果四周乱糟糟的只会让她更加心烦。

每天下班回来,紫荷会动手准备一些简单的晚餐。有时候,布莱恩也会从餐馆带外卖回来。饭后他们俩陪着老人谈天说地,看看老电影什么的。布莱恩每天为多瑞丝做全身按摩,而紫荷则学会了给她的伤口换药和擦洗她的全身。老人需要去医院复查的时候,全靠布莱恩把她从轮椅和汽车之间抱上抱下。看见他们的人总是羡慕地对多瑞丝说:能有这么个儿子你太幸福了!

其实这段时间里,情绪不高的不只是多瑞丝一个人。当凌紫荷奔忙于工作和照料多瑞丝之间的时候,肖逸却越来越感到闷闷不乐。

泽西城的房子他买下来了,可是紫荷根本没空和他一起布置新家。好多本该女主人张罗的事儿,肖逸只好将就着自作主张。他本以为订婚以后,他们终于能在一起,好好享受一下甜蜜的二人世界。谁料到又出了房东老太太这么个岔子。肖逸知道老太太对紫荷有恩,这个时候帮忙照顾一下也是应该的。但他想不通的是,紫荷竟比老太太家里的人还上心,一天也不肯离开。好不容易盼到周末,多瑞丝在宾州的亲戚能过来替换紫荷一下,她又经常忙着赶去公司加班。肖逸心中委屈,觉得自己老被她排在最末一位,不免多有抱怨。

紫荷却哄他说:"肖逸,我们只是订婚,不是还没结婚嘛。人家说距离产生美,我想婚礼前咱们还是保留一点儿神秘感吧。"

肖逸苦笑着回答:"有你这么保持神秘感的吗?也忒折磨人了吧?要不下个周末咱俩去拉斯维加斯,把这走形式的事儿给办了得了?听说那儿领结婚证连车都不用下。"

紫荷一听揪住肖逸的耳朵假装厉害道:"好啊你,肖逸,你就想这么蒙混过关啊?车都不用下就想把我娶进门?那也太便宜了吧!"

肖逸高举双手叫道:"天地良心,我可从来没想蒙混过关啊!紫荷你要怎么样都行,干脆明明白白地告诉我。就是别让我再这么干等下去了。苦啊我!"

紫荷轻轻地叹了口气,看着他的眼睛恳切地说:"肖逸,你原来不是总说你需要时间,让我再多给你一些时间吗?这回我对你有个同样的请求:你多给我点儿时间好吗?有些事情我得给自己一个圆满的交代。还有些事情才刚刚开始……对了,你还记得我给你讲的那个小心眼儿的老印拉姆吗?他以为,让我整理那一屋子文件是个缓兵之计,消极对抗。其实我一看,发现他给了我一把打开藏经洞的钥匙!哈,这回他就等着瞧吧……"

紫荷那副"斗志昂扬"的样子让肖逸觉得十分可爱。每次他们之间有矛盾的时候,只要一看她样子,他便无可奈何地自动退让。他一边吻她的耳垂儿,一边轻声说道:"好吧,我给你时间,只是别让我等得太久!"他搂着紫荷,两人一起倒在宽大的真皮沙发上。他的双手如饥似渴地爱抚着她修长的脖子、圆润的肩膀和一对娇俏玲珑的乳房……正在陶醉之中,肖逸突然低低地叫了一声,随即捏住他右手的食指。

"怎么了？"紫荷关心地拉过他的手，见他的手指被刺破了，渗出一个血珠。

"没事儿。"他甩了甩手，指着紫荷毛衣上的金色银杏叶胸针说，"想寻宝，结果被暗器给扎了一下。"

紫荷笑了起来，说没想到这枚胸针还防"盗宝贼"呢。银杏叶让肖逸忽然想起一件事来。他问紫荷："对了，你约好什么时候去看你父亲了吗？"

紫荷怅然地摇摇头道："还没有。我真想象不出他现在病成什么样儿了。我有点儿怕，不知道自己是不是能接受现实。"

肖逸搂紧她安慰道："你刚才不是还在说，有些事情应该有个交代了吗？该面对的总归是要面对的。要不就下个周末吧？别怕，我陪你。"

人的一生，从生到死如同画了一条线。相对于大多数人的直线条来说，患阿尔茨海默症的病人，他们的生命轨迹更像是平躺的阿拉伯数字9。在走进永恒之前，失忆症会使他们忘记现实里的一切，但是许多遥远的记忆却可能被唤醒，变得异常鲜活起来。就像9上的那个圆圈，仿佛生命里一次小小的轮回。

凌紫荷紧紧地拉着肖逸的手，怀着忐忑不安的心情迈进了圣心家园老人院。他们跟在杨阿姨的后面，走上大厅中央通往二楼的旋转楼梯。头顶上一个硕大的水晶吊灯放射着斑斓的光彩。可是这里华丽的装潢并不能掩盖让人压抑的气氛：住在这里的老人都是需要全天候护理的，有很多已经无法自由走动。严重的坐在挂有输液瓶的轮椅上，目光呆滞，似乎周围的世界对他们根本就不存在似的。肖逸觉出紫荷冰冷的手在微微颤抖。

207室的门虚掩着。"就是这里。"杨阿姨转头对他们说。她轻轻地敲了两下门，见没有回应，便径直推门走了进去。这是一个带浴室的不大的房间，里面的布置简单整洁，很像旅馆里的标准间。只是屋里的床像医院里的病床一样，电动的床头可以升降。

"奇怪，这个时候澜轩应该午睡刚醒，他怎么不在屋里呢？"杨阿姨说，"你们等着，我去问护士。"

不一会儿，护士急急忙忙地探进头来，也纳闷地说："咦，半小时前我来检查的时候他还在呢……"

紫荷一听就急了:"那你知道他会去哪儿吗?"

护士耐心地解释道:"我们每个人要负责五位老人,不可能每时每刻都盯着他们。不过你们别担心,他们绝对出不了中心的大门。这里装了上百个摄像头,我去中心监控室看一下,肯定会找到他的。"

他们在老人院一楼的小礼堂里,终于找到了凌澜轩。

紫荷怎么也不能把那个曾经风度翩翩、儒雅睿智的父亲,跟眼前这个苍老委靡的人联系在一起。他佝偻着腰坐在礼堂第一排的一把坐椅上,正好面对着前方不远处的一架大三角钢琴。

护士小声地说:"对不起,我刚才忘记告诉你们了。我发现最近他特别爱来这里,每次都坐在同一个地方。"

"这架钢琴原来是放这儿的吗?"杨阿姨问。

"不是,原来我们只有一架立式钢琴,放在餐厅里。这架琴是这里刚刚去世的一位钢琴家留下遗嘱捐赠的。"

杨丽清坐到凌澜轩身边,轻轻地握住他的双手对他说:"澜轩,你看谁来看你了?是小荷,是你一直挂念的小荷啊!"

紫荷走过来在凌澜轩前面蹲下身来。她两手扳住父亲的肩膀让他看着自己的脸:"爸爸,我是小荷!你看见我了吗?爸爸,对不起,我来得这么晚……"凌澜轩的脸上仍是一片茫然,而紫荷的眼泪却止不住地涌出来。

"……告诉玉菡明天我一定来。你快告诉她,就明天……"凌澜轩转脸对杨丽清说。

"好,好,我告诉她。"杨丽清像哄孩子似的应道。

凌澜轩的脸上露出了一丝笑容。他空旷的目光越过所有的人,直直地停留在那架三角钢琴上。他用沙哑的声音反复哼唱着一个忧伤却柔美的旋律。

肖逸拥抱住泣不成声的紫荷,轻轻地拍着她的背安慰她。

"玉菡是谁?"他小声问身边的杨阿姨,"他明天要去哪儿?"

杨阿姨痛苦地摇了摇头,她怜爱地摸着紫荷的头发说:"每次我来看他,他都对我说同样的这句话。澜轩的经历有些我知道,有些我也不太清楚。他和我哥哥

233

是辅仁大学的同学。北平刚解放的时候我上高中。我很爱澜轩,苦苦地劝他跟我们全家一起来美国,可是他坚决不肯。从那时候起,我们一分别就是几十年。我知道后来他受了很多的苦。可是,有些事情他一直连我都不肯告诉。他只说他对什么人保守着一个承诺。紫荷,我想事到如今,你只好去问你北京的母亲了。也许她能帮你找到答案。"

第二天,肖逸交给紫荷一个钢琴曲的光盘:"紫荷,昨天我默记下了你爸爸哼的那个旋律。后来我查出来,那是柴可夫斯基的一首钢琴小品,叫做《甜蜜的梦乡》。我买到了有这首曲子的CD。下次去看他的时候咱们可以放给他听。我查到一些医学文献上说,让失忆症的病人多接触他们觉得熟悉的东西,能帮助他们找到安全感,稳定情绪。"

紫荷感动地接过CD,她将脸埋进肖逸的怀里喃喃呓语:"肖逸,我爸爸不认识我了。你不会离开我的对吗?"肖逸摇摇头看着她说:"紫荷,你这个问题傻得不可救药。我都不知道该怎样回答了。"

姗姗来迟的春风,吹化了院子背阴处最后的一片积雪。忽然间那一树树的迎春、柳樱和广玉兰就争相绽放起来。花园里越是热闹,多瑞丝越觉得憋闷。紫荷想出了一个办法。她跑到地下室,在自己出国时带的衣箱里翻了半天,找出一个大绘图本来。

"多瑞丝,你不是爱花吗?既然今年春天你种不了花,咱们可以画花啊!你看好不好?"紫荷说着一页页地翻开手中的绘图本给多瑞丝看。那上边全是栩栩如生的植物花卉。画风既有植物标本图的逼真,又有中国工笔花鸟画的秀丽。

"太美了!这是谁画的?是你父亲吗?"多瑞丝惊喜地问。

紫荷有点不好意思地说:"不,这些都是我画的。其实我不太会画别的东西,只喜欢画花草。"

布莱恩闻声也探过头来,他看看画又看看紫荷,不可思议地赞叹道:"紫荷你怎么从来都没提过?原来你也是个画家呢!我今天可算了解到中国人的谦虚了。"

紫荷的脸因为羞怯而一片绯红,她连连摆手道:"我真的不是什么画家。我小的时候家里总是没人。父母不放心我一个人在外面玩儿,就常常把我锁在家里。

爸爸给了我一本花卉图谱和一盒彩色铅笔。我先是在那本书上涂满颜色,后来慢慢学着书上的样子画。再后来,我一看到新奇的花草,就试着把它们画下来。你看,每幅画旁我还写下这种植物的名称和特性。攒得越多越有意思,好像我自己编了一本花卉图谱似的。"

"紫荷,那我怎么没看见,你画过园子里的哪些花呢?"多瑞丝好奇地问。

"我的这个爱好,一直保留到在北京上大学的时候。你们看,我不是把本子都带来了吗。可是刚到美国的时候压力太大,也就没这种心情了。也许现在是该把它捡回来的时候了。多瑞丝,你要是愿意,咱俩可以一起画。你会发现,画画的时候时间过得可快了!"

"那当然好了!紫荷,这回你不但是布莱恩的中文老师,还成我的画画老师了。"

这时候,布莱恩突然神秘兮兮地宣布道:"女士们,我想出一个主意,相信你们一定会喜欢!先不告诉你们,等这个周末你们就知道了。"

布莱恩的计划被他一直保密。周末时,车已经开上了路,不管紫荷和多瑞丝怎么问,他还是守口如瓶。不过今天布莱恩显得格外放松。音响里放着80年代流行的"警察"乐队的专辑,他一边开车一边跟着"警察"忘情地唱起《月球行走》这首歌。

在曼哈顿的西面,有一个20世纪初纽约历史上著名的肉食加工厂区。有个著名的百老汇歌舞剧《西区故事》,说的就是这儿。如今大多数废弃的厂房都已被改建或是拆除,但这里还是有不少很有沧桑感的旧工业建筑。布莱恩把车停在这样一栋疮痍满目的红砖楼前。他将多瑞丝从车上扶下来,安置在轮椅上。老太太环顾着荒芜的院落开玩笑说:"布莱恩,你这是要带我们上哪儿啊?曼哈顿西区是个不怎么太平的地方,你该不会带我们来看警察怎么抓毒贩吧?要知道你老姨妈的腿可是想跑也跑不了的啊。"

门铃连响了好几遍,一个五大三粗,穿牛仔裤、格子衬衣的大汉才跑来为他们开了门。看样子他跟布莱恩很熟,只简单地跟他们打了个招呼就忙活自己的去了。紫荷发现,这栋破旧的厂房现在成了一个巨大的仓库。布莱恩推着多瑞丝的轮椅,三人乘上哐当作响的运货电梯到了二楼。当电梯门打开的那一瞬间,紫荷和多瑞丝不由得被眼前的景象惊呆了。

电梯把他们送到早年间工厂装卸货物用的一个小火车站台上。顺着交错的钢轨望去,早春盛开的野花覆盖着一条废弃多年的高架铁路,犹如一条悬浮在空中的绿色溪流,蜿蜒地穿过大都市钢筋水泥的"丛林",延伸向远方的天际……这里是那么的静谧。从下面繁忙街道上传来的喧嚣声,仿佛被充盈着青草和花香的空气给温柔地挡住了。在这闹市中的世外桃源里,大片齐腰高的白色野花在风中轻轻摇曳;一丛丛、一簇簇紫色和黄色的小花从铁轨枕木的空隙里探出头来,不甘寂寞地用色彩来吸引过往的蜂蝶。高架铁道两侧的楼房大都已经年久失修,没有人迹。可是那些锈迹斑斑的防火铁梯、那一扇扇被三合板钉死的窗户,似乎在诉说着繁华散尽后的寂寞。在这里,一种被人遗忘的苍凉感,与那野花野草蓬勃的生命力,形成了极其强烈的对比。

紫荷屏住呼吸,她被眼前奇异的景象震撼了。布莱恩端起相机,轻按快门,那轻微的咔嚓声还是惊起一群银灰色的小鸟。它们从开满粉红色花朵的野海棠树上冲向天空,伸展的翅膀和那些白色的野花一并被布莱恩捕捉进镜头里。

"紫荷,你看,这些野花生长在半空中,没人注意它们,甚至没人知道它们的存在。可是它们开得多烂漫,多无拘无束啊!大概这就是生命的启示吧。我为了做采访第一次来到这个地方,一下子就被吸引住了。"布莱恩推着多瑞丝的轮椅,和紫荷一起沿着两条铁道间铺满碎石的路基慢慢地走着。紫荷走在前面,用手为他们拨开长得高高的野草。布莱恩告诉她们:纽约市政府和曼哈顿的地产商们,一直想把这条废弃不用的高架铁路拆掉。这个计划遭到一个民间自发保护组织的强烈反对。他们说,这是城市的一段历史,像一个让曼哈顿人感到熟悉而亲切的老朋友。如果被毁掉就永远地失去了,再也找不回来了。他们找到布莱恩所在的报社,希望呼吁更多的纽约人支持他们。那个仓库老板的儿子正是这个组织中的一员。当时就是他,带着布莱恩从后门的电梯上来的。这些日子,布莱恩正打算写一篇报道,再配上一些照片。他相信这种奇特的,令人感动的美丽将自有说服力。

这里是那么的静谧

紫荷也感到激动不已。她对布莱恩和多瑞丝说:"太难以置信了!你看,每天有成千上万的人从这下面经过。可他们谁都不知道,他们头顶上竟然隐藏着一个如此浪漫的地方!"

站在高架铁道上往南看去,曼哈顿高楼林立。世贸中心的两座塔楼肩并着肩,器宇轩昂地直指蓝天。夕阳在它们的玻璃幕墙上反射出变幻莫测的光影。那超越一切的高度,正是这个城市不凡气度的象征。紫荷靠在粗犷的铸铁护栏上,她长发飘飘的样子也被布莱恩抓拍进他的镜头。

紫荷说:"布莱恩,依我看你是个很有艺术感觉的人,一点都不像电影和小说里描写的 Green Beret(绿色贝雷帽)。"

布莱恩开朗地笑了起来,露出两排整齐的白牙:"Green Beret 应该什么样?是不是非得像'冷血杀手'、'战争机器'呀?"

"噢,不不不,我不是那个意思。我只是很好奇,依你的性格,你当初为什么会选择进了特种部队?为什么没去当个……当个体育明星什么的?"

布莱恩认真地想了想,回答说:"其实开始的时候我的想法很简单。进军队服役能让我免费完成大学学业,不用再给家里增加负担。后来,一旦成了一名军人,总希望能做到最好。这点上,特种兵和体育明星确实有共性,他们的目标都是挑战极限。可是我觉得,不同的地方可能在于动机吧。作为军人,我们的荣誉感不是来自创造纪录、赢得比赛。军人意味着力量,力量赋予我们责任感,而支撑这种责任感的其实是爱,一种非常特殊、非常深厚的爱。没有当过兵的人,怕是很难理解。"

从纽约回来以后,紫荷高高兴兴地把她看到的一切描述给肖逸听。可是她没有想到肖逸竟然非常生气。

"紫荷,怎么我一提议咱们去度假,你总是没时间。可你却有时间跟着人家到什么废墟上看风景呢?"

紫荷一向被肖逸迁就惯了,她并没有太在意肖逸的情绪,只顾接着往下说:"我不是跟你说了吗?我们主要是为了让多瑞丝出门儿散散心。不过,肖逸,那个地方真的挺神奇的,可惜一般人看不到。要不是布莱恩认识那个保护组织的人,我们也不可能上去的……"

"是啊，咱只算个一般人儿，哪像人家三头六臂，无所不能的？"肖逸的语气尖刻起来。

"你今天怎么老阴阳怪气的？你生我的气啦？"紫荷娇嗔地揪揪肖逸的耳朵，把他的脸扳过来让他正视自己。

肖逸看了一眼紫荷含笑的眼睛，就把目光移开了。他轻轻地推开她站起身来，到冰箱里取出一罐黑啤酒，闷闷不乐地喝起来。打从出了大西洋赌城那档子事后，肖逸很少再沾酒。连跟同事一起出去，他都推说有一回喝多了以后，突然得了对酒精过敏的毛病。每次只点些软饮料。

紫荷越是一脸无辜的表情，肖逸的心里就越是窝火。他是那么的爱她。他在竞争残酷的华尔街奋力打拼，他煞费苦心，为她筑建了一个爱巢，却不得不在孤独等待中度过许多个夜晚和周末。为了顺遂紫荷的意愿，这一切他都默默地承受了。可是紫荷对肖逸作出的牺牲似乎总显得波澜不惊的。肖逸试着说服自己：女孩子家经不起事，紫荷的小脑袋瓜儿里已经装了太多东西，所以不可能面面俱到。然而这次不同，紫荷没有像往常那样去公司加班，而是跟着那个 Green Beret 出去玩儿了一整天，回来还一口一个浪漫呀，情调的。也许事情并不像自己想象的那么简单。

见肖逸沉着脸不说话，紫荷委屈地蜷缩在沙发的一角。她意识到自己可能伤了肖逸的心，可是她不愿意承认，也并不觉得自己哪儿做得不妥。紫荷从小接受的品德教育告诉她，凡事先人后己是一种美德。而且这里边的"己"不仅限于个体的自己，也包括了经过引申后的所谓"自己人"。所以按照国人的习惯，一旦成了"自己人"，那就不必客气、不必有所顾忌，更用不着过多的解释……因为先人后己的行事原则应该是尽在不言中的。

肖逸走过来挨着紫荷坐下。他将喝空了的啤酒罐重重地放在面前的茶几上，低着头冷不丁甩出一句话："你打算什么时候从那儿搬出来？"

"肖逸，我不是跟你说了吗？多瑞丝的腿还得要几个月才……"

"够了！多瑞丝、多瑞丝，有新鲜点儿的借口吗？"肖逸终于没有压住心头的无明火。

紫荷浑身一激灵,他们在一起这么长时间了,肖逸还从来没对她发过脾气。他的这种语气让紫荷的自尊心很受不了。紫荷呼地从沙发上站起来,面对肖逸质问道:"你什么意思?什么叫新鲜点儿的借口?肖逸你到底想说什么?"

"紫荷,告诉你我已经忍很久了!你别再逼我,你现在是我的未婚妻,有些话咱们还是心照不宣的好。"

"心照不宣?"紫荷的声音气得发抖,"肖逸这可不是你头一回'不宣'了。我这个人可没你那么复杂。咱们还是开诚布公吧。你有什么话尽管问,问完了我也有个一直没找着答案的问题等着你呢!"

紫荷的话一下子提醒了肖逸,她的手里还掌握着自己的把柄。也许,就像自己从来没对佟谣付出过任何感情一样,紫荷跟那个 Green Beret 之间也没什么吧。这样想着他冷静了下来,伸出手去想拉紫荷坐下。没想到她却甩开他的手,不依不饶地说:"肖逸,咱们俩今天必须把话说清楚。我到底怎么逼你了?"

肖逸深深地吸了一口气,下了很大的决心,才将那个一直在他心头咬噬的念头说了出来:"行,今天我就直说吧。我想我不算是个小肚鸡肠的人。我也不会去乱猜忌你和那个布莱恩。可是紫荷,我等了这么久,你到现在连什么时候能搬过来都没个准信儿。这段日子,你跟他在一起的时间比跟我多多了。你说,要是换了你你会怎么想?"

紫荷哪里受过这样的冤枉,更何况还是来自她最亲近最依赖的人。她的眼里立刻充满了泪水。面对感情上的伤害,紫荷总是把孤傲和淡漠当做一种自我保护。她语气冰冷地回道:"你爱怎么想就怎么想吧!要是你这么不信任我,我搬过来又有什么用?咱们还在一起干吗?"说完她头也不回地夺门而去。

"咣"的一声,在大门被关上的一刹那,肖逸手中的空啤酒罐飞了出去,狠狠地砸在对面的窗台上。窗外的哈德逊河,依旧平静地流淌着。

对于凌紫荷与肖逸之间因他而起的矛盾,布莱恩毫不知情。他和马克合作的那篇调查报道最近有了很大的进展。随着他们俩分头收集的资料越积越多,一张本来杂乱无章的拼图渐渐显露出端倪来。这天早上,布莱恩在搜索报社资料库的时候,有一条不起眼的、被主编给刷下来的地方新闻,引起了他的注意。

这条消息描述了曼哈顿中城一起大白天流氓袭击路人的事件。这样的事情每小时都在城市的各个角落里上演着,本没有多少特别之处。值得一提的是这起事件发生的地段。

曼哈顿中城有一条著名的街道,街边有一家广为人知的意大利餐馆。80年代初,圣诞前夕的一天中午,纽约一个黑手党大家族的"家长",在走出这家餐馆的那一刻被另一个家族给灭了。枪手的枪是隐藏在花花绿绿的圣诞购物袋里的。那时候好莱坞已经把意大利黑手党的故事搬上了大银幕,《教父》三部曲在全世界几乎家喻户晓。这一幕真实的黑手党火拼事件,更是让新闻界给渲染得出神入化。后来,一些纽约的旅行社还专门将这个街区作为一个景点,安排那些对纽约黑手党充满好奇的旅游者来参观。那家意大利餐馆也因此名声大噪。十几年过去了,同样的地方再次发生了暴力事件:一群持垒球棒的流氓合伙殴打一名华尔街证券经纪人。报道里写道:虽然这种骇人听闻的事情时有发生,但是丝毫没有影响餐馆的生意。人们传说这里的红酒和"红肉"(red meat,指牛肉、猪肉等红色的肉类)能使男人体内的雄性荷尔蒙升高,所以会变得格外好斗。当然了,雄性荷尔蒙升高并非只有打架这一种宣泄渠道……

那个被打的证券经纪人的名字,让布莱恩觉得眼熟。他翻看了马克和他收集到的资料,果然发现了多起投资者在证监会对这名经纪人的投诉。短短的两年时间里,这个经纪人已经换了五家华尔街外围的小投资公司,其中有两家后来被证监会查封关闭了。看来这是条极为重要的线索。布莱恩决定去见见那位倒霉的经纪人。受害者往往更容易与做调查的记者合作。

告别了漫长的冬日,夜晚也一天比一天来得迟了。凌紫荷离开肖逸的公寓以后,并没有马上回多瑞丝家。这个时候她有点怕见到布莱恩。

暮色将至,河两岸的摩天大楼里一片灯火阑珊,自由女神高举着的金色火炬在水天一色的苍茫中亮起。紫荷独自走在泽西城热闹的街道上,从水边吹来的习习凉风让她渐渐地冷静下来。经过那家 Cold Stone 冰激凌店的时候,紫荷忍不住往里看了一眼。那天她和肖逸坐的桌子现在正空着。店里的墙壁好像刚刚被重新

241

装饰过,深红的底色配上各种冰激凌的大照片(其中就有她喜欢的开心果味),高高地堆在一只华夫蛋筒里。肖逸后来真的请来工人,把客厅漆成了开心果冰激凌那种柔柔的绿色。紫荷下意识地握紧双手,订婚戒指上的钻石深深地嵌入她的掌心。手心的痛楚也许能稍稍缓解她心里的痛。

第二天上班的时候,紫荷依旧有些恍惚。昨夜她翻来覆去地想了太多事儿,几乎一夜都没睡着。一上午,她心烦意乱地坐在电脑屏幕前。每当电子邮箱轻轻地响起提示铃,告诉她又有新的邮件传来时,她总是迫不及待地立刻去查看,暗暗希望发件人会是那个熟悉的名字。同样,电话的铃声也让她心跳不已。然而她一次又一次地失望了。看来这次真的不同以往。肖逸,那个一向宽容大度、不拘小节,对她百般迁就的肖逸,选择了倔犟的沉默。紫荷能感觉到,如果不是真的伤心了,肖逸不应该是这样的。

接近中午的时候,正当她犹豫着要不要放下骄傲,主动给肖逸打电话时,测试组的小头儿气急败坏地跑过来问:"拉姆呢?"

"拉姆呀,他今天请假了。怎么,有什么急事吗?"紫荷这才想起上个星期五快下班的时候,拉姆破天荒地主动跑到她这儿来。他说星期一要请一天假,并且很友好地祝紫荷周末愉快。当时紫荷正纳闷儿,拉姆却喜不自禁地说,星期一他们全家要去移民局按手印,绿卡眼看着就要下来啦!紫荷当然理解拉姆的心情,这些年来,从战战兢兢到翘首以待,再从翘首以待到如释重负……那是一条多么漫长的移民之路。有多少人带着青春年少时的激情和梦想上路,等好不容易走到了目的地,才发现激情和梦想早在一路上耗之殆尽,换成了随遇而安、知足长乐的不惑哲学。

"这个拉姆,他星期五送来的软件版本有大问题!我们组三人试了一上午,发现连本来运行得好好的基本功能都不对了,还测什么新功能啊。占着我们的测试环境,别的项目也做不成,真是白白浪费时间!"测试组的小头儿抱怨道。

"我来帮你们看看吧。有时候出的问题越大反倒越容易解决。很可能是配置安装到测试环境的时候有哪里不对,不一定是程序本身的问题。"紫荷这样说着,心里却没什么底。毕竟她这一段苦下的工夫还净是些纸上谈兵,现在倒正好可以实践一下了。碰巧拉姆不在，真难得没有他设置障碍，这个机会她可一定得抓住。

下午的时间在专注的忙碌中很快地过去了。紫荷暂时忘掉了她和肖逸之间的问题。她跟软件开发组的一个程序员配合，花了两个多小时，终于找出了症结所在。果然如紫荷预料的那样，错误并不在程序码本身，而是在安装各个单元之间的组合配置上。可能因为拉姆一心想着即将到手的绿卡，激动得头脑发热，一不留神出了这个大差错。

紫荷将修改后的版本重新安装后，测试组的人将信将疑地执行了一遍基本流程，竟然真的一切顺利。看来拉姆的"独裁时代"快要宣告结束了。项目组的人开始对这个安安静静、漂漂亮亮的中国女孩刮目相看。有人提醒紫荷赶快到杰夫那儿去汇报一下。她却微笑着摇摇头说算了，毕竟主要的活儿还是拉姆干的，偶尔出点差错在所难免，这事不一定非要让杰夫知道。

工作上的问题解决了，也到了下班时间。紫荷这时的心情好了很多。她多想马上跟肖逸分享她今天的胜利。说来也怪，不同的心情往往会影响人们对同一件事物的看法，紫荷忽然觉得，她不再生肖逸的气了。原来，天性洒脱的肖逸其实也会吃醋，别看他平常滴水不漏，可是水满则溢，这回他一定是实在忍不住才爆发出来的。紫荷决定主动去找肖逸。这时候他应该不在气头上了，两人心平气和地把事情谈开，有什么问题解决不了呢？

紫荷打电话告诉多瑞丝，她今天会晚点儿回家。下班的路上，她特意到超市买了新鲜的蔬菜水果，打算一会儿为肖逸做一顿晚饭。她有些内疚。他们不在一起的时候，肖逸要么跟着他的那帮同事在外面胡吃海塞，要么饥一顿饱一顿地用微波炉快餐对付一下了事。这样不规律的生活对他的健康很不好。

紫荷坐电梯上到23层，她不知道肖逸这个时候下班了没有。如果没有，她正好可以做好晚饭给他一个惊喜。她掏出肖逸特意为她配的那把钥匙，打开了公寓的大门。

一股酒气扑面而来。房间里没开灯，只有电视机屏幕发出的光随着画面一明一暗地闪动着。可是电视机的声音却被关掉了，所以屋里异常的静寂。紫荷的眼睛一时没有适应黑暗，看不清屋里到底有没有人。

"肖逸！你在吗？"她试探地叫着伸手去摸墙上的开关。

灯亮了，她一眼就看见肖逸背对着她，孤独地坐在客厅里的小吧台前。他望着窗外曼哈顿的夜景，频频将手中的酒杯举到嘴边，好像根本就没听见有人进来。

紫荷扔下手中的东西疾步走到肖逸身边，轻轻拿掉他手中的酒杯。吧台上的那瓶司考奇威士忌已经空了一小半。紫荷心疼地责备他："肖逸，你怎么又喝这么多酒？你今天没去上班吗？"

肖逸有些茫然地抬头看看她，半晌才说："你来啦紫荷……等着，我再去拿个杯子，你陪我一起喝。你看，这夜色多好。你还从来没坐在这儿好好地陪我喝一回呢。"说着他站起来，脚步有一点不稳。

紫荷连忙扶住他，把他带到沙发前坐下，温柔地哄着他说："你好好的，坐在这儿别动。我去烧水泡点茶，咱们以茶代酒，我陪你喝茶好不好？"她转身走开的时候，没忘了收走吧台上的酒瓶和酒杯。

她刚走进厨房，肖逸也像个黏人的孩子似的跟了进来，他不由分说地一把将紫荷搂进怀里，喃喃地说："紫荷你可回来了！我不敢去找你，我怕你说你不愿意跟我回家。我实在不知道该怎么办……"

肖逸半醉半醒时流露出来的无助和依恋打动了紫荷。她也紧紧地拥抱着他说："怎么会呢？肖逸，你这样也显得很傻知不知道？我怎么可能离开你呢？咱们俩都别赌气了，其实真的没什么大不了的。"她找出一个能封口的塑料袋装了些冰块，又在外面裹上一条毛巾，递给肖逸说，"去吧，躺在沙发上好好醒醒酒。我可不愿意跟一个醉醺醺的人对话。"

紫荷正在厨房里忙碌的时候，门铃突然响了。

覆水难收

11

No Second Chance Once the Water Is Spilled

门铃响的时候，紫荷正在做火腿蛋炒饭和雪豆粟米汤。

"肖逸，这个时候谁会来呀？"排风机嗡嗡的响，她不得不提高嗓门对着客厅喊。

"可能是送快件的。我去吧。"肖逸拿下脑门上的冰袋，起身去开门。

门外的不速之客让肖逸像见鬼似的吓了一跳。他慌忙地想把门关上，将来人关在外面。可是来不及了，佟谣的半个身子已经闪了进来。

"你怎么找到这儿的？"肖逸觉得刚才喝下去的酒这会儿全变成了汗珠子，从全身上下的毛孔里刷地渗了出来。

"肖逸啊，你可真不够朋友，搬了新家都不吱一声儿。再怎么说我也为这房子的首付作过贡献呀。所以你就别怪我不请自来了。咦，是不是你这儿有客人不大方便呀？"说着她径自走进来，好奇地向厨房里张望。

"哎呀，我说佟谣你就别添乱了行不行？我这儿的确不方便，你赶紧走吧！求求你了，改天我一定请你吃饭！"

肖逸的话音还没落，凌紫荷端着一盘蛋炒饭从厨房走出来，差点儿和佟谣迎面撞上。两人都不由得一愣。

佟谣马上回过神来。她反客为主地接过紫荷手中的盘子，嘻嘻哈哈地说："哇，这蛋炒饭闻着挺香的。我看不用改天了，你今天就留我在这儿吃饭吧！"

肖逸十分尴尬，只好硬着头皮对紫荷解释道："紫荷，你还记得吗？你跟佟谣以前在莱瑞的Party上见过一次。她现在也在华尔街，我们也算是半个同事吧。"

"对，我记得的。那你就请坐吧。要喝点儿什么吗？"佟谣轻慢的态度让紫荷十分反感，但她仍然彬彬有礼，作出一个有教养的女主人应有的姿态。

"你好像是叫什么紫荷对吧？你别听肖逸的，什么半个同事，我们俩，那可称得上同一条战壕里的战友、配合默契的搭档。所以呀，搭档有乔迁之喜我不能不来认个门啊。"

佟谣的声音和语气似曾相识。紫荷猜出，她一定就是那天夜里跟肖逸在一起，而且接听了肖逸手机的女人。紫荷的目光冷冷地扫向肖逸。肖逸这时已是如坐针毡，可是他不得不故作轻松地说："认门儿也没你这么性急的啊。要不那什么,等我跟紫荷准备准备,到时候正式把朋友们都请过来,开个 house warming party(温暖新居的派对)好不好?今天时候也不早了,要不要我送你下楼?"

"哟,这么快就下逐客令啦?我还饿着肚子呢。我看女主人肯定不会像你这么狠心。"

紫荷在心中不断提醒自己要保持镇定。她强作笑容,带着嘲讽的语气回答道:"是啊,肖逸,我们可不能那么没礼貌。快招呼客人坐吧,我去把汤端来,咱们就一起吃点家常便饭好了。"

看来那个一直困扰着她的谜团今天终于可以被揭开了。紫荷的心中虽然痛苦,但是对于真相大白的期待却让她的头脑异常冷静。

三人刚刚在桌前坐定,佟谣忽然像有个重大发现似的叫起来:"哎,凌紫荷,你的项链挺好看的,Tiffany 的吧?我猜一定是肖逸送你的对吗?"说着她举起自己胸前的项坠,对着灯光,陶醉地欣赏了一下那上边的钻石反射出来的光彩。她故意扭头对肖逸说:"看来你还真挺有眼光的,比好多大陆来的男生都强。给女孩子送礼物,专门挑 Tiffany 首饰。不错呀,有品位!"

肖逸啪地放下筷子厉声对佟谣说:"行了,佟谣你到底想干什么?你要再闹我现在就请你出去!"

紫荷眯起她的大眼睛看着肖逸说:"别这样肖逸。有些事情你从来没跟我说过,我其实挺想听听的。"

肖逸用餐巾擦了擦脑门儿上的汗,他的头疼得像要裂开似的:"紫荷,其实不是你想的那样。佟谣帮我做成了一笔交易,赚了不少,我送她项链也就是表示感谢。"

紫荷点点头,又转向佟谣,直截了当地问道:"那你帮他赚钱,不会光是为了让他送你条项链吧?你们经常在一起对吗?那天肖逸在大西洋城彻夜未归,用他的手机跟我通话的就是你对不对?"

肖逸愕然地看着紫荷。到现在他才明白,那个时候紫荷几次三番欲言又止,原来她一直都知道,自己有个难以启齿的秘密。如果不是最后看见肖逸发狠割破手腕,紫荷肯定不会那么轻易地原谅他。这么长时间以来,紫荷独自承担着这个不是秘密的秘密所带给她的痛苦和煎熬,竟然始终没跟肖逸提起过。原来肖逸总把她当做一个单纯的小女孩,没想到她竟有如此的涵量。相比之下,他为自己的行为感到羞愧难当。酒精的作用加上高度的紧张,使他的脑子变得一片空白,连佟谣和紫荷在说些什么都听不太清了。

既然凌紫荷已经把事情挑明了,佟谣觉得到她该出手的时候了。凭着女人的敏感,她早就注意到紫荷手上的订婚戒指,如果再不破釜沉舟,一旦肖逸跟凌紫荷结了婚,她的希望就更渺茫了。

"凌紫荷你真的想知道吗?如果我告诉你那天到底发生了什么,你可别后悔!"

"佟谣你敢!"肖逸本能地一把将佟谣从椅子上拽起来,就要往门口拖。佟谣一只手紧抓住餐桌的桌沿儿,谁知肖逸用力太大,结果连桌布带上面的盘盘碗碗一起被扯掉了,稀里哗啦地摔了一地。

"肖逸你疯了?好汉做事好汉当,你还是不是个男人?"佟谣尖叫道。

凌紫荷痛苦地闭了闭眼睛。不用佟谣再说什么,她最担心的事情已经被证实了,被肖逸一反常态的歇斯底里给证实了。

"肖逸你放开她。"紫荷的声音虽然不大,却充满着震慑力。肖逸垂下了头。佟谣甩开他的手,从提包里找出她的"撒手锏",那张肖逸睡着时她偷拍的,两人赤身裸体在床上的照片。她炫耀似的晃动着照片说:"凌紫荷,事实胜于雄辩,我这儿有铁证,你瞧瞧就都明白了。"

紫荷看都没看她一眼,只是冷淡地说:"不必了,事实也好,雄辩也好,现在都跟我没关系了。你还是自己留着吧。"她极力忍住眼泪,坚决地推开试图阻拦她的肖逸,径直向大门口走去。

肖逸绝望地跟她到电梯前,苦苦地哀求道:"紫荷你别走!你容我解释,我会把一切都告诉你的。你想怎么惩罚我都行,就是别离开我。"

紫荷低着头无声地擦干眼泪。电梯来了,她毫不犹豫地跨了进去。在电梯门将要关闭的那一刻,她好像突然想起了什么似的伸手一挡。肖逸似乎看到了一线希望,连忙帮她撑住电梯门。

紫荷飞快地褪下手上的钻戒塞给肖逸，眼泪又止不住地顺着脸颊流淌下来。她以一种宁为玉碎不为瓦全的决绝口吻说："不用再解释了。你失信我毁约，咱们现在两清了。肖逸你好自为之吧。"电梯门关上的那一刻，肖逸和紫荷四目相视。

　　在今后的许多年里，紫荷那闪动着盈盈泪光的眼神，不时从肖逸的记忆深处浮现出来。它使人联想到一只中了暗箭的小鹿的眼神，充满着幽怨、惊疑和痛苦，却依旧纯洁美丽，让人心生怜惜。

　　自打与肖逸分手后，凌紫荷在公司里拼命地工作，回了家又拼命地做家务，似乎只有把自己弄得筋疲力尽才能挨过每一天。肖逸也是同样的心力交瘁。他太了解紫荷了，她是一个至纯至真之人。自己的所作所为早已超出了她的底线。在这件事情上想要求得她的原谅，几乎是不可能的。尽管无望，肖逸还是试着给她打电话，发电子邮件，送花……但是一切都是徒劳。连连碰壁之后，肖逸鼓足勇气在一个周末来到多瑞丝的家。以前约会的时候，他总是把车停在街对面，打电话让紫荷出来。紫荷说多瑞丝有个怪癖：她最讨厌住在她家的房客带别的人来，尤其是他们的恋人。所以来之前肖逸做好了种种设想，他告诉自己，哪怕老太太再难对付他也要见紫荷。然而他万万没有预料到，他最终见到紫荷的情景竟会是这样的。

　　那是暮春时节一个明媚的下午，肖逸在街对面停好车，心情忐忑地往多瑞丝家走去。他插在裤袋里的双手，因为紧张而下意识地攥成拳头，心里反复盘算着一会儿见了紫荷应该怎么说。肖逸刚走到多瑞丝家的车道中央，就突然停住了脚步。透过篱笆的空隙，肖逸看见紫荷就站在后花园里。多日没见，她瘦了，显得更加单薄了。她两手戴着工作手套，每只手上捧着一盆花苗。肖逸刚想叫她，却看见布莱恩单腿跪在她旁边的花圃前，正帮她将花苗一棵棵种到松好的土里。他们两人配合得那么默契：紫荷将花从育种的小盒里拿出来递给布莱恩，告诉他哪种花应该种在哪个位置，布莱恩只三两下就麻利地把花种好了。春天温暖的阳光下，两人被花圃里错落有致的黄白蓝紫各色花朵映衬着，连肖逸都不得不承认，那是一幅多么和谐的画面。

肖逸呆呆地站在那里看着他们,他的心里极其的不是滋味。这时紫荷一回头看见了肖逸。她愣了一下,随即飞快地转身,消失在房子的后面。布莱恩站起身来,奇怪地四下张望,他不明白紫荷为什么突然走掉了。看见还站在那里的肖逸,布莱恩大大方方地走过来,对他伸出右手:"你好。你是来找紫荷的吧?我叫布莱恩。"两人握了握手,布莱恩说:"刚才她还在花园里呢,一定是进屋去了。你跟我进去找她吧?""谢谢,不用了。"肖逸摇摇头转身离去。他听见布莱恩在他身后大声对他说:"你是逸对吗?你等一下,我去把紫荷叫出来。"

"不,我改变主意了。再见。"肖逸头也不回地走了。他不知道此时紫荷正从窗户里目送着他的背影远去……

再见到紫荷的时候已是仲夏。

天山的弟弟郝天池被普林斯顿研究生院录取了。天山把几个最要好的朋友召集过来,为弟弟安排了一个接风宴。一来大家平时各忙各的,难得一聚;二来也是为了介绍天池和几位"前辈"认识,说不定将来什么时候还需要他们关照呢。

天池的皮肤黑黑的,性格憨憨的,跟天山完全不像兄弟俩。"哥,姐,来尝尝,这是咱们吐鲁番的葡萄干和阿克苏的杏干,都是天然绿色食品。我从新疆带过来的!"天池转着圈给大家每人分了两包他的新疆特产。天山在一旁说:"咱这兄弟人忒实在,非要带什么土特产,还跟我说:你们美国啥都有,只有真正的土特产还八成有人稀罕。有句老话叫豆腐盘成肉价钱。你们说说啊,从阿克苏到乌鲁木齐,从乌鲁木齐到北京,再从北京到纽瓦克,他的葡萄干还不该盘成人头马的价钱了。幸亏没让海关给扣下喽!"

酒还没过三巡,天山又忍不住地数落起弟弟来,怨他不听劝,认死理,非要读什么生态生物学的博士学位,太偏了,简直是睁着眼往死胡同里钻。"看看你肖哥,啊,人家华尔街金领!你哥我也不含糊啊,房地产界成功人士,啊,是咱的奋斗目标。你怎么就不能听听我们这些过来人的,啊?"

天池也不恼,只是有点不好意思地说:"哥,我本科学的是林业,换成别的我也干不来嘛。"

肖逸一口气喝干了杯中的啤酒,感慨地拍了拍天池的肩膀说:"天池,别听你

春天温暖的阳光下

哥的。你可能不知道,我们这拨人上大学的时候,有一首歌特流行,叫做《跟着感觉走,紧拉住梦的手》。你这样的年纪正是跟着梦想走的时候。等过些年,梦想没了,只能跟着现实走。再过些年,梦想没了,现实也不尽如人意,那时候就只剩带着回忆走了。所以呀,只要现在认准了的事,就尽管去干!"

天池给肖逸的杯子里添酒的当儿,郝天山伏在他耳边小声说:"肖逸你快瞧谁来了?我看哥们儿你的梦想、现实和回忆,三位一体,全交代在她那儿了。"

凌紫荷来晚了。她一个人款款走进餐厅的时候,吸引了不少好奇的目光。郝天山连忙迎上去招呼道:"紫荷,我还以为你不来了呢。"紫荷一边为自己的迟到抱歉,一边微笑着跟大家打招呼,见到肖逸,她优雅地微微颔首致意。肖逸直直地盯着她没说话,被天山在桌子底下给踢了一脚。为了转移注意力,天山连忙把紫荷介绍给弟弟:"天池,这位是你凌紫荷姐姐。人家从普林斯顿一出来就进了世界五百强的大公司。等会儿你好好问问她学校里的事儿。"天池是个腼腆的孩子,乍见到一位如此美丽的女子,他低低地叫了一声"紫荷姐",竟然有些脸红。

众人散去的时候,郝天山故意说:"那什么,肖逸,外边儿挺黑的,紫荷的安全我就交给你负责了啊。紫荷,今天真谢谢你赶过来。让我觉得倍儿有面子!"

紫荷笑着说:"我可是全看在天池的面子上。以后有什么事,天池你尽管给我打电话。"

只剩下肖逸跟紫荷两人的时候,肖逸极力克制着自己的感情,轻声对紫荷说:"我没想到你今天真的会来。"

"是啊,我也一直都在犹豫。我想天山大概是受你之托,三番五次地叮嘱我一定要来。后来我也想清楚了,总这么逃避下去也不是办法。父亲的那件事已经给了我一个教训。"

肖逸听到紫荷的话音里有转机,不觉眼睛一亮:"这么说紫荷,你肯再给我一个机会了?紫荷你不知道我心里有多后悔,天山也把我骂了个狗血喷头。他要是能再狠狠打我一顿我兴许会好受点儿。天山是好哥们儿,其实今天我没敢托他,是他自己替我着急想帮我。"

紫荷抬起眼睛真诚地望着肖逸说:"你可别误会。我是想说,也许咱们还有可能做朋友,好朋友。对吗？"

肖逸停了半晌,终于长出了一口气。他环顾左右艰难地答道:"如果这是你的愿望,那好吧,我尽量。"接着,他岔开话题问紫荷道:"最近还常去看你爸爸吗？他还好吗？"

紫荷摇摇头说:"没什么好转的迹象。他一有空就在钢琴边坐着,谁也不理。对了,那首《甜蜜的梦》对他像有魔力似的,他一听就会安静下来。谢谢你肖逸。过一阵我可能需要重新为他找一家老人院。这里条件虽好,可是费用实在太高了。"

肖逸说:"紫荷,我看过一些资料,得这种病的人最好不要离开他们熟悉的环境,否则容易产生焦虑感。你把他的病情告诉你妈妈了吗？"

紫荷叹了口气说:"告诉了。我妈真可怜,她知道了以后一直哭。她说爸爸好长时间没跟她联系,她本来没觉得太奇怪。其实她早就怀疑,这些年爸爸在国外可能重新开始生活了。可是她万万没想到他会病成这样。我妈说,她想来美国看我们。等她来了,我一定要把很多事情当面问个清楚。"

告别的时候,肖逸又把两手深深地插在裤袋里,他害怕自己会情不自禁地拉过紫荷,像以前那样拥抱她亲吻她。那样肯定会把她吓跑。紫荷还想他们可以试着做普通朋友,那未免太天真了。不过肖逸宁可演戏来配合她,只要让他有机会能接近紫荷,怎样都行。

经过大家几个月来的悉心照料,多瑞丝的身体康复得很好。老人家可以自理以后,紫荷曾经考虑过,自己是不是应该搬出来单住。父亲在樱桃山的房子一直空着,里面的东西都保留得跟从前一样,令她想起刚来美国时那一段温馨的日子。紫荷实在不忍心将它租出去。可是她刚提出要搬到樱桃山,立刻就遭到多瑞丝全家的一致反对。于情上,她早已不是一个房客。这些年来,她和多瑞丝越来越像相依为命的母女。于理上,樱桃山离她上班的地方比较远,到多瑞丝家也不方便。再说凌澜轩住的养老院一年需要近十万美元的费用,即使有父亲毕生的积蓄和杨阿姨的帮助垫底,也还是远远超出了紫荷的承受能力。说实在的,她确实很需要那笔固定的房租收入。就这样,紫荷留了下来。多瑞丝吩咐布莱恩尽快帮紫荷把樱桃山的房子收拾出来,将一些珍贵的东西妥善安置好就可以出租了。

布莱恩这时也已搬回他在纽约的公寓,只不过一有空他便往姨妈家跑。紫荷是一个生性安静的女孩,布莱恩却酷爱户外活动。有了他,多瑞丝和紫荷的生活里平添了许多乐趣。这段时间,他看见紫荷郁郁寡欢的样子,猜出她跟肖逸之间的问题一定不小。其实这正是他一直都在暗暗期待的信号,现在他可以不必再犹豫了。按照布莱恩一贯的行事风格,当他一旦认定目标,必然会全力以赴,志在必得。然而他并没有让紫荷对自己心中的想法有所察觉。因势利导、水到渠成,这两个成语还是他从紫荷那儿学来的。

这是一个星期五的晚上,布莱恩跟紫荷约好在樱桃山见面,他们要把凌澜轩的东西整理打包。

布莱恩进门的时候,拎着好几个搬家用的大纸板箱。紫荷正要去接他手中的东西,布莱恩却把大纸箱往地上一放,弯腰从其中的一个里面掏出一盒包好的礼物来。包礼物的花纸上印着蛋糕、蜡烛和生日快乐的字样。他将礼物递给紫荷。

"这是什么?给谁的?"紫荷好奇地问。

"是给你的。"布莱恩的语气那么自然,让紫荷更加摸不着头脑。

"给我的?布莱恩你一定搞错了,今天根本就不是我的生日啊?"

布莱恩从容而自信地答道:"没错,是给你的。因为今天是我的生日!"

紫荷被他奇怪的逻辑给逗笑了:"今天真的是你的生日?你怎么不早说呢?我还从来没见过像你这样过生日的。你看我什么都没准备,只有祝你生日快乐啦!"

那份礼物拿在手里沉甸甸的,紫荷很好奇布莱恩在玩什么样的游戏。"真是给我的吗?那我可以打开啦?"她问。布莱恩微笑着点了点头。

这是一个做工极其考究的绘图本,墨绿色的皮质封面,质地优良的重磅绘画纸,还配有一大盒专业画家用的48色彩色铅笔,用来画植物和花卉再合适不过了。

"布莱恩!你怎么会想起送我这些?"紫荷睁大眼睛惊喜地叫道。她内心深处涌起一阵融融的暖意。没想到布莱恩会这么细致,那个她从中学时代起就一直用的本子确实有些破旧了,没想到他只看过一眼竟然一直记在心里。

"喜欢吗?"他问。

"我很喜欢。可我还是不懂,明明你过生日,为什么你要送礼物给我?"

"很简单呀,因为这样做我会得到我最想要的生日礼物啊!"

"你最想要的生日礼物?是什么?快点儿告诉我,我明天就去买!"紫荷把本子抱在胸前天真地问。

布莱恩热烈地凝视着她的眼睛说:"我最想要的礼物不是别的,是你的笑容。我已经得到了。当然我还想要更多,越多越好。"

紫荷羞怯地垂下她长长的睫毛,不知道应该如何作答。布莱恩却不难为她,他拾起地上的几个空箱子说:"紫荷,我看咱们就从书房开始吧。"

干活儿的时候有个伴儿,感觉轻松多了。布莱恩一边把书架上的书放进纸箱里打包,一边对紫荷说:"你看,这一阵天气多好,你应该多出去走走。明天咱们去汤姆的农场摘些新鲜的蔬菜水果好不好?"

紫荷很喜欢去汤姆的小农场,不光因为那里是个可爱的地方,还因为经过她的介绍,江华姐从春天起真的去那儿上班了。这下正好,可以去看看她。紫荷有点心不在焉地答应了一声,注意力却完全被眼前的东西吸引住了。

凌澜轩那张大写字台的下方有一个上锁的抽屉。听杨阿姨说,她从来都没见过父亲打开那个抽屉。紫荷收拾书柜顶层的时候,在一只青釉笔洗里无意间发现了一串钥匙。她将钥匙一把一把地拿来试,还真的把抽屉给打开了。

抽屉里有一本陈旧的相册,织锦缎面的边角处已被磨破。相册里不多的一些黑白照片,用背面涂胶的相角固定在黑色的纸板上。

"布莱恩,你快来看啊!"紫荷小心翼翼地将相册放在写字台上,慢慢地一页页翻开。眼前大大小小的旧照片,如同一个个通往时光隧道的窗口,尘封多年的日子透过窗口呼之欲出。

"紫荷,这个是你吗?"布莱恩指着第一页上瞪着一对黑亮眼睛的小姑娘惊呼道。那确实是紫荷一岁时候的照片。她穿着一件带圆点儿的棉袄罩衣,胸前别着一个大大的毛主席像章,快有她的小脸儿那么大了。照片儿底下还印着"为人民服务"的毛主席题词。紫荷费了好大的力气,还是没能对布莱恩解释清楚这些时代的产物。

随着相簿一页页地翻去,他们看见紫荷的父亲和母亲,和许多与他们命运相同的人一起,在五七干校接受脱胎换骨的劳动改造。朴素的,甚至是寒酸的衣着掩盖不住他们美好的青春。父亲英俊挺拔而潇洒,母亲虽称不上美丽,却散发着一种温良淳厚的光辉。

两人对一张紫荷站在鹅群里的照片笑了半天。那些大白鹅抻长了脖子,看上去快跟小姑娘一样高了。只可惜翻完前三分之一,后面就只剩下些空页了。紫荷刚要合上相册,却被眼尖的布莱恩拦住了。原来,相册的最后几页还藏着不曾被她发现的秘密:两片保存完好的银杏叶标本,被人拼成一只蝴蝶的形状,覆盖在一张玻璃纸下面。因为年代久远,树叶的金黄色已经不再鲜亮。翻过这一页,紫荷与布莱恩都惊呆了。这是一张那个时代难得一见的放大照片,专业的打光和细腻的银版将这张肖像处理得非常艺术。照片上不是别人,正是那个屡屡在凌澜轩画作中出现的白衣女子。她那一对黑白分明的大眼睛,清澈如水地望着紫荷,仿佛在对她无声地诉说着什么。可惜这个女子的照片一共只有两张。另一张小多了,是老式的120相机拍摄的。从衣着上看好像也是五七干校的年代。她穿着一件简朴的白衬衫,背靠垂柳站在荷花塘前,犹如水中的白莲一般亭亭玉立。照片旁边有父亲的笔迹题下的一首诗:

桂楫晚应旋,
历岸扣轻舷。
紫荷擎钓鲤,
银筐插短莲。
人归浦口暗,
哪得久回船。

紫荷呆呆地看着照片上的女子,她美得不似凡尘之身,难怪父亲一辈子对她刻骨铭心。那张放大照片里的她,身着浅色的连衣裙,胸前别着一枚银杏叶形状的胸针,跟紫荷的那枚一模一样。紫荷脑子里又闪过父亲的油画中,她坐在窗前钢琴边的样子。还有老人院里,父亲恋恋不舍地守在钢琴旁的样子。原来她才是父亲一生的真爱。可她又是谁呢?后来到底发生了什么事?她又跟自己是怎样的关系?这一连串的问题让紫荷心烦意乱,不愿再细想下去。她将相册收好,小心地放进自己的包里,对还在一边若有所思的布莱恩说:"今天咱们就干到这儿吧,谢谢你布莱恩。"

第二天,布莱恩果真带紫荷来到汤姆在宾州的农场。布莱恩的朋友汤姆是个与众不同的人。听布莱恩说,汤姆上高中的时候是全校数学最好的学生,谁都以为他会考进名牌大学去深造数学呢。高中毕业的时候,他也确实被几所不错的大学录取了。但是出于经济还是什么别的原因,他没去上大学,而是选择留下来帮父亲打理他们家的农场。

到这里来过两次以后,紫荷感受到汤姆办的可不是一般意义上的农场。她还没见过如此有想法的农场主。汤姆推行的是社区会员制:农场的大门向所有缴了年费的家庭敞开。人们通过参与劳动和收获来亲近大自然,保持一种传统的、与自然更加和谐的生活方式。从春季到秋季,加入了会员的居民每星期都能享受到免费送上门的时令瓜果蔬菜,装在棕色的环保纸袋里,放在门廊边。除了各种纯有机方法栽培的蔬果,农场里还有小动物园、供人采摘的鲜花田和汤姆用报废的农机改装搭建的儿童游乐场。他的理想是将农场变成一个吸引人的多功能绿色社区中心。

虽然是烈日炎炎的夏天,农场里满眼望不到边的绿色却让人感到一片清凉。鲁江华正在地里打理她的菜苗。春天的时候,江华让江舟充当翻译,对汤姆提出种几样中国蔬菜的想法。没想到汤姆不但一口答应,而且为她留出了一大块向阳的好地。不单是中国蔬菜,汤姆还跟着江舟从中国城订回一批果树苗:有亚洲梨、柿子树和枣树,等等。

紫荷一来就找到鲁江华,把一瓶冰镇矿泉水递给她说:"江华姐,看你热的,赶快歇会儿吧!"

江华看见紫荷很高兴:"哟,是紫荷啊,你多咋来的?"她笑呵呵地讲着话,却没停下手里的活计。

紫荷好奇地查看着地里长势喜人的菜苗,对她说:"江华姐,你可真能干!种了这么一大片菜,只是怎么好多我都不认识呀?"

"嗨,你们城里的闺女,哪见过菜长在地里什木(么)样。"

"江华姐,你在汤姆这儿干得还开心吗?"紫荷问。

鲁江华先是点点头,又摇摇头说:"别的都好,就是这洋文儿可难死俺了。俺只好让江舟用中国字儿把音儿给写下来。哎,紫荷,你听着啊:哪怕柴夫来的是,死嘬白梨不难拿……"

紫荷琢磨了好一阵子,才"破译"出她说的是 Napa(白菜)Chive(韭菜)Radish(萝卜),Strawberry(草莓)Banana(香蕉)。两人笑得差点儿岔了气儿。

笑完了,鲁江华手搭凉棚,看了看不远处正跟汤姆说话的布莱恩,一脸严肃地对紫荷说:"妹妹啊,别怪大姐多嘴,听江舟说嫩(你)不跟肖逸大兄弟好啦?他多好的个银(人)啊!这个洋小伙儿倒是挺精神的,可俺寻思还是中国人更靠得住。嫩(你)说这往后过日子,找个洋银(人),吃嘛吃不到一块儿,说又说不到一块儿,连拌嘴吵架都吵不痛快。嫩(你)说是不?"

"吵架?谁吵架?"布莱恩不知什么时候走了过来,他只听懂了江华说的"吵架"两个字。

鲁江华被吓了一跳,她没想到这个洋小伙儿竟然懂中国话。她慌乱地应付道:"哎哟,俺们瞎拉呱地。那什么,俺七(去)给你们装菜,等下子过来拿昂(啊)。"说着她不好意思地快步走掉了。

一会儿的工夫,布莱恩不知从哪里弄了两辆山地自行车来。他把矮一点的那辆推到紫荷面前说:"紫荷,上车吧,我要带你去个地方。"

夏日的黄昏,在乡间骑车原来是这么惬意的一件事。农场里很多地方根本就没有路,紫荷的车跟在布莱恩后面,一会从长满青草的山坡冲下,一会儿在坑坑洼洼的田间小路上穿行。她已经有些年没骑过车了,好几次都歪歪扭扭,车把从左到右180度地打转儿,差点连人带车摔倒在地。不过还好,每次都是有惊无险。不一会儿,紫荷就完全投入这个既新奇又浪漫的小小冒险中,把所有的烦恼都暂

在乡间骑车
原来是这么惬意的一件事

时撇在了一边儿。

他们骑车绕过一个漆成红色的谷仓,只见满眼灿烂的金色潮水般地漫了过来。那是夕阳下一大片盛开的向日葵。他们的到来惊起了一群通体嫩黄的金丝雀。这种美丽的小鸟最喜欢啄食葵花子,所以哪里有葵花,哪里就能见到它们的身影。

"天哪!布莱恩,你怎么总能找到梦境一样美丽的地方?我看你当个电影导演应该不错!"紫荷由衷地惊叹道。

"好啊,如果我做导演,你肯当我的女主角吗?"布莱恩微笑着回答。

紫荷的脸一阵发热,她巧妙地岔开布莱恩的话头:"布莱恩,我可不相信你的生活里就从没有过女主角。给我讲讲好吗?"的确,她对布莱恩越来越好奇了,她很想了解关于他的一切。

布莱恩拉着紫荷走进那一片葵花田。他从裤袋里掏出一把折叠瑞士军刀,信手将那些长得分了叉的、小点儿的花朵切下来递给紫荷。摘花的时候,他给紫荷讲了一个故事:

漂亮的苏珊是布莱恩高中时代的甜心。和许多小镇上长大的女孩一样,她淳朴、善良,对生活没有太多的奢求。爱情就是她世界的全部。布莱恩的家境艰难,一到周末和假期,别的恋人们成双成对地出入电影院和溜冰场,他却要打好几份工挣钱。其中的一份就是在苏珊爸爸的修车行里打杂。即使这样,苏珊还是热烈地爱着布莱恩。

高中毕业舞会是这些孩子的成人礼,非常隆重。男孩子要穿上正式的礼服,邀请自己喜欢的女孩子一同参加舞会。那一天,盛装的少女们应该佩戴舞伴送的胸花或是鲜花手环。可是布莱恩付了租礼服的钱,就再没钱到鲜花店为苏珊订花了。不过这事难不倒心灵手巧的布莱恩。他让姐姐找了两条缎带,自己跑到田野里采来野花,亲手为苏珊做了一个花饰。那个花饰的中央是一朵小小的金色向日葵,周围配以蓝紫色的矢车菊和黄白两色的缎带。别致的搭配、天然去雕饰的美,使苏珊一下子成了舞会上最引人注目的女孩。

高中毕业以后,苏珊一心想和心上人结婚,从此平平静静地生活在一起。她的爸爸也有意让布莱恩将来接管他的车行。可那并不是布莱恩想要的生活。两人争执一番以后,布莱恩执意加入了军队。他走后不到一年,苏珊就跟别人结婚了。

后来,家里人告诉他,苏珊的生活很快就变得一团糟。等他几年后再次见到苏珊的时候,昔日美丽的少女已经变成了一个脾气暴躁、疲惫不堪的单身母亲。为此布莱恩一直深深自责。他相信为女人带来幸福本该是男人的天职,可是一个男人一生却只能对一个女人尽此天职。既然这样,他宁可将他的爱和温情窖藏起来耐心地等待,直到他命中注定的、唯一的那个女孩出现在他面前。

故事讲完的时候,紫荷怀里的向日葵已经变成一大捧。这些金黄色的花朵虽然不像玫瑰那样娇美,但是它们散发着夏日田野的清香,显得那么热烈、真挚。

"紫荷,你可能不记得了。我第一次看见你的时候,你穿着一件黄色的毛衣,让我眼前一亮。你知道吗?人的想象总是调动全部感官的。我虽然不会画画,可在我的印象里,你却从此和向日葵的颜色联系在一起。为你装的那辆车我也选择了同样的颜色。我觉得,你的生活就应该像这些花一样,明快、灿烂、充满欢乐。紫荷,请你允许我来守护你的幸福吧,可以吗?"

紫荷仰起脸来望着布莱恩。此刻,高高大大的他,两腿分开站立,双手交叠放在身前。他不自觉地摆出这个标准的军人姿势,很像一个待命的战士。紫荷发现,每当布莱恩特别专注的时候,他的举手投足之间,就会流露出一种军人特有的气质。望着他充满期待的蓝眼睛,紫荷有些黯然神伤:"布莱恩,我想,无论哪个女孩儿得到你的承诺,都会觉得非常非常的幸运。可是,就像你说过的,对一个人的想象有颜色,对一个人的情感也有重量。如果分量太重,一颗有裂痕的心是经受不起的。布莱恩,你要找的女孩应该是最完美的。在她的心目中,你应该是她的唯一。我祝你早日找到她。"

布莱恩自信地点了点头说:"谢谢,我想我已经找到了。紫荷,我不知道你跟逸之间到底发生了什么事。但是我理解你一定非常难过,需要一段时间来排遣。不要紧,我有耐心。我们美国人常说,今天的希望会变成明天的现实,所以永远不要放弃希望。"

紫荷带回那一大束向日葵,把它们插进多瑞丝收藏的一只巨大花瓶里。花朵金灿灿的,把整个房间都给照亮了。每当看到它们,紫荷就会想起那天分手时布莱恩说的话。他的口气是那么的不容质疑。他说:"紫荷你记住,你就是我一直都在等待出现的奇迹!既然我找到了你,无论如何都不可能放弃。"他低头吻了一下她的脸颊,小声在她耳边说道,"别忘了,我可曾是 Green Beret。我还没碰到过实现不了的目标。你这下怕是麻烦大了!"

华尔街这架机器庞大而繁杂。可是在华尔街,衡量成功的标准却出乎寻常的简单,那是可以用美元来计算的。虽然入了这一行,这种以金钱为标准的成功一直只是肖逸的目标,但并不是他的目的。可是,自打紫荷离开他以后,肖逸的生活的目的一下子丢失了。

其实在内心深处,他从来都不曾接受与紫荷分手这个事实。他深信有一天,她会回到他的身边来。他们彼此曾经那么相爱,到了水乳交融的境界,怎么可能说分就分得开呢?肖逸从来都不是一个把痛苦写在脸上的人。为了填补感情上的巨大真空,他只好把注意力全放在工作上。他不但努力把自己的分内之事做到尽善尽美,还主动地替老板分担,哄得维尼视他为左膀右臂一般离不开。

公司里的同事也发现,肖逸现在变得越来越热衷于社交,越来越开放了。以前他突然宣布自己患了"酒精过敏",这会儿他的"酒精过敏"又突然不治而愈了。大家一起出去的时候,他总要豪饮到一醉方休。比起他刚进公司时的低调为人,肖逸近来的业绩蹿升得很快。再加上他为人正派、出手大方、广结人缘,似乎风头正劲。可是除了张智勇,公司里再没第二个人知道肖逸的心事。

张智勇和肖逸都是北京人,平日里就很投缘。张智勇有些担心肖逸过不去这个坎儿。他知道,肖逸一个人待着的时候,经常喝得酩酊大醉。于是每到周末,他总是想出各种理由约肖逸到他家里去。一两次之后,肖逸开始婉拒张智勇的邀请。看着他一家和和美美的样子,肖逸只会感到更加孤独。

作为哥们儿,郝天山也很为肖逸着急。开始的时候,天山陪他喝酒,想让他把心中的苦闷给倒出来。哪知道,就算在铁哥们儿面前,肖逸也一样死撑硬扛。他可以天南海北地跟天山神侃一晚上,却只字不提他跟紫荷的事。实在让天山问急了,他闷声闷气地来上一句:"有什么好说的?本来就是我的错,我不下地狱谁下地狱?"

天山给紫荷打过电话。他心急火燎地说:"凌紫荷你可不能见死不救啊!再这么下去肖逸可就毁了。往轻了说酗酒成瘾,往重了说……得,我也别咒他,你还是自己想象吧……"

电话那端,凌紫荷沉默了良久,半天才哽噎着说:"天山,我知道了……可我现在怎么帮他?他早知今日,又何必当初?还是长痛不如短痛吧。我们谁也经不起折腾了。也许,以后大家都平静下来,还有机会做朋友,可是现在不行……"

天山把紫荷的这些话告诉肖逸以后,肖逸的脸上没有太多表情。他眼睛望着天花板说:"天山,你的好意哥们儿心领了,不过这闲事儿你还是就管到此为止吧。你放心,我没事儿。"

这天中午,肖逸和张智勇从外面吃过午饭回来,正好碰上维尼和客户部的头儿,一左一右地送一个人出来。肖逸记得以前见过这个人两次。让他记忆最深刻的,是这个硕大肥胖的男人冬天里竟穿了件貂皮大衣。肖逸这辈子就连在电影里都没见过穿貂皮的男人。

"这谁呀?这么大派头?维尼见了他像个小跟班似的?"肖逸悄悄地问张智勇。

张智勇四下里看看,见没别人才小声地对肖逸说:"有些事儿别瞎打听。太复杂!华尔街不是慈善机构。你只管挣你的钱走人,别的少介入!"

谁知张智勇的话倒越发激起了肖逸的好奇心。他仍旧不甘心地问:"看来老张你还真知道点儿内幕啊。其实我也没想掺和,就是好奇。你说刚才那人,怎么看怎么像《教父》里那个……"

"哎哎,打住打住!"张智勇打断肖逸的话头,"你要是看着他像,保不齐他还真是呢?所以我还是那句话,少介入!这种事情上头,咱们得听老祖宗的:难得糊涂!"

打听是不再打听了,可肖逸是何等聪明之人?别看张智勇似乎什么都没说,他的语气已经证实了肖逸心中的一个猜测。

帮维尼整理交易记录的时候,肖逸注意到一些涉及 penny stock(通常指面值低于五美元的低价股)的反常交易。只要将这些股票的进出价画一个图表,就不难看出幕后操作的痕迹。看来这种臭名昭著的"pump-and-dump"的肮脏游戏(利用非法手段哄抬股价,在高价位大笔出空而获利,骤然下跌的股价使不明真相的其他投资者蒙受损失),还在华尔街上演着。只是他没有想到庄家的背景竟会如此复杂。

又是一个星期六,紫荷照例来到老人院探望父亲。正好到了预交下半年护理费的日子。紫荷拿着支票簿找到财务办公室,她想把半年一结算改为按月结算,这样可以不必一下子拿出一大笔钱来。

接待她的职员在电脑上查寻了一下,然后友善地对紫荷说:"凌先生下半年的账已经结过了,还预付了明年一整年的费用。要是病人家属都像你们这样就好了,我们也不需要设一个专门的催账部门了。"

"等等,您没看错吧?真的有人替我父亲预付了18个月的住院费?你能查出那人的名字吗?"

女职员笑着说:"不会错的。这笔钱可不是小数目,你是家属怎么会不知道呢?从我们的记录上看是现金付款,来人没留下名字。"

大笔现金,不留姓名……紫荷的心里已经有了答案。

今天,紫荷特意模仿父亲画上的白衣女子,穿了一件式样简洁的浅色连衣裙。她在老人院后面的小树林里找到了父亲。

凌澜轩正对着两棵新种下不久的银杏树苗发愣。见到突然出现在面前的紫荷,凌澜轩的神情一下子变得紧张起来。他紧紧地盯住紫荷看,嘴唇颤抖着却说不出话来。

"爸爸,我是小荷呀。"紫荷难过地扶住他的手臂。

"你……玉菡……玉菡,我总算找到你了!"凌澜轩猛地抓住紫荷的双手,激动地摇晃着。

"我是玉菡。"紫荷顺着他回答道。她知道,只有这样才有可能走进父亲那些支离破碎的记忆,"你等我有多久了?"她轻声地问。

"玉菡,我让他们给你带信儿,告诉你我明天一定回来。就明天!你要在银杏树下等我……再多等一天我就回来了……"

"好,我等。那紫荷呢?你还记得紫荷吗?她在哪儿呢?"

"紫荷,我们的宝贝女儿!玉菡,你怎么不想想我们的小荷,她那么小,怎么离得开你啊?"说着凌澜轩竟痛哭失声起来。

紫荷的预感被证实了。这是一个她一直都不敢相信,也不愿意相信的预感。可是自从看了父亲的油画,又无意中发现了画中人的照片,连她自己都不得不承认,那个叫玉菡的女子跟自己是多么的貌似神合。她们之间不可能没有密切的关系。然而这个发现是多么的令人痛苦啊!父亲得了失忆症,连站在面前的亲生女儿都不认识;养了她二十几年的母亲并不是她的生母;她的亲生母亲在她的记忆里是一片空白,除了几张画像和照片,只剩下父亲只言片语里反复呼唤的一个名字——玉菡……紫荷痛苦地想:为什么发生在我身上的一切都这么复杂呢?

这天晚上,紫荷踌躇了很久,才鼓起勇气拨通了肖逸的手机。此时她很怕听到他的声音。尤其是经历了白天的事情,她多么渴望,能有个人听她倾诉那个一直折磨着她的秘密呀。可是她必须狠下心来保持她与肖逸之间的距离。他的所作所为背弃了她的原则,伤透了她的心。紫荷越是忍不住地想念他,对他的怨恨也就越深。她想自己永远都不会原谅他!

"肖逸,我有件事要问你。"

意外地接到紫荷的电话,肖逸的心狂跳不止:"紫荷!你能给我打电话我真高兴!"

"肖逸,我今天去老人院看我爸爸了。有人用现金替他预付了一年半的住院费。是你对不对?"

肖逸不假思索地在电话里说:"没有的事儿!怎么会是我呢?"

"肖逸你别骗我,我想来想去只会是你。你的好意我心领了,可是钱我一定得还给你。一次还不上我慢慢地还……"

"紫荷,你可别冤枉好人啊!谁骗你啦?真的,这事儿与我无关。"他又恢复了从前信誓旦旦时那种真假莫辨的口气,让紫荷一时感到无可奈何。

"好吧,这事儿我总会弄清楚的。肖逸,还有一件事儿我想说……"

"你说,我听着呢。"

"你……你能答应我别再喝酒了吗?天山都告诉我了。你不能这样!"紫荷说着鼻子一酸,眼泪也不知不觉地流了出来。

肖逸的心头一热,他再也压抑不住奔涌而出的情感,他急切地说:"紫荷,我能见你吗?你让我见你我就答应。要不然还不如一醉不醒,一了百了!"

"肖逸,见了面又能怎样呢?我们之间已经是覆水难收了。我曾经觉得自己很幸运,能拥有一份完美的爱情。可谁知越完美的东西就越脆弱。它被你碰破了,每个碎片都像刀一样的锋利。我不想欺骗自己,更不想欺骗你,我无法做到和从前一样。咱们还是分手吧。我会在记忆里好好保存那一段感情的……再见吧,肖逸,你多保重……"紫荷说完这些话,一头倒在床上,把脸埋在枕头里失声痛哭起来。

被紫荷挂断的电话肖逸仍然举在耳边。他愣了好一会儿神儿才把手放下来。房间里的光线渐渐地暗了下来,肖逸没有开灯。窗台上的两盆热带兰花寂寞地站在暗影里。花是肖逸为紫荷买的。因为缺乏照料,美丽的花朵很快就凋谢了,只剩下一根光秃秃的花梗和三两片叶子。睹物思人,这个家再也等不来它的女主人,于是屋里的一切都变得令人沮丧和压抑。肖逸孤零零地出了门。

夜渐渐地深了,酒吧里纵情狂欢的年轻男女们却意犹未尽。摇滚乐队制造出来的"噪声"和人群的喧闹混合在一起,震耳欲聋。性感的女招待穿着迷你裙和低胸紧身T恤,端着盛在一个个大玻璃试管里的各色鸡尾酒,穿行在人群里。这种五美元一管儿的廉价鸡尾酒最受大学生们的欢迎。

可惜这样的快乐已经离肖逸太远。他独自一人坐在吧台的尽头,一连要了好几杯 Black Ice(黑冰:一种烈性鸡尾酒)。服务生是个打零工的大男孩。当肖逸又向他要加冰伏特加的时候,他小心翼翼地把近百元的账单递给肖逸过目。肖逸从钱夹里数也不数地掏出一沓钞票,胡乱地压在一个喝空了的酒杯底下:"从这儿拿。"他敲敲台面命令似的说。几个打扮妖冶的女郎看见了,正要凑过来,却被他不耐烦地挥手赶开了。

不知道又过了多久,肖逸趴在吧台上迷迷糊糊地睡着了。这时他放在桌面上的手机响了起来。服务生轻轻地推了推他:"先生,你的电话。"见他没有醒过来的意思,好心的服务生犹豫了一下,还是替他接了。打电话的人是佟谣。

本来佟谣并没指望肖逸会接她的电话,可她不在乎。只要凌紫荷离开了,肖逸早晚会接受自己的。今晚她抱着试试看的心理,又给肖逸打电话,没想到他还真接了。只可惜佟谣的惊喜还没持续30秒钟,就得知接电话的只不过是个素不相识的服务生。肖逸喝醉了,需要有人接他回去。

身材娇小的佟谣费了好大的力气,才将醉醺醺的肖逸搀出来塞进车里。他的领口敞开着,仰头靠在后座上。佟谣觉得他放浪形骸的样子别有魅力。她忍不住吻了他微张的嘴唇。肖逸似醒非醒地睁开眼睛,疑惑地看着佟谣。他皱着眉头含糊不清地嘟囔道:"你走开!我认识你,你这个用心险恶的女人……"

佟谣大声地对着他的脸说:"肖逸你听好了,不是用心险恶,是用心良苦!"

第二天,肖逸在自己的床上醒来,看见旁边的床头柜上放着一张字条,上面还有用口红随手涂抹出的一个大红心:亲爱的,记住起床后要吃点清淡的东西。你的一些衣服我送去干洗了。还有,如果下次再想喝酒,别忘了叫我陪你一起去。爱你!

肖逸下床在各个房间看了看。屋里没人,但是餐桌上摆着一个搭配精致的水果盘,还有两片烤得恰到好处的面包片。肖逸苦笑了一下,他坐下来机械地把食物塞进嘴里,索然无味地咀嚼着,心中感到一片茫然。

上学的时候,肖逸去过几次特拉华河上的急流漂筏。湍急的水流中,遍布了巨石和暗礁。他们坐在充气筏子上顺流而下,稍不留神就可能弄个人仰船翻。那种无法预料的惊险和刺激也正是游戏的乐趣所在。不过,"急流漂筏"上演在真实的生活里可不是好玩儿的。这不,还没等肖逸从"感情触礁"的震荡里缓过神儿来,一向在事业上乘风破浪,所向披靡的老杜又"搁浅"了。用他自己的话说,现如今他的公司是"山穷水尽钱已罄,柳暗花明何处寻"?

尽管老杜有胆有识,但终究不过是一介书生。公司创办后的头两年,他领着几个人搞产品研发。那时候虽然苦点儿，可是那发现的欣喜、创业的激情和对未来的憧憬给了他们巨大的原动力。如今研究成果成功地申请了专利，产品也有了，杜宏杰才突然发觉，原来打市场可比搞科研难多了。那些潜在的客户，一听说他们还是个首创公司，顿时就没了兴趣，只是客气地对他说：等什么时候你们的产品工业化了，我们再谈。

说实在的，这也不能怪那些客户。竞争激烈的市场中，首创公司往往都是自生自灭。能长期生存下来，并且最终赢利的实在少之又少。要是人家用了你的产品，不出几年你的公司倒了，让他们找谁去呀？所以有点儿规模的正经企业，鲜有愿意跟首创公司做生意的。

可是工业化又谈何容易？艰苦的创业，已将七拼八凑的启动资金几乎消耗殆尽了。正规生产需要场地、设备、人工、销售……一环套一环，哪是几个毫无经验的书生随便能搞定的？光是人员工资这一项，创业的时候，哥儿几个权当为了理想无私奉献，不但不拿报酬，还净往里倒贴。可是正规化以后就不同了。工资、保险、福利样样不能少。不小心惹恼了工会，吃不了得兜着走。

在这关口，首创公司一般只有两条出路：第一条，给自己找一个买主儿。运气好的话，几个创业元老各分一杯羹，足够下半辈子衣食无忧了。当然也有些"走火入魔"的，到手的钱还没等焐热就给投到下一轮儿的创业里了。这条路对老杜来讲行不通。这个公司凝聚了他太多的理想、情感和希望。让他把公司卖了，就跟在兵荒马乱之年，把自己的孩子插根草签卖了没什么两样。要想让"孩子"生存下来，并且健康地长大，就只剩下融资这条路了。老杜想起肖逸跟他提过的IPO。

千禧年的钟声

/
12

Carol of the Millenium Bells

当千禧年脚步匆匆,越走越近的时候,较真儿的学者们却为一个看似小学数学的问题争论不休:新千年到底应该从什么时候算起? 2000 年 1 月 1 日呢,还是 2001 年的 1 月 1 日? 不过,不管哪派意见最终占上风,对于潜伏在计算机里的"千年虫",人们倒是早早达成了共识。为了阻止可怕的"虫灾"于 1999 年的最后一秒钟在地球上全面爆发,全世界携手,共同上演了一部"抗虫救灾"的"科幻大片"。

这也是一个末世论盛行的时期。信徒们争先警告世人:救世主将随着新千年再一次降临。这个充满了罪恶、欺诈和贪婪的世界即将被摧毁。只有上帝亲自拣选的人才能躲过末世之劫,迎接新世界的诞生。几百年以前,法国预言家诺查丹玛斯,在他的《诸世纪》里清晰地预言了世界末日的到来:1999 年 7 月。

可是无论诺查丹玛斯如何危言耸听,华尔街却显得无动于衷。相反,股市继续上扬,势不可当。此时道琼斯指数已接近 1996 年时的两倍。在纳斯达克上市的高科技新股,更是频频创出上市头天就翻番儿的奇迹。看来即便真有世界末日,华尔街也要让死神戴上狂欢节的金色面具,趁人们沉醉于财富和浮华之时悄悄地降临。就像一首咏叹调,总要结束在最高的华彩音上。

一个人想不被环境左右是件很难的事。向来沉得住气的鲁江舟,一直静观其变到现在,终于觉得不能再这么坐失良机了。朋友们聚在一起,股票似乎是永恒的话题。医学院的学生们大多背负着一笔不小的贷款。等他们苦哈哈地熬到毕业,挨过住院实习期,工作好不容易稳定下来,头几年的收入却常常要用来还贷。相比之下,证券投资的回报率可比上医学院要划算多了。江舟原想今年买辆新车,把自己的旧车给姐姐开。看来换车计划得推迟一下了,他决心集中有限的资源,赶个"晚班车"进入股市。

郝天山其实一直也有同样的想法。天性使然,他本来就爱往风口浪尖上凑。博士学位拿到以后,他不想离开纽约新泽西这块儿地方,所以费了很多周折才找到一个博士后的职位,薪水也不高。不过为了保住他亲手开辟的房地产阵地,天山觉得值了。唯一让他觉得有缺憾的是,做博士后的收入,不够他在房地产和证券市场两个领域同时施展拳脚。心有不甘的天山自然想到向肖逸讨主意。

这一两年来肖逸可成了个"香饽饽"。他在学校时候的朋友,带来他们的朋友,和朋友的朋友,争着想约肖逸吃饭聊天,顺便请教点儿投资之道。

"你是专业人士嘛!"天山的一个房客兼朋友恭维肖逸说。

"专业人士?哈,我看这说法儿还有待考证!"肖逸耸耸肩不无幽默地说,"据我所知,股票交易员这个活儿是当下最流行的第二职业。有了互联网,谁都能做交易。远的不说,我们公寓楼里的保安,一个退休警察,上夜班的时候没事儿干,潜心研究市场行情。人家不盯别的,专盯他干警察时就离不了的无线通信。前两天他带着新交的女朋友,到拉斯维加斯度假去了,看来真没少赚。"

"那他干吗还当保安啊?能挣几个钱?"天山插嘴道。

"要不我说股票交易算不算个职业还有待考证呢!我还认识一个炒股高手儿,替亲朋好友管理着几十万的基金。不过人家对外的正式职业是校车司机,每天两趟,接送小学生上下学。正经的政府部门全职雇员,福利退休一应俱全!"

一向稳重的鲁江舟喝了点儿酒脸色泛红,语气也变得激动起来:"我说在座的各位,咱们谁头上的帽子都不少,硕士、博士、双硕士、双博士……总不至于落在退休警察和校车司机后边儿吧?肖逸,有什么捷径能帮大家快点儿上道儿吗?"

"是啊是啊,肖哥,兄弟可全仰仗你啦!"天山跟着嚷嚷起来,"我看你在华尔街咋干,稍微透点儿风儿给我们就够用了,是不是?"

肖逸是个极重义气的人,见大家说到这份儿上,他也就爽快地应了下来:"那好吧,以后我每星期给大家推荐几只股票。不过咱们有话在先,我提供的信息仅供参考,一切风险可要自负啊!"

"那当然,内部消息,仅供参考。这道理俺们懂,要不枉对了头上的好几顶帽子!来,为华尔街独家肖氏内参的诞生,大家干一杯!"天山带头举起了酒杯。

一个细雨霏霏的早晨,天迟迟没有放亮。中央公园安静得像一张烟雨蒙蒙的水墨画。布莱恩在一条僻静的街道边停好车,紧了紧脚上那双防水运动鞋的鞋带,迈着有节奏的步子跑进雨幕中。退役以后,他每天坚持清晨五点出门长跑,有时跑五公里,有时跑十公里,风雨无阻,从不间断。经过了那么多年严格的特殊训练,最终却没能在战场上一显身手,这一直是布莱恩心中的一丝遗憾。退伍后,他又报名参加了预备役。即使不穿军装,他仍旧随时准备着,去行使一个军人的使命。

莎士比亚花园是他最喜欢的一个园中之园。在这里,原始的自然风貌和园艺师颇具匠心的设计被巧妙地结合起来。看似原生态的花草树木,其实都能在莎翁的戏剧和诗歌里找到出处。花园也因此而得名。细雨打在茂密的灌木上,沙沙作响。四周一个人也没有。除了风雨声,布莱恩只听得见自己的脚步声和沉重的呼吸声。忽然,感觉敏锐的他发现左边的树林暗处倏地闪过一道黑影。布莱恩停下来,抹了一把脸上的雨水和汗水,警觉地环顾四周。树林和灌木丛沉闷地静寂着。可能因为天气不好,连个早起遛狗的人都看不见。可能刚才是一头鹿跑过去了吧?布莱恩这样想着又加快了脚步。

等他绕完一大圈跑回停车的地方,街上的车才渐渐开始多了起来。天色依然阴沉,雨不紧不慢的,根本没有要停的意思。布莱恩看了一下手表,6点45分。他掏出车钥匙刚要开车门,地面上几点红色的油漆引起了他的注意。油漆很新鲜,他很肯定今早停车的时候并没有这些印记。他仔细地检查了一下四个车门,看看是否有被撬的痕迹。训练有素的他没有贸然去开驾驶座这边的车门,而是小心地打开后备厢门,从车后面钻进来。

车厢里有一股刺鼻的油漆味儿。眼前的景象让布莱恩忍不住狠狠地咒骂了一句。像许多男人一样,布莱恩很爱他的车。故意毁他们的车就像侮辱他们心爱的女人一样不可容忍。对布莱恩的车下手的肯定不是一般小毛贼。他们没有偷走可以拿去卖钱的高级音响,而是将整个驾驶座卸掉搬走了。除此以外,车里到处是红油漆喷出来的奇形怪状的符号。最令人触目惊心的是,驾驶座卸掉后空出来的那块地方,用同样的漆喷出一把大大的匕首,那匕首刺过一串三个正在挣扎的人形。匕首的形状布莱恩再熟悉不过,和陆军特种兵肩章上的图形十分相似,只不过肩章上面的三道闪电被换成了三个痛苦挣扎的小人儿。看来作案人对他的了解可不只一星半点儿。

布莱恩很清楚自己的对手是谁。他此时还不想让警察卷进来。今天上午他有

莎士比亚花园

个重要的证人要见,没有时间叫拖车来了。他果断地搬来后备轮胎,扔在驾驶座的位置上权当临时坐椅。这点儿麻烦算什么?要知道布莱恩曾经开着一辆掉了方向盘的车跑过20英里呢。

还没进报社大楼,布莱恩就感到气氛有点儿不对。一大早街边反常地停着两辆警车。

"南希,出什么事了吗?"见主编室的门紧闭着,布莱恩只好问坐在外间的秘书。

南希拍拍胸口,神色紧张地说:"我在这儿工作二十几年了,还从来没见过办公室失窃呢!你说报社的办公室能有多少东西好偷?大楼的保安说这些贼很狡猾,监控录像里连个人影都没见。我们这层楼几乎所有的文件柜和抽屉都被翻过了,好像他们要找什么东西似的。倒是那几部高级相机和镜头他们碰都没碰,真是奇怪!"

正说着,主编室的门开了,两个警察走出来。他们经过布莱恩和南希的时候有礼貌地点了点头。

主编克拉克·贾维斯用一个雪白的大手帕擦着他光头上渗出来的汗水。如今用手帕的人已经不多了,克拉克却一直保留着这个颇有绅士风度的习惯。他的手帕不管什么时候掏出来都是一尘不染。克拉克对着布莱恩偏了一下脑袋示意他进来,并把办公室的门紧紧地关上。

"牛仔,你看见了?这个危险的游戏必须马上结束!"克拉克眉头紧锁。他心情不好的时候就会两手攥拳,把手指关节捏得啪啪作响。

"头儿,那你对警察说什么了?"布莱恩坐在椅子上,手里把玩着克拉克的迷你高尔夫球杆。

"我能对警察说出真相吗?我只能让他们把这当成一次偶然的盗窃案!"克拉克又擦了擦脑门上的汗,慷慨激昂地说,"难道你让我告诉他们,我有个孤胆英雄的部下,根本没把他们这些执法者放在眼里,单枪匹马地对Mafia(黑手党)宣战,结果让人家找上门来?你让我告诉他们我们是些自以为是的聪明人,惹了祸才明白自己根本不是对手,于是想起来叫警察?对了,还有华尔街,那可是咱们报社的财神。你让我对警察说，华尔街和 Mafia 之间有秘密的游戏规则吗？"

"头儿，你先别发火。我知道执法机关不会视而不见。可是我们跟他们的侧重点不一样啊。新闻工作者的职责不就是让社会了解真相吗？正义是需要靠整个社会来共同维护的，不是吗？水门事件、广岛原子弹、越南战争……如果没有那些勇气可嘉的新闻记者，历史不会是今天这个样子！"

"好好，布莱恩，也许你是对的，也许有一天你真的能得普利策新闻奖。可是，再过几年我就要退休了。我现在最关心的是报社的生存问题。我必须对所有的员工负责。普利策奖又不能保证我每年的经费充足。布莱恩，你是我手下最好的记者之一。你那篇关于曼哈顿西区高架铁路的报道就非常出色！你的文章和照片发出来的当天，我们就收到了几百个电子邮件和电话。电视台也跟着做了专访，影响很大……"

"所以头儿，你应该相信我！"

"布莱恩，我正是因为太了解你，才会劝你就此罢手。这样吧，我把你暂时借调到体育部去。你自己不也是运动员吗？负责报道一下各种赛事花絮，就当放松放松怎么样？"克拉克意味深长地拍了拍布莱恩的肩膀。

布莱恩站起身来，把高尔夫球放在离球洞只有两英寸的地方，轻轻挥动手中的迷你球杆，将球稳稳地打进洞中。临走的时候他对克拉克说："其实我离目标只差这么一点儿了。头儿，给我几天时间，我会说服你的！"

这一天的下午，紫荷正在上班，突然接到布莱恩的电话，让她感到有些奇怪。布莱恩约她晚上在购物中心旁边的一家电影院门前见面。

"布莱恩，今天又不是周末，你怎么突然想起看电影呢？"紫荷问。

"紫荷我们见面再说吧。我可能会有段时间不能来姨妈家看你们了。"

紫荷还想追问，布莱恩已经匆匆地道别挂断了电话。她正琢磨着是什么事儿居然让布莱恩一反常态，显得有些紧张，老印拉姆端着一杯咖啡晃了过来。

要说这个拉姆，绝对是个见风使舵的家伙。别看当初他对紫荷百般发难，可是后来当他发现老板杰夫真的挺欣赏紫荷，就来了个 180 度的大转弯，主动跟她套起近乎来。昨天组里的同事一起去印度餐馆吃饭，紫荷点了一杯鲜杧果和酸奶调制的印度奶昔。她一尝立刻赞不绝口,没想到这件小事被拉姆记在心里。

"嗨,紫荷,我给你带了一瓶地道的印度酸奶菌种,放在休息室的冰箱里了。这是我让我太太给你写的酸奶制作方法,很容易的,你回家试试看!"

紫荷连忙道谢。她是个特别善良的女孩儿,别人一表示友好,她也就不计前嫌了。只是她能感觉到,拉姆在工作上仍旧暗中对她处处设防。她能理解他的担心,所以总是尽量与他井水不犯河水。多交友、少树敌,她悟出来这是职场成功的不二法则。

下班以后,紫荷如约赶到那家电影院的门口。如果不是布莱恩叫她,她差点儿没认出他来。布莱恩戴着一顶棒球帽,帽檐儿压得低低的。他穿着一条有无数个口袋的、松松垮垮的帆布短裤,特大号的圆领衫上还印着一条正在吊钩上蹦跶的彩虹鳟。紫荷不禁笑了起来。一贯精干潇洒的布莱恩怎么突然变成了这副嬉皮模样?

因为不是周末,电影院本来人就少。她跟在布莱恩后面摸黑走进一个放映厅。可能也是因为那部电影格外的差劲,偌大的放映厅里竟然只坐了他们两人。

"布莱恩,到底什么事呀?弄得神神秘秘的像两个间谍接头一样?"紫荷的语气里有一丝嗔怪。

"紫荷,让你说对了。不过充当这个业余间谍的是我,你可千万不要牵连进来。今天见面以后,我可能要从亲朋好友的视线里消失一阵。为了你们的安全,万一有人问起,你和姨妈都不要说认识我,记住了吗?"

紫荷意识到事情的严重性,一下子紧张起来:"那你会有危险吗?你调查的到底是些什么人?"

布莱恩笑着安慰她说:"别担心,紫荷。我这么做是为了保证你们不被骚扰。至于我自己嘛,应付这点事儿应该绰绰有余。有很多记者没受过什么特殊训练,可是面对有潜在危险的调查任务,他们全凭勇气和职业责任感,一样干得非常出色。你说我有什么理由不坚持下去呢?"

黑暗里,电影屏幕上的光亮映出布莱恩轮廓鲜明、线条刚毅的脸。紫荷情不自禁地靠近他,握紧他的手说:"布莱恩,答应我,你一定要多加小心!我要你平平安安地回到我们身边!"

布莱恩目不转睛地注视着紫荷,电影的画面映在他的瞳人里,一明一暗的似两簇跳动的火焰。她甚至感受得到那灼热的温度。紫荷羞怯地低下头。猛然,她的肩膀被布莱恩紧紧搂住,一股强大的力量从她的唇间瞬时涌入,将她震撼得一阵头晕目眩。布莱恩的吻热烈而坚决,带着一种不可抗拒的霸气。紫荷觉得自己好像是一片没有重量的莲花瓣,在那奔涌而出的激流里旋转、沉浮,无可救药地被裹挟着顺流而下……这恐怕是紫荷一生中看过的最难忘的一场电影,虽然她连电影的名字都不知道。

两人恋恋不舍地分手的时候,布莱恩将一个小小的高密度光盘交给紫荷,请她代为保管。布莱恩说:"紫荷,除了马克,你不要对任何人提起这个光盘的存在。你只要把它锁在一个安全的地方,别的什么都不用管。如果需要,我或是马克会来找你的。"布莱恩让紫荷先离开,自己远远地跟在后面。紫荷发动了车子,忍不住地扭头再一次寻找布莱恩的身影。她发现,布莱恩进的不是他那辆威风凛凛的路虎吉普,而是一辆普通得不能再普通的灰色丰田卡罗拉。

按照肖逸发来的样本,杜宏杰正紧锣密鼓地为他的公司在纳斯达克上市作准备。这几年,IPO的势头越来越强劲。不管是专业投资机构还是中小散户,人人都视 IPO 为炙手可热的摇钱树。经肖逸一撺掇,老杜也下了狠心,打算在新千年到来之际搏上一搏。他把这个想法跟几个好朋友和公司的合伙人一说,立刻得到一致的赞成。那些青春的日子里,哪怕再艰难,他们的激情也从来不曾熄灭过。适当的时候,只需往余烬里稍稍加把柴,轻轻拨弄一下,理想的火焰又会熊熊燃烧起来。

陈晓歌自告奋勇,无偿帮老杜准备公司财务报告。为了感谢她,老杜特意让妻子卓慧准备了丰盛的家宴款待她和国梁。

国梁为了赶一个实验结果,大周末的还在实验室里忙活。晓歌一个人先过来了。大家闲聊的时候,晓歌显得有些黯然。她说她和国梁就要离开加州前往蒙大拿州了。国梁现在的导师,因为下一年的经费问题,不打算跟他续约。仓促之中,他好不容易在蒙大拿找到一个博士后的位置。

"蒙大拿？那地方荒山野岭的！据说全美排名，蒙大拿还真占了个第一，只不过是自杀率排第一。因为那儿的人实在太孤独了。难道国梁就不能找个好点儿的地方？"卓慧一惊一乍地叫起来。

老杜连忙对她使了个眼色，安慰陈晓歌道："嗨，没事儿的，晓歌。蒙大的化学系不错，有几个导师挺有名的。再说，国梁又不会做一辈子博士后，只不过暂时过渡一下。"见晓歌不语，他又说，"会计师的工作哪儿都好找，你在这里做得那么好，到了那边肯定也一样。"

没想到，不提还好，一说到晓歌的工作，她的眼圈儿立刻红了："那边儿怎么可能跟硅谷比呢？听我一个同学说，除了大学里的学生和教职工，那附近的人口还没他们养的牛多呢。真想找工作还不如改行当个挤奶姑娘。"

卓慧说："要不晓歌你干脆就别跟着去，国梁在那边骑着马找马，说不定一年半载的就回来了。"

晓歌拉着卓慧躲进厨房，小声地说："卓慧，我完了，我刚发现自己怀孕了！"

卓慧惊讶地瞪大眼睛："真的？祝贺你呀晓歌！要做妈妈了！"

晓歌的兴致却不高，她叹了口气说："我怎么就高兴不起来呢？你说我这些年，一门心思地帮国梁奔前程，把自己的专业都给丢了。好不容易在会计这一行里站住脚，现在又得放弃。为什么只有男人的事业才重要，女人就该天经地义地为家庭作出牺牲呢？"

卓慧拉着她回到客厅里坐下，把一堆各式各样的小食品推到她面前说："别想那么多了。我们啊，注定要在不同的时期变换角色，可是也会带来不同的收获啊！我有个台湾来的女同事，上研究生的时候成绩很好，可是她一结婚就把工作给辞了。人家把相夫教子当成事业来做，每天过得可充实了。害得她周围的男士们纷纷吵着要把自己的大陆太太送到台湾培训。"

"哟，卓慧，我还一直以为你是个女强人呢！怎么嫁给老杜以后改弦更张，谈起相夫教子来了？哎呀，看来爱情的力量真是可怕！"陈晓歌一时忘了自己的委屈，揶揄起卓慧来。

爱情,自古就是个无解的谜题。要不漫画上的小爱神丘比特,射箭的时候为什么常常被蒙着双眼呢。这一回,让丘比特盲箭射中的竟然是江华大姐。

这事儿连她的弟弟鲁江舟都被蒙在鼓里。江舟受汤姆之托找到紫荷,说是汤姆这阵子和布莱恩联系不上,不知发生了什么事。秋天,收获的季节来了,农场里忙得不可开交。汤姆和江华为布莱恩他们预备了很多新鲜的瓜果,想请他们来取。紫荷顺便问起江舟和他姐姐的近况。江舟说:"挺好的!紫荷你可能还不知道,肖逸可帮了朋友们的大忙!他每星期给我们发一个股市分析大参考,可神了。就连我这书呆子,跟着他都能冒充一下短线投资的行家里手。这事儿在朋友圈里一传十,十传百,他的跟随者也越来越多。紫荷,你跟肖逸就真的没转机了?太可惜了呀!"

紫荷一直视江舟为兄长,既然江舟问起来,她也就把心里话讲了出来:"江舟,我怎么会没想过重新开始呢?可是重新重新,没有旧又哪来新?新和旧形影相随。我实在没办法从过去的阴影里走出来。算了,这事儿一时也说不清。对了,农场大丰收,江华姐一定很开心吧?"

"是啊,我也觉得她应该高兴才对。可是不知为什么,她最近有好几次提到要回国。我对她说,你这么回去了,以后就永远别想再踏进美国国境了。再问,她又不肯说了。紫荷,你要是见到她也帮我问问。我姐总怕分我的心,有事也不愿意跟我说。"

这是一个金秋的周末,汤姆的农场里像集市一样热闹。前来采摘的人络绎不绝。最高兴的还是孩子们,他们跑到南瓜地里挑选自己喜欢的大南瓜,早早地为万圣节做好准备。汤姆雇了不少附近的高中生做临时帮手,可还是忙得七窍生烟。

见到紫荷,他匆匆对两个临时工交代了一句就热情地迎了过来:"布莱恩怎么没跟你一起来?他躲到哪里去了?"

紫荷对汤姆说布莱恩有一项暂时保密的采访任务,需要经常出差旅行。汤姆说:"紫荷,我有件事情想请你帮忙。"

紫荷笑着说:"我吃了你们那么多好吃的水果和蔬菜,你还用客气吗?有什么事尽管说吧。"

汤姆有些不好意思:"我也想跟你学汉语。我可能没有布莱恩聪明,可我是认真的。"

紫荷转转眼珠,笑道:"哦,我明白了。你的农场现在国际化了,既有中国雇员,又常有中国顾客来买江华姐种的中国菜,你这个当老板的可不是得懂两句中文吗?好吧,没问题,我来教你。"

汤姆像个孩子似的眉开眼笑,指指远处的苹果园说:"太好了!你看,江华在果园那边。她从早晨起就一直在等你过来。"

下午的阳光,暖暖地照在一行行果实累累的苹果树和梨树上,也照在满载而归的人们的笑脸上。紫荷帮着江华给最后一拨采摘的人过了磅,装了箱,才直起腰来松了口气。江华的脸红红的,带着一层细密的汗珠。她穿着一件浅蓝色的细牛仔布上衣,袖子挽起。紫荷发现江华笑的时候挺好看的。

两人结伴慢慢地往回走。江华突然冒出一句:"紫荷妹子,上回俺和你说的,洋小伙儿没有中国人靠得住的话,你可别往心里去啊。"

紫荷想起她那些话,不禁乐了:"怎么,江华姐,你对洋小伙儿改变看法啦?"

鲁江华的脸更红了,结结巴巴地说:"哎呀,其实俺还是觉得靠不住……这话怎么说呢?"

紫荷早就猜出了个大概其。她停住脚步拉住江华的手,打趣地看着她说:"江华姐,我学过看相,你看看我算得准不准啊。你今年命里有桃花,而且还是洋桃儿!你悄悄告诉我,是不是汤姆喜欢你呀?"

江华猛擂紫荷的背:"死妮子,你不怕臊死俺哪!俺家都两个娃了。俺不会洋文儿,跟他说也说不清楚。"

紫荷躲开她的拳头,笑着问:"大姐,不怕的,这又不是什么见不得人的事儿。我只是挺好奇的,那汤姆是怎么跟你说清楚的呢?"

江华一跺脚道:"妹妹,今天也不怕你笑话俺了。我不敢告诉江舟,只有你能帮帮大姐。"她拉着紫荷走进果林深处,在一株苹果树下站住。那棵苹果树在采摘

爱情
自古就是个无解的谜题

者走不到的地方，所以满树果实完好无缺地挂在被压弯的枝条上。苹果又大又红，不一样的是，每个果实上面都有用紫色塑料胶条贴出的 JH 两个字母。江华伸手摘下一个熟透的苹果，轻轻揭去胶条，那下面阳光透不过去的地方果皮是黄色的，好像在红苹果上长出了 JH 两个字母。

紫荷吃惊地睁大了眼睛感叹道："江华姐，这也太浪漫了吧？汤姆种了一树带你名字的苹果！我还从来没听说过用苹果代替语言来表达爱慕的呢！"

江华急得连连摇头："哎哟，要说都怨俺。那回汤姆干活儿的时候淋雨害了病，俺给他做了两顿放生姜的鸡汤面。可俺那不过是把他当个弟弟来照看，你知道俺平日里照顾人习惯了。谁知打那以后他认了真。可俺是个乡下人，哪般配呀？这事咋行呢……"

紫荷说："怎么不行啊？我记得不久前新闻里说，有个美国姑娘嫁给了一位四川农民呢！再说汤姆是美国的农场主，你们俩志同道合，我看挺合适的。"

回家的路上，紫荷不时从后视镜里瞟一眼后座上那两篮水果——红艳艳的苹果和黄澄澄的亚洲梨。车里充满了甜蜜的芳香，清新而淳朴，像汤姆和江华的爱情。紫荷忽然非常非常地想念起布莱恩来。可是，每当她想起布莱恩，肖逸的影子就会跟着浮现出来。没有爱人陪伴的日子简单而平静。这让她有更多的时间去回味和他们相关的点点滴滴。他们两人的爱，一个有如炽热的阳光，一个好像润物无声的细雨……

此时，肖逸依旧近乎病态地忙碌着。他乐于为老杜刚起步的事业助上一臂之力，也愿意帮朋友在股票投资上赚钱。为别人做些事情让他觉得充实了许多。

一个星期五的晚上，肖逸跟同事们在酒吧消磨时间的时候，碰到一个让他觉得似曾相识的人。他想起来，好像是在跟佟谣去大西洋赌城的时候见过。那人也认出了肖逸，于是端着酒杯过来打个招呼。两人聊了一会儿，话题转到佟谣。

"谣可真是个人物！"那个 trader(交易员)感叹道，"对了，最近你有她的消息吗？"

肖逸有些奇怪："你们不是同事吗？你难道见不到她？"

Trader 摇摇头说："你还不知道吧？她辞职快两个月了。换工作本来是很平常的事情,只不过她走得太突然,事先没人知道。"

肖逸的心里一动,佟谣是好一阵子没跟他联系了。按她平日里的习惯,没事儿她都得生出点儿事来,好编个理由来找肖逸。这回是怎么了?辞职两个月竟一声不吭。转念一想,她一向来无影去无踪,风一般的飘忽不定。自己又不是她的什么人,不打招呼有什么可奇怪的。这会儿,她的心思早不定转到哪儿去了。

说起佟谣,那个 trader 还在津津乐道:"谣这个人总爱别出心裁!她今年刚刚升了职,从市场部换到投资银行部。据说那个部门的 seniorVP(资深副总裁)很看重她,也不明白她为什么突然一走了之。"

肖逸说:"嗨,跳槽这事说穿了不也是笔交易吗?不增值的时候要 buy and hold(买入并持有),股价越飞涨,就越该出手,不是吗?"

两人会心地笑了起来。

第二天早晨,肖逸照例散漫地睡到日上三竿。放在枕边的手机铃声将他吵醒,令他有些恼怒。不过屏幕上显示出一个久违了的名字——紫荷。肖逸一激灵,立刻清醒了。

他神速地将自己收拾利落,环顾四周却不禁汗颜。这个家太长时间没有女主人,已经被他折腾得不成样子了。光是各处搜出的空酒瓶和易拉罐,就装了满满一垃圾袋。正当他忙着捡扔在地毯上的脏袜子时,门铃响了。

分手这么久了,肖逸一点儿心理准备都没有。紫荷突然出现在他面前,离他这么近,触手可及的距离。可是,他的手下意识地动了一下,又放回原处。他犹豫着,不知该上前拥抱她,还是只礼貌性地握握手。两人愣了几秒钟,都显得有些不自然。最后,还是肖逸注意到紫荷手里提着个沉甸甸的塑胶袋,连忙接了过来,气氛才缓和了。

"这些都是江华姐工作的小农场里产的。在树上自然熟的水果最有营养了。"紫荷对肖逸说,"你的生活还那么不规律吗?时间长了对身体可不好。"说着,她径直走到客厅里的长沙发边。那上面胡乱堆着两个靠垫、揉成一团的毯子和肖逸的一件毛衣。

肖逸刚要赶过来收拾,却见紫荷俯身捡起毯子,三下两下地折叠好压在靠垫下面，又把肖逸的毛衣也叠得平平整整的放好。她做这一切的时候那么自然而然，俨然像一个正在家里忙碌的小主妇。肖逸定定地站在那里看着她，他的喉头有点儿哽咽。

紫荷坐下来，才发现肖逸一直靠在厨房的门口盯着自己看。她对他羞涩地笑了一下。

肖逸也报以她微笑。可是那笑容的背后，却有一团乱糟糟纠结在一起的东西，从他心里一直堵到嗓子眼儿，让他几乎说不出话来。

"肖逸，好久没见了，你还好吗？"紫荷小心地问道。

"你说呢紫荷？我想你是知道的。"

紫荷微微低下头不去看他的眼睛，她的心里又何尝不是百感交集呢？

"肖逸，我今天来，一是想看看你，二来我有件事情想请你帮忙。"她轻声说。

"别这么见外！对你还什么帮忙不帮忙的？尽管吩咐不就结了！"肖逸终于恢复了常态，他拉开冰箱门找了半天，只找出一小筒冰激凌，"紫荷，你要回来应该早告我一声儿，家里连饮料都没有，只剩下这点儿冰激凌了。一会儿咱们出去吃午饭吧？楼下新开了一家泰国餐馆，我想你会喜欢。"这貌似无意间，轻轻巧巧说出的"回来"和"家"两个词，像无声无形的超声波一样悄悄地穿透了两人的心。

"肖逸你别忙了，我不渴，快过来坐吧。有些事儿在外边说不太方便。"

肖逸端着两碟冰激凌走过来在她对面坐下。紫荷一见，眼泪差点儿掉了下来。冰激凌的颜色柔柔的，绿中带一点点黄，不用尝她便知道，那是她最喜爱的，也是非常少见的开心果味儿……

布莱恩果真有一两个月没跟家人和朋友联络了。随着时间的推移，紫荷也越来越为他揪心。布莱恩托她保管的光盘，被她封进一个公文袋，锁在她公司办公桌的一个抽屉里。昨晚她一个人在公司加班，终于没忍住，悄悄地看了光盘上的文件。虽然只是初稿，但仅仅是这篇调查文章所涉及的题目，就已经够令人触目惊心的了。像她这样的普通民众，做梦也不会想到，笼罩在耀眼光环里的华尔街，竟会和臭名昭著的 Mafia 发生什么关联。光盘上存有大量资料和数据，都是布莱恩和马克不顾个人安危收集来的。还有他们对了解内幕的证人所做的采访记录。

透过他们富有感染力的文字,金融市场空前繁荣之下所隐藏的黑幕被揭示了出来。

20世纪90年代,是美国人缔造财富梦想的时代,也是欲望经过无限放大,转化为贪婪、欺诈甚至掠夺的时代。网上交易的普及,将成百上千万的普通工薪族吸引到投资市场上来。轰轰烈烈的信息炒作制造出一种幻象,令每一个中小投资者都狂热地相信,自己就是下一个一夜暴富的幸运儿。不管是六七十岁的老人,还是刚走出校门的年轻白领;不管是内布拉斯加的农场主、纽约街头的出租车司机,还是加利福尼亚的小学教师,美国大众都朝拜着华尔街。他们倾其所有,将全部的积蓄,甚至退休金和为孩子攒的教育经费,一股脑儿地投到股市上来。当道琼斯指数节节上扬,他们会不无骄傲地想,我那几百几千几万美元,正在绿色小数点后的若干位跳动着呢。积水成渊,积沙成滩。农场主、出租车司机、小学教师和年轻白领都深深地相信,股市是属于他们这些美国大众的。可是他们完完全全地错了。他们的几百几千几万与市场毫无关联。倒不是因为太少了可以忽略不计,而是因为他们的钱被变作大玩家牌桌上的筹码,可他们这些普通投资者却对游戏规则一无所知。这样的金钱游戏,黑手党是不可能放过的。马克给文章起的标题叫做《黑手党的进化论》,寓意着这只邪恶的"章鱼"在近一个世纪的时间里,遵循它自己的进化论正不断地演变着。现代社会里,像欺行霸市、放高利贷和贩卖毒品这些明抢豪夺的行径,已越来越难逃法网。于是,"章鱼"将触角伸向庞大的金融市场。

在华尔街的外围,借着正规金融投资公司的荫蔽,一批从事非法活动的合法证券公司,像野生毒蘑菇一样地冒了出来。若干年后,人们将这类公司称为Boiler Room(锅炉房),或是 Chop House(牛排店),个中含义不言自喻。说来也奇怪,黑手党庞大的家族里,从上至下没有多少人受过良好的教育,大多数人甚至连中学都没毕业。可是由他们控制的经济实体却不计其数,小到海鲜市场,大到涵盖整个纽约市的垃圾公司。据说有个黑手党的头目在监狱里服刑的时候皈依了天主教,出狱后洗心革面,宣布彻底脱离黑帮。那以后他摇身一变成了商业管理顾问,专门教人 Mafia 的企业管理秘诀。

看来他们的确有一套秘诀。证券投资可不比卖披萨饼,而且就在证监会的眼皮底下,"华尔街牛排店"竟能够瞒天过海。有多少天真的投资者,糊里糊涂地看着毕生的积蓄到头来成了他人盘中的肉排,还不明白打一开始他们就掉进了圈套。除了"锅炉房"和"牛排店",黑手党的触角也伸向其他合法的金融公司。一些合法公司的雇员被卷进了充满欺诈和阴谋的内幕交易里。

在一份作为证据的可疑交易记录里,紫荷无意中发现了肖逸所在公司的名字。她的心狂跳不止。尽管布莱恩一再告诫她不要介入,她还是忍不住来找肖逸。

听了紫荷的叙述,肖逸的心不由得凉了下来:"紫荷,你刚才说需要我帮忙就这事儿啊?我能帮你什么呢?"

紫荷没有注意到肖逸态度的转变,继续说:"当然能了!你能提供更有力的证据和更多的线索呀,有了证据事情的进展就会快得多呀!"

"我可不想当内奸,更不想出卖上司和同事。我跟他们又无冤无仇的。"肖逸说。

紫荷有些生气:"肖逸你说话干吗总那么尖刻?什么叫内奸呀?你这人还有没有点是非观念和正义感?"

肖逸站起身来在房间里踱了个来回,走到紫荷身边挨着她坐下,苦口婆心地开导她说:"小姑娘,你什么时候才能不这么天真?中国不是讲隔行如隔山吗?这一行有一行的规矩,一行有一行的技巧,外人不该随便评论,更不该妄加指责。"紫荷刚要反驳,肖逸竖起一个手指头拦住她的话头,"紫荷你听我说完。我给你举个例子啊,你们制药公司每年排进公共水系的有毒物质有多少?搞不好环境污染的弊大过开发新药的利呢?可是你说这事儿有谁会去较真儿呢?大面儿上合理合法就得了是不是?你不是跟我说过,你们公司还弄一小水塘,养两只水鸟一群鱼什么的?其实那都是表面文章!真要让你那位贝雷帽记者这么个挖法儿,我看保不齐他也能给挖出个丑闻什么的……"

"肖逸,我没跟你开玩笑!"紫荷气得眉头紧皱,杏眼圆睁。

"我也没跟你开玩笑!布莱恩他自己想惊世骇俗,一举成名,也不能害别人去背黑锅呀!"

"算了,看来我今天来找你真是多此一举。肖逸,你变得都快让我不认识了。我还是走吧。"紫荷说着失望地站起来。

"对不起紫荷,你说的这件事我实在没法儿帮。可是,难道你今天来,就一点儿别的原因都没有了吗?"

紫荷叹了口气答道:"可能刚才还有吧,不过现在没了……"

与紫荷的不欢而散让肖逸的心很灰。其实他很清楚紫荷在说些什么,但是他不想卷入其中。他的事业是从这家公司起步的,老板维尼虽称不上什么良师益友,可毕竟没亏待过他。还有把他介绍到公司来的莱瑞、莱瑞的父亲……他肖逸最恨的就是背信弃义的人。都怪那个布莱恩!不但耸人听闻,还把天真的紫荷哄得一通瞎崇拜。肖逸一想就气不打一处来。

他正想找张智勇聊天排遣排遣,张智勇赶巧过来找他一起吃午饭。

"肖逸,全公司我第一个告诉的就是你,我要走了。"两人刚落座张智勇就来了个新闻发布。

肖逸一惊:"大年底的,你走哪儿去啊?年终红包儿都不要啦?"

张智勇笑笑说:"正好踩上这么个点儿,机会难得只好舍点儿小财了。手续没办妥之前公司的名字我还得暂且保密。不过地方可以跟你说。我未来的办公室在世贸中心南楼92层。到时候你过来,咱们到107层的世界之窗餐厅撮一顿儿,我请客。"

"行啊你,智勇!"肖逸兴奋地叫起来,"正式进驻世贸中心啦?92层!天天上班往窗户外边儿放眼一望,一览众山小啊。好样的!哥们儿祝贺你。"肖逸举起手中盛饮料的纸杯。

"谢谢!"张智勇感叹道,"真不敢相信,我在这儿抗战八年,说个走来得这么快!从面试到去新地方上班不到三个星期。其实我还真有点儿舍不得。肖逸,你有没有这种体会:在一个地方,或者跟一个人朝夕相处,先从不熟悉到熟悉,再从熟悉到太熟悉,可是有一天这种熟悉倒变得似是而非起来?那天半夜我迷迷糊糊地醒来,看着身边的薇薇安突然有种异样的感觉,一晃她已经与我共度了十载,挺不可思议的!"

肖逸摇摇头道:"体会不深。谁让咱福分不够,没人愿意与我共度十载呢。不过,我明白你的意思。哎,智勇,你说的似是而非,是不是指公司里的一些事儿啊?"

这时女招待送来他们点的午餐。张智勇说:"快吃饭吧。下午还一堆的活儿等着呢。"

感恩节和圣诞节布莱恩没能回家,只打了几个简短的电话。但是他没有忘记用快递给小麦克寄来圣诞礼物。

1999年的最后一天,也是标志着一个世纪和一个千年终结的那一天。世界末日的来临似乎毫无征兆。人们都欢天喜地忙着准备庆祝千禧年的除夕夜。

紫荷和杨阿姨约好了一起去老人院看望父亲,还带他到一家高档的中国餐馆吃了一顿"年午饭"。紫荷没有告诉杨阿姨,妈妈一直想来美国探望他们,可是两次签证都没成功。电话里妈妈急得抽泣起来。紫荷只有劝她过几个月再去碰碰运气。大家都说签证跟摇奖差不多——谁也说不准的事儿。关于自己身世的秘密,紫荷迟迟没有张口问妈妈。确定她并不是自己的亲生母亲以后,紫荷反倒更加爱她。小时候常见书上用"平凡而伟大"来形容某个人物,那时候觉得这种口号似的语言一点儿新鲜感都没有。现在她深切地体会到其中的含义,而且她再找不出更贴切的词语来形容自己的母亲尚琴。这些年来,母亲为父亲和女儿无怨无悔地作了那么多牺牲。尽管紫荷强烈渴望着去了解关于自己生母的一切,但是她却怕刺痛妈妈尚琴的心。父亲的病已经够让她备受打击的了。

从老人院回来的时候多瑞丝不在,家里静悄悄的。她想起老太太说了今天要去教会。打开电视,各个频道都在报道世界各地的人们怎么迎接新千年的到来。她出神地看了一会儿,一种已经很久没有了的、客在异乡的孤独感慢慢地袭来。她关了电视机。这时,门铃突然响了。

"鲜花快递,给凌小姐的。"紫荷拉开门,惊喜地发现站在门口的速递员怀抱巨大的一束鲜花,把半个身子都给遮住了。

"谢谢,请你稍等一下。"紫荷接过花束,正要转身进屋拿小费,却惊得叫了起来。躲在花束后边的原来竟是布莱恩!

1999年12月31日星期五,华尔街收市的钟声为一个史无前例的十年画上了结尾处的惊叹号。道琼斯、纳斯达克和S&P500三大股指携手共创历史新高。这种打了兴奋剂似的持续增长让经济学家们直挠头。常言道天下没有不散的筵席,难道这深入浅出的道理也有错的时候?华尔街的辉煌缔造了新一代的财富神话。20世纪最后的这十年新诞生了200位亿万富翁,比前90年的总和还要多。在硅谷,成功者的标准被定为30岁前资产达到5000万。假若真按这样的标准怕是卡内基和洛克菲勒也得被划进looser(失败者)一群。

这一天提前收市后,肖逸参加完公司举行的庆祝酒会出来。纽约的街头满是成双成对盛装的年轻人,赶着去参加新年狂欢。出租车里下来一家人,妈妈抱着个小男孩,爸爸将打扮得小公主般的小女儿扛在肩头。肖逸忍不住多看了一眼这个幸福的家庭。这时,小男孩一下没抓牢手里的金色气球,充了氦气的气球轻飘飘地往半空中飞起来。肖逸手疾眼快,以投篮的姿势跳起来揪住拴气球的丝带。

"抓紧了,别再让它飞了。"他将气球递给小男孩。孩子破涕为笑。

那一家人已经走出好远了,肖逸还站在原地没动。他被自己对孩子说的那句话触动了。想了想,他掏出手机拨了紫荷的号码。

紫荷的手机半天都没人接。肖逸固执地等待着……

"Hello!"电话里终于传来紫荷的声音,只是混杂在一片嘈杂的背景噪声之中,听不真切。

"紫荷,紫荷你现在在哪儿呢?"肖逸急切地问。

"肖逸吧?对不起这里太乱了,我听不清你说话。我在时代广场,这儿有一百万人一起等着看大苹果落下呢,好热闹啊!肖逸,祝你新年快乐!"紫荷的声音里充满了孩子般的兴奋。

时代广场,离这里不过几个街区而已,可是肖逸怎么觉得紫荷离他那么遥远呢?辞旧迎新的晚上,陪伴在她身边的不是自己,却是另一个人。肖逸感到无比失落,他用低得只有他自己才听得见的声音说:"新年快乐紫荷。祝你幸福。"

"肖逸,你还在吗?我一点儿也听不见你说话……"

肖逸轻轻地按下结束通话的按钮。

时钟的指针渐渐地指向12,千禧年的脚步越来越近了。肖逸不再接听任何电话,朋友们只好在留言机里留下对他的新年祝福。他默默地听着,静静地享受着这一刻不同寻常的孤独。

新年钟声还没有敲响,门铃却先响了起来。

"怎么是你?"肖逸着实被从天而降般出现的佟谣吓了一跳。

"哈,果真没让我猜错!你这会儿一个人在家,是想体会众人皆醉我独醒的境界吧?一千年才有一次的夜晚,怎么能让它白白地度过呢?"佟谣扬了扬手中那瓶奢侈的克鲁格香槟。

肖逸苦笑了一下,他不得不承认佟谣确实跟他有某种默契。他转身进厨房取来两只香槟杯。

这一会儿的工夫,佟谣关掉了屋里所有的灯,只留下客厅窗前小吧台上低垂的两盏吊灯。灯光透过橘红色的灯罩,将房间渲染得幽暗柔和。

肖逸正要打开酒瓶,佟谣说:"等一下,等一下。肖逸你先转过身去,不许偷看!"

肖逸顺从地背过身,却听佟谣又叫了起来:"对不起,肖逸,你得过来帮个忙。"肖逸闻声望去,心跳陡然加快了。

只几十秒钟的工夫,佟谣已经换上了一件深酒红色的露肩小礼服。暗暗的灯光下,随着她身体每一处曲线的流动,礼服闪烁出点点星光,神秘而性感。佟谣带着一丝羞涩,一丝娇嗔,在他面前转过身去说:"拉锁卡住了,快点儿帮帮我。"

衣服的拉锁果真在腰上面一点的位置卡住了。佟谣白皙光洁的后背呈一个大大的V字形展露在肖逸眼前。他犹豫了一下,用指尖小心翼翼地拈起衣服的拉链,不敢去触碰她的身体,好像怕被烫着似的。

佟谣在小礼服里没穿胸罩。虽然她背对着他,肖逸还是能从侧面看见她饱满的乳峰随着呼吸一起一伏。那青春洋溢的美丽胴体,被一层薄薄的闪光织物包裹着,充满了诱惑。

肖逸的手指尖有意无意地滑了一下,轻轻地触到她背上裸露着的细腻肌肤。

烟火从哈德逊河面腾空而起

佟谣的身子颤抖了一下。可是她站在那里没动,任肖逸的手指在她的背上轻柔地来回滑动,像钢琴家正在演奏肖邦的夜曲。很快,优美舒缓的慢板就被激昂的快板所代替了。肖逸扳住她的肩膀让她转过身来面向自己……

夜空中第一支焰火从哈德逊河面腾空而起,在佟谣身后巨大的玻璃窗里开出硕大的一朵红花。随后一朵接一朵,红色的、绿色的、金色的、银色的,灿烂的烟花映亮了曼哈顿的夜色,五彩缤纷的倒影将哈德逊河装点成一幅流光溢彩的画卷。

佟谣站在烟花组成的背景里,像神话世界里走出来的一个小魔女。她的嘴唇微启,仰起的脸上两弧浓密的睫毛在半闭的眼睑上轻轻颤动。

"亲爱的,祝你新年快乐!"她梦呓一般地说。

"新年快乐……"肖逸慢慢地低下头吻住她的嘴唇。佟谣呻吟了一声,猛地伸出双臂抱紧他的腰。她裙子一侧的肩带顺着那丰满圆润的肩头滑了下来,露出一片旖旎风光。

当理智终于屈服的那一刹那,肖逸深深地叹息了一声。一种温暖渐渐弥漫到他的全身。他像一个极度疲乏的人浸泡在温泉里,舒适到脑子里只剩下一片空白……

时代广场上,比肩接踵的人群将冬夜寒冷的空气搅动得快要沸腾了。广场四周的摩天大楼霓虹闪烁,与夜空中绽放的焰火遥相呼应。

"十、九、八、七……"百万人整齐喊出的倒计时震动了曼哈顿的大街小巷,通过直播卫星传向世界的各个角落。紫荷仰着脸,屏住呼吸注视着大楼尖顶上那个巨大的、通体闪亮的水晶球徐徐落下。她被这盛大的狂欢场面震撼了。布莱恩似乎更愿意看紫荷如痴如醉的神情。他紧搂着她的肩膀,用自己高大的身躯替她遮挡严寒。

"三、二、一!"2000年在人们的欢呼声中到来了!摩天大楼里的人从窗口抛撒出剪碎的纸屑。那些纸屑像被染成五颜六色的雪花,纷纷扬扬地飘舞而下,散落在人们的头上、身上。

紫荷双手搂住布莱恩的脖子,雀跃地说:"新年快乐布莱恩!谢谢你带我来这里。这是我过的最最奇妙的一个新年!"

"新年快乐!"布莱恩微笑地注视着紫荷,目光里满含深深的爱意,"能有你在我身边,每一天都将是最奇妙的!"

他们忘情地紧紧拥吻在一起,任四周的人流再怎么拥挤和碰撞,也迟迟没有分开。

浪漫的佛蒙特之夜

13

A Romantic Night in Vermont

五月底的这个长周末,天气格外的晴好。纽约和新泽西的公共海滩每年都是从这个周末起正式开放。可能很多人都迫不及待地到海滨度假去了,本该繁忙的购物中心反倒显得有些冷清。

紫荷在一家家童装店里流连忘返。要不是因为陈晓歌生了个大胖小子,她也不会来逛童装店。可是这一逛她却发现,给宝宝买东西竟然比给自己买衣服还容易上瘾。那些婴儿用的小毯子、小衣服、小鞋、小袜……件件让人爱不释手。晓歌在电子邮件里说,她怀疑蒙大拿的牛太多,影响了胎气。她儿子一出生就跟小牛犊似的,怎么也喂不饱。她逗国梁说要是他再不赶紧找份儿像样的工作,怕是快要养不起他们母子俩了。晓歌半真半假的抱怨里透着做了母亲的自豪。

童装店里,女孩子的东西总要比男孩子的多三倍,而且设计得更加可爱。有一款小女孩冬天穿的外套正在换季打折。小外套是用毛茸茸的白色人造毛做的。吸引紫荷的是它口袋上的两只黑色小狗图案。小狗的脖子上还系着粉红色的蝴蝶结,像极了小时候妈妈为她做的一件棉袄罩衣——红灯芯绒底子上有两只几乎一模一样的小黑狗,脖子上也系着粉色蝴蝶结。留着等晓歌下次生女儿的时候当礼物吧。紫荷这样给自己找了个借口把衣服买下了。

中午江舟约了紫荷和他们姐弟俩一起吃午饭,也好顺便帮他做做江华的思想工作。

可是江华的态度十分坚决:"不中!舟儿的终身大事还木(没)解决哩……"

江舟无可奈何地说:"姐,我这么老大个人,早就不用你操心了!咱们现在说的是你跟汤姆,别老把我给扯上。"

"咋叫不用俺操心?咱爹娘死得早,老姐比母哩。你一天不成家,俺就一天踏实不得。"江华一边说,一边端详着刚上的那盘蒜苗炒肉丝,"哎哟,这蒜苗快老成柴火杆子啦,还咋好意思卖得这么贵?"

紫荷笑了起来:"所以说啊,江华姐,我看你种的中国蔬菜大有市场呢。这一带的中国人越来越多,中餐馆和亚洲超市也跟着多起来。你跟汤姆志同道合,依我看你们俩真可以好好有一番作为。"

江华一听连连摇头:"叫俺种菜行。别的俺可不会。舟儿非要给俺报个啥洋文补习班,可把俺难死了。"

紫荷安慰她道:"没关系,江华姐。汤姆不是也在学中文吗?以后他要是听不懂你讲的英文,不是正好逼得他跟你说中文吗?"

三人说笑了一会儿,江华又扯回她的老话题,问紫荷有没有合适的姑娘介绍给江舟。江舟打断她说:"姐你怎么又来了。我现在整天忙得连自己姓什么都快忘了,哪有时间交什么女朋友啊?我又没有天山那两下子,革命生产两不误。"

天山的新女朋友是个越南裔的女孩儿,第二代移民。女孩儿的父母是越南华侨。凭着这点儿隔了代的同乡关系,还有两人实验室门儿对门儿的便利,天山很快就把这位新来的师妹给"收编"了。

天山没想到,女孩的妈妈正好是个房地产经纪人。这回他不但给自己找了个女朋友,还意外地兼获了一位咨询顾问。他前女友卡密的婶婶也是房产经纪人,简直是异曲同工啊。"看来天助我也,我命中注定要靠房地产发啊!"天山心里暗想着。

经过这位有可能成为他岳母大人的前辈一点拨,天山顿时豁然开朗。过去他只知道盯着白领聚集的高尚住宅区,无奈手里没本钱,所以一直只能做做二房东这样小打小闹的事情。他后悔没有早点儿琢磨那些靠近城里,打工者聚集的地方。旧城区里常有一些破旧不堪,很难被买主儿看上的老屋。这种房子收过来稍事改装,楼上楼下外加地下室,可以一下子招上好几户房客。虽然每家付的租金并不高,可是经过乘法一放大,收来的房租付完每月买房的按揭,还可能有盈余。这才叫资本的低投入、正增长呢。唉,可惜天山他们这一代人,对资本主义经济学的了解往往是通过小时候学马列得来的,连最基本的原理都没搞清楚。

天山本来指着拿炒股赚到的钱当首付买房子。没想到三月份纳斯达克创下五千多点的历史新高以后,就开始在动荡中走低,把他的钱全给套牢了。

"你说这格老头儿(指美联储主席格林斯潘),抽的哪门子疯啊?几个月的工夫连着加了六次息,也太沉不住气了吧?"天山气呼呼地对肖逸抱怨道。

肖逸也是一筹莫展:"是啊,政府这么大动干戈地出面干涉市场,的确有欠考虑。这就好比一个被旺火烧得直冒烟儿的大油锅,格老头儿想给油锅降降温,结果照直往里扔了几个大冰块,那还有不炸锅的?好些做市场分析的都是看风使舵的主儿,跟在他后边儿猛泼凉水,一副墙倒众人推的架势。"

"这会儿墙可不能倒啊!"天山叫起来,"法拉盛的这处房子我都看了好几回了,就等着在股市上一解套儿,立马儿拿下。"

肖逸问:"什么房子啊,让你这么走火入魔的?真没见过你这样儿的,也不说先给自个儿张罗个窝儿,急火火地买什么出租房啊?"

天山大大咧咧地说:"肖逸你没理解我的战略眼光。做博士后就跟当游击队员似的,随时得准备着四海为家。你看武状元,不是一家伙给发配到蒙大拿去了吗?房地产投资就不同了。只要找准了地界儿,那是铁打的营盘流水的兵,不愁没人交租子。对了,我看上这块地方儿还有一个原因。那天我去看房子的时候,碰上一住地下室的北京哥们儿。跟他随便一聊,才发现原来那儿是一藏龙卧虎之地呀!住在附近那帮打工的人里边儿,有作曲家、前卫画家和电影学院导演系出来的,能人多了去了。据他说,刚从国内出来的文艺愤青都爱上他们那儿扎堆儿。你还记得北大西门外有个福缘门儿吗?咱们出国以前那儿就成了圆明园艺术村儿。我说的这地方整个儿一个纽约福缘门儿。"

天山的话勾起了肖逸的好奇心。他跟着天山去了趟"纽约福缘门儿"。可惜他期待中的第六代导演、颓废行为艺术家之类的人物并没出现,可能周末都忙着打工去了。不过他倒是遇见了一个让他意想不到的人。

晚饭的时候肖逸打电话请佟谣过来吃水煎包,鲜虾猪肉馅的,咬一口汤汁四溢,满口留香。佟谣一口气吃了八个,连说过瘾。

"肖逸,我撑得都快动不了了。我今晚不走了行吗?"佟谣撒娇道。

虽然肖逸渐渐地开始喜欢上佟谣,他却始终没答应佟谣搬过来跟他同居。他承认,活力四射的佟谣给他带来不少温暖和安慰。而且肖逸意识到佟谣对他是认真的。

佟谣突然离开先前的那家公司,是因为她的上司,一位负责公司兼并和资金重组的资深副总裁一直想追求她。为了肖逸,佟谣不愿跟那位对她一往情深的"钻石王老五"有任何暧昧,于是选择悄悄地离开了公司。由于走得太匆忙,她直到三个月后才找好新工作。可是在她重新安顿下来之前,她既没来找肖逸,也没告诉他自己离职的真正原因。这让肖逸对她的看法有了不小的转变。

尽管如此,肖逸觉得自己跟佟谣的关系正处在进退两难的境地。他们彼此需要。可是每次短暂的欢愉之后,他总是陷入更深的孤独之中,这种怪圈周而复始。他不知道自己是否会再一次投入地去爱一个人。那种能力似乎伴随着紫荷离他渐行渐远了。

"佟谣,别在我身上浪费时间了。我不可能对你承诺什么。"肖逸曾经不止一次地对佟谣说,带着诚恳和一丝歉意。

"我没想让你承诺什么呀。以后的事儿谁也说不清,我在乎的只是现在。肖逸,你说,此时此刻,你爱我吗?"

如此简单的问题,肖逸却不知该如何回答:"古往今来,爱从来就没有一个明确的定义……"

"好啊你肖逸,学得可真够快的!克林顿的招儿让你给用在这儿了,你也太滑头了吧?"佟谣气得在他身上连掐带捶。

肖逸举手求饶:"我刚刚亲手给你煎了好吃的生煎包儿,那算不算爱啊?你自个好好琢磨去吧。要是琢磨明白了,冰箱里还冻着两打生的,等着再有机会表现呢。"随后他故意拿腔捏调地吟道:"啊,我那冰封雪藏的爱情,你何时才会苏醒?记忆中你的滋味依旧清晰,令我无限憧憬。怎么样?我的诗有没有点徐志摩的感觉?"

"臭美吧你!"佟谣白了他一眼,"你咏的是爱情,还是包子啊?不过就算是爱情,看来也没我什么事儿,还冰封雪藏着呢。哎,你的包子倒真挺好吃的,打哪儿弄来的?"

那天肖逸跟着天山在法拉盛的"福缘门儿"一带转悠,说话过了饭点儿。两人正想找个地方解决午饭问题,一股似曾相识的异香随风飘来。天山使劲儿地吸了吸鼻子道:"肖逸你闻见没有?这味儿让我想起我姥姥家胡同口儿的门钉儿肉饼铺,太香了!"

肖逸也吸着鼻子四下寻找:"看来今儿咱们还真没白来。没见着故乡的人儿,闻闻故乡的味儿也是好的。当然要能再一饱口福……"

他的话还没说完,只见街口那儿拐过一辆厢式小货车,白色的车身被喷涂得花花绿绿,热闹非凡。

"哟,这哥们儿的面的可够花哨的啊。"天山一见车身上中英对照、土洋结合的广告不由得乐了,"故乡流动快餐车……肖逸你快瞅,我还没见过洋热狗和土包子一块儿卖的呢,够绝的!"

肖逸也乐不可支:"嘿,这么巧!咱们刚说饿,包子就长腿自个跑过来了。我看咱也别挑拣是不是门钉儿肉饼了。"说着他对车子挥了挥手。

嘎的一声,快餐车还真的在他们面前停下了。驾驶室里跳出一个人,对着肖逸的肩头就是一掌。

肖逸定睛一看,开心地大笑起来:"老顾!怎么是你?啊,我明白了,故乡流动快餐车。你现在自己给自己当老板啦?"

从李伯和李妈的地下室搬出来以后,肖逸再没见过曾和自己住一板之隔的老顾。肖逸还以为他早就完成"五年计划"回国享受"革命果实"去了,不想今天这么巧,在大马路上撞见他。热情的老顾把肖逸和天山拉到自己家里。他家正好就在天山向往的那个区。

老顾住的公寓窄小而破旧,迎门却见一个由两张桌子拼起来的巨型长餐桌,气度非凡地从餐厅一直伸展到开放式的客厅里。

"俺这人别的嗜好没有,就好交个朋友,图个热闹。"老顾听说他俩没吃饭,立刻张罗着去给他们煎包子,开啤酒。

"老顾,您这儿是人民公社大食堂啊?打算招呼多少人来吃饭呢?"肖逸好奇地问道。

"嗨,真让你说着了。晚上我这儿总是人来人往的,热闹着呢。净是些打国内出来的,跟你们一样老有才的人。他们非给我这儿起个名儿,叫什么故乡沙龙。太小资了。我看还是人民公社大食堂更形象。"

喝了不少的酒,说了不少的话,道别的时候肖逸和老顾都感慨万千。

"你们要是看得起我老顾,就常过来坐坐。我最爱和你们这些文化人儿唠嗑了。"老顾边说边把几袋冻包子硬塞进肖逸和天山的手里。

"老顾,看见你如今生活得这么潇洒,我真替你高兴。赶快把嫂夫人从国内接出来就更全乎儿了!"肖逸由衷地说。

"还啥嫂夫人,前年就离了。我总算是想明白了,赶这把年纪,再不为自己活一回,可就来不及啦。"老顾说。

回去的路上,肖逸若有所思地问天山:"你说怎么着才叫为自己活一回呢?"

天山瞅了他一眼,犹豫地说:"嗯,这还真不太好说。不符合科学唯物主义呀。我看这个问题的答案是个可变函数,要因人而异,因时而异,因地而异。"他虽然没有正面回答肖逸的问题,心里却明白个中来由。他知道肖逸最近不顺。

唐诗中有"山僧不解数甲子,一叶落知天下秋"的句子。可是,世间能有几人拥有唐朝山僧那般见微知著的洞察力呢?

有如秋风扫落叶的严酷时期,肖逸那曾在朋友圈里红极一时的"肖氏投资内参",让他陷入了窘境。虽然他一直屡屡告诫大家投资的风险性,可是对大多数人来说,赚钱的时候,风险二字只不过是一个干巴巴的术语,没人真往心里去。等到赔钱的时候,风险既成事实,无形化作有形。看着所持股票的价格曲线从最高点呈自由落体状跌落,勾画出一把利刃,剜心割肉似的让人不寒而栗。肖逸过去推荐过的一只互联网旗帜股,一年之内从1300美元一股的天价跌到区区20美元,即使再高级的技术分析,也无法对如此惊人的崩溃速度作出解释。

开始的时候,肖逸还觉着掉得这么猛总该有反弹的时候。他劝大家静观其变,不要忙着杀鸡取卵。可是眼见着股价由三位数变成两位数,两位数变成一位数,甚至化作可以忽略不计的小数点后若干位,谁能不急眼呢?有些拐了几道弯儿的朋友的朋友,赔光了身家性命,哪里还顾得上什么面子和礼节?他们将怒气和怨气直接对准了肖逸。带着无力回天的沮丧和对那些曾经追随他的朋友们的愧疚,肖逸选择了沉默。他换了电话号码,关掉了一度门庭若市的电子邮箱。除了几个最铁的朋友,谁都别想找到他。

顶着六月的骄阳,肖逸步行三个街区来到世贸中心。他约了张智勇在107

层的餐厅见面。自打张智勇离开公司,肖逸的身边就少了一个可以推心置腹的朋友。

餐厅里的冷气开得很足。肖逸点了金枪鱼沙拉冷盘。这段时期他心火焦躁,舌尖常常起泡。听了肖逸讲述的烦恼,张智勇没有急于评价,而是推了推鼻梁上的眼镜平和地说:"肖逸你去过黄石公园吗?你见过一眼望不到边的、被森林火灾烧得只剩树桩的林子吗?"望着肖逸不解的目光,他继续说,"第一次见到那景象,我既痛心又气愤。堂堂的国家公园怎么会允许这么多的树木被毁?肯定是个不可饶恕的错误。后来有一次偶然的机会,我陪孩子们看电视,里面正在演英国广播公司拍摄的纪录片,叫做植物的奥秘。我才明白,原来黄石公园的森林火灾是大自然自我调节的结果。来年雨季一到,被烧掉的枯树、老树就成了一片沃土。新生林在那上面发芽成长,开始新一轮的循环。肖逸,该发生的总会发生。不管是乐极生悲,还是否极泰来,转机总是出现在人最意想不到的时候。"

肖逸一口气喝干了杯子里的冰水,整个人渐渐觉得神清气爽起来:"张智勇我可真得好好向你学学。你说这么些年在金钱的旋涡里打转儿,您老人家的哲学境界怎么还这么高啊?!"

分手的时候,张智勇心血来潮地拉肖逸在自动拍照亭里留了一张合影。立拍得照片上双子星大楼高耸在背景中。照片下方有一行小字:2001年6月13日世贸中心纽约。

美国是个不太讲究节能的国家。外面是烈日炎炎,美诺的办公大楼里却凉得像个冰窖,害得女同事们不得不在漂亮的夏装外再裹上件毛衣外套什么的。拉姆就更神了。他的办公桌上方有个中央空调的出风口,冷森森的风全天候地对着他吹。拉姆愤然跑到商店里买回一个小热风扇摆在桌上,不顾大夏天,整天地开着。反正电费都算在公司头上。不过,这个夏天,真正让人感到寒冷的并不是办公室里的温度。

随着.com(互联网和电子商务股票)泡沫的破裂,美诺IT部门的气氛也跟着紧张起来。本来,在这里工作的老印们还想伸手拉同胞们一把,替被别的公司裁员的同乡们递份简历，说句好话什么的，谁知整个 IT 部的招聘一夜之间就被冻结了。连已经登出去的招聘广告都要马上撤回。

独立节长周末一过，杰夫就召集部门全体大会。一番分析形势兼鼓舞士气的例行讲话之后，杰夫在散会前的最后十分钟里提到公司精简机构、削减开支的计划。

"这次的裁员规模一定不小！"一位在美诺工作了近 20 年的同事私下里说，"如果只是三两个的调整，用不着在大会上宣布。不过头儿还算是有同情心，起码没让大家提心吊胆地过节。"

大会之后，没几人还能继续安心工作。特别是那些老印同事，三五成群地聚在一起窃窃私语。他们大多都是临时雇员的身份，按小时取酬。IT 市场好的时候，他们可以灵活地换来换去。小时工资每上涨一块，折合成年收入都相当可观。但是赶上大裁员的凶险时刻，他们却成了召之即来挥之即去的一群，公司连解聘金都不用付就可以让这些临时雇员立刻走人。

杰夫办公室的门一直关得严严的。面对他亲手组建的团队，朝夕与共的部下，想要作出去留取舍的决定是很艰难的一件事。人事部列出的姓名、职位和工资数目表看似简单，可对于杰夫，那些数据的后面却是一张张熟悉的面孔，一个个各有所长的员工和他们背后的家庭。

紫荷今天本来打算去找杰夫请假的。布莱恩的记者朋友马克下个月要结婚，邀请布莱恩和紫荷一同参加婚礼。婚礼的地点在新英格兰地区的佛蒙特州，是个冬季滑雪、夏季避暑的度假胜地。她和布莱恩商量好了借着参加马克的婚礼，正好在佛蒙特玩儿上一周。可谁想到，一早上就传来裁员的消息。这种时候提出度假的事儿实在有点儿不合时宜。

正在她忐忑不安之际，电话响了。杰夫在电话里简短地说："紫荷，你到我办公室来一下。"紫荷的心剧烈地跳动起来，她放下电话的时候手有些哆嗦。早就听同事们说过，裁员的时候最新的和最老的员工危险系数最高。

紫荷轻轻地敲了敲杰夫办公室的门。她能觉出背后好多双眼睛正悄悄地注视着她。敏感时期大家各怀心事，任何风吹草动都会引起猜疑。

看到办公室里只有杰夫一人,紫荷稍稍松了口气。听有经验的人说,如果一推开门,看见老板和人事部的人并排坐着,那可就"死"定了。他们还有鼻子有眼地说:若是女雇员的话,人事部"特派员"会细心地把一盒早就预备好的纸巾推到她面前。因为遇上这种事儿,女的通常会哭得稀里哗啦的。"保护被解聘员工最后的尊严"人事部提出了这样一个口号,听上去颇有些悲壮的意味。

杰夫似乎察觉到了紫荷的心情,他笑笑说:"对不起我刚才忘记了,这两天我的电话可能最不受人欢迎。紫荷你不用担心,这次对你不会有什么影响。当然,人手减少工作量并不会跟着减少,你可要做好心理准备。"

紫荷这下才如释重负。为了让老板能提前作出安排,她犹豫了一下还是对杰夫提出了度假一周的事。没想到杰夫答应得非常痛快。紫荷庆幸自己碰到一个有人情味儿的老板。她想,如果把职业比作饭碗,把日常工作比作碗里的饭菜,那么好的老板就像一个超级大厨,无论什么样的食材经他一调理,都能变得有滋有味儿。那些不懂管理之道的老板则可能将山珍海味做得索然无味,甚至难以下咽。

"紫荷,你和拉姆一起工作比较多,我需要你提供一些反馈。你不必有什么顾虑,越直率越好。"

紫荷心想,原来老板叫她来是为了拉姆啊。"拉姆对系统的了解和他的技术水平都很优秀,有很多难题都是靠他才解决的。"紫荷说。

杰夫点了点头:"嗯,我同意。那么他的团队精神怎么样?精简完成之后,团队之间的合作精神会变得更加至关重要。"

老板的问题真是正中要害,可能他平时察觉到了什么。看来这回拉姆是去是留,很大程度上决定于紫荷如何回答老板的问题。说实在的,自打进了公司,紫荷就没少受拉姆时不时放出的明枪暗箭。但是不知为什么,此时她想到的却是拉姆一对双胞胎女儿的照片,还有用他给的菌种做出的香甜醇厚的酸牛奶。

"杰夫,我从拉姆那儿学了许多东西。他人聪明,也很有个性。如果在一个有兼容性的团队里,我想他是能和大家合作得很好的。"

紫荷回到自己的座位没几分钟,拉姆就神神秘秘地凑过来。他瞄了一眼紫荷的表情,小心翼翼地问:"紫荷,你刚才跟老板说什么了?有新消息吗?"

紫荷看着拉姆紧张兮兮的样子，突然决定小小地戏弄他一番："想知道我们都谈了些什么吗？我们说的正是你呀！"话毕她故意扭过脸去不再答理他。

"什么？等等，紫荷你说什么？你们说我什么啦？"拉姆果然急了。他又往紫荷身边凑近了点儿。

紫荷用脚轻轻一蹬，带轮子的办公椅向后滑去，跟拉姆重新拉开一段距离。她将双手抱在胸前，饶有兴致地审视着他，开诚布公地说："杰夫问我跟你合作得是否融洽。"

她看见拉姆脸上的讪笑突然僵住了。半天他才结巴着说："那，那你，你是怎么说的？"

紫荷笑了起来："这个我可不能告诉你。不过，到时候你自己能猜得出来……"

多年一直单身的马克，这个婚结得很突然，让他的朋友们感到意外。谁也没想到，给马克做"媒人"的，正是他和布莱恩合作写的那篇报道。

调查接近尾声的时候，他们把取得的所有证据提供给了证监会。这些资料的深度和广度，以及对相关事件的归纳和剖析，立刻就引起了证监会的注意。许多来自普通投资者的投诉，被积压了数年都不曾得到处理，这回作为扶助证据终于可以重见天日了。等到文章见诸报端的时候，证监会和联邦调查局对那些华尔街"牛排店"的全面调查，也紧锣密鼓地展开了。这篇一石激起千层浪的报道，为马克和布莱恩在同行中赢得了很高的声誉。

马克的上司芭芭拉是个雷厉风行的女强人。可能因为太要强的缘故，她的前一段婚姻没持续多久就无疾而终了。平日里，不爱张扬的马克从未引起过她的注意，直到这次他一鸣惊人。喜欢冒险和猎奇的芭芭拉，很想知道这篇报道诞生的经过，还有那些故事背后的故事。一来二去，两人在聊新闻讲故事的时候竟又发展出后来浪漫的章节。芭芭拉是马克的上司，年龄也比他大，但是这些都不能阻挡爱情的力量。半年后，马克换了一份工作。两人决定在芭芭拉生日的那天举行婚礼。

佛蒙特是个纯净得容易让人产生错觉的地方。时光的河流从这里经过，仿佛悄悄地放慢了速度。那些森林覆盖的群山、倒映着蓝天白云的湖泊、青山翠谷间星罗棋布的农庄和牧场,都像是被永久地凝固在一幅画中。

布莱恩几乎每个冬天都会到佛蒙特来一次。他热衷于在山林间越野滑雪,也喜欢在当地的家庭式旅馆度上一个周末,体会一下那浓浓的人情味。他告诉紫荷,住在纽约公寓楼里的邻居,虽然近在咫尺却大多老死不相往来。可在佛蒙特,商店里的店员可以随口叫出每一位本地顾客的名字;到小镇上的餐馆吃早餐,女招待不用问就知道,这个老顾客要两个单面煎蛋外加三片咸肉,而另一个则喜欢烤吐司配本地出产的枫糖浆……难怪人们常说,想要了解一百年前的美国是什么样儿并不难,只要去佛蒙特看看就行了。这一切当然令人向往,然而最最让紫荷感到不可思议的,却是婚礼的举办地——冯·特里普家族旅馆。

紫荷上中学的时候,有一次英语老师怀揣校长开出的介绍信,带着几个英语尖子生骑了一个多小时的车,从东城区赶到位于海淀区的实验中学。那时紫荷他们的中学还没有电化教室,更不可能有原文版的美国电影录像。于是老师就想出这么个办法。那天他们看的录像是一部美国音乐片,叫做《音乐之声》。尽管那盘录像带已经不知被放了多少遍,信号的质量极差;尽管依紫荷他们当时的英语水平,根本就听不懂多少对白,然而他们还是被这部传世经典的影片深深地打动了。第一次看《音乐之声》时那种如痴如醉的感觉至今仍让紫荷记忆犹新。

进美诺工作以后,有一次午餐时与同事闲聊。紫荷又一次听人提起《音乐之声》。她有些惊讶,原以为美国人的文化一向是喜新厌旧的呢。那位渐进中年、人高马大的同事,津津乐道地描述他和两个年幼的孩子,在一个阴雨连绵的日子里围在壁炉边看《音乐之声》的情景,让紫荷心中生出一丝温暖和感动。也许是缘分吧,没过多久,《音乐之声》再次给紫荷带来惊喜,而且比前两次来得更加真切。

布莱恩告诉紫荷,电影《音乐之声》是根据玛利亚·冯·特里普写的一本传记改变成歌舞剧,后来又被搬上银幕的。

"你是说玛利亚和乔治确有其人?他们果真有像音阶一样整齐排列的七个孩子?还有,冯·特里普家庭合唱团的故事全是真的?……"紫荷惊讶地连连发问。她一直以为,是好莱坞天才的编导们创造了这部绝妙的作品,没想到竟然都是真人真事儿。看来,再杰出的作家也无法超越生活书写的传奇啊。

二战的时候,冯·特里普一家从被纳粹占领的家乡奥地利逃到美国。后来他们在佛蒙特买下一个农场,又亲手搭建了一栋奥地利风格的木结构房子。这栋房子坐落在一个名叫卢赛的小山丘上,与远方连绵起伏的群山遥遥相望。这里美轮美奂的景色常令他们想起故乡的阿尔卑斯山……玛利亚和乔治在美国生下一个儿子。正是这个儿子将老屋改建成现在的冯·特里普家族旅馆。

夏末的风,推动着天边的云朵,在山峦上投下移动的影子。无忧无虑的野花随风摇曳,尽情地展示着它们缤纷的色彩。当年,冯·特里普一家每年夏天都会举办音乐夏令营和露天音乐会。他们在一眼望不到边际的绿草地中央,用粗壮的圆木和厚木板搭建了一个露天舞台。草地被层峦叠嶂的山脉包围在中间,形成了一个独特的天然环形剧场。曾经有多少次,那悠扬的音乐之声从这里传出,在群山间回响……今天,露天舞台上竖起了一个用白纱和鲜花装饰的拱门,而马克和芭芭拉成了主角。

台下,一排排漆成白色的木椅整齐地排列在绿草地上。紫荷与其他参加婚礼的宾客就坐在那里。紫荷身边的那把椅子空着,因为此时布莱恩正站在台上。他是马克的 best man(伴郎)。布莱恩穿着雪白的衬衣和一身黑色的礼服。上衣的前襟上还别有一朵淡黄色的马蹄莲。他和另外五个装束一模一样的小伙子在马克身边站成一排,陪他等待新娘的到来。有趣的是,六个英俊挺拔的伴郎,每人都戴着酷酷的黑眼镜,活像电影镜头中经常出现的 FBI(联邦调查局)谍报员。

紫荷知道,布莱恩虽然站在台上,但他藏在墨镜后面的目光却不曾离开过自己。每当紫荷看他的时候,他不是会心地冲她微笑,就是悄悄地动动两根手指。与此同时,他仍旧保持着笔直的站姿,双手交叠在身前,除了紫荷没人注意到他的那些小动作。

芭芭拉果真是一副干练的女强人形象。她没有穿拖地长裙,而是选了一身乳白色带凹凸暗花的套装,简洁而高雅。她看上去不再年轻,却有着一种成熟女人独特的自信与魅力。她与马克双手紧握,深情地注视着对方。他们的身后,不老的青山静静地矗立着,见证了他们对彼此许下的誓言。紫荷觉得眼睛里有些潮湿,

农庄和牧场

她被这场面打动了。

仪式结束后,大家三三两两地走进一个在草地上搭起的巨大的白色帐篷。婚宴将在这个帐篷里举行。

布莱恩和别的伴郎伴娘一起被婚礼摄影师拉去拍照。才拍了几张,布莱恩就对摄影师说:"你还是多照照新娘新郎和这些漂亮的姑娘们吧。别让 Man-in-black(《黑衣人》:一部好莱坞电影的名字)破坏了这么好的风景!"不等摄影师回答,他已经转身消失在人群中。

布莱恩匆匆地挤过人群,在帐篷里找到紫荷。他不容分说地拽着她就走。"布莱恩咱们去哪儿啊?晚宴就要开始了呀……"紫荷跟在他身后不解地追问。布莱恩却什么都没说。

他们走到帐篷外边一丛开满白花的灌木丛后,布莱恩突然停下脚步。他双手捧起紫荷的脸仔细端详着:"紫荷,你今天可真是美丽得惊人!可是整个下午我却只能远远地看着你。现在我必须补上!"说着他便低头去吻她。其实,在如此优美的景致和浪漫的氛围里,紫荷的心里又何尝不是对布莱恩充满了渴望呢?

晚宴进行到一半的时候,主持人用叉子敲着酒杯让大家安静下来。"诸位,你们可能还不知道,我们的新郎马克和他的伴郎布莱恩是两位传奇式人物吧?那篇轰动一时的关于黑手党和华尔街的报道就出自他们两人之手。现在让我们来欢迎 best man……"他的话音还没落,就被掌声和欢呼声淹没了。

布莱恩走到新郎和新娘的桌边,他一手拿着麦克风,一手习惯性地捋了捋自己的平头。他来回踱了两步才在马克面前站定:"马克,咱们一块儿干了两年多,你怎么没早点儿告诉我,原来你的动机是要引起芭芭拉的注意呢?本来我们可以订个不同的计划,你也不用一直等到今天……"人群里开始发出笑声。

布莱恩转过身来对着大家说:"你们都知道,马克是个勇往直前的人。有一次他接到黑手党给他的恐吓信,他满不在乎,顺手把信翻过来记电话号码了。后来他在地铁上拿出那张纸来想打电话,可是让坐在他对面的人看到了背面的恐吓信,紧张得差一点儿报警。马克只好对那人说他是个侦探小说家。"人们又哄笑起来,"可是我相信没几个人知道,马克其实也有胆怯的时候……对不起马克,今天我要揭揭你的老底了。各位请注意,马克最怕的事儿就是……"他拉长了声音,"让他吃生鱼片!对他来说,生鱼片可比恐吓信要恐怖得多。可是,芭芭拉不知道这些,她第一次约马克就选了一家日本料理。马克回来后告诉我,他装得很愉快的样子吃下了一条章鱼的触须。这大概就是爱情的魔力吧?马克,我很为有你这个朋友而自豪!芭芭拉,我也为你感到骄傲!你不但让马克不再恐惧生鱼片,而且使他变得更加自信,更加快乐了。让我们一起举杯祝福你们……"

布莱恩的祝词赢得了一阵又一阵的笑声和掌声。坐在紫荷旁边的一位老夫人探过身来在她耳边小声地说:"他果真是 the best man(直译为最棒的男人,英语中用来称呼伴郎),真不知道这里有多少个女人正在悄悄地嫉妒你呢!"紫荷对她举了举手中的香槟酒杯,同样小声地答道:"所以我才要好好地庆祝!"两人相视而笑。

当紫荷沉醉于在佛蒙特的世外桃源中时,肖逸却经历了他有生以来最艰难的一段日子。

星期三整整一个上午他都在等老板维尼。昨晚他帮维尼整理本季度的交易记录,一直干到临近午夜时分才离开。尽管他们采取了对冲套保等一系列降低风险的措施,账面上依旧是"哀鸿遍野"。交易上的大量亏损本来就够让人沮丧了,可这时候却又偏偏来个雪上加霜。维尼接到了证监会的通知,让他准备接受为期一星期的初步调查。

已经快到中午了,维尼办公室的灯还没有亮。肖逸问了秘书,可是秘书说维尼今天并没请假。肖逸心中有些纳闷儿,维尼虽然有些怪癖,却是个在工作上十分勤奋的人。这样的非常时期,他怎么什么都不交代就不来上班呢?

下午,看到部门总裁发出的电子邮件,肖逸惊呆了。维尼,他死了……

昨晚11点多,维尼倒在自家的浴室里。他并没有心脏病史,然而第一次发病就来势凶猛,要了他的命。那个时候肖逸正在办公室里,按照维尼下班前的吩咐整理数据。谁能想到要报表的人已经离开了这个世界呢?

肖逸呆呆地盯着维尼那间黑着灯的办公室。他总觉得维尼还在那扇紧闭的门后,双脚高高地跷在大办公桌上,正在黑暗里苦苦思考应付各种难题的对策。

第二天,肖逸和许多公司的同事一起参加了维尼的葬礼。葬礼上他第一次见到了维尼的家人。肖逸一直不知道,原来工作之外,维尼不但是一个女人的丈夫,也是两个孩子的父亲。肖逸不明白,维尼为什么会选择过一种双面人一样的生活。他从来没和公司里的同事谈起过他的个人生活。而他妻子那迷茫的眼神,让肖逸有理由相信,她并不明白维尼在家庭之外的世界里是个什么样子。

肖逸不记得自己怎么回到家里的。两天了,他依然没能从震惊中清醒。

佟谣下了班,从公寓楼底下的餐馆里叫了两份外卖,可是肖逸却只想喝酒。不过有佟谣陪在旁边说说话,让他稍稍感到一丝安慰。

"佟谣你说,人的生命怎么会这么脆弱呢?明明前天我还跟他在办公室讨论问题来着,那会儿他好好的!一个大活人,怎么能说没就没了呢?"肖逸一直无法接受维尼已死的事实。

"嗨,这叫生死有命,谁也没法儿预料。我觉得有句话说得挺对:Live every day as if there is no tomorrow(将每一天都过得如同没有明天一样),既然我们无法控制将来要发生的事儿,那就只好多想想现在了。"佟谣说。

肖逸看着佟谣,好像在思考她说的话。沉吟片刻,他才问:"那佟谣你告诉我,假如没有明天,你想怎么度过今天呢?"

佟谣笑了起来:"哟,你还当真了?肖逸,你要是真那么有紧迫感,就别再悲天悯人地浪费时间了。你想想,当初你为了来华尔街,连博士学位都给放弃了。刚转行的那两年,既没经验又没根基的,可你从来没犹豫没抱怨过。现在你好不容易站住脚了,离你的梦想也越来越近了,怎么反倒开始消沉了呢?假如没有明天,我会选择跟我所爱的人度过今天。不过我所爱的男人一定会是个强者,是个有抱负有追求的人。"

肖逸点点头说:"佟谣,我明白你的意思。谢谢你的开导。今晚让我一个人静会儿好吗?有些事情是该好好想想清楚了。"

佟谣走后,肖逸一人在客厅里坐了很久。回想这些年来发生的种种事情,肖逸觉得他这辈子的喜怒哀乐,似乎都浓缩在最近的这短短几年中了。他游移的目光掠过寂静的房间,最终停留在对面墙上的一幅摄影作品上——枯黄的荒野中,一棵大树顶着硕果仅存的几簇稀疏绿叶,顶天立地占据了画面的中央。远景里两只非洲狮在荒草丛中若隐若现,它们凝神远眺的神情给人以某种神秘的启示。不知当初莱瑞是否也从中感受到一种召唤……

来佛蒙特之前,紫荷的内心里充满了矛盾。这是她第一次与布莱恩长时间单独相处。她跟布莱恩之间的感情正在与日俱增,可是与此同时,她对肖逸的愧疚之情也越来越深了。

过去,肖逸总说她过于天真,喜欢把世界看成非黑即白。她不理解,反倒觉得肖逸用模糊哲学为自己找开脱的借口。佟谣制造出来的风波让她觉得受了奇耻大辱。她可以不理会佟谣,但她却无法容忍肖逸的行为,哪怕他当时是被动的。爱一个人,心就会被她占满,自然应该容不下半点杂念,更不用说与别人发生肌肤之亲了。紫荷的爱情观一直就是这么简单明了。直到布莱恩闯进她的感情世界,她才发现,也许她错了。

紫荷虽然无法原谅肖逸,但那并不能改变他在她心中所占据的特殊位置。初恋的记忆随着时间的流逝被沉淀、被压缩,却永远不会消失,就像冰川纪沉积岩上一个色彩鲜明的条纹。夹在对布莱恩和对肖逸的感情之间,紫荷对他们两人都感到内疚。对于布莱恩,她的内疚源于她再也做不到像初恋那般毫无保留。对于肖逸,她后悔自己当时对他过于苛刻,没给他留下任何解释和补救的余地。

订旅馆的时候,紫荷嘱咐布莱恩订有两张床位的房间。说这话的时候她很不好意思。布莱恩微微一笑,意味深长地看着她说:"没问题紫荷。其实你只需要告诉我你的意愿就足够了。至于别的嘛,不会有什么差别的。"

布莱恩说到做到,第一个晚上两人都极为克制。他们相拥在一起看了一会儿闭路电视里播放的《音乐之声》,布莱恩便极为绅士地吻了吻紫荷,道声晚安回自己的床上去了。第二天是马克的婚礼。一整天沉浸在浪漫的氛围里,他们都有些情不自禁。

夜深了,山风从半开的窗子里吹进来,凉意袭人。布莱恩点起房间里的壁炉。他道过晚安,关了床头灯,却坐在紫荷的床上不忍离去。

"该去睡了……"紫荷柔声地说,头却依然倚在布莱恩胸前没动。

"你真的要我过去吗?"布莱恩拨弄着她的长发问。紫荷犹豫了一下,轻轻地点了点头。远山顶上,一轮皎洁的月亮似乎想窥伺他们的秘密,把它又圆又亮的脸嵌在对面的窗框中,毫不吝惜地将月光洒满整个房间。

"紫荷你记得吗,我第一次见到你的那天晚上,也是这样的月光……"布莱恩将毯子替她盖好,又吻了她一下,才站起身来。可是紫荷却一直拉着他的一只手,到这时也没放开,反倒拉得更紧了。一阵再也抑制不住的冲动电流般地传遍他的全身。布莱恩知道,这次的定力测验,他怕是不可救药地要 fail(不及格)了……

布莱恩俯身凝视着紫荷,壁炉里跳动的火苗映在他的瞳人里。从他目光中辐射出来的热度让紫荷觉得脸上一片滚烫。她羞涩地把毯子拉上来,将脸盖住,身体缩了起来。

隔着薄薄的线毯,布莱恩温暖有力的大手缓缓地探索着那些起伏的曲线,直到它们像绽放的花瓣一样渐渐舒展开来。

"为什么要躲起来呢紫荷?难道你不知道你的身体有多美吗?这样来折磨你的爱人未免太狠心了!"布莱恩找到她嘴唇的位置,隔着线毯,轻轻地在她唇上吻着。

紫荷突然将毯子从头上掀开坐了起来:"好,我不躲了。可是我要先看看你……"

布莱恩先是一愣,随即笑了起来:"怪不得有人说,中国大陆的女孩个个都是女权主义者呢。"他说着利索地脱下 T 恤。

紫荷的心狂跳不已。幽暗的房间里,布莱恩身上强健的肌肉被火光映照着,凹凸分明地反射着暗红色的微光,像米开朗琪罗的雕塑一般完美。紫荷伸出手小心地去触摸他发达的胸肌,似乎要检验一下眼前的到底是雕塑还是肉身。

"还要看吗?"布莱恩问。他背过身去又脱下拳击短裤。紫荷看见他后腰的左下方有一块文身图案。

"布莱恩,你什么时候文的身啊?"紫荷惊奇地问。

这回轮到布莱恩有些不好意思了。他迅速地钻到毯子下面将紫荷紧紧搂住。"没什么,紫荷。就是个文身而已。"

"不行,让我看看！你把它藏在别人看不见的地方,一定有什么特殊的含义吧？"紫荷好奇地不依不饶。

布莱恩的文身是一对飞翔的翅膀。他从钱包夹层里取出一枚胸章给紫荷看,是一对银色的翅膀,和文身的图案一模一样。那是空降特种兵才有资格佩戴的胸章。布莱恩随时把它带在身边,不仅是因为他怀念那一段激情澎湃的日子,而且他仍旧把自己当做一名军人。特种兵或是预备役,名义并不重要,重要的是使命和责任不曾改变过。

"很多当兵的都会刺上文身。战场那么残酷,这是为了血肉横飞的时候能多一条辨认身份的线索……对不起,紫荷,我不应该给你讲这么恐怖的事情。都怪我,把今晚全给破坏了……"

他还没说完,紫荷已经把手指压在他的嘴唇上止住了他的话头:"没有,布莱恩,你什么也没破坏。"她微微地闭起眼睛,将自己完完全全地融化进他的怀抱里……

第二天早上,紫荷从睡梦中醒来,一睁眼睛发现枕边放着一束搭配别致的野花。布莱恩晨跑回来洗了个淋浴,头发湿漉漉地从浴室走出来。见紫荷醒了,他过来坐在她旁边,温存地将她揽进自己的臂弯里:"早上好亲爱的！昨晚睡得还好吗？"他的笑容比清晨的阳光还要灿烂,眼神传达着无尽爱意。紫荷搂紧他的脖子,有些害羞地将脸埋在布莱恩的颈窝里轻声说:"昨夜的梦真的很美。"

布莱恩将她的发丝撩开,亲吻着她耳朵背后那一小片娇嫩的肌肤,忘情地说:"那不是梦。紫荷,是你让我成了这个世界上最幸福的人！我曾经请求过你,那个时候你没有答应,今天我想再一次问你,让我用一生来守护你的幸福好吗？"

一生?一生多漫长啊,长得让人不敢轻许。布莱恩的话让紫荷动容,但是她仍旧没有勇气答复他,只是热烈地回应着他的亲吻。

手机的铃声响了好几遍,最后还是转到了自动留言。肖逸怅然地对着无人接听的电话说:"紫荷,是肖逸。我打电话是来跟你告别的。我要离开纽约一段时间。紫荷,我……有些事情我真的非常抱歉。我知道现在说什么都太晚了,但是我真诚地祝你幸福！You deserve it(你理当应得)！"

肖逸看了一眼候机大厅里的显示牌,离起飞还有三个多小时。川流不息的旅客,拉着大大小小的行李箱从他面前步履匆匆地经过。他们的目的地都是哪里呢?肖逸已经将他不多的行李托运完毕,随身只剩一个双肩背书包,正是他当年从北京国际机场出发时背的那个包。他恍惚觉得自己又回到了那一时刻:在心里默默地与那个自己称之为家的城市道声再见,背上沉甸甸的希望、憧憬和不安,朝着一个遥远而陌生的目的地,从此开始了漫长的旅行……人的一生中,会经历多少次这样的旅行呢?

见时间还早,肖逸忽然有了一个念头。他想起老顾卖"故乡快餐"的地方离拉瓜迪机场不远,他很想在离开纽约之前再见见老顾,再尝尝他亲手做的生煎包。在这样一个充满离愁别绪的时候,老顾和他的"故乡"生煎包能让肖逸同时感受一下北京的味道,还有纽约患难与共的友情。他疾步走出候机楼,向出租车招了招手。

从佛蒙特回来的前一天晚上,紫荷忘记给手机充电。等她回家里听到肖逸留言的时候,肖逸乘坐的飞机早已飞离了美洲大陆。

"天山,你快告诉我肖逸他去哪了?"紫荷焦急地去问郝天山。

天山抓抓脑袋,沮丧地说:"我也不知道呀。他只肯告诉我他要出去旅行一段时间,托我帮他把公寓出租。既然连房子都租出去了,看来时间不会短。"

紫荷一听更急了:"你们是最好的朋友,你怎么会不知道他去哪儿了呢?出什么事儿了吗?"

天山说:"你还不知道肖逸吗?他心里越难受越爱装得跟没事儿人似的。任我怎么问他愣是不透半点口风儿,只说他想出去旅行一段时间散散心。连我要送他上机场他都不肯。对了,这事儿我也问了老杜,心想也许他能知道得多点儿。"

"那老杜是怎么说的?"紫荷急得鼻尖儿上都渗出了汗珠儿。她的确了解肖逸,别看表面上他总是一副坦然自若的样子,可他能干得出最让人出乎意料的事情。

"老杜也是一头雾水。他说肖逸给他发了一个巨长的电子邮件,写得跟检讨书似的。说什么没能帮老杜的公司上市,还让大伙儿在投资上赔了钱这一类不着四六儿的话。你说,他又不是盘古,哪能把天撑起来?大市崩了哥儿几个怎么可能怪到他头上呢?等老杜又是回邮件又是打电话的,可再也找不到他的人了。"

"天山,你再想想,肖逸没说什么别的啦?"紫荷仍然不甘心。

"噢,对不起,我怎么差点儿把这事儿给忘了呢?肖逸一直在给朋友们做免费投资咨询。他用你的名字开了个账户替你管理着。我想,网络公司的泡沫破裂之前,账上的数目肯定相当可观。肖逸说,该'割肉'的时候他比我们心狠手辣,所以出来得还算早,不至于全军覆没。他让我把这个交给你,剩下的现金都在上边儿。他说让你给你爸爸治病用。"

紫荷接过天山递过来的信封时,眼泪忍不住落了下来。

天山将她送到门外。分手的时候天山说:"紫荷,我想我没猜错,你们还一直惦记着对方是吗?你也别太着急了,他出去静两天肯定会回来的。毕竟,这里还有让他牵肠挂肚的理由。"

纽约肯尼迪国际机场,布莱恩拉着紫荷的手在人流里穿行。因为路上堵车他们来晚了一点儿,从北京飞来的国航981航班已经落地了。

一个背着双肩包的人与紫荷擦肩而过。他的背影有点儿像肖逸。紫荷下意识地回过头去多看了几眼。

他们来到接机口的时候,看见推着行李车的中国旅客已陆陆续续地走出来。紫荷不停地踮起脚尖张望。布莱恩个子高,即使站在人群背后也能一目了然。来之前紫荷给他看了她妈妈的照片,最后还是他一眼看见排在队伍后面、正慢慢往外走的尚琴。

紫荷已经有七八年没见过母亲了。这些年来,岁月在她身上刻下的痕迹似乎格外的深。紫荷红着眼圈紧紧地抱住妈妈的脖子不肯放开。

"这孩子,总也长不大!"妈妈嗔怪的语气里充满了慈爱。她看见站在一旁的布莱恩,连忙拍拍紫荷的后背说:"小荷,你还没给我介绍呢,这就是你说的布莱恩吧?瞧这大个儿长的,真好!"

布莱恩微笑着握住紫荷妈妈的手,用中文说:"阿姨,您好!您能来我们太高兴了!"说着他接过尚琴的行李车。

尚琴眉开眼笑地说:"嚯,没想到你的中文还说得挺标准的。"

布莱恩答道:"紫荷是我的汉语老师。都是因为她教得好。你们在这里等一下,我去把车开来。"

望着布莱恩的背影,尚琴赞许地点点头:"小荷,妈就你这么一个女儿。我一直担心你要是给我找个洋女婿回来,没法儿交流,那我就只好躲你们远远儿的啦。今天见到这个布莱恩,我踏实了不少。"

"哎呀,妈,什么洋女婿呀?还没到那份儿上呢……"紫荷不好意思地说。

"小荷,妈妈过去也和你一样,总觉得以后的日子还长着呢。十几年前我送你爸爸出来,后来又把你送出来……一晃我已经这么老了。那些在等待中耗掉的日子,再也不可能回来了。所以小荷,你可要好好把握。"

说起父亲,两人都黯然神伤。

第二天,紫荷一下班就陪妈妈去老人院看望父亲。妈妈见到父亲,眼泪就止不住地流淌下来。妈妈是个极其坚韧的女性,像过去那个艰苦年代里许许多多的中国妇女一样。在紫荷的记忆中,她几乎没见过妈妈掉眼泪。

尚琴拉起凌澜轩的右手,捧在自己两掌中。这只艺术家的手,依然修长而儒雅,却失去了灵动。凌澜轩一脸迷惑地盯着尚琴的脸看了一会儿,转头看着紫荷说:"玉菡,她是谁?你认识吗?"

尚琴像被鞭子抽了一下似的浑身一抖,失声痛哭起来……

从父亲的房间出来,紫荷陪妈妈在老人院的小花园里坐了一会儿。尚琴仍在抽泣,肩膀一耸一耸的。紫荷像小时候撒娇那样把脸贴在她的胸前说:"妈,你别太伤心了,你还有我这个女儿呢。"

尚琴抚摩着紫荷的头发说:"紫荷,有些事我们一直瞒着你。现在你大了,我们也老了,是该让你知道的时候了。你爸爸,他跟你说过白玉菡是谁吗?"

紫荷摇摇头:"爸爸说,他对什么人有个承诺,所以很多事情他不能跟我说。我见过白玉菡的照片,也有一些猜测。妈,你能告诉我这一切到底是怎么回事儿吗?不管白玉菡是谁,你永远都是我最亲爱的妈妈!"

尚琴叹了口气说:"你爸爸果然是个有情有义的人,我没把他看错。他的那个

故事很长

承诺是对我许下的。我们先回去吧。故事很长。现在你爸爸没法儿亲口告诉你了,可是我会把我知道的一切都细细地讲给你听。"

晚风将长椅对面那几棵小银杏树的叶子吹得沙沙作响,仿佛在窃窃私语一般。

火之心

/
14

Heart on Fire

回到樱桃山的家里，心力交瘁的尚琴倒在床上沉沉睡去。紫荷轻手轻脚地替妈妈掩上房门，回到自己的房间里。妈妈来之前，她终止了跟房客的租赁合同，把房子收了回来。因为时间仓促，房间里的布置没能全部还原，但她搬过来以后，第一件事儿就是把原来那套白底儿碎花的床上用品换上。

布莱恩显然一直在等紫荷的电话，铃声刚响他就接了。

"紫荷，我已经有 26 小时 33 分 40 秒没见到你了！你也想我吗？"布莱恩火样的激情经过长长的电话线传递过来。

"怎么会不想呢？可是我妈妈刚来，我得多陪陪她。你说是吧？今天我们去看我爸爸了。"紫荷说。

两人聊了一会儿，布莱恩说："紫荷，我理解你妈妈需要你。可是明天晚上你无论如何出来一下好吗？报社派我去伦敦做一次采访，星期三的飞机。我要走一个星期呢。你知道吗？这些日子每跟你多分别一小时，我就会得到多一分的印证……好了，记住明天准时下班，我有很重要的话要当面跟你说。"

他们约好了明天下班后，一起去西区高架铁上那个隐秘的"花园"。那里已经成了他们俩最喜爱的地方。尤其是在秋日的黄昏，大片野生植物被薄霜染上缤纷的色彩，那色彩在夕阳铺洒的背景中蔓延、交融……站在这样烂漫的画面里居高眺望纽约，别有一番浪漫的情怀。

第二天，紫荷早早起身，她用一种带栀子花清香的洗发水将头发洗得丝一般柔滑。布莱恩最喜欢爱抚她刚刚洗过的长发。他说过那栀子花似的香气最适合紫荷。对镜梳妆的时候，紫荷在心里暗暗猜测，今晚布莱恩到底会对她说些什么。该不会是……想到这儿，她的脸上不由得飞起一片红晕。

尚琴的时差还没倒过来，她凌晨四点多就躺不住了。紫荷下楼的时候，妈妈已经摸索着用厨房里的电炉把牛奶烧开，还煎了两个荷包蛋。

紫荷离开北京的家后，尚琴在孤独中养成了一个习惯，她喜欢研究日历。各种节日自不必说，凌澜轩和紫荷的生日、紫荷第一天上大学的日子、节气交替该提醒父女俩增减衣服的日子……每一天，她总能找出些理由在日历上做个记号，简单地写下点什么。日子就这样在回味和期盼中一天天地流过去，冲淡了她的寂寞和孤独。今天是2001年9月11日。尚琴在这一天的日历上写下:"来美第四天。"

出门前,紫荷有些内疚地说:"妈,今晚上我不回来吃饭了。冰箱里有好多菜,你给自己做点儿好吃的,千万别凑合啊!"

"小荷,你是要跟布莱恩一起出去吧?去吧,去吧,玩得晚一点儿再回来。我有时差,反正很早就睡下了。你不用管我。"尚琴慈爱地看着女儿,能天天这样送她上班,迎她回家,已经让她这做妈的很满足了。

紫荷把车停在公司停车场的顶层,然后沿着楼梯轻快地步行下来。她的心情像今天风和日丽的天气一样好。听说伦敦总是阴雨绵绵,难得见回阳光,那儿肯定会比这边冷。紫荷看了一眼购物袋中那件深蓝色鸡心领的棉线背心,本来她想等到天冷时再送给布莱恩的。这回他去伦敦正好用得上。她喜欢看布莱恩穿蓝色的衣服,跟他那海水一样深蓝色的眼睛最相称。

今天一早,紫荷与位于布鲁塞尔的欧洲地区技术部门有个电话会议。又有几个欧洲国家在近期内要加入欧盟,这就意味着美诺的药物要想在这些国家合法销售,不但需要应付各国政府的监管机构,又多了欧盟药品监管局这么个"婆婆"。他们的系统必须及时调整才行。紫荷正在电话上,却看见杰夫神情凝重地从旁边走过。杰夫朝她看了一眼,犹豫了一下什么也没说就走了。

没过几分钟,部门的秘书劳拉也从旁边匆匆而过。紫荷瞟见劳拉似乎边走边在擦拭眼泪。紫荷心里有种不祥的预感。她按下电话上的静音键,三步两步追上劳拉。

"劳拉你怎么了?出什么事儿了吗?"紫荷关切地问。

"太可怕了!我的上帝呀,太可怕了!纽约被恐怖袭击了!紫荷你快去看电视……"劳拉的眼睛里满是惊恐。

公司的餐厅里、健身房中,所有能找到的电视机都开着,所有的电视台都在反复播放着同一个画面。电视前已经聚集了几百名员工,人们都仰头盯着挂在高处的电视,却没有一个人说话,只有偶尔传出的低低的啜泣声。

因为肖逸和布莱恩的缘故,曼哈顿、世贸中心双塔,这些地方让紫荷觉得熟悉而又亲切。怎么可能发生这样的事情?传说中的千年末世不是已经平安度过了吗?虽然劳拉已经告诉她纽约被恐怖袭击,紫荷还是被电视上那噩梦般的景象惊呆了。

世贸中心北楼最先被飞机击中起火。滚滚黑烟从大楼顶部和楼体上千疮百孔的破洞中窜出。那巨大的烟柱放肆地翻卷着、升腾着,像魔鬼撒旦的黑袍在天空中舞动。电视台的摄像机正对着北楼拍摄火情的时候,一架喷气机平稳地飞进了画面。电视台的新闻主持人们纷纷猜测,这架飞机到底是来救火的还是前来观察现场的。可是他们的话音还没落,整架飞机却已经笔直地插入世贸中心南楼。随之一个巨大的火球出现在大楼中间被击中的位置,烈焰和黑烟搅动在一起不停地膨胀,遮蔽了半边天空。

20世纪80年代,当高速摄影技术取得重大突破的时候,《时代》周刊封面上曾经登过一张令人叹为观止的照片。高速照相机将子弹射穿苹果的那万分之一秒清晰地定格住了。此刻,那子弹射苹果的一幕在成百上千万人的眼前,经过电视台的反复慢速回放,以一种无比恐怖的形式,重现了。

"……2001年9月11日8点46分到9点03分之间,两架飞机分别撞上世贸中心的北楼和南楼。现在我们可以确定这绝不是一起偶然事故。恐怖分子选择了人们正在上班途中的时候对纽约发动了袭击……"从电视上听不到飞机撞上大楼的爆炸声,但是新闻主持人的话却让紫荷的脑子里"嗡"的一声巨响。她不顾一切地拨开身边的人向楼上跑去。

她办公桌上的电话还放在静音状态。布鲁塞尔那边早就挂线了,听筒里只有忙音。紫荷的手止不住地哆嗦着,熟悉的号码接连按错了两遍。占线,还是占线……那急促的滴滴声让她心慌。她执拗地一直拨下去。当她第18次按下重复拨号键的时候,布莱恩的手机竟奇迹般地接通了。

"紫荷!听着,你不要慌。我没事儿。"布莱恩的声音像往常一样的镇定和自信,这让紫荷觉得安慰了许多。即使是这样,她仍能察觉出他语气里不同寻常的严肃。这之前她只记得布莱恩用过一次这样的语气,那是去年他为了调查黑帮的金融犯罪,在"隐身"前与她道别的时候。电话那端的背景中传来尖锐的火警声和人们的叫喊声。紫荷刚刚得到一丝慰藉的心不觉又沉了下来。

"布莱恩,你现在到底在哪儿?曼哈顿吗?你赶快离开那里,快回来呀!"她不知不觉地提高了声音,引得旁边的几个同事纷纷扭头向这边看。

"会的,紫荷,我当然会回来。别忘了,我还在等你给我一个答复呢。告诉家里人别为我担心。我爱你紫荷!"

"等等布莱恩,你先别挂!你要的答案我现在就给你。我们结婚好吗?你回来我们就结婚好吗?你听见了吗布莱恩?你听见了吗?"紫荷急切地对着电话说。可是听筒里再也没有布莱恩的声音,几下短暂的静电噪声后,信号中断了。

布莱恩今早是从世贸中心站下的地铁。他上班的报社离这里只有几个街区。他上到地面以后还没走出多远,就听见身后一声巨响,脚下的地面也随之微微震动起来。凭着一个记者的敏感,他转身就往现场跑,同时与报社联系,告诉他们自己离现场不远,会争取发回第一时间的消息。

他跑回世贸中心对面的街道上时,发现街上已经挤了不少驻足观看的人,大家关切地仰头向黑烟滚滚的北楼楼顶张望。很多人掏出手机来拼命地拨打911。一个穿着笔挺西装,显然正在上班路上的中年人,生气地对着电话里喊:"911,我说的是世贸中心发生了爆炸!世贸中心,纽约,曼哈顿!你听不明白吗?明尼苏达有什么用?难道让我等你把水龙从明尼苏达接过来吗?给我接纽约的911……"那一刻同时拨打911的纽约人太多,当地的报警电话系统很快就饱和了,近乎于半瘫痪状态。计算机中枢只好将电话派送到别的地区。

布莱恩采访了几个目击者,听他们描述好像是一架飞机失控撞到了楼上。正在这时,人群里发生了一阵小小的骚动,有人喊:"看啊!又一架飞机,飞得好近啊!"随着一声更加巨大的爆炸声,布莱恩亲眼看见街对面的两个人,站在世贸南楼外的吸烟区附近,他们被突然从天而降的倾盆大雨浇了个透湿,即而瞬间焚化为两个火球。原来那从天而降的根本不是雨,而是喷气机油箱破裂后泼洒出的汽油……

"纽约遭受恐怖袭击"!"美国进入战争状态"!这个消息迅速地传播开来,震惊了美国,也震惊了全世界。

警察和消防员在世贸中心附近架起路障，疏散车辆和行人。可是布莱恩并没有跟从人流撤离，而是径直穿过马路走向正在燃烧着的大楼。

"先生，不要再往前走了！不是救援人员不能越过黄线。"他被一个消防指挥员拦住了。

"我就是来参加救援的！"布莱恩坚决地说。

"这里很危险，我们不允许 civilian(平民，非军事人员)加入。请你配合。"对方的态度也很坚决。

"我并不是 civilian……"布莱恩说着取出他的预备役军人证和那枚空降特种兵的胸章，并将它佩戴在胸前。

"你是 Green Beret?"消防指挥员的眼睛一亮。他郑重地用手拍了拍布莱恩的肩膀，"那好吧 Bro(兄弟，brother 的简称)！你可要多加小心！请跟我来一下。"

他将布莱恩带到附近的一辆救火车前，拿下一顶消防员的安全帽为布莱恩戴上，又递给他一个手电和一个喊话用的喇叭。"你会用得上的。"他说。

布莱恩与他紧紧地握了握手说："谢谢！对了，我的东西可以暂时存放在这儿吗？"他摘下肩上的挎包。

"当然！我亲自替你保管。我叫帕特里克·马雷，纽约消防九队。任务完成后你可以直接来找我。"

黑暗狭窄的防火楼梯里挤满了从上往下疏散的人群。布莱恩跟在一队消防员后面逆着人流向上走。"你们终于来了！救援的人上来了！"处在惊恐之中的人们好像终于看见了希望。"让开点儿！让小伙子们先过去！"暗影里有人七嘴八舌地喊。虽然这时每个人都盼望早一秒钟走完这段艰难的逃生之路，早一秒钟见到阳光，可是当他们看见这些不顾个人安危，为了帮助他人，毫不犹豫地向着浓烟烈火前进的勇士们，他们自觉地停下脚步，挤在楼梯的一侧，为小伙子们让开一条通道。

消防员们身上背着上百磅重的器材和水龙。爬到三十几层的时候每个人都已是汗如雨下。布莱恩这时赶到了队伍的最前头。他回身对大家挥挥手，学着消防员的口气说："Bro，上边儿见！"平日里他为参加铁人三项赛一直坚持训练，结果在这关键时刻发挥了意想不到的作用。

随着楼层变得越来越高,情况也变得越来越糟。五十几层以上,防火楼梯里的人已经明显减少。许多处隔离墙被震破了,浓烟倒灌进来。浓烟启动了大楼里的自动防火喷头,地上到处是水,有的地方积水有没膝深。布莱恩迅速地在每个楼层巡视一遍。他用扬声器喊话,催促还在楼里的人员马上撤离。而他自己却继续向上前行……

普林斯顿多瑞丝的家里,紫荷、尚琴和多瑞丝三人围坐在电视机前。她们很少讲话,屋子里只有电视台从纽约直播报道的声音。紫荷手里紧紧地攥着她的手机。她同时设了铃声和振动两种功能,只为能万无一失。

客厅里的电话响了,三人都一惊,同时站起身来。多瑞丝对紫荷和尚琴做了个手势,跑过去接起电话。"是珍妮。她没联系上布莱恩,想问我们有没有新消息。"多瑞丝对她们说。多瑞丝和珍妮很快结束了通话,她们怕万一布莱恩打电话回来遇到占线。

多瑞丝看出紫荷的紧张,她轻轻地拍拍她的肩头,安慰说:"紫荷,电视新闻里不是说了吗?纽约的无线通信全部饱和了,还提醒大家尽量不要使用手机,不要影响救援通信。布莱恩要是知道了,一定不肯用手机打个人电话的。再多等等会有消息的。我去弄点茶来。"多瑞丝刚刚转身进了厨房,就听见紫荷失声叫起来。

电视直播的画面上,世贸南楼,这个110层高的庞然大物,竟像一块完全风化的岩石,不,像一块被无形的大手碾碎的饼干,轰然垮塌,化作了一些灰色的粉末和碎片,铺天盖地地从几百米的高空飞旋直下。一时间,秋日晴朗的天空变成了一片暗灰色,如同日食到来。谁也想不到,这座钢筋铁骨、坚不可摧的建筑奇迹就这样消失在人们眼前。这是一个让人无法理解的残酷现实,如同一个世纪以前,号称永不沉没的泰坦尼克号,在处女航时毁于一旦的惨剧一样。多瑞丝手中滚烫的热茶洒在她脚上,她却一点儿没觉出疼。

紫荷又开始拼命拨打布莱恩的手机,然而传来的是忙音,无休无止,令人绝望的忙音……

83层,这里已经开始呈现出炼狱边缘的景象。浓烟混合着烧焦的塑料、橡胶和金属味道,呛得人快要窒息。空气的温度如同无形的火苗一样烫得灼人。防火楼梯里处处是倒塌下来的建筑残片,有的还在燃烧。布莱恩找到一截断裂的钢梁,为自己清出一条可以勉强通过的路来。

"有人吗?这里有人吗?"布莱恩嘶哑着嗓子通过扬声器喊道。

室内的玻璃门窗都已被震得粉碎。天花板塌了一半,悬吊在半空中。看上去这里曾经是个证券交易公司,一大片开放式的办公区占据了楼层中央。密密麻麻的电脑监视器被震得七零八落,可是其中两台的屏幕竟然还亮着,显得十分诡异。火势正往这边蔓延过来,时间不多了。

布莱恩侧耳细听,有声音从大厅的另一端隐约传来。他绕开那些起火燃烧的地方,推开拦住去路的办公家具,艰难地顺着那声音传来的方向寻去。

门被布莱恩推开的那一刻,里面响起一片激动的欢呼声。这间不大的办公室里,竟然满满当当地挤了四十几人。烟不停地从门缝底下灌进来,狭小的空间里人们越来越觉得呼吸困难。后来,有人抡起椅子砸破了窗子,才总算能透点儿空气。

一下子找到这么多人,布莱恩既高兴又焦急。他是这些人的希望所在,他必须尽快把他们带到安全的地方。原来,这些人本来并不都相互认识。他们中间有的是从九十几层逃生下来的,有的本来就在八十几层。附近的两个防火楼梯坍塌堵住了去路,大楼里又到处是浓烟和摇摇欲坠的建筑残骸。所以他们没走出多远就被逼得退了回来。有人提议大家集中到一间办公室里等待救援。

"我们在83层,面对自由女神方向的一间办公室里!我们有44个人在一起,请赶快派人救我们!我们不知道该怎么办……"911的通话记录里留下了数次他们打求救电话的录音。

"请保持镇定。救援人员正在采取措施……"接线员只得一次又一次地给出这样的"标准回答"。就这样,被困住的人们满怀希望地等待着。他们深信救援队总会找到办法救他们出去的。为什么不呢?这里是科技最发达的美国,是精英云集的纽约。几十年以前我们的技术就将宇航员送上了月球,难道,登月不比在现代化的摩天大楼里展开救援更困难吗?可是没人能想到,当这场灾难在人们毫无防备之时突然地降临,哪怕再先进的科技手段也一时显得无能为力。一百多层的高度只能靠人肩扛手抬,一级台阶一级台阶地往上走。一时间,那几百米的垂直距离竟变得如同月球一般遥不可及。此时,真正能发挥作用的不是别的,而是那最朴素、最原始的人性的闪光。

布莱恩叫大家用从衣服上剪下的布条浸上水包住口鼻,做成一个临时防毒面罩。大家手拉着手跟在他后面,艰难地穿过狼藉一片的大厅和布满障碍的狭窄通道,终于找到了大楼另外一角处的防火楼梯。许多人喜极而泣。一个矮胖秃顶的中年男人竟一把抱住布莱恩,在他的额头、脸颊,甚至嘴唇上一通狂吻,弄得布莱恩既惊讶又有些窘迫。

这时布莱恩注意到,有两人渐渐地掉在了队伍的后面。

"智勇,你不要管我,赶快跟上大家。我一个人在后面慢慢走,能行。"年纪大一些的那位妇女说。她的左脚上套着一只起固定支撑作用的医用硬靴,显然是受了伤还没好。

"凯伦,你一条腿,没人帮助怎么下得了80层楼?来,我扶着你走。"被凯伦称为智勇的年轻男人将她的左胳膊搭在自己的肩上,好为她尽量分担伤腿那边的体重。他们一步一挪地沿着黑暗的楼梯缓慢向下移动。

"你们能行吗?"布莱恩本来走在队伍的前面用手电替大家照亮。看到队伍最后的两个人越落越远,他不放心地掉头跑回来察看。

"都怪我!"凯伦哭着说,"上个星期我出了一次车祸,扭伤了脚踝。我真不该急着来上班。要不然也不会拖累智勇。"

"凯伦,不能这么说。大家都是天天在一起工作的同事,我怎么能袖手旁观呢?你看这位布莱恩,他跟我们素不相识,却冒着危险爬了八十多层楼来帮助我们。就算是为了他你也不能放弃!来,我陪着你,我们一定能走下去的!"张智勇又对布莱恩说,"布莱恩,你还是到前面去吧,大家需要你!凯伦这里有我呢,你就放心吧。"

布莱恩紧紧地握了一下张智勇的手说:"好吧,你们多加小心。我一会儿就回来接你们。智勇,你是中国人吧?"

"是啊,北京人!"张智勇答道。两人会心地相视一笑。

正当这群人好不容易下到一半的时候,脚下的楼梯和四周残缺的墙壁突然剧烈地抖动起来。"上帝呀,地震了!"有人吓得尖叫起来。这种时候,没几个人还能一直保持清醒的头脑。更何况,他们一直被困在黑暗里,与外界完全隔绝。他们哪里知道,那一阵剧烈的晃动根本不是什么地震,而是旁边的姊妹楼——世贸南楼在烈焰中彻底坍塌了。

空气里充满了灰色的烟尘,让人看不清一米以外的东西。所有人的头上、脸上和身上都被这种粉末覆盖得严严实实,看上去像一尊尊灰色的石膏像。左面的一段隔离墙在震动中哗地倒了下来,差点砸在他们身上。刚刚还满怀希望的人们不由得又惊恐起来。布莱恩带着几个体格好的男人走在队伍前面边走边清除障碍。他并不清楚刚才那一阵带着闷响的震动是怎么回事,但是凭着直觉,他知道情况很不妙。他必须帮助大家鼓起勇气,尽快走下去。

当脚下的楼梯剧烈摇晃起来的时候,早已筋疲力尽的凯伦一下子跌坐在台阶上。任张智勇再怎么劝说,她也不肯站起来了。

"智勇,对不起!我实在走不动了。你走吧,赶快追上布莱恩他们。让我在这儿休息一会儿……"

"那怎么行凯伦?我们必须接着往下走。这里太危险了,我不能把你自己留在这儿!"

"可是我真的走不动了……"凯伦又哭了起来。

正在这时,下面传来一阵歌声:

......

From the mountains, to the prairies(从群山到草原)

To the oceans white with foam(到白浪起伏的海洋)

God bless America(上帝保佑美利坚)

My home, sweet home(我的家,甜蜜的家园)

……

布莱恩嘶哑但是高亢的声音通过扬声器的放大,传遍了整个楼道,在烟尘弥漫、漆黑一片的空间里回响着。

"智勇,你听,这是天使的声音!"凯伦说着挣扎地站了起来,依靠着张智勇的搀扶继续一个台阶一个台阶地向下走去……

布莱恩他们在29层碰到一队正在撤离的消防员。"南楼塌了!我们接到命令全部撤离。"其中一个消防员告诉布莱恩。

布莱恩知道这意味着他们所在的北楼也随时有可能坍塌。此刻,每多逗留一秒钟,都可能离死亡线更近一步。"替我把这些人带出去。我的队伍还有两人落在后边了,我得回去找他们。"他对消防员们说。

"不行!你不能上去!有命令,全体救援人员必须马上撤离!"消防员们焦急地对他大喊。

"我答应过,我会回去接应他们……"布莱恩说着,三步并作两步地向楼上冲去。

"凯伦,智勇,你们在哪里?"布莱恩一边跑一边叫着他们的名字。

终于,楼上远远地飘来他们的回答,布莱恩的精神为之一振。可是,一切都太晚了。他们的声音很快就被淹没在一片震耳欲聋的隆隆声中。那巨响从楼上传来,距离越来越近,声音越来越大,好像连成一串的鼓声,又像一列火车正向他们飞驰而来……110层的摩天大楼,自上而下地开始崩溃了。强大的气浪卷起周围的一切,将它们摔得粉碎。布莱恩不知道自己是怎么被高高地抛起,又掉在一大块水泥预制板上。此刻那成吨重的混凝土预制板,被气浪托了起来向下滑翔,如同冲浪者脚下轻盈的冲浪板。

幻觉中,布莱恩又回到了他的空降特种部队。他对着蓝天纵身一跃,耳边传来呼呼的风声。他将四肢伸展开来,任身体呈自由落体状态在广袤无边的天空里翱翔……

熊熊燃烧的火焰,映红了一张张如痴如醉的脸。急促的鼓点,伴随着疯狂的舞蹈和野性的歌声,让贫瘠的荒原为之沸腾。非洲给人的震撼,如果不亲身经历是无法单凭想象来描述的。

遥远的天际处,最后一抹火烧云正渐渐地沉入地平线。村里的巫师被年轻的武士们簇拥着来到篝火前。在念完一段长长的咒语之后,他双手高举,将一包药粉撒进火里。一时间,火星四溅,火苗的尖端呈现出一种青绿色。坐在肖逸旁边的一位来自澳大利亚的志愿者告诉肖逸,每到满月那天,部落里都会举行这样的驱邪仪式。刚才的青绿色代表着邪灵被烈火焚烧消失殆尽。可是如果村子里的人有不诚实、贪婪、自私,甚至偷窃等的恶习,那邪灵就会依附在这些人的身上回来。所以这样的驱邪仪式必须经常举行。

仪式结束后,一位身上挂满五彩珠子的少女捧出一只瓦罐。排成一队的年轻武士们每人从罐子里喝上一大口混了鸡血的山羊奶。据说喝了这种高贵的饮料,部落的武士们会变得更加勇猛无敌。随后,激情的歌舞狂欢一直持续到半夜。

肖逸跟随一群各国志愿者来到埃塞俄比亚东部的这个村落群。虽然他早有心理准备,但是这里的原始和落后还是让他感到震惊。村里有个教堂,但那只不过是在寸草不生的土丘上,搬来一排排的石块权当坐椅。学校的校舍大概是全村最大最坚固的建筑,那是最早到来的志愿者们捐建的。学校白天上课,到了晚上,就成了志愿者们的临时宿舍。

莱瑞和皮特在附近最大的一家慈善医疗营工作。肖逸去看望过他们。莱瑞现在变得健壮了许多,全身的皮肤被晒成橄榄色,让肖逸都快认不出来了。别人把他从帐篷里叫出来时,他刚替一位15岁的非洲小妈妈接完生,连手都还没顾得上洗。在莱瑞他们的医疗营里住了一个晚上,肖逸就跟随一班志愿者向着更偏远的村落出发了。

到达非洲后这短短的几个星期里,肖逸感受最深的并不是这里的贫穷和落后,而是这里的人们对待生活的态度。无论是当地的男女老少,还是来自世界不同国家的志愿者们,人与人之间总是充满了信任和友善。刚到的那天晚上,村里的长老邀肖逸与他共享晚餐。那是一种加了香料的玉米糊,盛在一只铜盘中。长

他对着蓝天纵身一跃

老示意肖逸用手跟他在同一个盘子里进食。翻译告诉肖逸,这是主人对客人表示慷慨的最高礼节。

物质上的极度匮乏并没有改变当地人那无忧无虑的天性。他们的脸上挂着淳朴的笑容。他们的歌舞总是那么奔放,充满了狂欢的激情。对于他们,最值得庆祝的正是生命存在的本身。现代文明的诱惑距离他们实在太远,远到了已不成为诱惑。至于那些在大都市里追名逐利的人们,拥有的东西似乎越来越多,却唯独失去了这样一种纯粹的快乐。

肖逸回到他的临时宿舍。又停电了,他点起油灯,挂上蚊帐。自打离开大学宿舍,他就再没用过这种尼龙纱蚊帐。看那熟悉的质地和式样,好像是来自中国的捐赠物资。肖逸躺在地铺上,一边想心事,一边把玩着他随身带来的一枚国际象棋棋子。那是离开纽约大学时,博导老麦送他的那枚皇后。老麦当时的话又在耳边响起:"……人生不是游戏。它不会慷慨地给你从头再来的机会,你不得不为自己所作的每一种选择承担后果……"肖逸不怕承担后果,正如棋手讲究的是落子无悔。如今他的棋局下到中盘,开始节节失利,是该停下来静静地想一想了。

一阵嬉笑声打断了他的沉思。两张黑黑的小脸儿隔着蚊帐对他做着怪脸儿。肖逸撩开帐子坐起来。两个小黑孩儿笑得更厉害了,其中的一个淘气地伸手在肖逸的胳膊上掐了一下。这里的小孩儿都喜欢这种恶作剧。这时,他们看见了肖逸手中的那枚皇后,眼睛顿时惊讶地瞪大了。他们不知道这个用磨砂玻璃做成的、形状优美的物件到底是干什么用的,于是更加被它的神秘所吸引。两人对着肖逸叽里咕噜,连说带比画一番,肖逸算是明白了他们很想要这个东西。他将棋子攥进手心里,对他们抱歉地摇摇头。两个小孩儿有点儿急了。一个从腰间解下一根细细长长、黑白相间的针状物递给肖逸。他仔细一看,原来那是一根豪猪身上长的刺。见肖逸还不肯换,另一个孩子又摘下脖子上挂的贝壳项链,硬给挂到肖逸的脖子上。肖逸没辙,只好找出一顶绣着NYC(纽约市缩写)的棒球帽,将豪猪刺和贝壳项链装在翻过来的帽子里递给两个孩子。他抱歉地说:"实在对不起,这枚棋子我不能送给你们,因为我的棋还没走完呢!"他也没管两个孩子是否听得懂他的话。

一道闪电突然划破了夜空,将旷野在瞬间照得雪亮。隆隆的雷鸣中,肖逸透过窗子看见远处一棵树的剪影,孤零零地在狂风中挣扎着。他心中陡然生出一丝莫名的悲壮来。此刻他并不知道,就在那座他刚刚离开了几个星期的城市里,美国现代史上最为悲壮的一幕正在上演着。

肖逸和同伴们将大大小小,凡是能用来接雨水的器皿一字排开全摆在屋外。明天他们终于能用雨水洗澡洗衣服了,这些平日里再普通不过的事儿,到了这儿却成了最大的奢侈。

这些天,他们的项目是帮村里在集市旁修一个公共厕所。想叫这里的土著民族养成上公共厕所、用肥皂洗手这些基本的卫生习惯,可不是件容易的事。他们这组志愿者里有一位来自日本的动漫画家,于是大家请他画一个大广告宣传牌,鼓励村民们自觉使用公共厕所。结果这可难坏了他。考虑到村里绝大多数的人不识字,他只能想法儿用他的图画,把这项令文明人羞于启齿的生理活动,既形象又隐晦地表达出来。至于饭前便后要洗手,也不像说的那么容易。能有几个当地人肯在集市上用黄油和玉米换肥皂呢?有个志愿者动员大家回去以后,到各家酒店和宾馆去收集要被扔掉的,又没拆过封的一次性香皂,集中以后再运到非洲来。大家都觉得这个主意不错。肖逸心说,没想到小小的香皂,竟可以成就一项国际人道主义行动。而我们白天坐在装备一流的写字楼里,跟踪那成百上千亿的钱在电脑屏幕上流进流出,晚上消磨在夜总会,动辄叫几千块钱一瓶的酒买醉,又到底是为了些什么呢?

暴雨前的夜闷热难挨。肖逸汗流浃背、浑身酸疼地躺在帐子里。极度的疲乏让他的意识渐渐地模糊起来。"停电了。好黑呀!"紫荷的声音在漫无边际的黑暗里响起。"紫荷你别怕,我来点蜡烛。"借着微弱的烛光,肖逸四下里寻找紫荷,却不见她的身影。"紫荷,你在哪儿呢?"肖逸焦急地呼唤着她的名字。蓦然回首,他看见烛光里映出一双眼睛,正用受伤小鹿般幽怨的眼神,无声地望着他。肖逸心疼地伸出手去,想将紫荷揽进怀里,但是他什么也触摸不到,周围只有黑黢黢的虚幻。

2001年9月12日,天刚刚放亮,被朝霞染红的天空晴朗而透明。布莱恩的姐夫史蒂文开着他的小卡车,行驶在从新泽西通往纽约的高速公路上。卡车后备厢里装满了矿泉水、食品和折叠桌椅。紫荷与布莱恩的姐姐辛迪并肩坐在后座上。隔着哈德逊河,他们能清楚地看到对岸一团冲天而起的烟尘,仍然积压在曼哈顿的上空不曾散去。

过去的二十几个小时里,紫荷、尚琴和布莱恩的家人分分秒秒都是在煎熬中度过的。一直没有布莱恩的消息。不过,昨天早晨他和紫荷通话的时候的确平安无事。这让大家相信,他此刻一定还在忘我地参与救援工作,一时忽略了时间和家人的担心。

史蒂文的话最能代表大家共同的信念。他说:"假如遇到一场战争,一百人里九十九个都倒下了,我相信那最后站立的一个不会是别人,一定是布莱恩。他是个不同寻常的战士,他还有许多特殊的使命要去完成。上帝会保佑他的。"

接近午夜时分,一个念头在紫荷心中越来越强烈了:"我要去找他!我们去纽约参加救援吧。布莱恩肯定在那儿,咱们去了就能找到他。"她坚决地对史蒂文和辛迪说。

尽管电视和其他媒体铺天盖地的报道让紫荷他们有了足够的心理准备,可是现场的景象仍旧让他们震惊得如同踏进了另一个世界。那举世闻名的曼哈顿城市风景线突然间失去了颜色,只剩下被烟尘覆盖着的、漫漫无尽的灰色。建筑群是灰色的,树木是灰色的,街边的草地和街道两边停放的汽车也是灰色的。这景象让人联想起科幻小说中描写的核冬天。放眼一望,唯一的暖色只有橘红色的路障和黄色的警戒线。

紫荷他们是较早到来的那一批志愿者。他们被允许在百老汇大街靠近圣保罗教堂的一角支起桌椅,摆上水和食物,好让那些在世贸中心废墟上进行紧张搜救的人们能有个地方喘息一下,缓解一下他们那快被绷断了的神经。

从现场下来的人大都疲惫而沉默。五大三粗的汉子坐在那里,竟会突然抱头而泣。但是,这样脆弱和无助的一刻通常不会超过一两分钟。同伴们一个宽慰的拥抱,一句轻声的话语就能让他们擦干眼泪,站起来再一次向烟尘弥漫的废墟走去。

每当一个救援人员从附近走过,紫荷都会迎上前去。她手里拿着一张放大的照片,照片上布莱恩的笑容一如既往的灿烂。"请问你见过这个人吗?他叫布莱恩,应该也在救援现场。你有印象吗?"紫荷满怀希望地问。可是一上午过去了,仍然没有关于布莱恩的半点消息。

随着时间的推移,聚集在圣保罗教堂附近的人越来越多了。除了从附近各州赶来的志愿者,剩下的大多是前来寻找下落不明的亲友的人。

圣保罗,这座建于1766年的古老教堂,跟倒塌的世贸中心隔街相望,却是周围唯一毫发无损的建筑物,这不能不说是个奇迹。教堂镏金的尖顶穿破遮天蔽日的烟幕,那金色的光芒代表着希望。因为它特殊的地理位置,更因为它支持着那在灾难面前曾经一度动摇的信仰,圣保罗就像一块强大的磁石,吸引着身心都急需慰藉的人们往这里汇集。

紫荷沿着隔开教堂庭院和周边马路的铁栅栏缓缓地走着。原本漆成黑色的栅栏已经被挂在上面的,如同雪片一样的寻人启事覆盖得快看不见了。启事上除了失踪者的照片,风格迥异的简短留言更是让人读来心碎。一个孩子在他爸爸的照片下用彩色蜡笔画了一片绿草地和一只足球。他用稚嫩的笔迹写道:"爸爸,我们的球队星期五就要比赛了,你是教练可不能缺席。请你赶快回来吧!十万火急!——爱你想你的艾里克和妈妈"。另一张启事上,一个甜美可爱的年轻女孩文静地微笑着。下面的留言却催人泪下:"今天早晨,杰西卡离开家去世贸中心上班前,她刚刚确定我们就要第一次为人父母了。那一刻是我今生最甜蜜的时刻。上帝啊,求你不要带走我的爱妻和我们还未来得及出世的孩子……"栅栏下方的草地上,堆满了相干和不相干的人送来的鲜花、毛绒熊和扎成心形的缎带。

紫荷拿着一叠印有联系电话和布莱恩照片的寻人启事,她犹豫了很久,最终还是用颤抖的手在每张纸上加了"Missing"(失踪)一字。Missing,这是一个暧昧的字眼,可以衍生出多种含义。她是多么不情愿将布莱恩的名字和这个字眼联系在一起呀。然而为了能尽快找到他,紫荷已经顾不了许多了。她迅速地将这些寻人启事分散地贴在圣保罗教堂、百老汇街和富顿街交口处的临时布告栏里。就在她刚要离开最后一个布告栏的时候,一张寻人启事上似曾相识的面孔抓住了她的目光——张智勇,这的确是个熟悉的名字。紫荷想起肖逸过去的同事张智勇和他的妻子薇薇安。他们有个苏格兰城堡一般的家,还有一段童话般浪漫的爱情故事。他的名字上方,也写着一个大大的"Missing"。紫荷的身上一阵发冷,她觉得自己好像要生病了。

中午时分,圣保罗的神职人员敞开教堂的大门,将这里正式开放为救援人员接待站。紫荷他们的食品供应点被挪到教堂侧面的门廊里。架起烤汉堡用的煤气炉前,他们先动手清扫了积在地上的厚厚一层灰烬和纸片。大楼倾倒的时候,分量轻一些的纸张和残片被强大的气旋带到周围方圆一英里的范围内,像雪片一样从天而降。前院里一棵百年树龄的悬铃木,勇敢地用自己繁茂的枝叶挡住了这股像爆炸冲击波一样强大的气流。它的枝干断裂了,歪倒在一片古老的墓碑之间,可是它的牺牲却保住了教堂的建筑没受损伤。

刚从现场下来的几个纽约警察带来一个令人振奋的消息:两个消防员在瓦砾下被埋了30小时之后终于获救了。听到这个消息的人不约而同地鼓掌欢呼起来。紫荷一边鼓掌,一边在心里对自己说:布莱恩的信条是永不言弃。我也不能够放弃希望。史蒂文说得对,即使一百人里九十九个都倒下了,那最后一个站立的也该是布莱恩。他肯定会化险为夷的。

这时,她的手机在衣袋里振动起来。紫荷的心狂跳不止,一定是有布莱恩的消息了!

"我是纽约消防九队的帕特里克·马雷。"电话里的人说,"请问你是布莱恩的家人吗?我是在寻人启事上看见这个电话的。"

"我是布莱恩的未婚妻。他现在在哪儿?你见到他了吗?他受伤了吗?"紫荷紧张得浑身都在发抖,几乎站不住了。跟她在一起的辛迪注意到她的表情,立刻猜出这一定是他们全家既期盼又害怕的那个至关重要的电话。辛迪紧紧搂住紫荷的肩膀扶她坐下来。紫荷此时已经挂断电话,她的身子还在不停地颤抖,却仍然坚持着站了起来。

"紫荷,是谁打的电话?有消息了吗?"辛迪竭力控制着自己的情绪问。

"辛迪,咱们赶快去北楼现场那边找消防九队的马雷上尉。他说有东西要交给我们……"

马雷上尉和他的一个消防员正等着紫荷。通过他们语气沉重的描述,浓烟烈火中布莱恩那勇敢的身影浮现在紫荷与辛迪的眼前。

"因他而得救的那四十几个人,到处对人讲述他的故事。他们说,最后的那一段路,大家是在黑暗中跟着他的歌声走下来的……"消防员充满敬意地说,"他是我们所有人心目中的英雄,是一个真正的 Green Beret!"

马雷上尉从消防指挥车里取出他一直替布莱恩保管的挎包,双手捧着郑重地交给紫荷:"我们会竭尽全力加快搜救行动。如果有新的消息我会马上通知你们。希望你们多多保重!"

圣保罗肃穆的礼拜堂里,紫荷、辛迪和史蒂文找到一排空着的长椅坐下。已是泪流满面的紫荷小心翼翼地打开布莱恩留下的背包。相机里有他拍摄的现场照片。最后的一张,镜头对准的是一个从正在燃烧的顶楼飞身跳下的人。底片上显示的时间是 2001 年 9 月 11 日 9 点 13 分。

紫荷在背包最里层一个带拉链的小兜里发现了一个精致的白缎小盒,盒盖上有一行烫金小字:Heart on Fire(火之心)。她轻轻地打开盒子,钻石炫目的光芒带着火一般的热情放射出来。布莱恩的话又在紫荷耳边响起:"……记住明天准时下班,我有很重要的话要当面跟你说。"看来她的直觉没有错,布莱恩本来是准备在 9 月 11 号晚上向她正式求婚的。昨天两人最后一次通话时,布莱恩还念念不忘他要等待紫荷的一个答复,一个让他期待了很久的答复。紫荷不知道,布莱恩是否听见了她最后对着电话喊出的那些话。她想告诉他,她愿意做他的妻子,愿意与他终生厮守。可是布莱恩听到了她的这个答复吗?紫荷后悔极了。她后悔自己让他等得太久,后悔没有多花一些时间跟他在一起……现在,一切是不是都太晚了?

辛迪这时也靠在史蒂文的肩上泣不成声。自打父亲离开家以后,弟弟小小年纪就成了这个家里唯一的男子汉。他不仅是全家的骄傲,也是她们精神上的依靠。在她们的心目中,布莱恩一直是无所不能的。她无法接受弟弟有可能再也回不来了的现实。

紫荷从盒子里取出戒指,慢慢地套在自己的左手无名指上。她抬头看着前方圣坛上的十字架,轻声但是坚定地说:"布莱恩,我,凌紫荷,愿意做你的妻子。今天,在上帝的面前,有姐姐和姐夫做证人,我正式地答应你……"话没说完,她眼前一黑,晕了过去。

紫荷醒来的时候发现自己躺在医院的病床上,手背上插着输液的针头。她想坐起来,眼前却一阵天旋地转。辛迪两眼红红地从门外进来,见紫荷醒了,她连忙来到床前握住她没在输液的另一只手:"紫荷,你感觉怎么样?好好躺着休息。"

"辛迪,我怎么会在医院里?我们回去吧,我还要等消息呢!"紫荷着急地说。

辛迪俯下身来亲吻了一下紫荷的额头,柔声说:"紫荷,有个消息我要告诉你。刚才你晕倒了,医生为你做检查的时候发现你怀孕了。"

紫荷一惊,眼泪又夺眶而出。她用手轻轻地抚摸着自己的腹部,喃喃自语道:"亲爱的,我知道,你是不会就这么离我而去的。我知道,你有你的使命,可是你也舍不得我,所以把你的一部分留下来陪我,对吗?"

一个月以后,当初的狂乱和震惊渐渐地平息了,剩下的只有绵绵不绝的痛;一刀一刀,细细密密地在心上割着。紫荷的情绪仍旧很不稳定。有时,她会为腹中这个小生命的成长而欣喜,但是更多的时候,她被这突然降临到她身上的巨大痛苦折磨得不知所措。她更加理解多瑞丝了,理解她是怎样在无望的等待和深深的遗憾中度过了一天又一天,一年又一年。布莱恩的牺牲对多瑞丝如同雪上加霜,她再一次失去了亲人,一个她一直视为独子般的亲人。

珍妮一家回宾州以后,紫荷不放心多瑞丝一人住,于是跟妈妈尚琴一起搬回了多瑞丝家。

一个秋雨凄清的夜晚,紫荷躺在床上辗转难眠。她闻见空气中有一丝似有似无的焦煳味儿,便轻手轻脚地起身下楼想查看一下。

楼下没有开灯,只有壁炉里的炉火正熊熊地燃烧着。多瑞丝背对着起居室的门独自坐在壁炉前,她的膝上放着一大团白糊糊的东西。她用手中的剪刀慢慢地

一个真正的 Green Beret

将那一团白色的东西一条条、一块块地剪碎扔进火里。焦糊味就是从壁炉里发散出来的。

"多瑞丝,你在干吗?"紫荷被眼前这一幕惊呆了。她打开起居室的灯,才看清多瑞丝膝上是一团白纱,镶着精美的花边,缀着一粒粒的珍珠。虽然这件新娘礼服已被铰得千疮百孔,却仍能一眼看出它曾经的高贵和美丽。

"紫荷,都是我不好,都是我不好。你恨我吧!"多瑞丝的声音听上去与以往不同,显得无比苍老和沙哑。

"多瑞丝你在说什么呀?我听不懂……"紫荷心疼地拉住她的手,将她手中的剪刀夺了下来。

"紫荷,我才明白,这件婚纱是个诅咒!当年,我的未婚夫比尔在战场上失踪,让我一辈子再也没有机会穿着它走进婚礼的殿堂。我一直盼望着有一天,你能穿上它与布莱恩交换婚姻的誓言。你们从佛蒙特回来以后,布莱恩来看我,我从来没见他那么兴高采烈过。我问他是不是你们俩之间有了进展,他说他相信不久就会有好消息告诉我。都怪我,我悄悄地把这件婚纱拿去让人按你的尺寸修改了。谁知道,婚纱取回来的第二天布莱恩就出了事。一定有魔鬼的诅咒附在它上面!紫荷,对不起,是我害了你们……"

两人拥抱在一起失声痛哭。紫荷哽咽地说:"不是的多瑞丝,你千万不要这样想。怎么可能是因为婚纱呢?我不相信,你也不要相信!"

可是,这两代人所经历的相似的噩梦又到底是因为什么呢?紫荷知道,她永远也不会找到答案。她的心又一次因为痛苦而抽搐起来,胃里也开始翻江倒海。她跑进洗手间剧烈地呕吐起来,仿佛要将五脏六腑和着痛苦一起都给吐出来。

尚琴听到楼下的哭声急忙跑下来。她心疼地将紫荷搀到楼上躺下,又安顿好多瑞丝,才回到女儿的房间里。

紫荷仍然无法停止哭泣。尚琴用温毛巾一遍又一遍地替她擦拭着脸上的泪水。她慈爱地抚摸着女儿的肩膀说:"紫荷,妈知道你难受。妈妈没什么学问,也不太会开导人。我只能说,多想想你肚子里的孩子。为了这个孩子,你要学会坚强。孩子小的时候,母亲就是她的天啊!你的亲生母亲,当年要是能坚强一点儿,也就挺过来了,你和你爸爸也不会受那么多的苦。"

尚琴在女儿身边躺下,让她把头靠在自己怀里。紫荷的抽泣声渐渐地小了,她的思绪慢慢地被母亲的轻言细语带到了另一个年代,另一个地方。还有白玉菡,那个与自己血脉相通的美丽女人,紫荷被她的故事深深地吸引住了。

当年,大批的知识分子听从五七指示的召唤,被下放到农村的五七干校里接受思想改造。凌澜轩所在的美术学院与白玉菡留校任教的音乐学院属于同一个系统。他们初次相遇是在安徽的五七干校里。

凌澜轩在"文革"开始前已是年轻有为的副教授,他创作的富有民族风格的油画作品几次获奖。在干校里,凌澜轩经常被叫去写些大标语,画些农业学大寨之类的宣传画,所以颇受军代表的赞赏。来到安徽的第二年初夏,五七干校迎来了又一批从北京各大艺术院校下放来的青年教师。其中就有白玉菡。

作为老五七战士,凌澜轩奉命带领新学员们在劳动之余学习中央文件。两盏电石马灯一左一右挂在一棵古银杏树上,树下的石碾子上几盘蚊香冒着缕缕青烟。那里就是他们的课堂。念文件的间歇,凌澜轩注意到一双美丽的眼睛,总是那么专注地看着他。那双眼睛属于一个叫白玉菡的女孩,她穿着一件洗得干干净净的白色短袖衬衣,如出水的白莲一般亭亭玉立。

在那艰苦而单调的环境里,他们悄悄地相爱了,爱得如此深情、如此忘我。白玉菡是钢琴系的应届毕业生,本该留校做助教的,谁知赶上青年教师下干校的风潮,稀里糊涂地被赶到了农村。插秧、割水稻、摘棉花、修水渠……这些艰苦的劳动并没有磨灭她那与生俱来的高贵典雅的气质。对美有着特殊敏感的凌澜轩惊叹于她的纯洁与美丽,爱她爱到如痴如醉。没有画布和油画颜料,他就用画农业学大寨剩下的宣传色,在马粪纸板上为白玉菡画像,而且为了节约,一张纸板正反两面地画。不用政治学习的晚上,凌澜轩跳过小学音乐教室的窗户,从里边把门打开,为的只是让白玉菡能在小学校的破风琴上偷偷地练一会儿琴。她最爱弹的一首小曲叫做《甜蜜的梦》。是啊,音乐、艺术、熟悉的城市和生活,那一切如今都已成了一个甜蜜而遥不可及的梦想。

后来,热恋中的一次情不自禁,为他们带来了无法挽回的灾祸。当白玉菡再也无法隐瞒自己的身孕时,军代表震怒了。凌澜轩马上被调到50里外的另一个公社,而白玉菡则被罚到猪场养猪。她拖着沉重的身子,起猪圈,倒泔水,身边没有同情和怜悯,只有数不清的白眼儿和蔑视。那是一个疯狂的年代,久而久之连正常人的思维也会变得混乱起来。

白玉菡怀孕期间,凌澜轩只获准回来探望过一次。像他们初次相遇的时节,荷塘里的莲花刚刚含苞待放。冰清玉洁的白莲间,点缀着星星点点的紫红色花蕾。凌澜轩深情地说:"玉菡,我觉得你会生个女儿。她一定会像你一样的美丽。为了她,也为了我们的将来,答应我,再苦你也得熬下去。"那一晚,他们对着满塘荷花,用唐诗中的"紫荷"二字给未出世的女儿取了名字。没想到,那晚竟成了他们的诀别。

紫荷出生后,凌澜轩接到别人带来的口信儿后,苦苦哀求军代表放他两天假好回去看望白玉菡和刚出生的女儿。军代表以队上正忙于"双抢"为由拒绝了。凌澜轩告诉带信儿的人回去务必告诉白玉菡,让她等着他。哪怕是触犯纪律,哪怕是让他徒步走着回去,他也会尽快地赶到她身边。

可是她还是没能等到他回来。在一次斗资批修大会上,白玉菡的脖子上被挂了一双破草鞋,站在台上任人唾骂。批斗会后,有人看见她穿着一身那个年代罕见的连衣裙,抱着褴褛里的婴儿往女宿舍走。那是个白天,人们都下地干活儿去了,宿舍里并没有人。

第二天,凌澜轩真的步行整整一夜赶了回来,可他还是来晚了。等待他的是刚被人们从机井里捞上来的白玉菡的遗体。

尚琴第一个发现了被放在女宿舍门口的凌紫荷。她虽然没有多少文化,却有着一颗善良淳朴的心。像许多年轻的单身姑娘一样,她对风度翩翩、温文儒雅的凌澜轩充满了好感,却从来没敢奢望得到他的爱情。白玉菡死后,凌澜轩沉默的外表下那种绝望的痛苦更加令她感动。

"孩子需要有个妈妈。我保证永远待她像待自己的亲生女儿一样。"尚琴用最朴素的话语打动了凌澜轩。为了紫荷,他和尚琴结婚了。他们之间有个约定,除了紫荷,他们不再要第二个孩子。而作为回报,凌澜轩不会告诉紫荷她的身世。她的母亲只有一个,那就是尚琴。

　　故事讲完了,尚琴仍然用她最朴素的语言对紫荷说:"小荷,生活就是这样,要过许多道坎儿。咬咬牙,坚持一下,翻过去了也许路就平了。如果当年白玉菡能多坚持一天见到你爸爸,那故事的结局可能就完全不一样了。我还是那句话,为了孩子,你得学会坚强!"

心之归宿

15

Home for the Heart

冬天的夜晚总是静悄悄的,却并不乏色彩。小区里,很多户人家在院子里、屋檐下,早早地布置上五颜六色的圣诞灯饰。天开始下雪了。大团大团的雪花在路灯柔和的光影里无声地飘舞着,将窗外的夜色装扮得宛如一个童话世界。

"……圣诞老人翻开他的大本子,找到写着小强尼的那一页。嗯,这个小孩儿今年特别乖,做了很多让他爸爸妈妈高兴的事。让我在圣诞夜里送六件礼物给他吧……"紫荷侧身坐在丽萨的小床边,柔声地为女儿读一个关于圣诞老人玩具工厂的故事。

丽萨穿着厚厚的粉红色绒睡袍,衬得她的小脸蛋粉嘟嘟的,像个漂亮的洋娃娃。虽然她还只有一岁半,却像什么都听得懂似的。紫荷读故事的时候,她瞪大两只深蓝色的眼睛,专注地望着故事书上的插图。看着她可爱的模样,紫荷忍不住俯下身去吻了吻她的小脸儿:"圣诞老人知道,我的小丽萨也很乖。丽萨想要圣诞老人带什么礼物给你呢?"紫荷微笑着问小女儿。其实她没有等待她的回答。女儿还不到两岁,只会说些最简单的词。

"爸爸。"丽萨吐出两个含混不清的音节。

紫荷的心像被什么东西狠狠地扎了一下,她简直不敢相信自己的耳朵。"丽萨,你说什么?你最想要什么圣诞礼物?"

"爸爸。"丽萨重复了一遍,便闭上长着长睫毛的眼睛,香甜地睡着了。

紫荷深深地叹息了一声,将心中那潮水般涌上来的酸楚强忍了回去。她记住了母亲尚琴对她说过的话:在孩子面前,做妈妈的必须学会坚强。她将丽萨抱在臂弯里的泰迪熊拿开,轻轻地在她枕边放好。这只泰迪熊是丽萨一岁生日时,多瑞丝送给她的生日礼物。壮壮实实的小熊穿着一件蓝色的毛线衣。多瑞丝还找来深绿色的呢料,亲手为小熊缝制了一顶绿色的贝雷帽。从此,这只戴绿色贝雷帽的泰迪熊便成了小丽萨形影不离的伙伴。

紫荷从丽萨的房间出来,看见楼下的灯还亮着,便走了下来。尚琴正在将一大筐刚烘干的衣服细心地叠好。"丽萨睡着了?"她随口问道。

"妈,你都带一天的孩子了。别干了,早点儿休息吧。"紫荷挨着母亲坐下,抢过她手里的衣裳自己来叠。

"没事儿的。妈能帮你的时候就多帮你一把。小荷,我想跟你商量个事儿。"尚琴的语气有些犹豫。

紫荷说:"哎呀,妈,跟我你还说什么商量不商量的,什么事儿啊?"

"小荷,过了年孩子就要上幼儿园了。我呢,离开北京这么久,也该回去了。"

紫荷一听就急了:"妈,你干吗要走呢?咱们一家人在一起多好!"

尚琴坐直了身子,将额前散落的一缕已花白的头发捋到耳后,对紫荷说:"小荷,你以为我就舍得你和孩子吗?可是,我有个想法一直没告诉你。现在是时候了,我想把你爸爸接回北京去。"

"什么?那怎么行?妈,你又不是没看见爸爸现在的状况!"紫荷为母亲的这种想法吃了一惊,更加着急了。

尚琴慢慢地说:"小荷,我知道你可能不会同意。你听我说,我和你爸爸这些年来聚少离多。即使我们在一起的时候,我想他的心也从来没有真正属于过我。现在他病了,我不想让他一人待在老人院里度过余生。我想把他接回家亲自照顾。别看他出国这么多年了,北京才是他真正的家啊。只要看看你爸爸的那些画,就知道他心里有多想北京了。说不定,回去以后他的病会有所好转呢?再说,到时候家里只有我们两人,他终于可以属于我一回了吧?小荷,就算是给妈妈的一种补偿,你能帮我满足这个心愿吗?"

"妈,你,你让我说什么好呢?你真是这个世界上最最善良的人!"紫荷搂住母亲,泪水模糊了视线。

这场雪一直下到早上才停。积雪一时来不及得到清扫,引得纽约市的交通一片混乱。许多航班也延误了。肖逸背着他的双肩包,夹在人流里等待着通过机场海关。阔别这个城市两年多了,除了安检变得很严格以外,机场还是老样子。这一次踏进纽约,肖逸的心情与当年初到美国时截然不同。没有了当时那种踌躇满志,期待开辟新天地的豪情和梦想,有的却是一种亲切,一种释然。曾几何时,纽约竟让他有了家的感觉呢?

隔着老远,肖逸就看见郝天山挤在接机的人群里拼命地向他招手。站在天山旁边的人不是老杜吗?怎么他也来了?肖逸心里一热。

三个好兄弟又是握手又是拥抱地亲热了一番。临了,细心的老杜发现肖逸只有一个双肩包,就提醒他说:"肖逸,你是不是一激动忘取行李了?你一走两年多,哪儿能就靠这么个小包儿过日子?"

肖逸不好意思地抓抓脑袋说:"我还真没别的行李。临回来的时候,我把所有的东西都分给当地人了,连换洗衣服都没留一身儿。要不是有你们接应,我自个儿恐怕都得成难民了。"

天山快人快语地说:"我说肖逸,你傻呀?有你这么发扬风格的吗?无偿提供两年劳动力还不够,临走还来个净身出户。看你这身衣服薄的,今天外边儿可是零下十度的气温啊。我就始终没想明白,你这两年玩儿消失,到底是为了取哪门子真经来着?"

肖逸说:"嗨,这么长时间天天在大太阳底下烤着,只知道热,都忘了什么叫冷了。这件衣服是我所有衣服里最暖和的一件,在非洲用不上,要不怎么幸存下来了呢。行了,咱们快走吧。回去的时候带我在曼哈顿兜一圈儿。真挺想的。你们还记得那年咱们三个逛纽约吗?也是圣诞节的时候。那回是我和天山到机场接老杜。这次是你们两个一块儿来接我。两次都是天山当的司机。只不过天山的车可是鸟枪换炮了。对了,老杜,你没在家过节,怎么跑到纽约来了?不会是专程来接我的吧?"

不等老杜回答,天山就抢着说:"嗨,咱们老杜是谁呀?人家小时候是戴红领巾的少年先锋;上大学那会儿是出国留学先锋;前几年网络革命人家成了高科技创业先锋;这回赶上美国经济危机了吧,人家照样当先锋……"

"这回又是什么先锋啊?"肖逸兴致勃勃地听着。离开纽约两年多,一回来便觉得自己跟时代有点脱节了。

"这回呀——"天山为了卖关子故意拉长声音,"那叫西方不亮东方亮,美国正危机,中国在崛起,所以咱们老杜要当海归先锋啦!"

"别听天山在那儿胡诌!"杜宏杰对肖逸说,"什么海归先锋?要说真正的先锋,咱刚出来那会儿,人家就已经学成回国了,到现在半壁江山早都打下来了。这星期纽约的总领馆有个海外人才引进洽谈会。我是想过来搜集点儿信息,没想到那么巧,正好赶上你回来。你小子走了那么长时间都不跟我们联系,我还以为你先一步海归了呢!"

肖逸抱歉地说:"唉,往事不堪回首。那阵子好多事儿搅和在一块儿,我的心情一落千丈,总觉得无颜面对江东父老。想学武侠小说里的游侠剑客,去峨眉山顶修行悟道吧,又不甘心剃度出家,所以只好躲到非洲去了。"肖逸亦真亦假的调侃把老杜和天山给逗乐了,看来他们所熟悉的那个"肖大侠"又回来了。

老杜问:"那你回来有什么打算?还回华尔街吗?"

肖逸摇摇头:"还没想好呢。不过我现在的心态平和了许多。在非洲的这两年改变了我对很多事情的看法。现在哪怕让我去餐馆打工,以烤汉堡为生,我也会觉得挺乐呵的。"

老杜说:"可不能光顾了你自己乐呵。真让你天天去翻汉堡,那还不成严重的人才浪费了?要不趁着你现在自由,跟我一块儿回国看看吧?要是有机会,咱俩联手干点儿什么多好。"

正说着话,天山的车驶过布鲁克林的 Verrazano(维拉扎诺)大桥,曼哈顿赫然出现在哈德逊湾的对面。三人一时都沉默下来。

上一次他们相聚在纽约的时候,曾在世贸中心顶上的世界之窗"指点江山"。这次重见曼哈顿,风景线上那两栋最引人注目的双子星大楼,却好像被人用橡皮从画上擦去了一样,消失得了无痕迹。

"我过去的同事张智勇,9·11前几个月才换到世贸中心里的一家公司上班……他是清华老三届的,很有才华,人又好……"肖逸说不下去了。

天山看了一眼他那难受的样子,也沉重地说:"是啊,实在太惨烈了!就算我没受什么直接影响,一想起来都觉得受不了,甭说那些遇难者的家属了。活着的人恨不得比死去的人还要受煎熬。真不知道凌紫荷这两年多是怎么过来的。"

听到天山的话,肖逸浑身一激灵。"天山你说什么?凌紫荷怎么了?她跟9·11有什么关系?"他几乎是喊着问天山。

这回轮到天山和老杜吃惊了。他们没想到肖逸竟然对紫荷身上发生的事浑然不知。

双子星大楼
却好像被人用橡皮从画上擦去了一样

天山支支吾吾不知如何回答。还是老杜沉着一些,他扳住肖逸的肩膀,让他靠在车后座的椅背上,对他说:"肖逸你冷静点儿。让天山好好开他的车。紫荷自己没事儿。我们还以为你走了以后会跟她保持联系呢。没想到你真的这么与世隔绝了两年。"

听完老杜简单的讲述,肖逸将脸深深地埋在两手之中,一路上再也没吭声。

天山把肖逸和老杜带到他在新泽西北部小瀑布区买下的 town house(联排式住宅)里。房子不新,里面却收拾得很好。不大的客厅里还放着一棵装饰起来的圣诞树。

"肖逸,你不是说在非洲最想念的就是舒舒服服地洗个热水澡吗?这回你想怎么洗就怎么洗,不必考虑节约用水的问题。"天山为肖逸找出一套自己的换洗衣服,指给他浴室的门。

浴室里散发着一种花和水果混合在一起的香气。颜色配套的大小毛巾被洗得蓬松柔软,整整齐齐地叠放在架子上。很显然,这个家里有位能干的女主人。肖逸站在淋浴喷头下面,将水流开到最大。他故意让喷射而出的水柱打得他的皮肤生疼,希望能借此转移一下心中的疼痛。"紫荷,对不起!"他一遍又一遍地在心里默念着。如果不是因为自己当初犯下的过错,那么布莱恩只会是紫荷的一个朋友。永远地失去一个朋友固然会令她痛苦,可是那种痛苦与她现在所要承受的一切是无法相提并论的。这些年来,肖逸对紫荷的爱一天都不曾减少过,他心甘情愿一辈子做她的守护天使,哪怕没有任何回报。可是世间的一切却是那么阴差阳错。每当紫荷有难的时候,最需要安慰的时候,他却偏偏总不在她的身边。

洗过澡后,肖逸基本上控制住了自己的情绪,表面看去他平静了许多。他问天山:"天山,你的小日子过得不错呀!你跟那个越南裔的女孩儿是不是终于修成正果啦?"

天山含糊地回答:"嗨,差不多吧。"

"什么叫差不多呀?媳妇娶进门了没有?怎么没看见她呀?"肖逸说。

天山说:"没呢没呢,我要娶媳妇怎么也得等哥几个凑齐了呀。我还等着你给我当伴郎呢。"

肖逸说:"哟,这么说还得怨我耽误你了。老杜,天山对爱情孜孜不倦的追求可不是一天两天了。咱们得赶紧帮哥们儿把这件大事儿给办了。"

老杜点头称是:"没问题。咱还得办得排场点儿。你知道吗?天山现在,整个儿一房地产投资后起之秀啊。天山,你还不赶快给肖逸汇报汇报,你今年翻新转手的那房子,怎么八个月挣了12万来着?"

"是吗?天山你真行。这两年不是股市萧条房地产升温吗?你算是踩对点儿了。"肖逸说,"看来大家都挺日新月异的呀。还有什么我不知道的啊?"

天山把几样儿事先准备好的酒菜端上来,招呼肖逸和老杜吃晚饭:"快来,咱们边吃边聊。你不知道的事儿还多着呢!"

肖逸坐下来拿起筷子,却推开天山递过来的啤酒瓶:"哥们儿,对不住,今天可能要让你们扫兴了。我把酒戒了。真的,我已经发誓从此滴酒不沾……"

第二天,老杜先回加州了。他和肖逸商定几天以后在加州会合,利用圣诞节的假期回国看看。走之前,肖逸想对一些事情作个交代。

他没想到,时隔两年多,佟谣的生活竟没发生多大的变化——仍是那套位于曼哈顿上城的小公寓,屋里依旧乱糟糟的到处扔着东西……

"你这个冷血肖逸!"佟谣扑到他身上又捶又打,"你连当面告别都不肯,留下一封信就一走了之!你拿我当什么了?召之即来,挥之即去的?你有没有良心啊?!"

肖逸站着没动任她捶打,嘴上却说:"对不起佟谣,我当时不辞而别,是想那样对咱们两个都容易一点儿。还记得吗?我一直跟你说别在我身上浪费时间了,我给不了你什么。佟谣,我希望这段时间里,你已经找到了属于你的幸福!"

"幸福?"佟谣住了手,从刚才的歇斯底里突然变得冷漠起来。她给自己点起一支烟,优雅地吸了一口,示意肖逸坐下。

"如果我没猜错的话,你这次来找我,是想跟我正式了断对不对?你还是忘不了那个凌紫荷?"佟谣说这话的时候没有看着肖逸的脸,却将目光投向窗外楼群里的万家灯火。

"佟谣,你聪明又能干,有那么多男孩子被你吸引。我们分开其实对你是公平的。"肖逸真诚地说。

"是啊,我聪明又能干,唯一做不到的就是让我所爱的人也爱我。不过,肖逸,我知道你去意已定。我试过了,我也认赌服输。你用不着担心我。我佟谣的心原本是穿着盔甲,刀枪不入的。从来都只有我伤别人心的份儿。遇见莱瑞,后来又是你,我卸掉了盔甲,想真正地、好好地爱一回。结果怎样?我明白了当你越爱一个人,暴露给他的要害处就越多,受致命伤的机会也就越大。所以我必须把盔甲再给穿回来。"

"佟谣,别那么偏激……"肖逸还想劝她,却被佟谣打断了。

"肖逸,你抱抱我行吗?就这最后一次。"从来都是神气活现的佟谣,这个时候显得楚楚可怜。肖逸不由得被她感动了。

佟谣把脸紧紧地贴在肖逸胸前,一只手伸向他的领口,慢慢解开他衬衣上面的两粒纽扣。

"佟谣,别这样……"肖逸正想轻轻地推开她,然而此时,他靠近脖子的肩膀处传来一阵剧痛。佟谣狠狠地咬住他的肩膀,直到牙齿插进肉里,血珠渗了出来。肖逸倒吸一口凉气,紧紧地攥住拳头,忍着疼没有叫出来。

足有几十秒,佟谣才抹了一把眼泪抬起头来。她找来创可贴给肖逸贴在伤口上。"疼吗?"她问。

肖逸点了点头。

"我想让你记住你伤我伤得有多疼。好了,现在你不欠我的了。你要走就走吧。"佟谣说罢自己转身进了卧室,"砰"的一声关上了门。

肖逸苦笑了一下,心想:如果咬一口就能了断恩恩怨怨,那倒简单了。他对着紧闭的卧室门说:"那我先走了,佟谣。如果你找到跟你两情相悦的人,别忘了告诉我一声儿。那时候咱们再做朋友好吗?"

每年的圣诞前夕,本该是零售业在一年中的黄金时刻。然而习惯于太平盛世的美国人,在9·11之后被彻底地改变了。2003年春天,美国总统布什和英国首相布莱尔联合发起了第二次海湾战争。从此新闻里增加了一个固定节目——伊拉克战况和美英士兵的伤亡人数。美国本土的形势也不容乐观,经济危机仍像一团越积越厚重的黑云;还有那对再次恐怖袭击的担心,随着今天黄色,明天橙色的预警信号,不停地折磨着人们已变得脆弱了的神经。

  肖逸在门庭寥落的商场里为紫荷和她的小女儿选了几样礼物。他让店员用最漂亮的礼品纸和缎带将它们一一包好。肖逸抱着这些大大小小的盒子往停车场走,忍不住一遍遍地想象着紫荷跟她的小女儿现在的样子。今天上午他将电话打到紫荷公司的时候,她语气里不经意间流露出来的惊喜让肖逸感慨万千,一时喉头发哽,竟有些说不出话来。

  "肖逸,真的是你吗?这么久了一点儿关于你的音信都没有!这下可好了,你总算是平安地回来了!"从紫荷的话语里,肖逸没有听到半点儿怨恨和责怪。那些令人难以想象的痛苦经历,好像丝毫没有改变她的善良和单纯。这个玻璃似的人儿啊!肖逸心疼地想。

  樱桃山,肖逸又站在这栋 town house 的门前了。那年他陪着紫荷到这里来找她的父亲。六神无主的紫荷不时地问他:怎么办啊肖逸?那种依赖之情让他仍然记忆犹新。不过一味地沉醉于记忆是一种很危险的状态,就像服用迷幻剂一样,会令人失去对现实的判断力。这一次,肖逸无论如何不允许自己再出半点差错了。他深深地吸了一口气,按响了门铃。

  大门打开的那一刻,肖逸感觉自己像在做梦。不,不是做梦,是紫荷真真切切地站在他面前。她看上去依旧那么清丽动人,只是眼睛里少了些光彩,多了些寂寞和忧伤。

  "进来吧,肖逸……"紫荷的话音没落,一个稚嫩的小声音从她身后传来:"你是圣诞老人吗?"

  肖逸这才将目光从紫荷脸上移开。他低头顺着声音去找,发现紫荷身后探出一个长着栗色鬈发的小脑袋,两只大大的蓝眼睛正审视着他。她那小天使般可爱的模样让人的心都快化了。肖逸蹲下身,将抱在手中的礼物放在地板上,对着"小天使"张开双臂:"我知道,你叫丽萨对不对?我是肖叔叔,我给你带圣诞礼物来了!"

  丽萨顿时笑逐颜开:"肖叔叔给丽萨礼物!圣诞老人也给丽萨礼物!"没有哪

个小孩子不喜欢收到礼物的。她大大方方地跑过来,听凭肖逸将她抱起来又在她脸蛋上亲了两下。

尚琴闻声从厨房里出来,将丽萨接了过去:"你是肖逸吧?紫荷告诉我了,你们北大的时候就是同学。太好了!快过来坐吧。我的饭马上就做好了。紫荷也刚下班。她呀,公司忙,总是加班。要是没有我在这儿,她一个人带个孩子太难了……"家里好不容易来了个能跟她痛痛快快讲中文的客人,尚琴像打开了话匣子。

"好了妈,人家刚进门还没来得及坐下呢,你说这些干吗呀?"紫荷嗔怪道。

尚琴这才回厨房继续忙碌去了。小丽萨趴在地上,静静地摆弄着肖逸带来的那些漂亮盒子。

"这孩子真可爱!她的神情很像你。"肖逸由衷地赞叹道。

"不,她更像她爸爸。"紫荷脱口而出,说完了又似乎觉得有什么不妥。她对肖逸抱歉地微笑了一下,没再解释什么。她曾经在肖逸和布莱恩之间犹豫过很久。要是放在过去,这样的情形可能会令她觉得尴尬。可是自从布莱恩离开她以后,紫荷对他的爱和思念与日俱增。看见丽萨,她便会感觉到布莱恩仍在她身旁,只不过是以一种神秘的、看不见的存在形式而已。她的心完完全全地被这种爱给占据了,再也没有疑问、矛盾和保留。因此,面对肖逸,紫荷变得十分坦然。

尚琴把几样简单的家常菜摆上饭桌,招呼他们来吃饭。肖逸有些不好意思地说:"紫荷,阿姨,我还是不打扰了。哪儿有一来就蹭饭的。我先回去了,等我从国内回来再来拜访你们。"

紫荷有些吃惊:"肖逸,你不是刚回来吗?怎么又要走?"

肖逸回答说:"我是想和老杜回国看看,现在国内的机会挺多的。"

紫荷说:"哦,原来你们也在琢磨海归的事儿啊?是啊,美国的经济这么不景气,公司里年年裁员。这海归的话题不光在咱们中国人的圈子里热门儿,连我那些印度同事也面临同样的选择呢。今年我们那儿还真有几个同事海归回印度去了。"

尚琴硬把肖逸拉到餐桌旁按到椅子上说:"小肖啊,你也是北京人吧?今儿我非得让你尝尝阿姨做的醋熘土豆丝和酱烧茄子再走,地道的京味儿!难得咱们老乡见老乡,你就当陪阿姨聊聊天儿,解解闷儿啦。"

肖逸的心里热乎乎的,他看了一眼紫荷。紫荷也笑着对他点头道:"肖逸,你还没给我讲这两年你在非洲的事儿呢。我看你还是先别急着走吧,要不然,下次再见到你,又不知要到什么时候啦。"

肖逸在心里默默地说,怎么会呢紫荷?我再也不会远离你了!

晚饭后送肖逸出来的时候,紫荷突然想起了什么:"肖逸,你等等。"她说着转身疾步上了楼。回来的时候,她将手里的一个信封递给肖逸,"这是你临走时留下的那笔钱。我一直替你保管着。我想你刚刚回来,工作还没稳定,可能正是用得着钱的时候。"

"这怎么行?紫荷,这钱本来就是我替你做的投资。是专门为了给你爸爸看病用的。现在你又有了孩子……"肖逸坚决不肯接,"紫荷,我本来不想说这些,因为即使我说一千个、一万个对不起,也改变不了什么了。你知道吗?这几年来,没有一天我不是在愧疚和懊悔的煎熬中度过的。就算你给我个机会,让我为你做点儿什么吧,这样我心里能好受点儿。"

紫荷望着肖逸,轻轻地摇了摇头。她的神情是那么的恬静,语气是那么的温和:"肖逸你千万别再自责了。过去的事儿不能都怪你。如果那时候我能更成熟点儿,凡事多一些包容和体谅,也不至于给自己留下那么多遗憾。其实生活还是挺慷慨的,它在关上一道门的同时,常常会为你打开一扇窗。所以我一点儿都不后悔,真的!"

门里传来小孩子的哭闹声。紫荷抱歉地说:"丽萨不干了。她每天晚上非要等我讲一个故事才肯睡。我得进去了。祝你和老杜一路顺风!"

"紫荷……"肖逸叫住正要扭头进屋的紫荷,却欲言又止。看见紫荷询问的目光,他字斟句酌缓缓地说道:"我还在想你刚才说的那句话。如果生活确实是慷慨的,也许那扇关闭的门并没有锁上!"

飞机进入北京领空的时候,夜幕已经降临了。肖逸和杜宏杰把脑袋凑在小小的舷窗口,目不转睛地望着下面那一片闪烁的灯火,逐渐地变得越来越近,越来越亮。老杜掏出特意为这次旅行买的新数码相机,将镜头贴在窗玻璃上猛按快门儿。肖逸揶揄道:"行了老杜,省点儿劲儿吧。还差着几千米呢,就您那迷你镜头,照出来最多也就跟一群萤火虫似的……"

"哐当"一声,飞机起落架的轮子碰到了地面。肖逸和老杜激动地对望了一眼。

"老杜,赶紧照,赶紧照啊!"肖逸叫起来。只见跑道尽头,"北京"两个气势磅礴的大红字,正在灯火通明的机场航站楼顶上熠熠闪光。还不等老杜反应过来,肖逸已经抢过他手里的相机,隔着老杜的座位探过身子,趴在舷窗边大照特照起来。

通过机场边防的时候,一个戴大盖儿帽儿的检察员看了看肖逸的护照,带着悠悠的京腔儿说道:"哟,怎么过了这么多年才回来看看啊?"一句话问得肖逸直觉得眼窝子发热。

到北京的头两天,老杜和肖逸商定先各自回家休整一番。黑白颠倒的时差加上过度的兴奋,肖逸夜里两三点就醒了。他睁着眼睛躺在床上等天亮。楼下的大马路上来往车辆呼啸而过;远处昼夜不停的建筑工地上传来机器的隆隆声;还有隔壁的房间里,爸爸的鼾声正一起一伏……北京的夜,一点儿也不宁静。肖逸静静地躺着,像欣赏音乐一样聆听着这夜的声音,家的声音。

第一线曙光终于照亮了东方的天空。肖逸轻手轻脚地穿衣下楼,一个人跑到附近的街上溜达。好多年没这么悠闲过了。那些早起遛鸟儿的老头儿、结伴儿到公园里晨练的老太太,还有满街跑着的各路公共汽车都让他备感亲切。可是放眼望去,那一片片拔地而起的高楼,令人眼花缭乱的巨型广告牌,数不清的大小工地却又让他觉得陌生。肖逸本想赶在父母起床之前,找个早点摊儿买点儿他过去最爱吃的焦圈儿和糖耳朵儿回去。哪知沿街多得数不清的摊点儿店铺里,想寻到正宗的老北京味儿可并非易事。

临回国前,郝天山千叮咛万嘱咐,托肖逸一定代他去看看北京的姥姥。天山从小跟他姥姥最亲。姥姥家的四合院儿也是天山出国后念叨得最多的地方。只可惜,朝阳门外那一大片胡同儿、四合院儿,如今已被宽阔的马路和摩登的高楼给取代了。

天山的姥姥八十多了,耳朵和眼神儿都一年不如一年。她紧拉着肖逸的手不放,一边儿自言自语:"山子,你打美国回来了!我的山子打美国回来瞧我来了!"肖逸求援似的看了看旁边天山的二舅。二舅小声地伏在他耳边儿说:"老太太时清楚时糊涂。你就顺着她说吧,只要她高兴就得。"

肖逸只好临时充当天山。他拿出天山让他带来的西洋参、维他命、巧克力之类的礼物,一样样地交到老人家手里说:"姥姥,您可别忘了天天吃维他命啊,保证您身体健康,长命百岁!"他心想,回去后说什么也得催天山赶快回来看看他姥姥。

"山子,有你这份儿孝心姥姥就长命百岁了,用不着吃这些个小药丸儿!倒是我爱吃的那槽子糕啊,现在不好买了。每次赶上你二舅上郊区出差,才能给我捎一匣子回来。你们美国有没有槽子糕吃啊?"

肖逸依稀想起,那种装在硬纸壳儿做的点心匣子里的鸡蛋糕,的确是儿时记忆里的美味。这时,姥姥对二舅说:"哎,我给山子留的那宝贝呢?赶快给拿过来。"

天山的二舅无可奈何地说:"行,我这就给山子拿去!"他转脸对肖逸做了个不屑的表情,示意他跟着到阳台来。

"你看,老房子拆迁的时候,老太太非要给天山留这么个东西,还当个宝贝。你们在美国能稀罕这个?他舅妈嫌没地方儿搁,拿来垫花盆儿了。"二舅从花盆儿底下抽出块青灰色的砖雕,上边儿喜鹊登梅的图案经历了这么长的一段岁月,依然栩栩如生。

肖逸如获至宝地接过来,用手擦拭着上面的泥土,连声道:"这东西宝贵,我一定得给天山带回去。"他知道,那座老四合院维系了天山对北京,还有他童年的太多美好回忆。如今四合院已无处可寻,只有这一小块看得见摸得着的砖雕,还能让模糊的记忆再次变得真切起来。

早就听人说过,现如今想在中国办成点儿事儿,天时地利固然重要,可是离了人脉一切都是白搭。好在杜宏杰的老爸很有些背景。离休后虽然不再呼风唤雨，但托过去的下属牵个线搭个桥什么的仍然易如反掌。再说了，杜公子本人的实力也不含糊，头戴藤校（常青藤名校）的博士帽，又任职美国大学，还在硅谷办过创业公司。要知道，引进这样的海外高科技人才，很可以被为官者作为政绩而大书特书一笔。老杜事先并没预计到自己刚一回来就变成个抢手的香饽饽。祖国人民的热情让他备受鼓舞。于是乎他来者不拒，尽量在有限的时间里跟来自科技口儿、文教口儿、银行、侨办等的八方神圣进行密切接触。肖逸说："幸亏你不是女的，要不还得惊动妇联！"

接下来的几天里，肖逸跟着杜宏杰频频进出各大饭店、写字楼。当然，关键性的谈话是要等到酒桌上进行的。晚上的饭局排不过来，他们就加约早茶和自助午餐。那一大桌接一大桌的各色美食，要搁在国外能把人从梦里给馋醒了。无奈，再坚强的胃也经不住如此这般的"狂轰乱炸"。几桌下来，老杜和肖逸一进餐厅就开始犯憷。两人嘀咕道：看来这样的中国特色一时还真不太好适应。

世界真的挺小。海淀区科技办的人给他们引荐了一家民营投资机构，号称专门为海归人员搭建基础设施平台，提供启动资金，携手共创高科技企业。结果一见面儿才发现，该机构的执行董事不是别人，正是肖逸在北大吉他社的琴友岳川。

多年不见，岳川可是明显地发福了。"一看就知道，你小子肯定是天天泡饭局的主儿！怎么？发财当大老板啦？也开始玩儿风险投资了？"见到老同学，肖逸高兴之余没忘了损他一句。

岳川说："哪里，哪里，我不过是穿针引线而已。今天我带了一个有意向的投资方来。浙江温州的钱老板，我来给你们介绍一下。今晚我做东，好好款待款待两位老同学！"

席间，岳川频频向老杜、肖逸和钱老板敬酒。肖逸仍然死守着他滴酒不沾的原则。为了这个，这些天来他不知费了多少口舌，一遍又一遍地解释他不喝酒绝对不是因为不给大家面子。最后他也学乖了，干脆编了套瞎话，号称他对酒精过敏已到危及生命的程度。这套瞎话在别人那儿管用，到了岳川这儿却遭到质疑："肖逸，你什么时候添了个酒精过敏的毛病？那会儿咱们在长征食堂两人喝半打啤酒你都没事儿,怎么出了趟国倒变娇气了?"

肖逸只好搪塞道:"哎呀,什么毛病不都是后来添的吗?上学的时候你有脂肪肝儿、糖尿病吗?你要不信老杜可以给我作证。"

岳川身旁坐着一个小巧玲珑的年轻女孩儿,见她跟岳川那亲密的样子,肖逸忍不住悄声问:"哎,你也没给哥们儿们介绍介绍,那是你媳妇儿还是准媳妇儿啊?"

酒喝到这会儿大家都有了些醉意,说话也就没什么顾忌了。岳川教育肖逸道:"说你们什么好呢?你们这些海归最大的特点,就是老土。以后学着点儿,到了场面上别瞎问媳妇什么的?这年月,哪个有能耐的男人整天带着自个的媳妇儿出来啊?跌份儿!"

钱老板一直跟老杜聊得挺热闹。他过去经营了几家鞋厂,后来靠炒地皮发了家。房地产做大了,他又瞄上了高科技风险投资,弄好了那可是个名利双收的买卖。

"我们做商人的也要与时俱进嘛。你们美国有个硅谷。我在省委有关系。省里支持我们搞一个'归谷'开发区,就是归国留学人员的创业孵化器。你们这个项目在美国有专利,我看项目本身没什么问题,咱们主要商量一下控股和利润分成问题……"钱老板透着一股南方商人的精明。

借着出来上洗手间的工夫,肖逸提醒老杜道:"我看这事儿不靠谱儿。整个晚上压根儿就没人仔细过问你的项目。一上来就谈什么控股呀、分成呀。这种急功近利的投资方,只会成事不足败事有余。"

老杜说:"我心里有数儿。入乡随俗嘛!这些牛皮哄哄的大话咱们尽管听着就是了。权当沙里淘金,工夫下到了总会有收获的。"

晚饭后,岳川执意要带老杜和肖逸去歌厅 K 歌,说是为他们以后当海归提前进行本土文化培训。岳川对包间里两位打扮妖娆的服务小姐说:"看好了,这两位穿戴最低调的才是今天的贵客。人家可是从美国的硅谷和华尔街回国考察的。这叫真人不露相。你们可陪客人玩好了。"

折腾了一晚上,直到午夜过后才好不容易曲终人散。老杜问:"肖逸,这几天你的话怎么越来越少了?你感觉怎样?"

肖逸揉揉太阳穴说:"老杜,你想想,我这两年一直在非洲挖水渠修厕所来着,所以思维变得既简单又直接。你要问我现在感觉如何,我告诉你吧,就一个字儿:晕!"

在多瑞丝的坚持下,今年圣诞节的家庭聚会仍在她家举行。这两年,多瑞丝的健康每况愈下,十分令人担忧。尽管如此,她还是谢绝了珍妮和辛迪的帮助,亲自下厨准备了圣诞晚宴的全部主菜和配菜。然而饭后甜点却是她从普林斯顿一家著名的点心店预订的。要知道,烘烤各式各样精致美味的甜点,曾经一直是多瑞丝最拿手,也是最受全家人欢迎的节日传统啊。紫荷明白其中的缘由。布莱恩从小到大,最馋的就是多瑞丝姨妈的点心。以往每次做好了甜点,多瑞丝总要单留出一份儿让布莱恩带走。9·11以后,紫荷再也没见多瑞丝烤过哪怕是一块饼干。

思念和怀念,是两种像空气般无形,也像空气般无时无处不在的感情。它们之间的区别在于,前者是一种带有痛苦的甜蜜,而后者则是带着一丝甜蜜的痛苦。多瑞丝把2000年圣诞节拍的全家福放大了挂在墙上。照片里布莱恩头戴一顶圣诞老人的红帽子,双臂交叉抱在胸前,故意做出一副滑稽的神情。小麦克站在布莱恩旁边的一把高椅子上,头上戴了一顶小一号的圣诞老人的帽子,也学着舅舅的样子双臂交叉抱在胸前。这个小男孩懂事以后,一直把布莱恩当成自己的偶像,总爱模仿他的举手投足。

紫荷总是强迫自己不要去看墙上的那些照片。直到现在,任何让她联想起布莱恩的东西都会让她忍不住地掉泪。可是周围又有什么不会令她想起他呢?

晚餐后,麦克像个大哥哥似的领着丽萨玩儿。不知怎么开的头儿,他竟对丽萨讲起了Uncle Brian(布莱恩舅舅)。他把自己和布莱恩一起照的相片指给丽萨看。丽萨将一个手指含在嘴里,仰着小脑袋痴痴地看了一会儿,突然放声大哭起来。紫荷急忙跑过来抱起她问:"丽萨,宝贝,你怎么啦?"丽萨用小手指着照片上的布莱恩和麦克,抽抽搭搭地咕噜出一大串含混不清的儿语。紫荷听懂了,丽萨是着急为什么没有她和布莱恩在一起的照片。

紫荷很快地擦干眼中涌出的泪水,用每天晚上给女儿讲童话故事的口吻,温柔地对她说:"丽萨,你知道吗?爸爸最爱你了!所以他把自己的眼睛给了你,把他笑起来的样子也给了你。你看,丽萨笑的时候是不是跟他很像啊?所以你每天都要快快乐乐地笑,那样他就能天天跟你在一起,也能天天跟妈妈在一起了!"丽萨真的破涕为笑。在一旁听的人无不为之动容。紫荷接着对丽萨讲下去,"等我的小丽萨长大了,就会知道爸爸其实还给了你好多好多的东西。他的名字叫布莱恩,在他祖先讲的古爱尔兰语里,布莱恩的意思是美德和力量的结合。他把这些全都留给了丽萨……"丽萨似懂非懂地看着妈妈,很安静很认真地听着……

漫长的冬天过去,春天如期而至。当满树繁花绽放在枝头,汤姆和鲁江华在他们的农场里举行了一场别开生面的婚礼。没有奢华的礼堂,可是那温暖的阳光、和煦的春风,还有农场果园里一树树盛开的桃花、梨花、苹果花成了婚礼上最温馨、最美好的天然装饰。宾客来了很多。除了汤姆和江华的亲友,还有很多他们社区农场的会员。紫荷带着丽萨也来了。快两岁的丽萨是今天最小的一个花童。她穿着白纱做的蓬蓬裙,头上戴着汤姆用苹果花编制的花环,提在手上的小花篮里装了满满一篮刚从果树上采下来的花瓣。看到她的人无不喜爱地唤她甜心宝贝。

鲁江舟作为唯一的娘家人儿,今天打扮得特别精神。他已经拿到了杰佛逊医学院的医学博士学位,就要去附属医院进行病理学的住院实习了。

天山带来了他的未婚妻,那个小巧可人的越南裔姑娘。他俩对这种在农场办婚礼的绿色环保理念大加赞赏,说是要考虑租用汤姆的农场来举行他们的婚礼。天山的弟弟天池也来了。今年夏天他即将拿到普林斯顿的生态生物学博士学位。肖逸问天池毕业以后怎么打算。天池憨憨地一笑说:"我哥早就说了,我学的这个专业出来以后没人要。没人要就没人要吧,我本来也没想在美国待下去。"

肖逸说:"天池,这么说你早就打定主意要回国了?"

天山在一旁抢白道:"是啊,现在看起来,海归倒真不坏。关键是别人海归吧,谋名谋利的总得图点儿啥,可是天池要干的事儿,甭说海归了,就是边疆农校的毕业生也不见得乐意干。美国不待可以,那也不能把自己给流放到戈壁滩大沙漠里去呀。"

"哎,等会儿,等会儿,我怎么越听越糊涂,这流放到戈壁滩大沙漠是怎么一回事儿啊?"肖逸一时摸不着头脑。

天池说:"肖逸哥,你别听我哥的。什么流放不流放的?没那么吓人。我这个人吧,从小就没我哥聪明,一门心思做学问还行,可让我去创个什么业,我还真没那魄力。人贵有自知之明不是?治理沙漠是国家级的重点项目,我申请到了一笔科研基金,打算在戈壁滩搞一个防沙植物实验基地。学以致用,实实在在地干点儿有意义的事儿不是挺好的吗?戈壁滩再不治理,有一天连北京都可能被沙漠给埋了!"

肖逸听得连连点头,他拍拍天池的肩膀说:"好样儿的天池!赶明儿肖逸哥有机会,一定想办法帮你的基地筹募资金。要是你哥炒房赚了大钱,我第一个就得逼着他给你掏腰包儿!"天山在一旁吐吐舌头,做出举手投降状。

正聊着,紫荷拉着丽萨向他们走来。漂亮的小姑娘引得众人一通赞叹,谁都想抱抱她。天山说:"我要是有这么可爱的一个小闺女儿,我就哪儿也不去,天天在家守着她就够了。"

肖逸接茬儿道:"天山那你就赶紧努力啊,这目标对你来说并不太遥远。"

紫荷听了天池的事儿,也表示由衷的支持。她又问肖逸:"那你和老杜回国创业那事儿,筹备得怎样了?"

肖逸说:"噢,我还没来得及告诉你们呢,老杜上个月就已经走了。"

杜宏杰是带着复杂的心情再次踏上回国班机的。这些年来,妻子卓慧一直支持他干事业。可是在海归这件事上,两人却发生了分歧。

卓慧对他说:"宏杰,事业不一定非要回国去干啊?折腾了这些年,咱们也该要个孩子了。有了孩子家才更像个家呀。"

杜宏杰却说:"再等两年要孩子也没什么大不了的。可是创业的机会就像白

春天总会如期而至

驹过隙。机不可失,时不再来。就算我现在回去,搭的也已经不是早班车了。如果再不抓紧点儿,怕是连末班车也得错过。"

"创业创业,可是你有没有想过事业成功的目的到底是什么啊?难道不是为了有个幸福的生活,过上更好的日子吗?我们当初千辛万苦地出国,打拼了这么多年好不容易才有了今天的一切。你那个同学伍国梁,博士后做了四五年,到现在都没找到工作。可你却把大学里这么好的职位说辞就给辞了。你这样孤注一掷,值当吗?"卓慧越说越激动,眼圈儿都红了。

卓慧的眼泪让杜宏杰有些手足无措。别看结婚好几年了,他始终没学会怎么去哄女人。他知道卓慧很爱他,也为他牺牲了很多。他明白,一个人回国意味着夫妻长期两地分居,这对任何婚姻都将是个考验。可是如果让他在事业和家庭之间作出选择,他心中的天平是严重地往事业那边儿倾斜的。他一向觉得,好男儿当建功立业才能不虚度此生。不过除此之外,帮助他作出这种选择的还有另外一个不为人知的原因。

去年圣诞节前,为了准备回国考察要带的资料,杜宏杰在找东西的时候,无意间发现了卓慧的一个旧日记本。老杜是个极富教养的人,他从没想过要偷偷翻看妻子的日记。可是当他顺手拿起日记本,想把它暂时放在别处时,从里面掉出了一页纸。纸张已经发黄,那上面熟悉的笔迹吸引了他的注意。

> ……
> 世界上最远的距离
> 不是我不能说我爱你
> 而是想你痛彻心脾
> 却只能深埋心底
> ……

多么熟悉的诗句。尽管时隔多年,他还是一眼认出这正是他亲手抄录的泰戈尔的诗句。可是,这首诗明明是附在他给紫荷的信里啊,怎么会跑到卓慧的日记本里?杜宏杰忍不住翻开了卓慧的日记……

当年,离开北大前那最后的两个夜晚,他忍着彻骨的寒冷在俄文楼前无果地等待;与卓慧举行婚礼那天,当他鼓足勇气,向紫荷挑明了多年埋藏在心底的疑问,紫荷却显得比他更加困惑……今天,这一切终于有了答案。可是有了答案又能怎样呢?他应该去责怪卓慧吗?怪她曾经也有过躁动的青春?怪她爱自己的一片痴心?那么应该责怪命运吗?怪命运安排了这样的巧合?还是应该责怪他自己?怪自己当年没有足够的勇气对紫荷当面表白?

杜宏杰小心地把那一页写满青春诗句的信纸折好,照原样夹回到日记本里。那一段带着遗憾的美好情感,也被他小心地藏进了记忆深处。不过,这件事在某种意义上倒也帮了杜宏杰。他已经失去了一次在感情上公平竞争的机会。那么,他绝不能再为了卓慧而错过寻求事业发展的机会了!老杜回国的决心已下,箭在弦上,不能不发。

春天的时候,尚琴真的把凌澜轩带回了北京。他们走后,紫荷带着丽萨住回多瑞丝家。活蹦乱跳的孩子给这栋年代久远的大房子重新带来生气,也让病中的多瑞丝又有了笑容。而紫荷自己呢,则像一部由预设程序控制的机器,每天精确地将自己的时间分配在年幼的孩子、繁忙的工作和需要她照顾的老人之间。扮演母亲这个角色是最能改变一个女人的。现在的紫荷,早已不再是那个曾经单纯、柔弱、渴望被人呵护的女孩。强烈的责任感让她常常觉得,她的生命好像已经不再属于她自己。当一个人进入了这种忘我的状态,她的内心就会逐渐变得强大起来。

肖逸并没有察觉到紫荷的这些变化。在他眼里,紫荷比任何时候都更需要保护和依靠。他一直想寻找机会重新回到她的生活里,哪怕只是作为一个让她觉得可以信赖的朋友。可是紫荷好像故意不给他这个机会。肖逸越是想方设法地接近她,紫荷就越是选择与他保持距离。这样的情形一直持续了将近一年。

第二年年初的时候,杜宏杰回来了一趟。他的高分子新材料公司还真的轰轰烈烈地办起来了。除了原有的芯片涂层技术,他还搞起了医用黏合剂的研发。公司在不到一年的时间里迅速扩大到百来号员工。俗话说：千金易得，良将难求。老杜这次回美国，就是为公司发展寻求良将来了。

　　苦于美国经济危机的影响，伍国梁一直没有找到合适的工作。他和陈晓歌倒是离开了蒙大拿，现在暂时在新英格兰地区的波士顿落了脚。波士顿是个既美丽又富有历史和文化气息的城市。只可惜跟蒙大拿相比，单凭国梁那点儿博士后薪水，一家人的生活更加捉襟见肘。陈晓歌已经是两个孩子的妈妈了。老二没出生的时候，她还想法儿找个零工打打，至少在每年的税收季节帮别人报报税什么的。现在有了老二，她也目睹了好几个当年在硅谷追梦的朋友大起大落的经历，晓歌的心态变得跟从前不一样了。她干脆踏踏实实地在家做起了全职妈妈。虽然一家人挤在租来的一室一厅的小公寓里，可是外边的天地却很广阔。公园里随处可见儿童游乐场、公共图书馆里的图书和音像全部免费……她可以每天陪着两个孩子去游泳、骑车、放风筝，尽情地享受美好的大自然。这样的生活孩子们高兴，她也觉得挺充实。

　　可是当国梁跟老杜一拍即合，下决心回国加盟老杜的公司时，面临是去是留的抉择，陈晓歌却犹豫了。就这么回去吗？回去以后应该怎么面对亲友呢？那些没有出国的同学，就像一批从未被移栽过的树苗，免去了一番水土不服的折腾。也许他们生根的那片土地并不是最肥沃的，但是比起面临二次移植的海归们，他们显得太有累计优势了！唉，当年出国留学是一道多么耀眼的、让人艳羡的光环，曾几何时它竟变成了孙悟空头上的金箍呢？陈晓歌半开玩笑地在电话里对老杜说："好你个老杜！你把卓慧一人孤零零地扔在美国还不够，现在又来游说我们家国梁。你可是有破坏别人家安定团结的嫌疑啊！"老杜毫不示弱地回应道："维护安定团结的目的是什么？是为了寻求繁荣发展啊！我看要不你们全家一块儿回来得了。那样不就安定繁荣两不误了？"

　　其实老杜这次回来，最主要的目的还是想说服肖逸。凭肖逸的才智、为人和他俩情同手足的关系，再没人比他更合适做老杜的搭档了。可是任老杜怎么苦口婆心，肖逸的态度就是不明朗。眼看归期临近，老杜有点儿急："我说肖逸，你到底是怎么想的？好歹也得给我交个底儿吧。要是三顾茅庐能管用，那我明儿就飞到纽约去。"

"千万别,老杜。你好不容易回来一趟,赶紧抽空儿多陪陪卓慧吧。我嘛,你容我再多想想。我还没看清下步棋该怎么个走法儿。"肖逸慢条斯理地说。

"你看不清不要紧,不是还有旁观者清呢吗?肖逸,我知道你不喜欢国内一些虚浮的风气。可是这回不一样,我们有了实实在在的企业。现在我需要的是志同道合、能干实事儿的人来跟我共同管理。在我心中,这个公司第二把交椅的位置一直都为你留着!来吧,就当试试你也不损失什么。你那个在慈善基金会管钱的活儿,非营利性组织,高尚倒是挺高尚的,可我看并不适合你。等你什么时候快退休了,再上那儿发挥发挥余热也不迟。"见肖逸仍然不置可否,老杜只好狠心揭他的伤疤了,"肖逸,就算我多嘴,你可别怪罪。你这么犹犹豫豫的是不是还是因为凌紫荷啊?你的心思我猜得出来。可是,你回来也一年多了吧?你跟紫荷之间到底进展得如何?我觉得作为朋友我有必要提醒你一句,情随事迁啊……"

情人节的下午天黑得特别早,还下起了冻雨。可是坏天气并没有影响那些急急忙忙赶去赴约会的人们。当一个人在满怀希望的时候,无论等待还是被人等待都是件很幸福的事。

紫荷组里新来的美国姑娘凯瑟琳四点一过就跑来向她请假。今天一早,凯瑟琳在办公室意外地收到快递公司送来的鲜花,高兴得差点儿晕了过去。她那细心的男朋友不但送花给她,还在纽约城里一家非常时髦的餐厅订了位。

"紫荷,你今天晚上怎么安排?"凯瑟琳进公司不久,只知道她的这位直接老板、项目主管凌紫荷是一位单身母亲。单亲家庭在美国非常常见,所以沉浸在幸福中的凯瑟琳也没多想。她理所当然地认为,她的这位容貌姣好的女主管,不可能寂寞地度过情人节的夜晚。

"快去吧,凯特。今天路上一定不好开车,你要多加小心。祝你玩得开心!"紫荷没有回答凯瑟琳的问题,只是微笑着对她挥手道别。

办公室里的人几乎都走空了。紫荷发出最后一个电子邮件,开始慢慢地收拾东西。走出办公大楼,她看见停车场上剩下的车子已经寥寥无几。冰冷的冻雨在昏黄的路灯照射下反射出点点幽光。紫荷早就换了一辆车。那辆布莱恩亲手为她装的敞篷甲壳虫,被她锁在多瑞丝家的车库里珍藏起来。昨天珍妮从宾州赶来陪姐姐住上几天。她今天会帮紫荷去幼儿园接丽萨,所以紫荷难得能有一天不必在下班时赶急赶忙。

咦?今天是怎么了?她连刷了好几遍磁卡,公司停车场的隔离杆儿就是不抬起来。她有点儿恼火地按下对讲机的按钮,里面传来公司门卫的声音:"你是不是凌小姐?请你到门卫室来。"

这叫什么事儿?紫荷没办法,只好将车在停车场重新停好,冒雨向不远处的门卫室走去。

"伙计,我的任务完成了!我把你要找的人找到了!现在可就看你的了!"紫荷一进门,值班门卫,一个穿制服的黑人小伙子就兴高采烈地叫起来。

一大束浅紫色的玫瑰花伸到紫荷面前,捧花的人竟是肖逸。紫荷的脸一下红到颈根,她万万没想到肖逸会"买通"公司警卫,到这里来等她。

"谢了!"肖逸和门卫小伙子两掌相击,像两个老熟人儿似的。

小伙子说:"哎,记住下不为例啊!今天是情人节,我想即使万一让头儿知道了,也不至于把我开掉。谁不喜欢看浪漫的喜剧呢?何况能亲自参加演出就更棒了!"

"肖逸,你都跟他说什么了?他能这么帮你?幸好没被别的同事看见,要不然多不好意思啊。"走出公司大门,紫荷仍然觉得脸热心跳。她已经很久没有这种感觉了。

"还不是让你给逼的?"肖逸说,"紫荷你到底为什么总躲着我?如果你不给我解释清楚,今晚我就不放你走!"

摇曳的烛光、轻柔的音乐、芬芳的玫瑰花……今晚,餐厅里尽是一对对的情侣,浪漫的氛围充斥了每一个角落。

隔着桌子,肖逸凝视着烛光里紫荷的眼睛。他为自己要了一杯可乐。不等紫荷开口,肖逸又自作主张地为她点了一杯柠檬红茶。那年他们第一次相对而坐,在北大食堂楼上的梦巢咖啡厅里,他们喝的就是这两种饮料。

肖逸慢慢地搅动着杯子里的冰块儿,仔细地端详着紫荷说:"紫荷,我去年跟老杜回国的时候回北大看了看。西门边儿的勺海还是老样子。梦巢咖啡厅可早就没了。不过我相信,很多出自梦巢里的梦都还在呢。"

紫荷笑了一下:"要是梦能一直不醒该有多好!对了,肖逸,我听老杜说他在国内开的公司势头不错,他还说你正考虑是不是回去跟他一起干呢。你打算什么时候走?"

这个死老杜,谁让他这么说的?肖逸暗地里恨得牙痒,面儿上却不动声色:"是啊,我还在考虑着呢。紫荷,你看我应不应该回去?"他小心地试探着。

紫荷躲开肖逸的目光,低着头喝了一口柠檬冰茶说:"我觉得……你应该回去。我相信,你和老杜一起,肯定能干出一番事业来。"

肖逸心中有些失望,但是他必须让谈话进行下去。他急于知道紫荷的真实想法。他转了个话题问:"那你呢,紫荷?你想没想过回去看看?你爸爸妈妈不是都回北京了吗?"

"当然想,等丽萨再大一点儿,我肯定带她去看看北京。你知道吗?我妈打电话说我爸爸又开始作画了!不过现在他完全不用画笔,而是直接把颜色挤到画布上,再用油画刮刀来调和、涂抹。他以前美院的老朋友看过后都说,一般人想画出他那种意境还求之不得呢!我想他在外面漂泊了这么多年,这下终于回家了。人家说,家是个对心灵有治疗作用的地方,看来还真是这样!"

两人已经很久没这么聊过天了,谈话的气氛也从开始时的略显拘谨变得越来越融洽。肖逸起身去了一趟洗手间。等他回来的时候,一个侍者走到餐厅一角的一架老式点歌机前,按下几个按键。紫荷好奇地看着,对肖逸说:"我还以为那只是他们陈列的古董呢,难道真放得出音乐吗?"

她的话音没落,一阵熟悉的歌声带着老唱片的沙沙声在房间里回响起来:

......

I'm on your side(我伴你左右)

When times get rough(当时日难熬)

And friends just can't be found（朋友难觅）

Like a bridge over troubled water（像一座跨越烦恼河的桥）

I will lay me down（我用我躺下的身体）

Like a bridge over troubled water（架一座跨越烦恼河的桥）

I will lay me down

……

　　情人节的晚上，烛光点点，深情的老歌格外动人。餐厅里很多其他的情侣们也停下谈话，侧耳倾听……

　　紫荷流泪了。肖逸伸出手握住她的双手："紫荷，我只是想告诉你，我对你的感情从来都没变过，也永远都不会变。"

　　紫荷挣脱肖逸的手，擦了擦眼泪说："肖逸，我知道。可是你不懂，我变了，是我变了！我是布莱恩的妻子，我是丽萨的母亲。谁也取代不了布莱恩在我心中的位置。我也不允许任何人取代他在我心中的位置。肖逸，去追求你的事业、寻找你的爱情吧！我太知道看不到希望是怎样的一种折磨了。我给不了你希望。只有你放弃，我们俩才都能得到解脱。"

　　"可我并不是要取代……"肖逸还没来得及辩解，紫荷已经站起身向门外走去。

尾 声 / *Epilogue*

又一个春日的傍晚,夕阳将多瑞丝的花园染成温暖的金色。今年,那一树广玉兰开得格外绚烂,一朵朵洁白透紫的玉兰花,好像千万个为迎接万物复苏的春天而高举的玛瑙杯盏。

紫荷推着多瑞丝的轮椅,细心地将她安置到房前带纱窗的门廊里。"多瑞丝,你累了吗?我还是送你回房间躺下吧?"她俯下身轻声地在老人的耳边说。

老人摇了摇她那一头如雪的银发。她把头斜靠在紫荷为她拿来的靠枕上,半闭起眼睛。夕阳透过纱窗,照射在她放在毯子外面的一双手上。它们像一对收起翅膀的倦鸟,一动不动地在暖融融的阳光下栖息着。紫荷正在出神地看着多瑞丝的手,忽然听到她说:"念吧,紫荷,继续念吧。你看傍晚的花园多美。让我静静地坐在这儿听你读完这个故事。"

已经两个多星期了,每当天气晴朗时,多瑞丝都会让紫荷陪她在门廊里坐一会儿,直到夕阳变成沉沉的暮色。那天老人交给她厚厚的一沓手稿,请紫荷有空的时候读给她听。稿子从前到后的几十个章节里,字体和字号的大小都不甚一样。前面的部分好像是在老式打字机上敲出来的,有些地方已经墨迹不清了。看得出,这是一部历经了许多年才完成的手稿。

"……当新年的钟声敲完最后一下,多萝西冒着风雪跑出门去。门前的路被厚厚的积雪覆盖着,没有脚印,没有车辙。有谁会在新年夜里冒雪来拜访她呢?可是多萝西仍旧急不可待地跑到邮箱的前面。她期望能像往年一样,在新年的第一天收到一张没有加盖邮戳的明信片⋯⋯"紫荷读着读着,也沉浸在这个充满了神奇想象的故事中。

手稿讲述的是一个热爱冒险、开朗活泼的姑娘多萝西,在学开私人飞机的时候爱上了她的飞行教练威廉。热恋中的两个年轻人想出了一个游戏:他们闭着眼睛,随机地翻开一本世界地理图册,然后在翻开的那一页上挑一个从未去过的城市写下来,一共写了50个。两人约定,他们要一同走遍散布在世界各个角落的这50个地方。每到一处,他们会买一张明信片,再找当地的邮局盖上一个带有日期和时间的邮戳。

故事的前半部分,像游记一般讲述了威廉和多萝西的15次充满冒险传奇的旅行。然而当他们约定好下一个目的地之后不久,威廉驾驶的双引擎教练机,在一次飞行途中消失得无影无踪。悲痛的多萝西终日以泪洗面,数年都没有走出忧郁的阴影。后来,多萝西在某年元旦那天,突然收到一张没有发件人,也没有邮戳的明信片。明信片上照的正是她和威廉定下的第16次旅行的目的地。多萝西觉得这张明信片是一种神秘的启示。她跟随着它独自踏上了行程⋯⋯

从那以后,每年元旦多萝西都会在信箱里收到这样的一张明信片。几十年过去了,多萝西不知不觉地完成了第49次旅行。旅途中她收获了无数新奇的经历,也得到了快乐、友谊,甚至新的爱情。

"⋯⋯多萝西打开邮箱,可是里面没有她期待的明信片,只有一封没有地址也没有邮戳的信⋯⋯"紫荷读得着了迷,她已经念到手稿的最后一章,标题叫做See You in Heaven(天堂见)。

信是威廉写给多萝西的。他在信中说:亲爱的多莉,还有最后一个地方,你就要完成咱们共同的旅行计划了。这最后的一站将是我们俩终于可以相见的地方。我会耐心地等着你,直到有一天,生命的旅程把你带到这里。我很高兴你没有因为我的离开而放弃我们的计划。我很高兴你尽情地体验了旅途中每一站所带给你的经历和感受。要知道,我一直从天堂注视着你,陪伴着你。你所经历的一切是我们俩共同拥有的生命旅程⋯⋯

故事结束了。手稿最后一页上打印的日期是一个月以前。

让我静静地坐在这儿
听你读完这个故事

紫荷感动地回过头去看多瑞丝,现在她明白了老人让她读故事的用心。可是,多瑞丝对紫荷的呼唤却毫无反应。她坐在轮椅里,头歪向一旁,静静的好像睡着了一般……

多瑞丝去世以后,紫荷收到由老人的律师转交的一封信,还有她留下的遗嘱。她将这栋寄托了她一生情感的房子留给了紫荷。在信中她只写下这样几句短短的话语:好好地生活吧,紫荷!我花了太长的时间才悟出一个道理:生命太短暂了,它不仅属于你自己,也属于所有爱你和你所爱的人。无论他们在哪里,都希望看到你幸福、充实地度过每一天。可不要给自己留下来不及弥补的遗憾啊。

多瑞丝历经大半生写下的故事,给了紫荷很多感悟和启示。她与珍妮商量以后,决定联系出版社将书正式出版,以此纪念这位传奇般的老人。没有了多瑞丝,大房子里总是显得空落落的。可是紫荷并没有带着丽萨搬出来。这里有太多的东西让她觉得不舍。每当温暖的阳光照进房前的门廊,紫荷常常看见多瑞丝的猫斯芬克斯,安静地卧在多瑞丝以前最喜欢坐的摇椅上。它那眯成两道线的绿眼睛,总是看着花园的方向……

光阴荏苒,转眼间9·11已经过去了整整四年。纪念日那天,紫荷和其他9·11遇难者的家属,受邀参加了一个为筹备9·11纪念馆而举行的预展。

一幅幅照片,一件件实物,一段段亲历者的回忆,尝试着去还原那感天动地的一天中所发生的点点滴滴,不倦地讲述着布莱恩和其他千百个勇士的真实故事。紫荷犹豫了很久,还是把丽萨也带来了。丽萨并不完全明白她所看到和听到的一切,但她仍然像个小大人儿似的紧抿着嘴巴,一脸严肃的表情。

展厅的一个橱窗里陈列着一些从大楼遗址找到的细小实物:有遇难者留下的一串车钥匙、带照片的公司职员卡、一半被烧焦了的世界之窗餐厅的菜单,布满灰土、折断了鞋跟的女鞋……在一个角落里,紫荷发现了一枚徽章,像一对银色的翅膀。她认识这对翅膀!

"丽萨,宝贝,看见这对银色的小翅膀了吗?你的爸爸曾经把它们佩戴在胸前呢！"透过模糊的泪眼,紫荷对丽萨说。

丽萨盯着橱窗里陈列的徽章看了半天,问紫荷说:"妈妈,爸爸把它们留在这里,是不是因为他又有了一对很大的翅膀呢?"

紫荷含着眼泪笑了:"是啊,丽萨,他有一对最大最强壮的翅膀,可以一直飞到天堂。"

"妈妈,你看见他是从哪儿飞走的吗?"丽萨又问。

"对,妈妈知道。我带你去看看那个地方。"

蜿蜒的铁轨向前方静静地伸延着,高架桥下是都市喧闹的街道和人流。天际处,一片片摩天大楼构成了曼哈顿特有的风景线。这座差点被拆除的废弃高架铁,如今已经被巧具匠心的设计师和园艺师们,改造成了一个独特的空中花园。生机盎然的花木,从锈迹斑斑的铁轨和饱经沧桑的枕木间隙里生长出来,形成一种引人深思的鲜明对比。

丽萨拉着紫荷的手在铁轨上跳上跳下。前方,一个人也沿着铁轨远远地向她们走来。

紫荷认出,那是肖逸的身影……

后 记

在各种各样有关移民的话题里，"主流"（Mainstream）这个词总是频频出现。融入主流，代表着移民们的一种理想，一种摆脱边缘状态，成为社会中坚的自信和从容。

我身边的许多朋友，都有着一段相似的经历：在那高考如同千军万马过独木桥的年代里，他们成为挤过独木桥的佼佼者。在国内大学接受了严格的专业训练之后，他们又从竞争激烈的选拔和考试中脱颖而出，满怀激情和梦想踏上了公派或自费留学的路。这些留学生大多凭奖学金在美国的知名大学里顺利完成学业，毕业后或进入企业工作，或在大学里任教、从事研究，继而成为所谓美国中产阶级主流社会的一员。我想，这样的一个群体，也应该被视为中国留学生和新移民中的"主流"吧。

然而令人奇怪的是，在近一二十年来，以海外华人为题材的文学作品中，却少有以这个群体为主角的。究其原因，可能是因为从表面上看，这群"幸运儿"的经历似乎过于一帆风顺，他们融入主流社会以后的生活也似乎过于千篇一律，乏善可陈。他们的故事里既没有偷渡打工者那样的挣扎，也没有叱咤商海者那样的辉煌，更没有近几年来一些出身富裕的中国家庭，带有颓废贵族气质的新留学生那样的惊世骇俗。不过，这种表象或许只是一种误导。其实每一个群体的存在源自他们拥有的共性，而这种共性跟他们所处的社会和时代是密不可分的。无论是对中国还是对美国，跨越世纪的这十几年都是一个动荡的时代，它所产生的冲击

洪 梅

力是巨大的。我写《梦在海那边》这部小说的初衷,就是将焦点对准大时代背景下的,在文学作品中尚显沉寂的"主流群体",对他们的生活经历进行一番提炼和浓缩。这就像化学反应中的结晶过程,无论多么耀眼的晶体,都是从平淡无奇的饱和溶液中渐渐地沉析出来的。

感谢中国青年出版社,为我提供机会将小说呈现给广大读者。在小说出版的过程中,我得到了胡守文总编辑的关心和支持。责任编辑曾玉立老师对作品提出了中肯的修改意见和宝贵的建议。《人民文学》主编、著名文学评论家李敬泽老师,在百忙之中为本书作序。在此我一并表示最诚挚的感谢。在过去的一年半里,我的所有业余时间几乎全花在了这部小说的创作上,其中的甘苦只有最亲近的家人和朋友才知道。我特别感谢舒幼恒先生和覃文红女士对我自始至终的支持和帮助。他们提供的一些宝贵素材使作品更加富有立体感。

还有一个多星期就是美国9·11事件的十周年祭日了。想起那些在恐怖袭击中逝去的无辜生命,我的心中不禁感慨万千。在欲望膨胀、喧嚣浮躁的现代生活里,人们常常忘记生命的脆弱和命运的无常,也无暇思考什么才是人生中最有价值的东西。愿这个"寻梦"的故事像一丝清风,一小片绿荫,使我们的心灵得以片刻小憩,再以不同的心态重新审视一下生命的意义。

2011年8月29日于美国费城

(京)新登字083号

图书在版编目（CIP）数据

梦在海那边/洪梅著. —北京：中国青年出版社，2011.11

ISBN 978-7-5153-0252-2

Ⅰ.①梦… Ⅱ.①洪… Ⅲ.①长篇小说—中国—当代 Ⅳ.①I247.5

中国版本图书馆CIP数据核字（2011）第199195号

责任编辑　曾玉立
装帧设计　瞿中华
出版发行　中国青年出版社
社　　址　北京东四十二条21号　邮政编码：100708
网　　址　www.cyp.com.cn
门 市 部　010-57350370
编 辑 部　010-57350402
印　　刷　三河市君旺印装厂
经　　销　新华书店
规　　格　635×965　1/16
印　　张　24.25
字　　数　350千字
版　　次　2012年1月北京第1版
印　　次　2012年1月河北第1次印刷
定　　价　38.00元

本图书如有印装质量问题，请凭购书发票与质检部联系调换
联系电话：(010)57350337